LUNA EN LO ALTO

BRETT DAVIS

Traducido por
SANTIAGO MACHAIN

Scarsdale Publishing

Para mi padre, Tonis E. Davis, que sirvió en la Segunda Guerra Mundial en el USS Lyman, un destructor de escolta, en el Teatro del Pacífico. Estaba en el barco en la Bahía de Tokio cuando Japón se rindió. Y en memoria de Jean Marcel Nicolas/Johnny Nicholas, un haitiano del campo de Dora que se hizo pasar por aviador estadounidense. Este relato es lo que podría haber sido su vida de haber sido verdad.

<u>Reconocimiento de marcas</u>

Flash Gordon
    Ming, el despiadado, Ming the Merciless
    Buck Rogers
    The Flash
    Conejita de Playboy, Playboy Playmate
    Buick
    Ford
    Mercury
    Pontiac
    Cadillac
    Studebaker
    Walgreens
    Coke (Coca Cola)
    Shell
    First National Bank
    Arsenal de Redstone
    Pan American Airlines
    El halcón maltés, The Maltese Falcon
    Mecánica Popular, Popular Mechanics

Nota del autor

Eres el niño al que solía cuidar de vez en cuando. Tu madre me dio algunos libros para que te leyera, pero no te interesaban mucho. Eran historias de amor, guerra y cosas por el estilo, con animales que hablan y caballeros de brillante armadura. Me dijiste que tu madre decía que yo tenía mejores historias que contar, historias reales sobre el amor y la guerra, y que tú querías oírlas. Sobre todo las de la guerra. Pero esas historias yo no las iba a contar.

Creías saber las respuestas a todo, pero no estabas tan seguro de ti mismo como para no hacer una pregunta de vez en cuando.

Un cálido día de primavera, estaba sentado en los escalones de mi casa preguntándome por qué nunca había puesto un porche, cuando te acercaste a mí, como siempre hacías. Ibas vestido para el invierno, con dos o tres camisas holgadas colgando sobre los vaqueros y una gorra de béisbol en la cabeza, aunque nunca te he visto intentar nada atlético.

"¿Por qué no me cuentas algunas de tus historias?" pediste, como siempre.

Entonces echaste la cabeza hacia atrás y me miraste como si esta vez fuera a contarte algo. Pero hice lo que siempre hacía cuando me decías eso. Te alejé y volví a entrar.

Me puse a pensar en tu pregunta aquella noche, cuando el cálido día de primavera había dado paso a una cálida noche de primavera. Volví a salir y me senté de nuevo en los escalones, miré hacia arriba y observé cómo una estrella fugaz moría detrás de las pesadas ramas del roble de mi vecino. Desde donde estaba sentado, podía ver el borde de tu casa. No había luz en la ventana y me pregunté si estarías durmiendo.

Si te preguntas por qué puedo recordar tantas cosas de ese día tan lejano, es porque ese fue el día en que finalmente decidí ceder a tu petición. No pensaba hacerlo, pero cambié de opinión. Me hiciste recordar y decidí contarte algunas de mis historias. Nunca se sabe cómo van a ir las cosas. A veces hay que contar las cosas a la gente mientras se puede, mientras se pueda contar y ellos puedan oír. Porque nunca se sabe.

Te advierto de antemano que algunos de mis hechos pueden estar un poco equivocados. No soy una de esas personas que puede recordar cada cosa, en orden. Recuerdo muchas cosas, pero a veces no estoy seguro de cuándo una fue antes que otra.

Puedo dejar pasar algunas cosas pequeñas, pero recuerdo las grandes. Te diré cómo un hombre puede sentarse y ver a los mismísimos demonios del infierno convertirse en los ángeles más níveos. Te diré cómo un hombre puede perder un hijo y ganar un hijo, y te diré cómo un hombre puede perder una mujer y conservarla para siempre. Te diré cómo un hombre puede construir una pila de huesos lo suficientemente alta como para alcanzar la luna.

Capítulo Uno

APRENDIENDO UN TRUCO

Papá trabajaba en la ventana de la pequeña habitación, la única buena luz natural de la cocina. Primero puso una fina capa de plata, tan suave que parecía uniforme hasta que inclinó la tabla grande y el sol alcanzó los recovecos de la madera. Cuando se secó, empezó a poner pequeñas motas de negro y a diluirlas, a veces lamiéndose el pulgar y pasándolo por encima. A continuación, colocó pequeñas motas de blanco, tratándolas de la misma manera. Al cabo de un tiempo, su pulgar se volvió gris.

Le observé la mayor parte del tiempo que trabajó. Se sumergía en su labor, saliendo de vez en cuando a la superficie para fijarse en mí y sonreír. Cuando pensaba en ello, me daba consejos al azar.

—Tómate tu tiempo. Si vas a hacer algo, hazlo bien.

Él guardaba sus pinceles en un viejo kit de herramientas verde que hacía un sonido como el de una ratonera cuando lo abría. Encontró el pincel más pequeño y empezó a añadir pequeñas manchas de color marrón, luego, entrecerrando los ojos como si estuviera ciego, hizo que sus bordes fueran más claros, casi dorados. Era algo que solo se podía ver si se miraba muy de cerca.

—Óxido falso—me dijo con una sonrisa, como si se tratara de una broma y fuéramos los únicos implicados.

Luego vinieron las palabras, grandes y rojas que decían algo. Yo era joven y no sabía leer. El nombre de una tienda de comestibles, dijo, en la calle 49, más abajo. No había terminado cuando las palabras ya estaban secas. Puso pequeñas sombras bajo las letras, levantándolas hasta que parecieron flotar. Cuando terminó, se veía como un cartel de metal en lugar de una tabla barata cubierta de pintura.

—Espero que no lo pongan afuera, bajo la lluvia—le dijo a mamá.

—Diles que no lo hagan.

—No me hacen caso.

Apoyó el cartel contra la pared del apartamento, con cuidado, por si algunas partes no estaban del todo secas. Parecía un cartel de metal desde cualquier ángulo y con cualquier luz. Nunca se habría conformado con menos.

—Luce bien—dijo mamá.

Papá se levantó, cerró las manos en puños en la parte baja de la espalda y se arqueó como un gato. Algo estalló en su interior y emitió un pequeño gemido de placer.

—Es un buen trozo de madera. Derek hizo un buen trabajo de recorte.

A papá no le importaba alterar la madera, solo le gustaba pintarla. Siempre hacía que otro hiciera el recorte.

—Creo que la pintura tiene algo que ver—dijo mamá.

Sentí que tal vez él también necesitaba unas palabras amables de mi parte.

—Está muy bien—dije.

Él se rio y apoyó su mano de pulgares grises en mi cabeza.

—Es solo una falsificación, Johnny. Es bonito, pero no es lo que parece. Hay que tener cuidado con esas cosas. Hay gente que quiere metal, pero solo está dispuesta a pagar por madera.

Capítulo Dos

EL OTOÑO

Nací en Alabama, pero no recuerdo mucho de ella. Tenía cuatro años cuando mamá y papá se mudaron a Chicago, llevándonos a mí y a mi hermana Katherine. Estoy seguro de que al principio me asusté. Chicago es todo ruido y ladrillos y suciedad y corrales y trenes. Las vacas están allí solo para ser matadas, los árboles son escasos y se mantienen en reservas. Los edificios se alzan por doquier, cuadrados y bajos, altos y esbeltos. Me asusté cuando la vi a través de la ventanilla del tren. Pero fue en Chicago donde crecí. Katherine era mayor cuando llegamos. Ya estaba metida en sí misma, o eso creía. No se asustó en absoluto por Chicago, y debería haberlo hecho. Creo que empezamos a perderla ese día cuando llegamos a Union Station.

No recuerdo ningún edificio en Alabama. Solo recuerdo la casa del abuelo. Todos vivíamos allí, también, mamá y papá y Katherine y yo, pero siempre fue la casa del abuelo, nunca la de papá.

El abuelo era granjero. Ahora creo que era un agricultor arrendatario de otra familia. Tenía su pequeña casa hecha de tablas grises que ya no encajaban bien, de modo que los huecos le servían de ventanas y ventilación. El jardín era silvestre, lleno de arbustos enmarañados y matorrales que constituían una gran carrera de obstáculos para un niño atolondrado. Yo consideraba el patio mi selva personal y mi madre me lo permitía;

siempre podía oírme pelear con leones y tigres imaginarios mientras los perseguía por el desierto sin huellas frente a nuestra casa. Y, por supuesto, normalmente podía verme a través de los huecos de las paredes.

Cerca de la casa discurría un camino magro y poco transitado, tan fino y torcido como un arroyo. Al otro lado de la carretera comenzaban los campos, campos donde trabajaban el abuelo y papá. Aquellos campos parecían extenderse eternamente y estaban vedados para mí porque papá, el abuelo y otros hombres trabajaban con animales y aperos afilados. Pero el trabajo era realmente del abuelo. Papá detestaba la agricultura. Odiaba todo lo relacionado con ella; odiaba las mulas, odiaba el arado, odiaba las cosechas por crecer y odiaba la guadaña para cosecharlas. Se conformaba con dejar que la tierra hiciera lo que quisiera, y por eso nuestro jardín delantero tenía el aspecto que tenía.

Papá quería ser artista, pero en Alabama no había oportunidades para ello. Se dedicó a pintar en las paredes de dos por cuatro que no utilizaba, con la pintura de casa que le daban otras personas, pintura que nunca habría considerado utilizar en la casa. Pintaba lo que veía, colinas y vacas y cielos azules y altísimas columnas blancas de nubes, con pequeñas personas negras debajo de ellas ganándose la vida. De vez en cuando, utilizaba una de sus tablas para rellenar un hueco en las paredes podridas de la casa de su padre, aportando brillo aquí y allá. Puedo verlas en mi mente, pero no sé si realmente las recuerdo; él hablaba mucho de ellas y las ponía en mi imaginación. La mayoría de sus cuadros los regalaba a quien se interesara por ellos, y probablemente más de uno acabó llenando huecos en otras casas como lo hacían en la nuestra. Me gusta pensar que aún quedan algunas por ahí, tal vez escondidas bajo una ventana hundida o sosteniendo la barandilla de un portal, pero estoy seguro de que todas han desaparecido. O bien las propias casas han sido destruidas, o bien la pintura barata que utilizaba mi padre se ha desvanecido y la madera ha vuelto a ser gris.

Papá se mudó a Chicago para alejarse de la agricultura y porque esperaba poder poner en práctica sus habilidades artísticas. Mamá se mudó a Chicago porque papá se iba para allá y porque quería algo de justicia social. Esa era su frase. Estaba cansada de vivir en una zona en la que todo el mundo decía el nombre de Jesús pero luego permitía que los blancos lincharan a los negros y actuaran como si estuvieran de fiesta. Estaba cansada de vivir en un lugar donde los negros tenían que aguantárselo. Ella quería justicia social, dijo, tanto que pensé que era algún tipo de producto que no podía conseguir en el Sur. Todavía no sé realmente lo que ella pensaba que quería. Creo que solo quería el ambiente, solo quería respirar aire libre.

No encontró tanta libertad como esperaba, al menos, no al principio. No tenía ninguna habilidad especial, salvo la de cocinar platos que convencían a la gente de darle su dinero en las ventas de pasteles de la iglesia. En Chicago, utilizó ese talento para conseguir un trabajo cocinando para una familia blanca adinerada que vivía unas manzanas al este de Washington Park. Su padre consiguió un trabajo en una empresa de pintura de carteles que trabajaba por toda la ciudad, tanto para negros como para blancos. Era un taller del COI (Congreso de Organizaciones Industriales) y, por primera vez en su vida, trabajó junto a hombres blancos que a veces le llamaban "Sr. Nicholas", algo que nunca ocurría en el Sur. Ambos trabajaban duro, pero ganaban un buen dinero, quizá 80 dólares a la semana. Vivíamos en un apartamento bastante bonito y pensaban que algún día podrían comprarlo. No recuerdo todas las partes físicas, pero Katherine nunca las olvidó; nunca vivió en un lugar mejor. Habló de él durante años, solía describirlo como un palacio, sus suelos de madera lisa y la puerta de entrada que era redondeada en la parte superior. Vivimos allí durante un año, y luego el mundo se vino abajo.

—La señora Carson me llevó aparte hoy—dijo mamá un día mientras doblaba la ropa.

Papá gruñó. Estaba hojeando el *Chicago Defender* y el *Bee* en busca de trabajo, mientras Katherine y yo roíamos pollo frío aún húmedo de la nevera.

—¿Qué ha dicho esta vez?—preguntó después de un momento, sin apartar los ojos de las palabras de la página. No era un gran lector y no le gustaba perder el hilo de la lectura.

Que la Sra. Carson le dijera algo aparte a mamá no era extraño. La llevó aparte para pedirle que lavara las sábanas antes de tiempo porque su hijo tenía un problema con la vejiga, también para pedirle que no se quedara nunca a solas con el señor Carson porque éste a veces bebía y dejaba que sus manos anduvieran por donde no debían, y de nuevo para advertirle que nunca guardara nada en la nevera sin pedir primero permiso, ya que habría que guardarlo en una sección separada.

—Me ha dicho que quieren reducir mi salario a la mitad y que, si no acepto, tendrán que despedirme.

Papá levantó la vista.

—Estás bromeando.

Ella ni siquiera contestó a eso. Era evidente que no bromeaba. Mamá nunca bromea sobre el dinero.

—Dijo que los problemas les están afectando a ellos también. Van a vender uno de sus automóviles y van a dejar ir al cocinero.

—Maravilloso. Ya nadie quiere que le pinten los carteles, se conforman con cartón y pintura negra, así que no tengo trabajo y ahora perdemos la mitad de tu sueldo. Niños, tal vez deban aprender a recoger algodón y mudarnos de nuevo a Alabama.

—¡No!—Katherine y yo dijimos al unísono.

—Estoy segura de que allí no es mejor, Carl.

—Estoy seguro de que no lo es. Tampoco es peor.

—Nunca es mejor ni peor, por eso nos fuimos.

Suspiró y volvió a mirar el periódico, pero allí había poco para él. Físicamente, tenía suficiente tamaño para trabajar en los corrales, pero no quería hacerlo. Quería ganar dinero haciendo algo que le interesara y que desafiara sus dotes, lo que significaba que había nacido en el lugar y el momento equivocados.

—Quiere una respuesta para mañana. ¿Qué le digo?

—Ya sabes lo que tienes que decirle—dijo él sin levantar la vista.

Unos dos meses después, nos mudamos a un apartamento de esos tan pequeños que los llamaban cocinas, más cerca de las vías del tren. Los trenes no estaban tan cerca, pero podías sentirlos retumbando en tus huesos, todo el tiempo, así que nunca podías olvidar que estaban ahí. El apartamento era uno de los treinta que se habían habilitado en una gran casa antigua que antes albergaba a una sola familia. El edificio había envejecido y se había deteriorado, pero todavía se podían vislumbrar destellos de su antigua gloria. Algunas de las puertas tenían arcos muy elaborados, con travesaños de cristal que habían sido pintados para cerrarlos; algunos de los techos eran de hojalata prensada, con pequeños y elaborados diseños levantados en ellos como venas bajo la piel; el mármol asomaba aquí y allá desde los alféizares de las ventanas. Nuestra cocina no tenía nada de eso. La habían estampado en el rincón de lo que antes era una habitación mucho más grande. Un falso techo ocultaba la lata, la puerta había sido tallada en una delgada pared divisoria, y no demasiado recta, y el alféizar de la ventana estaba hecho más de grietas que de madera, goteando furiosamente cuando llovía.

Un hornillo y una nevera se apoyaban en la pared lateral como invitados incómodos en una fiesta. El resto era solo un cuarto y tenía que albergarnos a los cuatro, así como a los invitados que pudieran venir. El baño estaba al final del pasillo y se compartía con la mitad del edificio. A mí no me molestaba demasiado, pero mamá lo despreciaba y para Katherine probablemente fue su perdición.

No tardamos mucho en mudarnos. Todo lo que poseíamos lo habíamos llevado en un tren (y desde entonces habíamos añadido muy poco), así que la tarea se hizo en el espacio de una tarde, incluyendo el tiempo de viaje. Lo primero que hizo mamá fue colocar el pequeño cuadro de Jesús que llevaba a todas partes. Miraba al espectador con un atisbo de sonrisa y, con una mano, revelaba un corazón rojo y brillante.

—Él vela por nosotros, estemos donde estemos—dijo mamá—. Incluso en las circunstancias más adversas.

—No es *tan* malo—dijo papá, irritado. Le había costado trabajo incluso encontrar este lugar.

Capítulo Tres

LA TIERRA PROMETIDA

—¡Le di a uno!—dije, pero sin mucho ruido.

Mi amigo Nelson Ray y yo jugábamos a ser pilotos de bombarderos de la Primera Guerra Mundial. Nuestras bombas eran bellotas. Nuestros objetivos, en lugar de los alemanes, eran quienes pasaban por debajo del roble más grande del lado oeste del parque Washington.

En mi memoria, pasaba casi todo el tiempo en el parque. Sentía que tenía el mundo entero abierto para mí cuando estaba allí. Lo tenía todo: árboles, caballos, hierba suficiente para hacer dos o tres campos de fútbol, una laguna tan grande como el océano. Eso es lo que parecía en aquel momento.

En aquella época, nuestros padres nos dejaban salir a correr todo el día por el parque. He visto cómo tu madre te vigila desde la ventana de la cocina. Si te pierdes de vista durante tres segundos, sale por la puerta tras de ti. Eso no está mal, sé que tiene buenas intenciones. Pero las cosas no solían ser así. Los niños eran niños entonces, y se suponía que debían estar afuera, y eso estaba bien para mí. Si me atrevía a quedarme dentro demasiado tiempo, mi madre me buscaba algo que hacer.

Nelson era un niño pequeño, incluso más pequeño que yo, pero era rápido y podía trepar como un mono. Vivía al este del parque, en algún lugar (nunca fui a su casa y él nunca vino a mi cocina), pero su padre tenía una tintorería en el vecindario y en general se le consideraba justo con los negros. Su padre sabía que jugaba conmigo, porque a veces me encontraba con él en la tienda, pero obviamente no le importaba. Eso no significaba nada para mí en aquel momento. Ahora sí.

—No creo que le hayas acertado—dijo Nelson desde arriba.

Estaba más alto que yo en el árbol, tendido sobre una rama como una pantera.

—Sí lo hice.

—Ella no miró hacia arriba.

—Sin embargo, la golpeé. La vi rebotar en su pie.

La verdad es que era un poco difícil divisar nuestras victorias, porque en cuanto soltábamos las bombas, recogíamos brazos y piernas lo mejor que podíamos para escondernos. Pero me pareció ver cómo rebotaba en su pie.

—Aquí viene alguien—susurró Nelson—Es mío.

Un hombre grande pasó por debajo, con un traje elegante y un sombrero de fieltro colocado en un ángulo alegre, con una pequeña pluma roja. Esperaba ver la bellota caer y oír el grito simulado de una bomba cayendo, pero no pasó nada.

—¿Qué pasó?—pregunté.

—¿Has visto a ese tipo?—respondió Nelson—¡Era enorme!

—¿Y? No va a subir aquí por ti, no vestido así.

—No me importa. Es grande. Solo quería que pasara.

Justo en ese momento oímos un sonido desgarrador. Miré hacia arriba y vi un viejo avión que remolcaba una pancarta en el cielo de la ciudad. La pancarta anunciaba un restaurante o algo así, pero estaba inclinada y no pude leerla bien. El avión era un biplano, un artilugio de dos alas que había quedado de la Primera Guerra Mundial. O bien había sufrido graves daños durante la guerra, o bien había quedado sin reparar, o ambas cosas. Sonaba como una motocicleta mientras chisporroteaba sobre el azul. Lo observamos hasta que desapareció detrás de los edificios de apartamentos del otro lado del parque, y medio esperábamos oír un estrepitoso choque.

Cuando desapareció, apoyé el estómago en la rama y mantuve los brazos estirados.

—Cuando sea mayor, voy a ser piloto—dije.

—¿Piloto?—dijo Nelson—¿Qué clase de piloto?

—Del ejército. Un piloto de bombarderos. Lanzando bombas *de verdad*, no bellotas. Voy a bombardear a los alemanes.

—Pero ya no estamos luchando contra los alemanes. Y, de todos modos, no puedes ser piloto de bombarderos.

—¿Por qué no?

—Johnny, mira tus brazos.

Lo hice. Eran negros, igual que ahora.

—Por eso. Eres un negro. El gobierno no te dejará.

—¿Y qué? Todavía puedo tomar un palo y bombardear Alemania.

—Ya no estamos luchando contra los alemanes.

—Ya lo sé. Todavía puedo bombardear a cualquiera que necesite ser bombardeado.

—Sé que puedes. Aunque no sé si serías un buen bombardero, por la forma en que dejas caer las bellotas. Pero, de todos modos, no importa, no te dejarán.

—¿Quién? ¿El ejército? ¿O los blancos?

—Es lo mismo.

—¿Pero por qué no? No tiene sentido—Sabía que tenía razón; no podía nacer en Alabama y no saber que tenía razón. No podía crecer en Estados Unidos y no saber que tenía razón.

—Ellos no creen que puedas manejarlo, supongo. Nunca oyes hablar a los blancos. Algunos ni siquiera quieren que conduzcas, así que seguro que no te quieren encima de sus cabezas en un avión.

Cuando Nelson me contaba cosas que yo ya sabía, no se me ocurría odiarlo por ser una de las personas que querían retenerme. Sabía que él no era así. Podía separarlo de las personas de las que hablábamos. Si un niño puede hacer eso, no sé por qué los adultos no pueden. Bueno, ahora lo sé, pero entonces no lo sabía.

Aquella noche, mientras estaba tumbado en mi pequeña cama en un rincón de la cocina, ardía en deseos de ser piloto del ejército solo porque Nelson decía que no podía. El deseo me había acompañado toda esa tarde. Nelson y yo habíamos causado un infierno a los alemanes que estaban debajo de nosotros con nuestras bellotas explosivas hasta que algunos de los chicos mayores que jugaban en el parque nos amenazaron con acercarse a donde estábamos y hacernos comer esas bellotas, o algo peor. Entonces habíamos suspendido nuestra campaña de bombardeos, pero yo seguía pensando en ello.

Aquel día nació en mí el deseo de volar. A diferencia de tantos intereses infantiles, ese no murió durante muchos años. Sin embargo, Nelson ya está muerto. Cada vez le veía menos a medida que la vida nos separaba, hasta el punto de que probablemente no le habría reconocido de adulto si le hubiera visto por la calle. He oído que se hizo cargo de la tienda de su padre, tuvo un par de hijos y luego fue reclutado. Cometió un error; no volaba. Era de infantería. He oído que murió en la Batalla de las Ardenas. Así que ahora sabe más sobre la vida y la muerte que yo.

Mi tío Abe nos visitó la semana siguiente. Yo seguía pensando en mi falta de potencial para volar, así que se lo comenté.

—¿Por qué estás tan deprimido, pequeño?

—Déjalo en paz, Abe, déjalo en paz, —dijo la tía Eveline.

Estaba leyendo una pila de periódicos que le habían prestado los Jackson al final del pasillo. Eveline se conformaba perfectamente con estar callada durante horas y horas, pero Abe no era un lector y no era él mismo si no hablaba.

—Solo le estoy haciendo una pregunta al joven—dijo—. Lee tus papeles, mujer. Algo le tiene alterado. Mira esa cara tan seria.

Abernathy, o Abe, era un hombre grande con grandes apetitos. Ocupaba casi toda una esquina de la cocina cada vez que nos visitaba, mientras que la tía Eveline apenas ocupaba una silla. No sé de ningún alimento que no comiera y en gran cantidad. Su pecho era enorme, casi tan grande alrededor como uno de los robles del parque, y lo vestía con los mejores trajes que podía permitirse. Recorría todo el país en un gigantesco Cadillac amarillo con la tía Eveline, moviéndose sin miedo por el Sur profundo, incluso por los lugares en los que a los negros no se les permitía parar para ir al baño, que era casi en todas partes. El tío Abe decía que tenía la vejiga más grande del Sur y que no necesitaba parar.

—Estaba pensando en algo, eso es todo.

—Cuéntame. Dile a tu tío Abe. Tú, el tío Abe y Dios pueden resolverlo.

Unas palabras sobre Dios y el tío Abe: el hermano "pequeño" de mamá era una especie de predicador. Había tenido una variedad de trabajos (algunos de los cuales hicieron que mis padres discutieran) pero el más reciente era el de predicador con patas de gato. Sentía la llamada de Jesús, decía, y quería un rebaño al que guiar.

—Siente la llamada de George Washington—dijo papá cuando se enteró de la noticia—y quiere algunas ovejas para que le den tantos Washingtons como sus manos puedan sostener.

El problema para Abe era que vagaba tanto que no era conocido en Chicago. No podía simplemente aparecer y hacer funcionar una iglesia.

—Tienes que entrar con la gente y conocer la iglesia—decía—. Tienes que saber qué necesita la gente. Tienes que averiguar por qué su actual pastor no se lo está dando, y luego tienes que proporcionárselo.

El tío Abe se convirtió en pastor asistente de la South Side Baptist Fellowship, que se reunía en un edificio que solía albergar una charcutería judía. Allí íbamos mamá y yo a la iglesia con regularidad, a veces acompañados por un papá reacio, y a veces por una Katherine aún más reacia. También había otro pastor asistente, otro tiburón en el tanque. Los cargos no eran remunerados y se cubrían sobre todo en caso de que el hermano Johnston estuviera enfermo. También daba a los pastores asistentes la oportunidad de socavar al Hermano Johnston siempre que podían para poder fundar sus propias iglesias. El hermano Johnston gozaba de buena salud en ese momento, así que el tío Abe no tenía mucho que hacer más que holgazanear en la cocina y hablar conmigo.

—No estoy molesto. Es solo que mi amigo dijo algo el otro día y he estado pensando en ello.

—¿Qué amigo?

Cuando el tío Abe te prestaba atención, te prestaba atención. Su rostro se asentaba en lo que parecía casi una parodia de preocupación, pero estaba serio. Era un buen rasgo para un aspirante a predicador.

—Nelson. Nelson Ray.

—¿Ese pequeño pelirrojo blanco con el que te he visto? ¿Su padre tiene esa tintorería en la calle 45?

—Así es.

—He oído hablar bien de su padre. Preferiría que un hombre de color tuviera ese negocio, pero si un hombre blanco debe tenerlo, supongo que el padre de Nelson es lo suficientemente bueno. Entonces, ¿qué te dijo este joven?

—Me dijo que no podía volar para el ejército porque soy negro.

La tía Eveline, que se suponía que estaba leyendo, resopló una pequeña risa ante eso.

—¿Por qué haces ruido, mujer?—preguntó Abe—. El joven tiene una preocupación seria.

—Nadie, blanco o negro, debería volar—dijo Eveline—. Los pájaros y los murciélagos, porque tienen alas, y eso es todo.

Era callada pero consecuente a su manera y no creo que haya volado en toda su vida.

—Silencio—dijo Abe, volviéndose hacia mí—. Bueno, Johnny, tengo que decirte que tu amigo tiene razón. No puedes volar para el ejército. Pero eso no significa que no puedas volar en absoluto.

—Pero, ¿cómo? —pregunté.

—No tienes que ser un aviador militar. Puedes volar el correo, o simplemente hacer acrobacias con los aviones, si quieres.

—Abe, ¿por qué no lo matas ahora y terminas con esto?—dijo Eveline.

—No voy a apagar los sueños de los jóvenes—respondió Abe—. Ahora, Johnny, hay un problema. Te resultará difícil formarte en este país. El hombre blanco nos mantendrá abajo como pueda, y eso incluye mantenernos en el suelo. Pero hay lugares a los que puedes ir donde están dispuestos a mirar más allá del color de tu piel. Tienes que ir a Francia.

—¿Francia?—dije, al unísono con la tía Eveline.

—Así es, Francia. Francia ha entrenado a los pilotos de color. Lo leí en el *Defender*. Hubo un hombre de color que fue a Francia en la Gran Guerra. El ejército estadounidense no le permitió volar, pero voló para Francia y pudo derribar aviones alemanes tan bien como nadie. Se convirtió en un as. Y estaba Bessie Coleman. ¿Has oído hablar de Bessie Coleman?

Me sonaba un poco familiar, pero no estaba seguro.

—Era de aquí, de Chicago. Una mujer, además. Solía arreglar el cabello aquí en el barrio, pero decidió que quería volar aviones. Fue a Francia y aprendió a hacerlo, y luego regresó y le mostró a todo el mundo cómo podía volar una mujer de color.

—Y se estrelló con su avión y murió—dijo Eveline.

—¡Mujer! ¡Estoy tratando de animar a este chico!

—Anímalo a no correr peligro, entonces.

El tío Abe puso los ojos en blanco.

—Vamos, salgamos al pasillo.

Me puso la mano del tamaño de un guante de béisbol en el hombro y me guió hasta el pasillo, que era lo contrario de nuestra limpia y bien organizada cocina. Tenía tres candelabros, pero solo una bombilla que resistía en la oscuridad, y contaba con varios trozos de papel pintado que competían entre sí, con diseños antiguos que asomaban por debajo de los nuevos, como si el lugar fuera una excavación arqueológica a medio terminar.

Uno de nuestros vecinos, el Sr. Roswell, estaba sentado en el pasillo en una silla de madera, mirando el *Defender* bajo la tenue luz amarilla de la única bombilla que funcionaba. Tenía unos sesenta y cinco años, delgado como un palo, pero sano. Nunca tenía dos monedas de cinco centavos en el bolsillo, pero siempre se vestía como si fuera a la ópera. Mantenía la silla en el pasillo porque seguro que se cruzaba con alguno de los muchos otros residentes del edificio cocina, sobre todo porque su propio y diminuto apartamento estaba cerca del baño compartido. El periódico era una excusa para sentarse afuera; apenas sabía leer y escribir. Se sentó en su silla esperando a su presa, como una araña.

—¡Abe! No sabía que estabas en la ciudad.

A nuestros vecinos siempre les gustaba ver al tío Abe, y a él le gustaba verlos a ellos. Intentaban pedirle dinero prestado, y él intentaba pedírselo a ellos, creo que acababan pasando los mismos dólares andrajosos de un lado a otro.

—Sí, George, así es. Veo que tienes buen aspecto, como siempre.

—Y hola, joven Johnny.

—Hola, Sr. Roswell.

—Saluda a tu madre y a tu padre de mi parte, Johnny. Y a tu hermana también.

Katherine estaba empezando a llamar la atención de muchos hombres del edificio, y no solo de los jóvenes.

—Lo haré, señor.

—Tan educado. Abe, espero que no estés sacando a este joven al pasillo para castigarlo por algo.

—No, en absoluto, George. Solo estoy tratando de alejarlo de la influencia negativa de esa loca esposa mía. Estoy tratando de decirle que necesita ir a Francia.

—¡Francia!—dijo el Sr. Roswell—. ¿Por qué querría hacer eso? ¿Hablas francés, Johnny?

—No, señor.

—¿Lo ves?—dijo el Sr. Roswell.

—Eres tan malo como Eveline. El chico puede aprender francés, cualquier tonto puede aprender francés si quiere. Lo que podría conseguir allí es libertad.

El Sr. Roswell pareció pensar en eso.

—Bueno, los blancos de allá parecen un poco más tranquilos con estas cosas—concedió.

—Así es—dijo Abe—. Un hombre de color allá puede tener propiedades donde quiera. No tiene que vivir solo con los suyos.

—También tienen a esa Josephine Baker, según he oído—dijo el señor Roswell—. Ella baila frente a audiencias blancas.

—¿Quién está aquí hablando de Josephine Baker?—dijo otra voz.

Era Lance Wilson desde el piso de arriba. Era un hombre espigado, no mucho mayor que Katherine. Dirigía los números de lotería desde una tienda al final de la calle, una especie de lotería constante que no pagaba mucho, pero a la que tampoco costaba mucho jugar. Mi madre decía que también hacía otras cosas y me decía que me mantuviera alejado de él. Pero siempre me pareció simpático. También era muy alto, y eso me impresionó en su momento.

—Le decimos a este joven que debería ir a Francia—dijo el señor Roswell, encantado de tener una fuente adicional de conversación.

—¿Francia? No va a ir a Francia antes de que yo vaya—dijo Wilson—. Yo le sacaría mucho más provecho a un espectáculo de Josephine Baker que él.

—Quiere pilotar aeroplanos—dijo el tío Abe. Siempre decía aeroplanos. La primera vez que se lo oí decir pensé que había dicho "aros planos".

—Y debería volar aviones si quiere--continuó el tío Abe—. En Francia, le dejarán hacerlo.

—Le dejarán hacer cualquier cosa en Francia—dijo Wilson con aire de autoridad, como si no acabara de anunciar que nunca había estado allí—. Un negro puede ir allá y tener una esposa blanca, si lo desea. Puede hacer lo que quiera.

—Dejaron volar a un hombre de color en la Gran Guerra—dijo el tío Abe—. Ya sabes, derribó algunos aviones, se convirtió en un as.

—Sí, yo también he oído hablar de él—dijo Wilson—. Aunque no recuerdo su nombre.

—Leí sobre él—dijo el Sr. Roswell—. Yo tampoco recuerdo su nombre.

—Será mejor que me vaya—dijo Wilson—. Tengo un sorteo pronto. Cuídense todos. Saluda a tu hermana, jovencito. Y avísame antes de que te vayas a Francia.

—Lo haré.

Después de eso, empecé a leer todo lo que podía sobre Francia, mirando artículos de periódicos y libros en la biblioteca. Hablaban francés. Tenían una cocina exquisita y comían caracoles, que me parecían desagradables pero interesantes. La población del país era de 40 millones de personas. Utilizaban francos, sea lo que eso fuera, como moneda en lugar de dólares. Y no parecían odiar a los negros. Una mujer llamada Josephine Baker se estaba haciendo famosa por bailar allí y no tenía que hacerlo solo ante el público negro. Y el tío Abe tenía razón sobre el piloto de caza. Era Eugene Jacques Bullard. Le dejaron volar para Francia en la Gran Guerra, y derribó dos aviones alemanes. Pero no era un as. Había que derribar al menos cinco aviones para ser un as.

Decidí que quería ser un as, si alguna vez había una guerra de nuevo.

Capítulo Cuatro

LA CAÍDA DE KATHERINE

Mamá estaba enfadada. Esa noche no fue posible dormir en la cocina mientras ella daba vueltas como una leona. No era una leona protegiendo a sus cachorros. Iba a comerse a una de ellos, si ésta llegaba a casa.

Katherine estaba volviéndose una mujer cuando apenas comenzaba la adolescencia. Estaba corriendo hacia allá tan rápido como podía, y podía ir bastante rápido. Mi hermana era alta para su edad, alta y esbelta, pero con curvas que brotaban en todos los lugares que garantizaban la atracción de los hombres. Había muchos hombres con nada más que tiempo en sus manos. La economía estaba destrozada y no había en qué gastar el tiempo, y la energía, sin trabajo que la extrajera de sus jóvenes extremidades.

Empezó a estar fuera de casa hasta más y más tarde. Los tiempos eran difíciles y cada vez más gente seguía el mismo camino de nuestra familia, levantando tienda en el sur para dirigirse a Chicago, buscando lo mismo que nosotros y todos los demás. Las escuelas funcionaban en dos turnos y Katherine tenía el turno de tarde, y llegaba a casa se hacía cada vez más tarde. Ella decía que estaba estudiando, pero sus calificaciones no lo reflejaban.

—Si ese es el tipo de calificaciones que obtienes después de todo tu estudio, niña, tienes un problema mental—le decía mamá.

—Es difícil—respondía Katherine, con la voz tan tensa y aguda como la de mamá—. Tú no sabes nada de eso.

Parecían soportes de libros mientras discutían, porque sus cuerpos habían adoptado la misma posición: cabezas inclinadas hacia adelante, caderas hacia afuera, codos derechos torcidos a noventa grados, manos sobre las caderas. Se parecían un poco, aunque mamá se había redondeado donde Katherine seguía siendo angulosa.

—Niña, sabes que soy educada. No hay nada que estés estudiando que yo no sepa. Y sé que tú no estás estudiando. Parece que no miras a tu alrededor. Si no estudias, si no te educas, nadie lo hará por ti. Si no te educas, no vas a llegar a ninguna parte en esta vida.

—¿Como aquí? ¿Si me aplico, puedo acabar en una cocina miserable, trabajando para los blancos por una miseria y casada con un hombre que no puede conseguir un trabajo? ¿Eso es lo que me espera?

Mamá quería mantenerla en casa, pero acabó echándola por la puerta. Creo que esa fue la primera noche en que las cosas llegaron a un punto crítico entre ellas, y después de eso fue casi como si Katherine hubiera muerto, porque se convirtió en un fantasma. La gente hablaba de ella, sobre todo los hombres, pero rara vez estaba cerca, aunque de vez en cuando me parecía ver su cara justo antes de que se perdiera en las sombras. Seguía viniendo a casa, aunque no era como si realmente viviera allí, y a la primera palabra cruzada de mamá o papá se iba de nuevo, como la suciedad que papá quitaba de la madera antes de pintar sus carteles.

Creo que nunca la conocí bien. Era cuatro años mayor que yo. Eso no importaba mucho en Alabama, pero era toda una vida en Chicago. Llegó a la tierra de la tentación justo en el momento en que buscaba ser tentada. Ningún camino se cerró para ella. Sin embargo, no era una persona ruidosa. Era tranquila, reservada, plácida como el mar. En eso se parecía a papá. Tenía habilidad para hacer amigos, aunque, según mamá, solo la utilizaba para hacer los equivocados. También heredó la férrea voluntad de mamá, pero creo que solo la utilizaba para oponerse a ella.

Aprovecharé este momento para recordar a Katherine, que hace tanto tiempo que no está conmigo. No sé si está viva en este momento, o hace tiempo que está muerta. La recordaré como me gustaría recordarla, cuando era sólo una adolescente encaminada a los problemas. Era delgada, con una piel suave que era lo suficientemente clara como para preocupar a mamá. Mis dos padres eran morenos, mi padre especialmente; mi hermana era clara, como ya he dicho, y yo estaba en un punto intermedio. La piel clara era algo que se deseaba en aquellos días, en aquel lugar. Prácticamente toda la estructura social del South Side se basaba en el color de la piel, y cuanto menos tuvieras, mejor estabas. Los periódicos negros que atacaban las acciones del hombre blanco alimentaban sus arcas con anuncios de cremas que garantizaban el aclaramiento de la piel. Mamá se quejaba de estos anuncios cada vez que los veía, y sabía del peligro que el pellejo de su hija suponía para ella, pero se sentía impotente para impedirlo porque era algo que había hecho Dios y siempre supo que Dios era mucho, mucho más grande que ella.

Una tarde, estaba mirando por la ventana observando a mucha gente en la calle. Entonces vi a Katherine, pequeña allí abajo, abrazando sus pocos libros contra su pecho. Había otras personas alrededor, pero no me había fijado en nadie que anduviera con ella. Mamá se asomó a la ventana y la vio al instante y se olió los problemas. Podía detectar las fechorías de Katherine a una milla de distancia, como una madre murciélago capaz de oír los gritos de sus bebés en el estruendo de una cueva oscura.

—¿Quién te acompañó a casa?—le preguntó mamá a Katherine cuando entró por la puerta.

—Solo un chico—dijo Katherine.

Le concedo una cosa, nunca mentía. Podía no decirte lo que querías oír, pero no mentía.

—¿Qué te he dicho sobre los chicos?

—Que no debo andar con ellos.

—Así es.

—Pero yo no andaba con él. Había hablado conmigo en la escuela y le dije dónde vivíamos, y quiso acompañarme a casa para que estuviera segura. Me pareció muy caballeroso.

También era muy inteligente. No sabía lo que significaba "caballeroso", tuve que buscarlo. Era una palabra francesa. Era un arma de doble filo lo que decía. Le mostraba a nuestra madre que estaba aprendiendo cosas y, al mismo tiempo, se metía con nuestras reducidas circunstancias. Katherine sabía perfectamente que no vivíamos peor que en Alabama, pero rara vez perdía la oportunidad de recordarle a nuestros padres que podíamos estar mejor.

Mamá se inclinó sobre la mesa y le enseñó los dientes a su hija como un perro salvaje.

—La caballerosidad ha muerto—afirmó.

El caso es que a Katherine no parecían importarle mucho los chicos ni de un lado ni de otro. No podía evitar atraerlos, igual que una flor no puede evitar atraer a las abejas. Solo tenía que abrir sus pétalos y ellas vendrían. Era inteligente, cuando tenía ganas de demostrarlo, y divertida. Podía hacer maravillosos dibujos de cualquier cosa. Una vez me dibujó a mí mirando por la ventana y yo ni siquiera sabía que lo estaba haciendo. Mi mente estaba a un millón de kilómetros de distancia. Yo era Flash Gordon protegiendo a Chicago de las malvadas hordas de Ming el Despiadado, que bajaban volando entre los edificios ratoneros, obligando a la gente a huir tan rápido que los hombres tenían que sujetarse el sombrero. No la oí rayando. La imagen parecía una fotografía. La llevé conmigo durante muchos años y desearía tenerla todavía.

Tenía más amigas que novios, pero nunca parecían durar mucho porque siempre aparecía un chico y se interponía entre ellas. Recuerdo que sus amigas venían a casa porque Katherine solía echarme de la cocina y yo tenía que hacer los deberes en el parque. Mis escritos siempre quedaban mal porque nunca tenía nada apropiado donde escribir. Tenía que usar la corteza de los árboles o la tierra o los listones agrietados de los bancos. Pero, como ya he dicho, entonces aparecía un chico y creaba una histeria de gritos entre Katherine y alguna antigua amiga. Nunca lo entendí.

Hice algunos votos mientras veía crecer a Katherine en Chicago. Juré que nunca haría llorar a mis padres. Seguro que ella lo hizo, especialmente a mi madre. Katherine hacía que la rabia subiera en Madre como un volcán, pero en lugar de lava, ella estallaba en lágrimas, aunque solo cuando Katherine se iba. Nunca dejaba que su hija la viera llorar. Solo mostraba la rabia, lo que probablemente era un error.

También juré que nadie me diría lo que tenía que hacer. Al principio, me enorgullecía de la independencia de Katherine, de su capacidad para ir y venir a su antojo. Me llevó un tiempo, y tuve que escuchar algunos sermones de mi madre antes de darme cuenta, pero finalmente comprendí que ella no tenía verdadera libertad. Se limitaba a ceder el control a otras personas, a saber, a la serie de hombres que se relacionaban con ella. No era libre, como tampoco lo es una flor en un jarrón. Sé que sigo mencionándola como una flor, pero es la única metáfora que parece encajar. Ella era una hermosa flor en un prado, y todo el mundo tenía que pararse sobre ella para verla, y le quitaron el sol y murió.

También juré, más tarde, que sería fiel a mí mismo. No sabía exactamente qué significaba esto, no de una manera que pudiera poner en palabras, pero sabía lo que quería decir con ello. Katherine no tenía metas para sí misma, no tenía una columna vertebral; se contentaba con tomar prestada la columna vertebral más cercana a su alrededor. Yo nunca sería así.

Rompí todos esos votos, uno tras otro. Hice llorar a mis padres. Hice lo que me dijeron. Y me perdí por un tiempo. Pero Katherine siempre estaba por delante de mí. Ella cometió sus errores con rapidez, imprudentemente. Me tomó la mayor parte de mi vida seguir sus pasos.

Capítulo Cinco

LA COMPETENCIA

--Ve a pedirle a tu padre que recoja algunas lechugas, si es que encuentra —pidió mamá.

Estaba ocupada horneando pan para la recaudación de fondos de la iglesia del tío Abe y no quería dejarlo porque ya había oído a los hombres en el vestíbulo, crujiendo como ratas. Una vez había horneado unas galletas para una ocasión similar, pero salió unos minutos para recoger la ropa de los tendederos que así vestidos parecían filas de esqueletos en la parte trasera del edificio. Solo estuvo fuera unos minutos, pero su ausencia coincidió con una de las apariciones del huracán Katherine. Había llegado con uno de sus muchachos, seguido de unos cuantos vecinos que de repente decidieron pasar por allí, y mamá al regresar encontró su almacén de galletas gravemente mermado y el sueño del tío Abe de tener una iglesia propia mucho más lejos.

El hecho de que Katherine volviera a casa no suponía un gran peligro (ya casi nunca lo hacía), pero mamá nunca le había quitado las llaves, así que no se podía descartar la posibilidad. Mamá le había hablado a papá de la lechuga antes de que se fuera, pero él era propenso a ser olvidadizo. No bebía en exceso, ni perseguía a las mujeres, ni se gastaba el alquiler jugando a los números de lotería, tres defectos ampliamente compartidos en nuestro barrio, pero no siempre era fiable a la hora de traer las cosas a casa.

Era fiable en cuanto a la forma que elegía para volver a casa. Trabajaba por todo el barrio e incluso fuera de él, en zonas blancas de la ciudad. Pero siempre volvía por la calle 47, como una paloma que sigue al sol hasta su casa. Todavía no había anochecido, así que bajé a la planta baja del edificio. Esperaba encontrarme con él en las escaleras al subir, pero no estaba allí. Esperé fuera del edificio, con un poco de recelo porque a mamá no le gustaba que hablara con muchos de nuestros vecinos. Al igual que yo, esperaba que papá llegara a casa casi en cualquier momento.

Él no llegó. Decidí dar un pequeño paseo calle arriba para ver si podía alcanzarlo y que no tuviera que dar marcha atrás y volver a la tienda judía un par de manzanas más arriba. Empezaba a oscurecer y la gente se dirigía a sus casas, trabajadores de los corrales con monos y sombreros sin forma y tipos de la alta sociedad con corbatas y fedoras, todos ellos pasando por delante de mí con los ojos muertos. Seguí subiendo, pasé por un par de bares donde la música tintineaba en la acera y, al mirar dentro, vislumbré sombras inclinando vasos. Todavía nada de papá.

Volví a casa e informé de que no le había visto. Mi madre se irritó al principio y luego se enfadó. Se paseaba por la pequeña cocina como siempre hacía cuando estaba nerviosa o molesta. Estaba frustrada porque no podía imaginar dónde podía estar él. Como dije, él no bebía, así que no estaría entre esas sombras, y mantenía una política de no jugar, así que no llegaría tarde a casa presumiendo del dinero que había ganado o minimizando lo que había perdido.

Estaba oscuro y él estaba tarde. Mamá me estaba poniendo nerviosa con su paso, así que me escabullí de nuevo y caminé calle arriba, aunque ella no me hubiera dejado si supiera lo que estaba haciendo. Caminé aún más que antes, pasando por los bares, donde la música había dejado de ser un tintineo y ahora se desbordaba hacia la acera. Me sentí como un explorador, yendo más allá del mundo conocido hasta el borde del abismo; estaba en el límite de Bronzeville y cerca de la línea invisible que marcaba dónde vivían irlandeses, polacos e italianos. Trabajaban en los corrales. Sus hijos golpeaban a los niños negros.

Era un lugar estimulante. Me sentí como Lewis y Clark en un solo hombre, de pie al borde de un ancho río y viendo el resto del Nuevo Mundo, a pesar de que solo estaba mirando a través de una calle muy gastada, una entre muchas, y las casas y edificios de ese lado se parecían a las casas y edificios de este lado. Y entonces lo vi. Iba con otros hombres, cuatro más, bajando por la calle en dirección a las vías del tren. Los otros hombres eran blancos, lo que inmediatamente me pareció mal. Mi padre no era una persona odiosa. Solo guardaba los habituales resentimientos justificados contra el hombre blanco, pero tampoco era de los que tienen amigos blancos. Ningún hombre blanco había venido nunca a casa con él, ni había puesto un pie en nuestra cocina por ningún motivo, que yo supiera. Más extraño aún, parecía tambalearse. Tal vez el canto de sirena de los bares había llegado a él después de todo, se había vuelto demasiado atractivo para resistirse. Pero entonces vi que no se tambaleaba. Solo caminaba erguido porque los otros hombres lo llevaban en brazos. Y estaba sangrando.

—¿Padre?—dije, mi voz vacilando cuando había pretendido que fuera firme y varonil—. ¿Papá?

—Aquí hay una buena razón para que conozcas tu lugar—le dijo uno de los hombres blancos a papá. Estaba a la derecha de Padre, llevándolo bajo el brazo. En la tenue iluminación de las farolas vi que su piel estaba dura y curtida y era casi tan oscura como la de papá—. Tu pequeño muchacho de la selva te está esperando.

—No hables de él—dijo papá, con una voz aún más entrecortada y suave que la mía.

—Tú no nos dices lo que tenemos que hacer—dijo el hombre a la izquierda de papá. Era delgado, pero sus músculos ondulaban contra sus huesos como cuerdas. Sus dedos eran largos y delgados. Todavía los recuerdo contra la manga blanca de papá; parecía que un pulpo lo agarraba—. No te metas en nuestro territorio.

Ya casi estaban sobre mí. Me paré ante ellos en la calle. Se colocaron delante de mí, papá como un espantapájaros en el medio. Los hombres blancos me miraron sin malicia, sin mucho interés.

—Será mejor que le digas a tu padre que entre en razón, pequeño—dijo el hombre de la izquierda, y entonces, como si fuera un movimiento de baile coreografiado, arrojaron a mi padre a la calle a mis pies.

Dejó escapar una bocanada de aire al caer, levantando una pequeña nube de polvo que se cernió alrededor de su cabeza. Permaneció tumbado un segundo y yo me quedé de pie ante él, sin poder ayudarle, sin poder moverme. Casi nunca había visto a mi padre cruzar una sola palabra con nadie, blanco o negro, y mucho menos recibir una paliza y ser arrojado al suelo como un saco de basura.

—Espera... espera—dijo, y comenzó a esforzarse por ponerse de pie. Me espabilé y le agarré el brazo para ayudarle. Me lo arrebató tan rápido que la tela áspera de su manga me quemó la palma. Se puso en pie, tambaleándose, y me dio la espalda. Corrió detrás de los hombres, que volvían a cruzar la calle, riendo como si uno de ellos acabara de contar un buen chiste.

—¡Esperen!—gritó papá, y los hombres se detuvieron y se volvieron, con la risa apagada en los labios—¡Necesito mis cosas!—dijo papá—¡Por favor!

—Ya no tienes *cosas*—dijo el flaco, alargando la palabra como si estuviera hablando de algo especialmente repugnante—Perdiste tus *cosas* cuando viniste a nuestro lado tratando de robarnos trabajo. Todo lo que trajiste es nuestro.

—Por favor—volvió a decir el padre, en voz más baja ahora que le escuchaban—. Por favor, no volveré. Pero no puedo comprar más. Por favor.

No tenía nada con él, ahora que lo había mencionado. Ni cepillos, ni sombrero, ni trapos, ni cubos. Su "kit", como él lo llamaba, era más pesado de lo que podía levantar.

—Lo repito—dijo el hombre, con una voz plana y fría como la de una serpiente si pudiera hablar—. Todo lo que nos has traído es nuestro.

—Por favor—volvió a decir papá, pero en voz baja, y la palabra se desvaneció y los hombres no la oyeron. Los vi alejarse hasta que desaparecieron, pequeños puntos de luz que se alejaron como guijarros caídos en un pozo. Mi padre se volvió y pasó junto a mí, y luego se detuvo.

—Sigue adelante, Johnny. Sigue adelante y dile a tu madre que no me has visto.

—Pero yo...

—Sigue adelante ahora.

—No me has visto esta noche—dijo cuando comencé el camino a casa.

Había una nota de súplica en su voz que no me gustaba y que nunca quise escuchar. Decidí, mientras me dirigía a casa, que nunca dejaría que ningún hombre me tratara como aquellos hombres trataron a papá.

Me equivoqué mucho al respecto.

Capítulo Seis

UN NUEVO TRABAJO

—Mira eso—dijo papá—. ¿Alguna vez has visto algo así?

No lo había visto. La cosa era enorme, más alta incluso que mi padre, y estaba llena de palancas, ranuras y botones. Parecía una caja registradora a la que le habían ampliado varias veces su tamaño original.

—Es una máquina de tipografía—dijo padre con orgullo—, una linotipia. Es en la que trabajo ahora.

Le había costado mucho tiempo, después de la paliza, volver a mirarme a los ojos. Nunca dije nada al respecto y él tampoco. Sé que habló de ello con mi madre, porque durante las semanas siguientes al suceso pude oír sus voces, bajas, silenciosas, como serpientes hablando, cuando pensaban que yo no estaba cerca. Pero nunca me habló de ello y nunca le pregunté. Una vez que volvió a ser cálido conmigo, me alegré de tenerlo de vuelta.

Tenía que conseguir un nuevo trabajo, eso era obvio, incluso para mí. Pude captar retazos de conversación (no es difícil hacerlo en la cocina) y me enteré de que el negocio de la pintura de carteles, que nunca fue fuerte, no se estaba recuperando lo suficiente como para seguir intentando con él. Mi padre no podía arreglárselas solo en Bronzeville, donde se quejaba de que los comerciantes y otros propietarios de negocios estaban bastante contentos con los letreros de cartón mal garabateados. Tuvo que trabajar en las partes más blancas de la ciudad, que es donde se podía encontrar el poco dinero que quedaba. Pero no era el único que trabajaba en ese territorio, como sabía de primera mano, y no jugaban limpio.

No hizo nada durante un mes después de aquella noche. Buscó trabajo, pero no encontró nada, y su sonrisa, siempre tan dispuesta, se volvió rara. Ni siquiera el tío Abe, a menudo bueno para el entretenimiento, pudo animarle durante un viaje a la ciudad. Papá se negó a intentar encontrar un trabajo en el astillero. Allí había disputas sindicales, una situación peligrosa, y él no quería verse involucrado. También quería hacer algo remotamente creativo, y creo que podría habernos matado de hambre esperando eso. Papá no era un hombre duro, pero había una dureza en él. Las cosas se estaban poniendo más magras que nunca en la cocina, y era secretamente una bendición que Katherine se hubiera ido a perseguir su propio desenfreno, ya que dejaba más comida y espacio para el resto de nosotros.

Y entonces consiguió lo que quería. El *Chicago Defender*, el periódico que lo había traído aquí en primer lugar, necesitaba un hombre para componer el tipo y trabajar en el arte de la publicidad. Uno de los amigos del editor se acordó de un cartel que el padre había hecho para él, lo recomendó y él obtuvo el trabajo.

—Ese hombre tiene muchos amigos—dijo el padre.

—No es solo eso—le recordó mamá—. Haces un buen trabajo y la gente lo recuerda.

—¿Has oído eso?—me preguntó papá—. Si haces un buen trabajo, la gente lo recordará.

Parecía darse cuenta de que yo había aprendido una mala lección de su humillación, y estaba desesperado por sustituirla en mi mente por otra mejor.

El *Defender* era algo más que un periódico. Lo era, y luchaba duramente con su competencia, y normalmente ganaba. Pero también era una causa. El *Defender* había traído más negros a Chicago que el tren Gulf Breeze desde Mississippi, decía un refrán. Nos atrajo a Chicago, nos definió. Incluso afectó nuestra forma de hablar. Al periódico no le gustaban las palabras negro o negra, prefiriendo hombre de color y mujer de color, y esa es la palabra que mi familia empezó a usar, y que yo uso hasta hoy, aunque quizá sea el único que queda que lo hace. La palabra puede tener más de un significado. Ser un hombre de piel oscura en Estados Unidos es una carrera, una carrera por mantenerse apenas adelante, una carrera para no ahogarse.

En realidad, mi padre había perdido el barco anterior. Justo después de la Primera Guerra Mundial, el fundador del *Defender*, Robert Abbott, decidió presionar para que los hombres de color del sur vinieran al norte, donde estaban libres de linchamientos y, en general, libres de la segregación, aunque la ley no podía hacer mucho al respecto. Era el momento de que los hombres de color del Sur votaran con sus pies, y lo hicieron, por miles.

A los blancos del Sur no les interesaba asociarse con los hombres de color, pero tampoco les gustaba la idea de que se fueran al país yanqui para mejorar, y muchas ciudades blancas prohibieron el *Defender*. Esto es lo que me contó mi padre, pero yo mismo recuerdo algo de ello; recuerdo que los ejemplares aparecían de vez en cuando en nuestra casa de Alabama, y recuerdo la forma en que mi padre arrugaba las cejas cuando los hojeaba; un nuevo mundo que se abría a su mente justo en ese momento.

La gente seguía yendo hacia el norte, hacia Chicago, pero ahora que estábamos aquí eso hacía que las cosas fueran más difíciles para mamá y papá. Tenían más gente con la que competir, gente movida por los mismos impulsos que ellos habían seguido. Pero, al menos, papá tenía ahora un trabajo que le gustaba, y esto era una rareza para los hombres de color en Chicago. Ahora que he vivido mucho más tiempo que entonces, me doy cuenta de que era una rareza para los hombres de cualquier tipo en Chicago, o en cualquier otro lugar. Papá siempre quiso un trabajo que le permitiera ser creativo, y lo encontró. Se encargaba de la composición del periódico, colocando las letras metálicas en hileras para imprimir las palabras (nunca entendí cómo funcionaba), pero también pudo hacer algunas ilustraciones para los anuncios, incluidos los de las cremas para la piel clara que mamá odiaba tanto.

No había leído mucho el *Defender* antes de que él empezara a trabajar allí, pero mi interés aumentó cuando me di cuenta de que la lectura podía conectarme con mi sueño: Volar. Un día encontré una historia sobre dos hombres llamados James Banning y Thomas Allen. Eran hombres sonrientes y guapos. Eran hombres de carrera, y llevaban unas gafas de sol empujadas hacia arriba, alegremente, en la frente. Porque eran pilotos. Intentaban volar de Los Ángeles a Nueva York, y el *Defender* cubría sus paradas lo mejor que podía. Al parecer no tenían mucho dinero y su avión no era el mejor, así que tenían problemas cada vez que despegaban. Eran problemas mecánicos. También tuvieron problemas del tipo habitual para los hombres de carrera que intentan probarse a sí mismos. Podían ser orgullosos aviadores cuando estaban en el aire, pero cuando aterrizaban, eran simples negros, o algo peor. Tenían que dormir en graneros, se les prohibía aterrizar en algunos aeropuertos. El *Defender* informaba de que se les llamaba los "vagabundos voladores", pero él mismo no los llamaba así.

Les costó mucho tiempo, pero lo consiguieron. Seguí sus historias tan de cerca que empecé a soñar con ellos, y una noche me caí de la cama al suelo porque soñé que me caía de su desvencijado avión.

Mucho antes de que nosotros llegáramos a la escena, el *Defender* se había encargado de apoyar a los hombres y mujeres pilotos de color, entre ellos Bessie Coleman y Eugene Bullard. Al parecer, había mucho interés en Chicago por tener a la gente de color en el aire. Tantos edificios altos les abrían el apetito de llegar más arriba. El periódico siempre había estado en la casa, pero ahora mi padre me traía a casa las primeras tiradas de la prensa cada semana, dándomelas de manos más negras de lo que ya eran. Incluso desenterraba números antiguos para mí. Los periódicos eran difíciles de leer a veces, llenos de manchas y páginas a medio imprimir, pero a menudo podía encontrar historias sobre pilotos valientes. Estaba decidido, más que nunca, a ser uno de ellos, aunque nunca había estado más lejos del suelo que el tercer piso de mi escuela. Papá sabía para qué estaba leyendo los periódicos y no puso ninguna objeción. Después de haberlo visto tan humillado, creo que me habría dejado hacer todo lo que quisiera, menos una vida de delincuencia, y no estoy seguro de que lo hubiera descartado.

La cobertura del periódico sobre los voladores de color me hizo tan feliz que también me aficioné al resto de la operación. Me gustaba visitar a papá en las oficinas del periódico. El lugar era una especie de colmena y casi siempre estaba zumbando. En la parte delantera había una entrada bonita pero desgastada, gobernada por algunas mujeres de aspecto severo, con el cabello normalmente recogido en rodetes, pero que sonreían dulcemente a los jóvenes visitantes (como yo) y a cualquiera que viniera, con el dinero en la mano, a comprar un anuncio. Detrás estaba la sala de redacción, donde iban y venían hombres jóvenes con camisas blancas, hablando todo el tiempo, escribiendo historias en papel barato o encorvados sobre esas hojas con lápices de redacción. Los reporteros y editores parecían estar en un estado de guerra constante, y cuando pasaba por allí, a menudo oía un lenguaje que no volvería a escuchar en muchos años, hasta que me alisté en el ejército.

Detrás estaba la tienda de atrás, donde trabajaba papá. Llevaba un delantal mugriento, como todos los hombres de allí. Su trabajo consistía en tomar el papel que salía de los hombres de camisa blanca y convertirlo en páginas de periódico. Para ello, disponía pequeñas letras de metal en filas utilizando esa máquina suya y luego vertía plomo caliente sobre ellas, o algo así. Nunca me dejaba estar allí cuando lo hacía por miedo a que tuviera algún tipo de lesión relacionada con el metal y mi madre viniera a acabar con su vida. Además, dijo que me ensordecería. Durante mucho tiempo, pensé que había dicho que era una máquina "Leon-tipo" porque así sonaba, y porque dijo que la máquina realmente rugía. A mí también me dieron ganas de rugir. Me ayudó a comprender que lo que decía Nelson estaba equivocado, y lo que decía el tío Abe era correcto: yo podía volar. No sería fácil, pero si creía que podía volar, lo haría.

Capítulo Siete

ACERCÁNDOSE

No quería dormir nunca en un granero ni que me prohibieran aterrizar en un aeropuerto, como James Banning y Thomas Allen. El tiempo que pasé leyendo el *Defender* no solo aumentó mi interés por aprender a volar, sino que también aumentó mi interés por ir a Francia. Quería volar, no sufrir.

Había algunos serios problemas con este "plan". Apenas era un adolescente. Era un hombre de color en un país que no valoraba a los hombres de color. No tenía dinero; mis padres no tenían dinero. Me iba bien en la escuela, eso no era un problema para mí. Decidí pronto, después de ver a Katherine renunciar a su cerebro, que yo no haría lo mismo. Además, me di cuenta de que necesitaba las matemáticas para hacer lo que quería. No quería ser un piloto que no supiera nada de su avión, que no supiera qué lo mantenía en el aire, que no supiera arreglarlo. Después de leer sobre Banning y Allen, decidí con toda seguridad que quería conocer cada centímetro de mi avión, quería saber qué lo mantenía en el aire, quería ser capaz de calcular el mejor ángulo para aterrizar si bajaba con fuerza en algún aeropuerto francés alejado.

Además de saber matemáticas, el idioma universal, decidí que necesitaba saber francés, que no era el idioma universal. Mi escuela no ofrecía clases de francés. Me vi obligado a comprar un viejo libro de texto usado a un estudiante que se había trasladado desde Nueva York, donde había estudiado francés, pero sin entusiasmo. Le pagué cincuenta centavos por su libro maltrecho, andrajoso y con los bordes doblados como orejas de perro. Me encantó. Me cabía en la mano como la Biblia cuando íbamos a la iglesia. No mostraba ninguna aptitud para el francés por mi cuenta, y el libro era difícil de leer, pero me encantaba. Era la grieta en la puerta.

Al tío Abe se le ocurrió que podía hablar francés. Conocía algunas palabras y frases que le gustaba probar conmigo, sobre todo después de ver mi libro. Sus intentos no tenían sentido; para mí, el francés eran palabras en una página. Hasta donde yo sabía, era una lengua muerta, como el latín. Estaba bastante seguro de que lo que decía el tío Abe no era del todo correcto. La tía Eveline estaba de acuerdo.

—Abe, eso no se dice así—murmuraba ella después de que él soltaba una serie de palabras que sonaban hábiles.

—¿Qué sabes tú de eso, mujer? No hablas francés.

—No lo hablo, pero lo reconozco cuando lo oigo, y no lo estoy oyendo. Solía trabajar para esa señora francesa en Charleston, ¿recuerdas? Hablaba muchísimo, y tú no has dicho nada que se parezca a lo que ella decía.

—Bueno, los hombres y las mujeres hablan de forma diferente—dijo Abe, poniendo los ojos en blanco hacia mí asegurándose de que la tía Eveline no podía ver—. Nuestras gargantas son más grandes y profundas, así que el sonido es diferente. Eso es todo. Me había olvidado de esa señora francesa. Me hubiera encantado hablar con ella.

La tía Eveline bajó su periódico y le miró.

—No te permitirían acercarte a 15 metros de esa mujer. Ella era inmoral. Tenía hombres entrando y saliendo de ese lugar como si fuera una estación de tren. Ese acento francés los atraía como moscas.

Estos comentarios me trajeron a la mente algunos pensamientos interesantes (estaba llegando a esa edad en la que pensaba mucho en las chicas, y una mujer francesa con una moral aparentemente relajada era una variación interesante) pero lo olvidé poco después. Sin embargo, unos meses más tarde, volvió a llamar mi atención. El tío Abe estaba en la ciudad para una estancia prolongada, durante la cual esperaba trasladar finalmente un grupo escindido de la iglesia a una congregación propia. Venía mucho, llegaba tarde a la cocina y se acomodaba con un suspiro en un catre colocado junto al de la tía Eveline. Salía a repartir durante el día, todo el día, todos los días, hablando con el rebaño y viendo quién podía estar interesado en un nuevo pastor. En realidad, no lo vi mucho durante la visita, porque estaba ocupado con la escuela, pero un día me apartó en el pasillo.

—Escucha, Johnny, quería preguntarte. ¿Qué tan serio es tu deseo de estudiar francés?

Le miré a su cara sudorosa, que brillaba en la luz del pasillo.

—Muy en serio. Ya lo sabes.

—Sí, me lo imaginaba, solo quería asegurarme de que no habías pasado a otra cosa.

—Bueno, no.

No me imaginé que él quería que siguiera con lo de volar y las matemáticas. Parecía tener prisa y yo quería escuchar lo que tenía que decir. Tal vez me enviaría a Francia. ¿Quizás quería establecer una rama de su iglesia en París y quería que yo fuera un misionero? Lo haría si fuera necesario.

—Muy bien. Tengo un trato preparado con alguien que está haciendo un trabajo para la iglesia. Van a hacer un pequeño trabajo extra para mí, pero en lugar de que yo les pague, tienen a alguien que va a ser tu tutor.

—¿Un tutor para mí?—tenía buenas calificaciones. No necesitaba un tutor.

—Sí. En francés. Ella habla francés, es realmente francesa.

—¿Quién...?

—¿Recuerdas esa dama francesa de la que te habló Eveline? ¿Para la que trabajaba en Charleston?

La recordé. También recordé que la tía Eveline la desaprobaba mucho, lo que ciertamente la hacía más interesante.

—Ella vive aquí ahora. Va a ser tu tutora. Es blanca. ¿Lo mencioné? Habla un buen francés blanco y te lo va a enseñar.

No entendí el trato, en absoluto. Se me estaban dando bien las matemáticas, como dije, y no me cuadraba. Algunos hacían trabajos extra para mi tío, pero a mí me iban a dar clases particulares de buen francés blanco.

—¿Pero por qué?

El tío Abe parecía nervioso.

—Mira, es difícil de explicar ahora mismo. Es complicado de explicar. ¿Quieres aprender francés o no?

—Bueno, por supuesto. Sí, quiero.

—Bien. Solo tienes que ir a su casa la semana que viene para empezar. Después de la escuela. Sales muy temprano en el día, ¿verdad?

—Sí.

—Eso es perfecto. No quieres ir muy tarde. Ella tiene un, un poco de problema con la bebida. No quieres aprender *ese* tipo de francés. Así que, ¿de acuerdo? ¿Irás a hablar con ella?

—Sí.

—Y será mejor que no se lo digas a tu madre ni a tu padre. Y sobre todo a tu tía Eveline. Ya sabes por qué.

Asentí con la cabeza.

—Y—dijo, inclinándose hacia mí—mantén tu nariz limpia, ¿me oyes? ¿Escuchas lo que digo?

—Sí.

—Sí, ¿qué?

—Sí, señor.

—Realmente sabes de qué estoy hablando, ¿no? Quiero decir, ¿eres lo suficientemente mayor?

Parecía dispuesto a hablarme con cierta extensión sobre los hechos de la vida. Sabía algo al respecto (no tenía muy claros muchos de los detalles), pero parecía tan incómodo con la idea que decidí sacarlo de su miseria. Decidí que no quería hablar de sexo con un predicador.

—Muy bien. Ahora presta atención a tus estudios. Empiezas el martes. ¿Puedes ir el martes?

—Sí. Sí, señor.

—Muy bien entonces.

Todavía estaba muy confundido por todo el asunto, pero parecía que estaba sacando un buen provecho de la situación, de alguna manera.

—Y gracias, tío Abe.

Puso una mano carnosa en mi hombro.

—Joven, de nada. No quiero ofender a tus padres, pero quiero sacarte de este basurero. Incluso si eso significa que tengas que ir a Francia.

Se inclinó y me miró de cerca a los ojos.

—Sabes que creo en los viajes. Pero creo que mis días de viaje están terminando. Los tuyos acaban de empezar, y el mundo está empezando a abrirse en muchos sentidos. Podrías estar al frente de eso. Si la gente ve que puedes pilotar estos aviones, te tomarán en serio. Nos tomarán en serio, ¿sabes?

—Yo solo quiero volar.

—Lo sé, lo sé, estoy poniendo demasiado en ti. Quieres volar, eso es lo que quiero ayudarte a hacer. Solo tienes que trabajar con esta señora. Pero no hagas ruido.

Me hizo un guiño.

Le sonreí con incertidumbre.

La puerta se parecía a cualquier otra del pasillo. Había subido siete tramos de escaleras y yo respiraba con dificultad cuando estuve delante de ella, así que esperé un minuto antes de llamar para que mis pulmones y mi corazón se tranquilizaran. El vestíbulo era cutre, con papel pintado que intentaba abandonar su trabajo en varios lugares y un par de bombillas débiles que apenas se aferraban a la luz y la vida. La propia puerta presentaba varias capas de pintura de distintos colores, verde y tostado y azul claro, todos a la vez intentando asomarse. Me sentí un poco decepcionado. Siempre había asumido que los blancos vivían mejor que los de color, pero mi tutora de francés no había escalado mucho socialmente.

Finalmente, llamé a la puerta. Después de lo que me pareció la mitad de una eternidad, una mujer abrió la puerta por un instante. Pude ver muy poco de ella, solo la piel blanca como la tiza y el cabello rojo intenso. Lucía como un payaso a medio maquillar.

—¿Tienes mis números?

—¿Qué?

—¿Mis números?

Sus palabras no eran el francés suave que yo esperaba. Su voz era áspera, como si acabara de apagar un cigarrillo en ella.

—No soy un corredor de números. Estoy aquí para mi lección de francés. Mi tío Abernathy lo organizó.

Ella pareció pensar en eso durante unos segundos, y luego abrió la puerta de par en par.

—Así es. No te preocupes por mis números, casi nunca gano, de todos modos.

Entré. Su apartamento era todo lo que el pasillo no era: bien decorado, bien iluminado, ordenado. También vi que no se parecía en nada a un payaso. Era hermosa. Era mucho mayor que yo, pero no tanto como esperaba. Tal vez tenía cuarenta años. Era delgada y alta, con grandes pechos, que noté enseguida, incluso antes de fijarme en sus brillantes ojos verdes. Antes de que la haga parecer una especie de conejita de Playboy, diré que no era perfecta. Algunas partes de su esqueleto parecían estar ensambladas con los huesos equivocados. Su mandíbula era firme, un poco demasiado firme y grande, y sus manos y pies eran bastante grandes. Podría haber rodeado toda mi cabeza con sus manos. Sus codos y rodillas también parecían un poco agudos y extravagantes, como si los huesos no supieran cuándo parar y dar un giro.

Los defectos no le restaban importancia a su aspecto. Como he dicho, era hermosa, construida con grandes huesos y lujosas curvas, donde era necesario, y colores brillantes. Su piel era la más blanca que creo haber visto nunca. Katherine era la persona más blanca que había visto de forma habitual, y esta mujer hacía que Katherine pareciera tallada en un trozo de carbón. Esas empresas de cremas para aclarar la piel podrían haber venido a este apartamento y haberle quitado algo de blanco a esta mujer, ya que le sobraba.

Sin embargo, no tenía muchos muebles, lo que ayudaba a que su apartamento estuviera limpio y ordenado. Tenía dos sofás pequeños y una silla dispuestos alrededor de una pequeña mesa de centro en la que no había libros. Se sentó en uno de los sofás, dispuso sus largas piernas en una interesante estructura trapezoidal y me indicó que tomara la silla. Lo hice y crucé las piernas, aunque no me gustaba sentarme así. Pensé que me haría parecer más adulto que si me sentaba con las manos anudadas entre las rodillas.

—J'mappelle Dominique, —dijo tras un momento de mirarme.

—¿Qué?

—Eso fue en francés. He dicho que me llamo Dominique. Deberías responder de la misma manera. Estamos empezando nuestra primera lección.

—Oh. Eh, jay mapelle Johnny.

—Sh. Es un sonido sh, no "yay".

—Shhh.

—Mejor. El francés no son solo las palabras, Sr. Johnny. Son los sonidos, los sentimientos.

Había traído una libreta y un lápiz, pero ella frunció el ceño y agitó la mano como si estuviera espantando un pájaro. Quería que lo absorbiera, no solo que lo aprendiera.

—Aquí se habla francés—dijo dándole un golpecito a un punto sobre su pecho izquierdo—, aquí no—dándole un golpecito a su cabeza roja.

Seguimos así durante unos quince minutos, yo memorizando las palabras porque aún no era capaz de sentirlas, cuando llamaron a la puerta. Ella había adoptado una expresión acentuada durante nuestra lección, pero se animó al oír el sonido.

—¡Ah! Esos serán mis números.

Pasó por delante de mí como si ya no estuviera allí y abrió la puerta por la misma rendija que me había mostrado. Me asomé por el borde de la silla, que no estaba muy bien acolchada, así que fue fácil hacerlo. El que llamaba era otro hombre de color, mayor que yo por unos años pero que no llegaba a los veinte, supongo. Llevaba una madeja de tiras de papel en la mano; él era su corredor de números de lotería. Ella estaba apostando muchos números. Algunos también eran resultados; él tenía algo de dinero en la otra mano, y ella lo tomó y lo hizo desaparecer con la destreza de un mago.

El muchacho mayor le sonreía, una sonrisa perezosa, pero ella volvió la cara hacia mí, indicando que no estaba sola. Su sonrisa desapareció, sustituida por una mirada de apariencia reptiloide.

—Es una lección de idiomas—dijo—. Nada más.

Volvió a donde yo estaba sentado y extendió un brazo delgado para ayudarme a levantarme, como si fuera un anciano.

—Sr. Johnny, eso será suficiente—dijo—. Me temo que tiene que irse.

Luego, en voz más baja, tan baja que su nuevo visitante no podía oírla, y tan baja que yo mismo casi no la escuché, dijo:

—Vuelva la semana que viene, ¿sí? Pero tal vez un poco antes. Un poco antes o un poco después.

El sujeto de los números me sonrió mientras me iba, pero ni siquiera le miré.

Capítulo Ocho

SEÑOR DE LA NUEVA IGLESIA

—Mira aquí. Aquí es donde me pondré de pie.

El tío Abe estiró los brazos como si ya estuviera predicando. Miraba una pared en blanco. Al lado había un espacio igualmente vacío donde había derribado la pared para ampliarlo.

—Los bancos pueden ir aquí. Quiero unos pasillos grandes para que, si la gente tiene el espíritu, puedan expresarlo y correr y gritar si quieren. Y ahí detrás podemos tener el bautisterio y un coro.

—Me gustaría que los bancos estuvieran aquí *ahora*—dijo la tía Eveline.

Estaba de pie sosteniendo su pequeño bolso, con sus diminutos pies recogidos. El suelo era un desastre de polvo, ladrillos desmenuzados y astillas de madera, y la tía Eveline intentaba minimizar su exposición.

El tío Abe tenía ahora su propia iglesia. Un número considerable de miembros de la congregación había accedido a venir con él. Lo apoyarían con "ofrendas de amor", que incluirían un número considerable de cenas. La tía Eveline era una buena cocinera siempre que tenía la oportunidad y prefería no tener que depender de la amabilidad de la congregación, sobre todo cuando podía hacerlo mejor, pero iría y sonreiría porque sería la esposa del predicador.

El tío Abe llevaba una camisa blanca sucia sobre una camiseta interior tan manchada de sudor que se podía ver a través del algodón. Había estado trabajando toda la noche para ayudar a derribar el muro. Tenía el edificio de su iglesia y a su rebaño listos para instalarse en él, pero, como la tía Eveline podía notar tan obviamente, el espíritu estaba dispuesto pero el edificio era débil. Una vez que pudo alquilarlo, descubrió que la electricidad estaba en mal estado y que había que arrancar la mitad del cableado. El suelo también era estructuralmente inseguro y no soportaría el peso de una congregación, especialmente una congregación cuyos miembros podrían tener el espíritu y saltar. Si lo intentaran ahora, no se acercarían al cielo, sino que irían en dirección contraria y acabarían en el polvoriento sótano.

El tío Abe había alquilado el edificio a un hombre que una vez tuvo una tienda allí, pero se quedó sin dinero y la cerró. Se alegró de tenerlo hasta que empezó a trabajar en él y vio el pozo que era. El hombre al que se lo alquiló era judío, y el tío Abe tenía algunas palabras poco amables que decir sobre él, sobre cómo Jesús bajó a cambiar las cosas para el antiguo pueblo elegido. Yo no entendía mucho en ese momento lo que era un judío, pero era algo en lo que llegaría a pensar no muchos años después.

La tía Eveline llamaba al edificio de la iglesia una "cebolla podrida". Parecía estar bien por fuera, pero una vez que llegabas a las capas interiores veías la podredumbre. Al tío Abe no le gustó la metáfora.

Era lunes por la tarde. El tío Abe tenía la intención de celebrar el primer culto allí el domingo siguiente. Tenía mucho trabajo que hacer, además de todo lo que ya había hecho.

—Oh—dijo, sacudiendo la cabeza, haciendo que las gotas de sudor mancharan aún más el suelo—. Ojalá tuviera un mes. Tengo que traer a esa gente aquí, asegurarme de que están a salvo, asegurarme de que puedan expresarse si el Señor se apodera de ellos. Todo en una semana.

Mi padre entró por la puerta justo en ese momento, todavía con el delantal gris azulado que llevaba para manejar la linotipia. Era un trabajo intenso y estaba casi tan sudado como Abe. Asintió a su cuñado y recorrió el edificio en silencio, evaluándolo.

—Parece que va a funcionar, Abe.

—No lo sé—respondió Abe, pasándose una mano por la cabeza húmeda y calva—. Seguro que es difícil distinguirlo desde aquí.

—Yo te ayudaré. Me aseguraré de hacer mis turnos habituales esta semana para estar aquí a esta hora todas las noches.

—Y yo puedo estar aquí después de la escuela todos los días—dije, aunque de repente recordé mis clases de francés, las que tomaba en secreto—. Excepto mañana.

—Rosemary también ayudará, por supuesto—dijo mi padre. Mi madre estaba ahora en el trabajo, pero ya había pasado por allí ese mismo día para inspeccionar su nuevo canal hacia Dios.

—Yo también te ayudaré, Abe, ya lo sabes—dijo la tía Eveline—. No puedo hacer nada de lo más pesado, pero seguro que a este lugar le vendría bien una limpieza y yo puedo hacerla.

El tío Abe inclinó la cabeza y la sacudió como un caballo.

—No sé qué he hecho para merecer tan buena gente en mi vida.

Menos de una semana después, estaba de pie casi en el mismo lugar donde lo vi por primera vez en la iglesia, con los brazos levantados de nuevo, sudoroso otra vez, y esta vez estaba predicando.

—Permítanme hablarles de la bondad del Señor—dijo con una voz que llegaba fácilmente al fondo y rebotaba en las paredes recién pintadas—. El Señor quiere que Su palabra salga a la luz. Y así, los llena de espíritu a ustedes, gente buena, y les dice que formen otra iglesia. Y eso hemos hecho, Señor.

—Amén—dijo la señora Thompson, una mujer rotunda que estaba casi tan sudada como mi tío. Se había quejado en voz alta de la predicación del hermano Johnson, así que no me sorprendió verla aquí. Lo que sí me sorprendió fue ver a algunas de las otras personas. En realidad, no había pensado mucho en quién podría venir y quién no, ya que el desinterés de mi padre por la religión (al menos la que se practicaba en las iglesias que brotaban en Bronzeville como hongos) no había hecho más que aumentar. Pero allí estaban, llenando la iglesia, demostrando que la decisión del tío Abe de derribar el muro era necesaria.

Allí estaba el Sr. Thornberry, tan viejo, delgado y moreno que apenas se podían distinguir los rasgos de su rostro hasta que uno se ponía a su lado. Esperaba que el tío Abe le diera más sermones tranquilizadores que el hermano Johnson. Estaban Jake King, su esposa Anita y sus tres hijos pequeños. Jake y Anita siempre estaban enfadados por algo, sobre todo por su posición en la vida (Jake trabajaba en el corral haciendo un trabajo que odiaba, trabajando con gente que le odiaba) y querían que el tío Abe avivara su ira hasta convertirla en algo ardiente y justo. Estaba Alice Tonklin, cuyo marido, del que se rumoreaba que era un hombre blanco, había muerto en la Gran Guerra hacía tiempo. Ella nunca se había vuelto a casar y parecía no tener más interés en los hombres, excepto en Jesús. No estoy seguro de lo que esperaba obtener de la Iglesia de Dios en Cristo de North Corner, pero podría ser que la nueva congregación del tío Abe estuviera más cerca de su apartamento.

Sería imposible que el tío Abe estuviera a la altura de las expectativas de todos los que se agolpaban en su iglesia, pero entonces me di cuenta de lo vendedor que era. No sería capaz de hacerlo, pero ellos creían que podía, lo suficiente como para seguirle a una nueva iglesia en un edificio que parecía elegante, brillante y nuevo. Yo sabía cuánto de eso era una fachada. Una pila de dos por cuatro ayudaba a apuntalar el suelo, y sabía que cuando el tío Abe inclinaba la cabeza y nos dirigía en la oración, pidiendo al Padre, al Hijo y al Espíritu Santo que protegieran nuestras almas, también les estaba pidiendo en silencio que protegieran nuestros cuerpos, al menos durante un par de horas, para que tuviera tiempo de arreglar el suelo definitivamente. También sabía que, si las cosas se ponían demasiado calientes y sudorosas en la iglesia, era probable que la pintura blanca fresca volviera a deslizarse por la pared porque no había estado allí mucho tiempo. La ventaja de esto era que el tío Abe se vería obligado a mantener el servicio comparativamente corto.

—Hermanos y hermanas, Dios nos ha traído aquí hoy—dijo el tío Abe.

—Amén—dijo alguien.

—Él nos ha traído aquí para hacer crecer su iglesia en esta malvada ciudad.

Se estaba arriesgando un poco allí, yendo tras el poco orgullo cívico que pudiera haber en la audiencia.

—Amén.

No fue demasiado riesgo.

—Él nos ha traído aquí para hacer crecer su iglesia en este gran país, un país que, a veces, oh Señor, ha sido propenso a la maldad.

Recordé, de nuevo, por qué el tío Abe tenía su propia iglesia y el otro predicador barato de la South Side Baptist Fellowship no.

—Debemos trabajar juntos ahora, dejando todo el ego a un lado, para correr la voz. Debemos mantener nuestros ojos en la meta, oh Señor, y no dejarnos empantanar aquí en este valle de lágrimas. Esta Tierra es malvada, y no debemos ser parte de esa maldad.

Él podía llamar a Chicago malvado. No podía llamar a todo el país malvado, pero podía llamar a todo el planeta malvado. Era una cuerda floja muy fina para caminar, pero mi tío podía bailar a través de ella.

—Amén.

Cuando se puso serio con la oración y pidió a los feligreses que bajaran la cabeza y cerraran los ojos, tuve mejor oportunidad de mirar a mi alrededor. De todos modos, estaba cerca de la parte trasera para ayudar a vigilar la puerta. Nadie temía a la delincuencia (en realidad no había nada que robar, salvo los bancos de la iglesia), pero como se trataba de una iglesia nueva, el tío Abe quería que estuviera atento a cualquier transeúnte curioso que quisiera entrar.

—Cuanto más grande es el rebaño, más grande es el sueldo del pastor —dijo mi padre, y mi madre le dio un ligero golpe en el hombro a modo de reprimenda, pero era cierto.

Me senté en el extremo izquierdo de la fila de bancos de la izquierda para poder ver el borde del vestíbulo sin girar la cabeza como un búho. Mientras el tío Abe dirigía la oración, que amontonaba frases de alabanza y lamento en una torre casi tan alta como para llegar al cielo, miré a mi alrededor. Fue entonces cuando me fijé en los dos hombres. Seguro acababan de entrar o los habría visto antes. Estaban bien vestidos con trajes oscuros y sostenían sus fedoras contra el corazón. Eran hombres guapos, altos, pero no amenazantes, con el cabello bien cortado. Pero había algo inquietante en ellos, algo duro en sus rostros. Al principio miraron fijamente a mi tío, aunque él estaba en comunión con Jesús y no los veía, y luego examinaron a la multitud. El de la izquierda me vio mirándole. No se apartó, sino que se limitó a hacer una inclinación de cabeza casi imperceptible y luego siguió girando lentamente la cabeza.

Estaba a punto de levantarme y acompañarlos a un asiento cuando el que había establecido contacto visual conmigo se volvió rápidamente hacia el otro, dijo un par de palabras y luego ambos desaparecieron. Parecía que no eran de los que iban a la iglesia.

Capítulo Nueve

MEJORANDO

—¿Estoy mejorando?

Dominique me miró con su curiosidad, sus ojos entreabiertos, aunque extrañamente intensos, como si estuviera mirando en mi alma, pero la encontrara un poco aburrida.

—Estás lo suficientemente bien como para ir a un restaurante turístico de París y pedir algo de comer—dijo, con su voz rasposa de siempre—. Eso es todo. Si intentas hablar con un parisino normal, o con un francés de cualquier tipo en cualquier lugar, te mirarán como si vinieras de la luna y estuvieras hablando en lenguaje lunar.

Me desplomé en la silla. Llevábamos casi seis meses de clases y estudiaba mi francés siempre que podía. Esperaba mejorar más. Uno de los problemas era que no tenía a nadie con quien hablar en francés, aparte de Dominique. El tío Abe todavía no me había dado permiso para admitir incluso a mi madre y a mi padre que estaba recibiendo las clases, así que no podía practicarlo en casa ni por mí mismo, al menos, no en voz alta. El francés que hablaba en mi cabeza era perfecto, pero al parecer se perdía algo en la traducción. Le había preguntado al tío Abe si tal vez había alguien en la nueva congregación que pudiera ayudar, pero no parecía creerlo y, por lo que pude ver, no había seguido con el asunto.

—Johnny, siempre te digo que el francés sale del corazón, no de la cabeza, —dijo Dominique.

Su voz era melodiosa y arrulladora (escuchar su discurso era como escuchar hablar a una paloma, una paloma adicta al cigarrillo), pero sus palabras me frustraban.

—Pero todavía tengo que conocer las palabras y la gramática—me quejé.

—Es cierto. Pero piensa con el corazón, no con la cabeza.

—Sigues diciendo eso, pero no significa nada.

Se acercó y puso lentamente su mano en mi rodilla. Desde este ángulo, pude ver su largo brazo blanco, un delgado archipiélago que llevaba al valle de sus pechos.

—Significa algo, Johnny—me miró durante mucho tiempo, con esos ojos medio cerrados, hasta que me sentí muy cómodo. Finalmente, pareció llegar a una decisión—. Puedo ayudarte a mostrarte una forma de pensar con el corazón.

Sus dedos comenzaron a moverse sobre mi rodilla. Antes, el poner su mano sobre mi rodilla, su mano blanca e inmóvil como el mármol, pudo interpretarse como el acto inocente de un profesor que tiende la mano a un alumno. Ahora, los dedos se retorcían lentamente como serpientes perezosas, y eso solo podía significar una cosa. No tenía experiencia con las chicas, en absoluto, e incluso yo lo sabía. No diría que había tratado de adquirir experiencia. Había algunas chicas en la escuela que conocía y me gustaban lo suficiente como para hacerme amigo de ellas, e incluso había besado a una de ellas varias veces, pero no era lo que se podría llamar mundano. Para los estándares de hoy, estaría irremediablemente atrasado, pero entonces era normal, normal y tímido.

—Johnny, ¿quieres mejorar?

No había pensado realmente en el momento en que perdería mi virginidad. Parecía algo lejano, como un avión que se eleva sobre el horizonte. Había pensado vagamente que ocurriría después de mi matrimonio con una mujer hermosa e inteligente, tal vez incluso con una compañera piloto como Bessie Smith. No me había imaginado a una francesa blanca, espigada y risueña en un apartamento pulcro, pero casi vacío en un edificio de mala muerte, pero ésa era la opción que se me presentaba. La miré a los ojos, brillantes y medio cerrados, y me di cuenta de que tenía ante mí una oportunidad por la que todos los chicos (y probablemente todos los hombres) de la ciudad matarían. No digo que cuando se presenta una oportunidad haya que aprovecharla siempre. Pero lo hice.

—Quiero mejorar—dije, intentando que mi voz fuera más grave y áspera de lo que era.

Ella se rio de eso, pero no de una manera que me hiciera sentir mal, y se deslizó un poco más cerca. No llevaba ningún perfume que yo pudiera detectar. De hecho, era casi inodora. Mientras su cuerpo se movía ante mis ojos, me pareció perder la capacidad de concentración. Vi lo que parecía una pared de blanco que se acercaba a mí. Así que me dejé llevar. Cerré los ojos y ella pasó sus dedos por mi cara, metió uno dentro de mis labios para tocar mis dientes. Pasó una mano por mi pecho, despegándose hacia la derecha antes de llegar a la hebilla de mi cinturón, haciéndome desearla más. Pensé que mis pantalones iban a explotar como una salchicha reventada. Me tomó de la mano y me llevó por el pasillo hasta su dormitorio. No me fijé en nada del pasillo ni del dormitorio. Sólo vi sus omóplatos moviéndose bajo su fino vestido.

Dominique era delgada y angulosa, pero se movía como mantequilla derretida. Nunca había visto a una mujer desnuda (o, mejor dicho, no durante mucho tiempo, ya que de vez en cuando había visto a mamá o a la tía Eveline o incluso a Katherine en diversos estados de desnudez), pero Dominique respondió a todas mis preguntas sobre su aspecto, y más. Utilizó todas las partes de su cuerpo y me mostró lo que debía hacer. Ya me había masturbado antes. No me avergüenza decirlo, es algo perfectamente natural; así que, tenía alguna idea de lo que iba a venir, pero fue mucho mejor con ella de lo que podría haber imaginado. Me miró a los ojos cuando introduje mi joven pene en ella, después de que me ayudara a llegar hasta allí, y entonces bajó su cálida mano y empujó contra mi muslo y me mostró el ritmo adecuado. Empecé a moverme con ella en lugar de solo contra ella, o dentro de ella, y una vez que encontré ese ritmo lento sentí que estábamos bailando.

Al cabo de un rato, empezó a perder el ritmo, se volvió brusca y salvaje, y se agarró a mi espalda como un oso pardo. Gritó y se desplomó contra la almohada. No sé si realmente tuvo un orgasmo, o si estaba tratando de hacerme sentir mejor con todo el asunto, pero funcionó. Después de eso, eyaculé dentro de ella y sentí como si estuviera disparando algún órgano vital. Ardió en lo más profundo de mi ser y me dejó tirado sobre su cuerpo de mármol, flácido y exhausto.

—Di algo—dijo ella.

—¿Cómo qué?

—No, no. Di algo en francés.

Le dije que no quería decir nada en francés. Pero lo dije en francés. Mi voz era cansada, ronca, arrastrada.

—Muy bien—dijo ella—. Muy, muy bien.

Me pasó una mano por el pecho. Estaba medio muerto, pero empecé a sentir de nuevo la agitación en la ingle.

—Ves, el francés viene del corazón. Y desde aquí—dijo, y empezó a acariciarme para que recuperara fuerzas.

Empezamos a tener clases dos veces por semana. Empecé a mejorar rápidamente. C'est la vie.

Capítulo Diez

EL SR. COFFEY Y LA SRA. BROWN

Allí estaba, justo delante de mí. No había mucho que ver; una franja plana de terreno, una franja de hormigón con matas de hierba que se abrían paso, un par de mangas de viento hechas jirones, algunos edificios metálicos que parecían que una buena tormenta los haría volar. Al otro lado de la franja de hormigón, en uno de esos edificios, estaba mi destino. Porque, como resultó, no tendría que ir a Francia para aprender a volar. Un lugar dispuesto a educar a los hombres de color en los caminos de los aviones estaba llegando a mí, allí mismo, en Chicago.

Me enteré, por extraño que parezca, directamente de la boca del caballo. Había estado leyendo sobre la aviación de color en las páginas del *Defender*, pero me enteré de la nueva escuela por boca del propio Robert Abbott, el fundador del periódico, la leyenda.

Ese día había ido a la oficina del *Defender* para llevarle el almuerzo a mi padre. Él había olvidado el suyo, pero iba a comer tan tarde que tuve tiempo de llevárselo después de las clases. No era uno de mis días de clases de francés, si no, papá habría tenido que apañárselas sin él. Me dirigía de nuevo a la sala de prensa cuando casi atropello al señor Abbott. Me disculpé, pero entonces pareció reconocerme y empezó a hablar.

—Deja que te eche un vistazo, hijo.

Llevaba un traje marrón brillante y un elegante sombrero. Me miró de arriba abajo con un movimiento exagerado, como si yo fuera un caballo que le interesara comprar. Su cara redonda se arrugó en una gran sonrisa.

—Eres la viva imagen de tu padre. Creo que si me trajeras una fotografía antigua de tu padre, sería exactamente igual a ti. Quiero decir, ¡exactamente como tú!

—Gracias, señor—tartamudeé, preguntándome si me estaba haciendo un cumplido o no. No dijo si consideraba que mi padre y yo teníamos buen aspecto, solo decía que nos parecíamos. Tal vez nos veíamos igual de mal.

Como he dicho antes, las palabras de Robert Abbott, o las palabras que su periódico había publicado, eran muy fuertes entre las fuerzas que habían traído a mi familia a Chicago. Sus llamados a que la gente de color abandonara el Sur y obtuviera lo que les correspondía habían sido leídas en todo el país, llevadas del portero del ferrocarril al agricultor y al banquero como una enfermedad fácilmente transmisible, aunque era una enfermedad que abría las mentes de los hombres y los hacía moverse. En persona, no era tan atractivo, al menos no físicamente. Yo ya era más alto que él y aún no había salido del instituto. También estaba mucho más delgado, porque era un hombre de pueblo y le gustaba comer y tenía muchas oportunidades de hacerlo. Su cara era redonda y suave como la de un bebé. Sin embargo, tenía presencia. No podías estar cerca de él y no percibir esa energía que le había impulsado durante décadas, que le había llevado a desarraigar a familias como la mía, a cambiar, de hecho, la distribución racial de todo el país.

—Tu padre me ha dicho que te interesan mucho los aviones y el vuelo humano—dijo, prescindiendo de la palabrería.

—Sí, señor, lo estoy.

—¿Sabes lo de Bessie Coleman, lo de James Banning y Thomas Allen? —preguntó.

—Sí, señor, lo sé.

—¿Probablemente sabes que el *Defender* los ha apoyado a todos ellos? —preguntó, levantando la barbilla con orgullo irrefrenable.

—Lo sé. He leído las historias.

—Eres un joven bien informado—dijo.

Empecé a reírme hasta que me di cuenta de que no estaba haciendo una broma. Estaba así de orgulloso de su periódico, y supongo que debía estarlo.

—Sabes, hijo, que los hombres de color pueden lograr cambios en todos los ámbitos de la vida, ¿verdad?

—Creo que sí, señor.

—Quiero decir, tu padre hace una gran diferencia al venir aquí y ayudarme a sacar este periódico, ¿no es así? Y los hombres de color pueden marcar la diferencia como banqueros y panaderos y basureros y hombres que trabajan en los mataderos y ponen la comida en la mesa— dijo en una gran ráfaga de palabras—. Lo que quiero decir es que a veces la gente solo presta atención a las cosas llamativas, como los hombres de color que pilotan aviones. Pero hay otras formas de lograr cambios.

¿El hombre cuyo periódico me había dado a conocer a los hombres y mujeres de color que vuelan estaba tratando de convencerme de que no volara? No quería oír eso.

—Lo sé, señor. Pero quiero volar. Iré a Francia, si es necesario.

Él se rio.

—¿Has estado alguna vez en Francia, hijo?

Había estado en Alabama y en Chicago y eso era todo, y ni siquiera mucho de ninguno de los dos.

—Es que lo dices como si fuera algo malo. Eso no es precisamente pagar un precio muy alto. ¿Hablas francés?

—Eh...no.

Mis clases seguían siendo un secreto, porque el tío Abe no me había liberado de mi acuerdo con él, así que no podía admitir que lo hiciera, al menos un poco. Dudaba que el tema surgiera entre el señor Abbott y mi padre, pero nunca se sabe.

—Resulta que es mejor así. Solo te he preguntado todo esto porque quiero asegurarme de que estés realmente interesado. Hay algunas cosas que están pasando aquí, y vamos a tener una historia sobre ello pronto.

—¿Acerca de volar?

—Sí, acerca de volar. ¿Has oído hablar de un hombre llamado Cornelius Coffey?

—No, señor.

—No hay razón para que lo hayas escuchado. Pero lo harás. Va a establecer una escuela de entrenamiento de vuelo. Es un hombre de color, y enseñará a otros hombres de color a volar y mantener aviones.

—¿Esto será en los Estados Unidos?

Extendió sus rechonchos brazos de par en par.

—¿En los Estados Unidos? Sr. Nicholas, ¡será aquí mismo, en Chicago! En el aeropuerto de Harlem.

Debí poner una cara muy graciosa porque me miró como si estuviera a punto de salir flotando de la habitación.

—Aquí mismo, en el South Side.

No podía creerlo.

Después de eso me dejó.

Todavía aturdido por la noticia, le llevé a mi padre su almuerzo. Y unas semanas más tarde, estaba la historia, en blanco y negro, con una foto de Cornelius Coffey. Fue un héroe para mí, al instante, sin que lo conociera, pero en realidad no parecía especialmente heroico en la foto. Miraba a lo lejos con una leve sonrisa en la cara. Sin embargo, parecía decidido, y el artículo respaldaba esa determinación con su historia. Él y otro hombre de color habían solicitado el ingreso en la Escuela de Aviación Curtiss Wright, también en Chicago, y fueron admitidos a pesar de su política de solo blancos. La escuela no sabía que eran hombres de color y, cuando lo descubrieron, trataron de rechazarlos, pero su empleador, un concesionario de Chevrolet, amenazó con demandarles si no entraban. Así que entraron y se graduaron, pero más tarde Cornelius Coffey decidió que quería crear una escuela de aeronáutica en la que los hombres de color pudieran entrar por la puerta principal con la cabeza en alto.

Así que fui a ver el lugar. Robert Abbott había exagerado cuando dijo que la Escuela de Aeronáutica Coffey iba a estar en el lado sur. El lado sur del planeta, tal vez. Era un tramo largo desde Chicago, o al menos desde mi parte. Tuve que tomar el L y dos tranvías y luego caminar un rato. Luego tomé un autobús. Al principio me equivoqué de autobús, lo que me hizo perder media hora de viaje, pero finalmente lo conseguí.

Un pequeño avión sobrevoló mi cabeza mientras me acercaba al aeropuerto, y me pregunté si era un hombre blanco el que lo pilotaba, o un hombre de color. Me alegró pensar que era una posibilidad. Pasé por delante del edificio de la terminal, donde el taquillero me había dicho que fuera, y rodeé el borde de la pista hasta encontrar la escuela. Allí había una joven, una mujer de color, bonita pero con un rostro muy serio. Pensé que tal vez era una especie de secretaria.

—La terminal está por allí, joven—su voz era severa pero no poco amable.

—¿Es la Escuela de Aeronáutica Coffey?

Me miró extrañada y luego se apartó un par de metros a la derecha para que pudiera ver el cartel que había estado bloqueando: Escuela de Aeronáutica Coffey. Era un simple cartel de metal. Mi padre podría haberlo hecho mejor, y con madera.

—¿Puedo ayudarle en algo?

—Solo quería averiguar más información. Quiero estudiar aquí.

—Eres un poco joven, hijo.

—Lo sé, pero dentro de un año más o menos me gustaría estudiar aquí.

Tenía catorce años, pero el año anterior había pegado un estirón y ahora era tan alto como mi padre; más alto, si se encorvaba, cosa que estaba empezando a hacer. Si me acordaba de mantener mi sonrisa a raya y mi voz un poco baja, a veces podía pasar por alguien de dieciocho años.

—Más bien cinco o seis años—dijo—. Primero tienes que pasar por la escuela.

—¿Está el Sr. Coffey aquí? —pregunté, mirando a propósito a su alrededor como si me impidiera ver a Cornelius Coffey, que quizá no estuviera tan pendiente de la edad.

—No está y te diría lo mismo si estuviera—dijo ella—. Pero es agradable que muestre tanto interés.

De todos modos, seguí mirando a hurtadillas.

—Señora, me gustaría mucho hablar con él, si pudiera. He venido desde muy lejos.

Me dirigió una mirada más aguda que antes. Una sonrisa muy tenue había estado rondando sus labios, pero ahora se desvaneció y se retrajeron contra su delgado rostro.

—Joven, hablar conmigo es lo mismo que hablar con él. Yo creé esta escuela con él. No soy su asistente. Ahora, vete a casa y vuelve cuando seas mayor y tengas algo de dinero en el bolsillo.

—Lo siento mucho, señora—le dije, dándole mi mayor sonrisa—. Me llamo Johnny Nicholas y tengo muchas ganas de ingresar a esta escuela el año que viene. Supongo que me dejé llevar por el dese—. Le extendí la mano.

Siguió mirándome con dureza durante unos instantes, pero luego la débil sonrisa volvió a aparecer, a duras penas.

—Bueno, señor Nicholas, aunque creo que quizás el año que viene sea demasiado pronto, a pesar de lo que usted dice, espero que llegue aquí si lo desea lo suficiente—. Me dio un firme apretón de manos—. Willa Brown.

El nombre me golpeó como un ladrillo. Había leído sobre ella. Esa misma Willa Brown había entrado en la redacción del *Defender* un par de años antes y había exigido que se cubriera un espectáculo aéreo en este mismo aeropuerto, y además había subido al reportero en el avión. Era una historia estupenda y recuerdo que me reí cuando la leí, pero, por alguna razón, su nombre no se me había quedado grabado hasta ahora. Tampoco su cara. El periódico con su foto era de una tirada temprana y tenía una gran mancha, que es el aspecto de la mayoría de los *Defender* que he visto. Se veía mucho mejor en persona, más bonita y más decidida.

Empecé a volver siempre que tenía ocasión, lo que no solía ser más que una vez a la semana. A veces, el viaje me llevaba una hora, otras dos, dependiendo de los autobuses, y hubo un par de veces en las que no llegué y tuve que volver. No era algo fácil para mí, pero, como el propio Cornelius Coffey, estaba decidido. Hablaba con Willa Brown, o con Cornelius Coffey, a quien conocí en mi segundo viaje. Coffey estaba casi siempre ocupado, hablando con los estudiantes o metido hasta los codos en un motor mostrándoles cómo llegar a alguna pieza semienterrada. Willa también estaba siempre ocupada, pero parecía encontrarme divertido y normalmente sacaba un poco de tiempo para hablar. Pasé la mayor parte de mi limitado tiempo de conversación con ellos tratando de convencerlos de que ya tenía la edad suficiente para ir a la escuela, y para ver si podía conseguir algún tipo de beca.

—El joven Sr. Nicholas—dijo ella.

—El año que viene, señora—dije yo—. Me gustaría ver si podemos arreglar algún tipo de trabajo-estudio.

"El año que viene vas a usar tu primer par de pantalones a la rodilla" podía decir ella, o "el año que viene seguirás limpiando la leche de tu labio inferior".

Esto duró unos seis meses, probablemente más bien ocho. Estoy seguro de que mis visitas les molestaban, pero ponían buena cara y, finalmente, mi insistencia dio resultado. Un día, tras un viaje especialmente largo, Cornelius Coffey me ofreció un trabajo.

—No es mucho—dijo—. Solo barrer el lugar y mantener las cosas limpias. Solo puedo pagar unos pocos dólares a la semana—me hizo un pequeño guiño—. Pero si quieres venir a trabajar durante las horas de clase, y mantener los oídos y los ojos abiertos, eso no me molestará en absoluto.

Creo que ese día casi volé de vuelta a Bronzeville. Todavía no podía trabajar todos los días, pero iba tan a menudo como podía. Llegaba tan temprano y me quedaba hasta tan tarde como podía, y tal como él sugirió, mantenía los oídos y los ojos abiertos mientras limpiaba. Prestaba tanta atención que a veces él tenía que espabilarme suavemente y recordarme que volviera al trabajo.

Willa Brown solía ser un poco más directa.

—Ahí hay una mancha de grasa tan grande como tu cabeza—me dijo un día cuando casi me asomaba por encima de su hombro para mirar dentro de las tripas de un motor—. Estaría muy bien que encontraras tiempo para limpiarla.

La verdad es que me costaba seguir lo que decían. Había muchísimas matemáticas, más de las que incluso yo esperaba, y un montón de términos técnicos sobre partes del motor y del fuselaje que la mayoría de las veces no podía ver, junto con una aburrida charla sobre reglamentos. Anotaba muchos de los términos siempre que podía, llevaba lápices conmigo que me hicieron agujeros en todos los bolsillos del pantalón. Lo que no entendía, lo buscaba en los libros de la biblioteca de la escuela.

Willa Brown tenía razón: al año siguiente no asistí a la Escuela de Aeronáutica Coffey. Pasaron tres años y una guerra antes de que eso sucediera. Pero sucedió.

Capítulo Once

BAJO LA CASA DE DIOS

Un día llegué temprano a la iglesia del tío Abe, que seguía siendo como yo la llamaba sin importar su nombre. Pasaba por ella de vez en cuando, cuando no tenía mis trabajos o mi francés, para ayudar. Sentía que se lo debía. Ese día, entré y escuché un ruido de golpes desde abajo.

—¿Tío Abe?

Nadie respondió, pero los golpes continuaron. No creí que estuviera celebrando algún tipo de servicio religioso allí abajo, no por la tarde, así que me dirigí a la parte de atrás y salí por la puerta de servicio. Había unas escaleras que llevaban al sótano, al que solo se podía acceder desde el callejón a través de un viejo conducto de carbón con pesadas puertas metálicas. Los propietarios lo habían utilizado para introducir alimentos cuando la iglesia había sido una tienda, y parecía que eso era lo que hacía ahora el tío Abe. Las puertas metálicas estaban aplastadas contra el pavimento como los pétalos de una flor muerta, y él y mi padre llevaban cajas desde un camión tan viejo que parecía que debería tirar de él un caballo. Mi padre apoyaba los brazos en las rodillas y respiraba con cierta dificultad, y el tío Abe, fiel a su estilo, estaba bañado en sudor.

—Hola, pequeño—dijo el tío Abe cuando me vio—. Ahora que estás aquí, nos viene bien tu ayuda.

Había venido para ayudar en lo que pudiera, lo que había imaginado que incluiría mover los himnarios o alinear los bancos, que todavía no estaban atornillados al suelo y tenían tendencia a moverse cuando el servicio se volvía un poco bullicioso. No esperaba ayudar a cargar cajas pesadas por una rampa empinada.

—¿Qué es todo esto?

El tío Abe se enjugó la frente pero no me miró. Me di cuenta de que mi padre tampoco me miraba, estaba concentrado en el dorso de sus manos, que descansaban sobre sus sucias rodillas.

—Solo algunas cosas que acepté almacenar para algunas personas. Como tenemos una especie de sótano aquí abajo, pensé que podría ayudarles. Es una especie de asunto entre vecinos.

El sótano no era tanto un sótano como un enorme vacío interrumpido por maderas dos por cuatro que sostenían el piso de arriba, y no me gustaba bajar a él, mucho menos arrastrar cajas pesadas. Me imaginé a mí mismo tirando una de las vigas de madera y haciendo que toda la iglesia se derrumbara sobre mí. Podía ir al cielo por morir en una iglesia, o podía ir directo al infierno por derribarla, y no quería averiguar cuál de las dos cosas sucedería. Pero el tío Abe parecía estar al borde de un ataque al corazón, y mi padre no estaba muy lejos de él, así que decidí ayudar. Además, el tío Abe había ayudado a organizar mis clases de francés, y le debía mucho por ello.

El camión no era tan grande, pero había muchas cajas y nos llevó un buen tiempo. También eran pesadas y no tardé en sudar y jadear como mi padre y el tío Abe. Las cajas eran todas del mismo tamaño y peso y parecían estar empaquetadas prácticamente igual. Después de un rato, una vez que lo pensé, me pareció extraño que fueran tan uniformes.

—¿Qué hay en ellas?—pregunté.

—Latas, creo—dijo el tío Abe.

Parecían bastante pesadas, pero no resonaban ni traqueteaban.

—¿Comida? ¿Libros?

—No estoy seguro—gruñó mientras cargaba otra por la pendiente de hormigón hacia el sótano—. No pregunté. Dijeron que necesitaban algunas cosas almacenadas, así que voy a almacenarlas.

—¿Quiénes son *ellos*?

—Algunas personas que conozco.

Su tono indicaba que tal vez debería dejar de hacer preguntas, y en realidad no me importaba mucho, así que lo hice. Cuando por fin terminamos, todos estábamos agotados, sudorosos y sucios. Algunas arañas también se habían aficionado al sótano, después de la instalación de los dos por cuatro, y estábamos cubiertos de telas grises. Apenas habíamos terminado cuando vi a dos hombres de pie junto al camión. Me resultaron familiares, pero no pude ubicarlos.

—Un momento—dijo el tío Abe, y se acercó a hablar con ellos.

Cuando los vi juntos, me di cuenta de dónde los había visto antes. Eran los hombres que habían entrado en la parte trasera de la iglesia a echar n vistazo aquel primer domingo. Al parecer, les gustó lo que vieron, o al menos les gustó el sótano. El tío Abe estaba de espaldas a mí, impidiéndome ver a los hombres. Hablaron durante un rato y parecía que las cosas se estaban calentando, pero mantuvieron la voz baja, incluso el tío Abe, y eso era trabajo para él. Finalmente, uno de los hombres se metió la mano en el bolsillo delantero, sacó una gruesa cartera y le dio al tío Abe algo de dinero. Luego los hombres se marcharon, haciéndonos a mi padre y a mí un saludo casi imperceptible.

—Lo siento—dijo el tío Abe mientras volvía hacia nosotros, contando el dinero recibido—. Una pequeña diferencia de opinión sobre si necesitaba su ayuda.

Nos dio un poco de dinero a mi padre y a mí. El rollo que me entregó parecía ser la mitad del que le dio a mi padre. Mi padre se embolsó el suyo sin hacer ningún comentario, pero yo estaba ahora más confundido que nunca sobre lo que estaba pasando.

—¿Quiénes eran esos hombres? ¿Qué hay en esas cajas?

El tío Abe apoyó una mano carnosa en mi hombro. Hasta las palmas de sus manos sudaban.

—Johnny, a veces es posible hacer demasiadas preguntas. Esos hombres son conocidos míos y necesitan algo de ayuda y yo les estoy ayudando, y me alegro de hacerlo. Y ellos se alegran de que lo haga, así que también me ayudan. Aprecio tu ayuda, y la de tu papá, así que estoy compartiendo algo del aprecio con ustedes. No sé lo que hay en esas cajas, y no quiero saberlo. No me importa. Todo lo que sé es que están necesitados y que les estoy ayudando. Y sería bueno que guardaras esto bajo tu sombrero. Tu madre no necesita saberlo. Nadie en tu edificio necesita saberlo. Nadie en la congregación necesita saberlo. Mantengamos esto entre nosotros, ¿de acuerdo?

Cuanto más andaba con el tío Abe, más aprendía a guardar secretos. Pero esta vez vi una oportunidad.

—¿Con qué frecuencia necesitan ayuda esos feligreses?

Mi padre pareció ligeramente alarmado ante mi pregunta, pero el tío Abe se limitó a lanzarme una larga mirada, y luego las comisuras de sus labios comenzaron a inclinarse hacia arriba.

—Piensan que les hará falta más o menos una vez a la semana, quizá una vez cada dos semanas.

—Me imaginé que les vendría bien algo de ayuda—dije—. Los dos parecían estar casi exhaustos cuando aparecí.

De hecho, había notado que una vez que llegué, el tío Abe y mi padre parecían tomarse las cosas con más calma que antes, dejándome bajar dos cajas por una de ellos. Estaba dispuesto a trabajar en lo que fuera, y ahora tenía una razón para conseguir dinero más allá del uso ordinario del mismo: Necesitaba ahorrar para mis estudios en la Escuela de Aeronáutica Coffey. Ya trabajaba algo, pero esto parecía lo suficientemente estable y, aunque no estaba seguro de cuánto dinero me había dado mi tío (pensando que sería una grosería contarlo allí mismo, delante de él), estaba bastante seguro de que pagaba mejor.

—Me vendría bien algo de ayuda—dijo el tío Abe.

Mi padre se estaba enfadando.

—Mira, Abe, no lo metas en esto. Es solo un niño, no necesita estar aquí trabajando con nosotros.

—¿No necesito estar ayudando a unos feligreses?—le pregunté—. Eso parece algo que debería hacer el sobrino del predicador.

Mi padre echaba humo, pero se resistía a decirme qué había de malo en mi apreciación.

—Vamos, Carleton—dijo el tío Abe—. Es un niño. Eso es lo bonito, ahora lo veo. Dios envió a tu hijo aquí para ayudarme porque es un niño.

—Eso es ridículo. No empieces con eso de que Dios te dijo que hicieras —dijo mi padre—. Parece que Dios está siempre tratando de encontrar atajos para que tú los tomes.

—¡Puede que sí! El Señor trabaja de forma misteriosa, todos lo sabemos. Él quería que yo tuviera una iglesia, ahora tengo una iglesia. Ha tenido a bien decirme que utilice el edificio de la iglesia para otros fines cuando surja la oportunidad, y ahora ha surgido la oportunidad. Y ha enviado a un joven para que me ayude, un joven que probablemente no se enfrentará a los poderes fácticos debido a su edad.

Estaba cansado después de todo el trabajo y no tenía ganas de seguir discutiendo sobre lo que Dios quería. Yo sabía lo que yo quería.

—Papá, déjame hacer esto. Déjame ayudar a descargar estas cajas de lo que sea. Si no lo haces, se lo diré a mamá.

Me lanzó una mirada que me dolió. Todavía me duele; nunca la he olvidado. Podría invocarla ahora mismo, si quisiera, y me haría sentir tan mal ahora como entonces, tan fuerte era. Los años no lo han diluido ni un poco. Pero en aquel momento no me eché atrás. Yo quería algo de dinero, esta era una forma de conseguirlo, y él no podía decir mucho al respecto porque también se lo estaba llevando.

Nunca hablamos de ello hasta que fue demasiado tarde. El "trabajo" era constante, hasta el punto de que acabé dejando uno de mis otros trabajos. No estoy seguro de qué hacía mi padre con su dinero. No noté ningún aumento repentino en nuestro nivel de vida. En cuanto a mí, guardé el mío en una caja que tenía debajo de la cama. Encima guardaba algunos libros de texto para darle peso. Al cabo de un tiempo, la pila creció hasta empujar los libros por encima. Pensaba que me estaba acercando al cielo.

Capítulo Doce

MARCANDO MI TERRITORIO

Una tarde salí de casa de Dominique: A estas alturas ya hablaba con mucha fluidez, la suficiente como para creer que si me hubieran dejado caer en Francia podría aterrizar en cualquier restaurante y pedir cualquier cosa del menú. No podía leer mucho en francés y podía escribir aún menos, pero podía hablarlo, o eso decía Dominique, como un nativo. En realidad, habíamos llegado a centrarnos cada vez más en las clases de idiomas y un poco menos en el sexo. Éramos casi como un viejo matrimonio, o al menos como yo me imaginaba que era un viejo matrimonio.

Me dirigía hacia la escalera, escuchando el eco de mis pasos en las paredes pintadas de forma barata. La alfombra era fina como el papel y no absorbía mucho el sonido. Oí pasos que ascendían al encuentro de los míos y estaba a mitad de camino cuando vi una cara conocida. Otro hombre de color, un poco mayor que yo. Era el tipo que traía los números de lotería a Dominique, y probablemente a la mitad de los otros residentes del edificio. Me miró y también me reconoció. Le hice un gesto de asentimiento sin compromiso y habría pasado de largo si no hubiera abierto la bocaza.

—Vienes demasiado por aquí—dijo, su voz casi un siseo.

—¿Qué?

Ahora estaba por encima de mí en las escaleras, mirándome con desprecio en más de un sentido.

—Tienes que dejar a Dominique en paz. Es mía.

—¿Tuya?

Estaba tan enfadado que no se dio cuenta de que me estaba burlando de él.

—Sí. Es mía. Así que tienes que largarte.

Había intentado no pensar en Dominique cuando no estaba con ella. Estaba ocupado con la escuela, estaba ocupado ayudando al tío Abe y estaba ocupado tratando de abrirme camino en la escuela Coffey. Era una mujer blanca, además, aunque con habilidades físicas que nunca había oído atribuir a las mujeres blancas. No pensaba en ella como algo mío. Tampoco me gustaba pensar que pudiera estar con otros hombres, aunque sabía que era una posibilidad, y el tío Abe lo había insinuado. Pero, desde luego, no pensaba en ella como si perteneciera a ese bromista, y no me gustaba que intentara reclamarla.

Debería haberlo pensado un poco más antes de responder. Tenía un aspecto sórdido y llevaba una camisa azul ajustada que dejaba ver su complexión delgada y musculosa. Yo era un chico alto y delgado que llevaba una camisa blanca suelta que ocultaba la mía. Él era duro y buscaba problemas, y yo no hacía ninguna de las dos cosas. Y, sin embargo, parecía haber desarrollado una especie de espina dorsal. Había llenado mi cabeza con historias sobre hombres y mujeres de color que hacían cualquier cosa que se propusieran, y supongo que eso incluía no dejarse asustar por las mujeres blancas.

—Ella no es tuya. Ella puede tomar sus propias decisiones.

Me resultaba difícil hablar así. Mamá habría estado a punto de abofetearme por decir algo con un tono tan rudo.

Dio uno o dos pasos hacia abajo.

—¿Qué estás diciendo?—su estado de ánimo era claro.

Lo que dijera a continuación podría determinar si salía de este edificio con todos los dientes.

—Estoy diciendo que no eres su dueño. Si ella quiere verme, me ve.

Se me echó encima como una pantera. Lanzó todo su cuerpo por los escalones y se estrelló contra mí. Lo vi venir y me desplacé hacia la izquierda, por lo que pude girarlo para que la mayor parte de su peso se dirigiera directamente hacia la pared. Un montón de polvo cayó desde el rellano de abajo cuando se golpeó, y oí su aliento salir volando con un silbido. Sus ojos se abrieron de par en par. No esperé a ver qué haría a continuación. Me puse en posición de combate y le golpeé el abdomen. Mi camisa no lo mostraba, pero mis músculos se habían desarrollado muy bien por llevar todas esas cajas al sótano de la iglesia del tío Abe y por empujar una escoba en la escuela Coffey.

Me lanzó un rápido puñetazo y trató de apartarse de la pared, pero lo desvié y seguí golpeando su estómago. No sé exactamente dónde había aprendido eso. Debí haberlo leído en alguna parte. Si le daba un puñetazo en la cara, corría el riesgo de cortarme el puño con uno de sus dientes o incluso de romperle un nudillo con su mandíbula. Empezó a escupir sangre y me la estaba manchando en las mangas de la camisa, pero no podía detenerme porque aún podía sentir que intentaba empujarse de la pared, y si llegaba a despegarse de la pared, supuse que estaba acabado. Mis brazos se estaban cansando, pero ignoré el ardor de mis bíceps y seguí golpeando, golpe tras golpe, ninguno de ellos potente, pero todos lo suficientemente firmes como para mantenerlo ocupado tratando de respirar.

Finalmente me aparté cuando sus rodillas se doblaron y cayó sobre la alfombra. Me dolían los brazos, pero la lucha le había dejado fuera de combate.

—Tú no me dices lo que es mío y lo que es tuyo—dije, intentando que mi voz fuera amenazante, pero sonó como la amenaza jadeante de un niño asustado.

—¡Eh!—gritó alguien por encima, el sonido resonó en el hueco de la escalera como la voz de Dios—. ¿Qué están haciendo, negros?

Un hombre blanco de gran tamaño con una camisa demasiado pequeña, con la barriga contoneándose como si fuera un Papá Noel desempleado, bajó las escaleras con una velocidad sorprendente. No me importaba hablar de nada con él, y tampoco mi oponente, que bajó las escaleras tambaleándose antes que yo, todavía escupiendo sangre. Me aseguré de mantenerlo delante de mí.

—¡Ah!—gritó el hombre cuando llegó al rellano donde habíamos peleado—. "¡Sangre de negro! ¡En mi alfombra! Voy a llamar a la policía.

Dudo que lo haya hecho, pero no me quedé para averiguarlo. Vi hacia dónde se dirigía el corredor de números y me fui por el otro lado, principalmente para que no intentara saltarme en otro lugar. Corrí hacia una estación delcL hasta que me di cuenta de que la gente me miraba porque tenía manchas de sangre en la camiseta. Me la quité rápidamente y me la metí bajo el brazo. Llevaba una camiseta interior, así que nadie se dio cuenta ni les importó.

Acabé caminando todo el camino de vuelta a casa, sobre todo para tener tiempo de dejar de temblar antes de llegar. Cuando llegué ya estaba fresco, pero escondí la camiseta bajo el colchón para que mamá no la encontrara. No teníamos suficiente dinero para ir tirando camisas en perfecto estado, pero tampoco podía dejar que la limpiara. Tendría que fregarla yo mismo, más tarde. O tal vez debería pedirle a Dominique que la limpiara. Después de todo, era culpa suya.

Ya no temblaba, pero mis nervios seguían vibrando hasta bien entrada la noche. Me quedé allí, despierto, dándome cuenta de que podía luchar si lo necesitaba.

<hr>

—Me causaste muchos problemas la semana pasada—me dijo Dominique.

Estábamos tumbados uno al lado del otro, desnudos en la cama, con la luz jabonosa de la tarde bañándonos. Ya no era algo erótico sino simplemente lo que hacíamos después de tener sexo. Me gustaba la suave inclinación de sus caderas que se elevaban por encima de las sábanas enredadas como un pez que sale a la superficie.

—Lo siento.

No lo sentía, en realidad.

—¿Estás celoso, Johnny?

Sus brillantes ojos verdes miraron sin pestañear a los míos. No era ningún tipo de acusación. Sólo tenía curiosidad.

—¿Celos?

—He estado con ese chico que me trae los números de lotería. Y me metiste en problemas con el propietario. Él sabía dónde habían estado los dos. Tuve que darle el gusto, también.

Tiró de la sábana para dejar al descubierto el cabello oscuro, para que quedara perfectamente claro de qué estaba hablando.

—Y ya has visto que es un buen espécimen. Pero se lo di, igual que a ti. ¿Qué te parece?

Ella estaba tratando de sorprenderme.

—No me gusta hablar de esto.

La verdad era que Dominique era muy buena para hacerme sentir que yo era la única persona que importaba. Nunca fui a ningún sitio con ella fuera del apartamento, no conocía a ninguno de sus amigos, no sabía mucho de su vida familiar. Mirando hacia atrás, solo recuerdo su presencia: su piel, sus ojos, su cabello, la forma en que se movía debajo y encima de mí, la forma en que respiraba en mi oído. Podía envolverte como el humo y cortarte el aire hasta que ella era lo único que quedaba. Podía hacer esto hasta el punto de que nunca pensé en ella con otros hombres. Sabía que estaban cerca, pero cuando estaba con ella, ahogaba esos pensamientos.

—Es lo que soy, Johnny. Toda mi vida, los hombres han querido cosas de mí. Bueno, una cosa, en realidad. He aprendido a dársela.

—Nunca he querido nada de ti.

—¿No? ¿O debería decir, non?

Me recosté y la almohada se esponjaba alrededor de mi cabeza como si fuera agua, cubriéndome. No me lo había planteado así, en absoluto. Había venido aquí para recibir clases de idiomas y pensaba que la parte más práctica de la formación había surgido por sí sola. Pensaba que era parte de la aventura. Entonces me golpeó con fuerza, tanto como me habría golpeado aquel desafortunado corredor de números si hubiera tenido la oportunidad: Yo estaba enamorado de ella y ella no estaba enamorada de mí, nunca lo había estado y nunca lo estaría. Lloré de verdad, un poco; una lágrima solitaria se abrió paso y comenzó a moverse por mi mejilla, solo para ser absorbida por la funda de la almohada que aún ocultaba mi vergüenza de ella.

Había leído sobre el amor, pero solo de forma académica, del mismo modo que había leído sobre motores y hélices y grasa para rodamientos.

Era un medio para conseguir un fin, una forma de avanzar hacia el tipo de vida que querías. No esperaba sentirlo en la cama con una mujer blanca mucho mayor que yo, cuyo mundo estaba cerca del mío pero no formaba parte de él. No había esperado que la primera vez que sintiera amor romántico no lo reconociera hasta que doliera, hasta que me doliera. Se esfumó en cuanto supe lo que era.

No le contesté hasta que tuve mi voz bajo control.

—Nunca lo había pensado así—dije finalmente, levantando la cabeza para que ella pudiera verme la cara.

Seguía tumbada, con los ojos verdes sin parpadear, como una leona esperando a que saliera su presa. Probablemente podría haber permanecido así todo el día, sin moverse.

—Sé que no lo hiciste. Yo tampoco. No estaría contigo si no quisiera, Johnny. Creo que eres el único hombre que he conocido que realmente no quería esto de mí. O al menos, no solo esto.

—¿Quieres estar con los demás? ¿Con el imbécil al que golpeé en las escaleras?—sonaba mucho más duro de lo que sentía. No le di una paliza al rufián, sino que lo tomé por sorpresa. Había decidido vigilarlo de cerca en el futuro, porque si alguna vez me daba una paliza, estaría acabado.

—No es un rufián. En realidad es un buen chico. Pero no quiero estar con él. Es solo por el dinero. Digamos que consigo mis apuestas con descuento, y no tengo que ir a comprobar los números.

No sentí que mi tiempo con ella fuera una transacción, y ella tampoco parecía sentirlo, pero definitivamente había una negociación. El tío Abe la había preparado, para empezar.

—¿Por qué aceptaste enseñarme francés? Porque yo no te estoy pagando.

—No me pagas en dinero—dijo juguetonamente.

—Pero cuando empecé, no te pagaba en nada. No conseguiste nada con ello. Entonces, ¿por qué lo hiciste?

Le tocó a ella recostarse en las sábanas. Vivía en un apartamento barato, pero su cama tenía las sábanas más suaves que jamás había sentido, ni antes ni después.

—Johnny, Johnny. A veces la gente hace cosas y no puede explicarlas.

No quiero decir que no pueda explicarlo, quiero decir que no se supone que lo haga.

—¿Explicar qué?

—Por qué estoy contigo. Se supone que estoy contigo, pero también es mi elección. Quiero hacerlo.

Alargó la mano para acariciar mi mandíbula, pero la aparté con más fuerza de la necesaria.

—¿Qué quieres decir con que quieres estar conmigo?

—¿Vas a golpearme? ¿Cómo hiciste con ese otro chico?

—No. Lo siento. No quería hacerte daño. ¿Te he hecho daño?

—No.

—¿Pero qué querías decir?

Ella suspiró.

—Mi hermano. Hace negocios con tu tío. Él sabía que estabas interesado en aprender francés y sabía que yo estaba interesado en hombres jóvenes como tú. Así que él y tu tío hicieron un trato.

—¿Un trato?

—Eso es todo lo que voy a decir. No estoy haciendo nada que no quiera hacer, si eso te hace sentir mejor.

Me levanté, me puse la ropa y me fui sin despedirme. Estaba físicamente cansado por la montaña rusa de sentimientos que nuestra simple conversación había lanzado. Creo que me fui a casa y me acosté enseguida. Resolví que no la amaba, que nunca la había amado y que nunca la volvería a ver. Mi decisión duró hasta el martes siguiente.

Capítulo Trece

FELIZ CUMPLEAÑOS A MÍ

Solo recuerdo un día en el que me arrepentí de haber ido a la escuela Coffey. Fue un lunes. Tenía un examen difícil en la escuela, apenas moví un par de cajas para el tío Abe, lo que aún así fue suficiente para hacerme sudar. El resultado fue que estaba cansado, tanto física como mentalmente, para cuando llegué al aeropuerto de Harlem.

—Oh, tenemos un trabajo para ti hoy—dijo Willa Brown cuando llegué. Esbozó una gran sonrisa falsa y parecía muy feliz por la noticia, lo que me hizo sospechar al instante. Normalmente no me prestaba mucha atención, salvo para señalarme las motas de polvo que se me habían escapado o para gritarme que trajera una caja de tornillos o rodamientos. Sabía que pasaba algo.

—Concreto—dijo Cornelius Coffey—. Vamos a pedir un permiso EPC. ¿Sabes lo que es eso?

—Por supuesto. Entrenamiento para Pilotos Civiles.

Las conversaciones de guerra estaban en el aire. Alemania estaba mostrando sus músculos; estaba en todos los noticieros. El gobierno federal había iniciado un programa para asegurarse de que habría suficientes pilotos militares aprobando escuelas para entrenarlos. El *Chicago Defender* había publicado historias sobre cómo los hombres y mujeres de color podían formar parte de él. Debían formar parte de él. Aparentemente, Coffey también lo creía.

—No podemos tener suelo de tierra en el hangar, —explicó Coffey a la clase.

Ese día había llevado a los estudiantes allí solo para divertirse. Me quedé en la parte de atrás. Estuve muy tentado de escabullirme e irme a casa, pero Willa y Cornelius sabrían que me había ido, y marcharme no ayudaría a mi caso para entrar en la escuela.

—El gobierno quiere concreto en el piso del hangar, así que el gobierno lo va a tener. Ya tengo algunos de los encofrados de madera en su lugar.

—¿Por qué no pudieron hacer esto antes de que yo llegara?—me quejé con Willie Mason, uno de los pocos miembros de la clase que hablaba un poco conmigo. No era mucho mayor que yo y le gustaba hacer algunas payasadas. La mayoría de los demás estudiantes eran respetuosos pero distantes. No tenían tiempo para hablar con un niño.

—¿No te gustaría?—dijo—Cornelius quería, pero Willa no le dejó. Estaba lloviendo esta mañana y dijo que la humedad dañaría el concreto.

No tenía ni idea de si eso era cierto o no, pero a Willa no se le suele contradecir.

—Y aquí viene nuestro hormigón ahora—dijo Willie.

Me protegí los ojos del sol. Apenas había una nube en el cielo, así que la lluvia no podía ser mucha. Un enorme camión avanzaba por el borde de la pista, levantando una nube de polvo. No podía haber estado tan húmedo por la mañana, no con todo ese polvo alrededor. ¿Por qué no se adelantaron y vertieron el concreto antes de que yo llegara? Así podría tener el beneficio de aparecer sin tener que hacer ningún trabajo, porque todos estarían cansados y sentados hablando. Podría haber sacado un refresco de uva frío de la nevera y pasar una tarde agradable. Pero no lo hice.

Sin embargo, el conductor del camión de concreto sí lo hizo. Llegó, pero Coffey no estaba preparado, ya que los encofrados de madera no estaban colocados en todo el perímetro del hangar. El concreto no podía verterse sin encofrado; las paredes del hangar estaban siempre casi impecables (sobre todo gracias a mí), pero tenían grandes agujeros aquí y allá y el concreto se habría derramado en el suelo para siempre. Además, los encofrados del otro extremo eran más altos que los de la puerta, porque el hangar estaba en una pequeña colina. Pero el concreto obedecía a las leyes de la gravedad y los encofrados tenían que ser irregulares.

Así que nos metimos dentro y trabajamos clavando la madera. Me puse hacia el lado más lejano con Willie. Era más grande que yo en todos los sentidos, más alto, más redondo y más blando, pero podía trabajar cuando lo necesitaba. También era inteligente, porque trataba de asegurarse de no trabajar demasiado. Trabajamos en el centro, que era bastante fácil, y evitamos las esquinas, que eran más difíciles, al parecer, porque oí a algunos de los estudiantes maldecir mientras intentaban alinear los encofrados lo suficientemente rectos como para que Willa los aprobara. El conductor se sentó en el estribo de su camión a observarnos, dando sorbos a un refresco de uva.

—Tómense su tiempo—dijo.

Una vez terminados los encofrados, llevó el camión hasta las puertas del hangar y las abrimos todo lo que se podía, que era bastante, ya que las Piper Cubs tenían que entrar y salir. Luego vertió el cemento y lo rastrillamos y aplanamos. Era un trabajo arduo y ni siquiera los refrescos de uva podían hacer mella en nuestra sed, y de todos modos, al cabo de unas horas estaban todos calientes y pegajosos y desagradables. Me dolía la cabeza y los estudiantes se quejaban de que no era el tipo de trabajo para el que se habían apuntado.

—Señores, tienen que conocer todos los aspectos de cada avión que vuelan—dijo Cornelius—. Puede que tengan que desmontarlos y volver a montarlos en un campo en mitad de la noche, ustedes solos. Ahora, hoy en día, el hecho de saberlo todo sobre los aviones incluye el concreto sobre el que van a rodar.

—Piensen en ello como un aprendizaje desde la base—dijo Willa, y todos rezongaron.

Pero no se limitaron a dirigirnos. Se pusieron manos a la obra y trabajaron, ensuciándose y sudando tanto como los demás. Este hormigón era literalmente la base de la escuela.

Decidí que no me ganaría la vida con este tipo de trabajo manual. El futuro para mí eran los motores y las alas: la alta tecnología, o al menos la tecnología superior. Los hombres y mujeres de color habían hecho ese tipo de trabajo durante demasiado tiempo, y ya era hora de que yo rompiera el ciclo. Y lo hice, durante un tiempo. Pero, como la mayoría de mis otros votos y propósitos, no fui capaz de cumplir este.

Estaba a punto de atravesar por primera vez como estudiante la puerta del aula de la Escuela de Aeronáutica Coffey, no como conserje a tiempo parcial. Sabían que venía por el pasillo porque noté que una cabeza se asomaba y luego volvía a entrar. Entonces empezó el canto. Una de las voces que pude distinguir era buena (la de Willa), pero el resto producía el tipo de sonido monótono que cabría esperar de los estudiantes de ingeniería. Aun así, el canto era bastante agradable. Se me dibujó una gran sonrisa en la cara cuando entré por la puerta y vi los restos del Boeing P-12 que los alumnos de secundaria estudiaban como si fuera un cadáver y estuvieran en la facultad de medicina.

Sobre los restos rechonchos del ala izquierda había una magdalena de chocolate con una única vela blanca en el centro, ya encendida. Willa llevaba toda la vida diciéndome que no tenía la edad suficiente para entrar en la escuela Coffey.

—Te hornearé una magdalena y le pondré una vela cuando tengas la edad suficiente, y entonces lo sabrás—me prometió, pero Cornelius me dijo después que ella nunca cocinaba nada.

Había estado esperando el día en que tuviera suficiente dinero ahorrado y pudiera pasar por la puerta y conseguir mi magdalena comprada en la tienda, y ahora ese día había llegado. Me acerqué y le di un rápido soplido. Todo el mundo aplaudió cuando la vela se apagó y el humo se dirigió al techo. La mayoría de las caras eran nuevas, pero parecía que todos habían oído hablar del niño conserje que estaba decidido a volar. Me dieron una palmada en el hombro y me desearon un feliz cumpleaños. Cornelius Coffey se quedó atrás, sonriendo durante un minuto más, y luego nos puso a trabajar.

Tenía mi dinero ahorrado y me metí de lleno. Como Coffey había prometido, aprendí todo lo que había que saber sobre aviones en la escuela. Había absorbido toda la información que pude mientras limpiaba en el lugar, pero el ritmo de aprendizaje se disparó cuando me convertí en estudiante. Aprendí a sacar un motor de un avión, desmontarlo, volverlo a montar y meterlo de nuevo (limpiamente). Aprendí a desmontar todos los mandos de un Piper Cub de 50 caballos. Aprendí a desmontar el tren de aterrizaje, a desmontar la cola, a reparar desgarros en la cubierta. Todo.

—Nunca sabes cuándo vas a necesitar saber algo—decía Cornelius—. Puedes encontrarte en un campo en medio de la nada en mitad de la noche después de que tu motor se estropee. No habrá nadie que te ayude. Y, dependiendo de dónde estés (y de quién seas), puedes quedarte parado en algún lugar a plena luz del día y no habrá nadie que te ayude.

Casi todos los estudiantes eran hombres de color, y a ellos se dirigió Coffey con esta última frase. No hizo hincapié en el punto, pero lo entendimos. Los hombres de color todavía no podían volar para el ejército de Estados Unidos, pero los pilotos blancos estaban siendo absorbidos por los preparativos de la guerra y se estaban abriendo puestos de vuelo. Había un hombre blanco en la clase, un simpático compañero llamado Jefferson que hizo los cursos de primer nivel y luego fue llamado a filas. Tiempo después me enteré de que sirvió en el Pacífico y murió tratando de hundir un portaaviones japonés. Así que sabe más sobre la vida y la muerte que yo.

Una vez, Cornelius nos contó una historia sobre cómo había estado en un viaje de "acrobacias" en el Sur unos años antes y quemó una varilla en el motor de su pequeño Curtiss Robin. Tuvo que aterrizar en Mississippi y arreglarlo. Ninguno de los hombres blancos que lo observaban creía que pudiera hacerlo, pero tampoco dejaban que ningún hombre de color mirara a través de la valla, pensando que no necesitaban ver a un hombre de color hacer algo tan complicado como reparar un avión. Podría darles ideas. La historia hizo que arrugara la frente con irritación cuando llegó a esa parte, pero nunca contó la historia cerca de un estudiante blanco, que yo sepa. Quería que todos se sintieran bienvenidos en la Escuela Coffey.

Esta bienvenida se extendía a las mujeres. Había una mujer en mi clase, una mujer de color llamada Sarah Carroll. Era pequeña pero enérgica; todo lo contrario a Willa Brown. Willa era orgullosa y agresiva, tanto la ráfaga de viento antes de la tormenta como la tormenta misma. Sarah era tranquila. Se movía por la escuela, tanto en las aulas como en el campo de aviación, tan silenciosamente como un indio escabulléndose por el bosque. Hubo varias veces en las que me sorprendió haciéndome una pregunta o pidiéndome una herramienta, y yo me sobresalté porque no tenía ni idea de que estaba allí. Pero, al igual que Willa, sabía lo que hacía. Podía desmontar un motor más rápido que nadie en la clase. También era la alumna más fastidiosa. Yo remojaba las piezas en gasolina el tiempo que consideraba necesario, pero la mayoría de las veces ella duplicaba ese tiempo. Cuando volvía a montar un motor, todo el mundo sabía que funcionaría, y que lo haría mejor que si fuera nuevo.

Por supuesto, todos queríamos invitarla a salir. Willie lo intentó y ella le dijo que no, gracias. Estaba demasiado ocupada aprendiendo como para perder el tiempo con chicos. Eso es exactamente lo que ella dijo, también, me dijo después: chicos.

—Pero podrías salir con pilotos, ¿no?—le preguntó, pero ella se limitó a sonreír y a guardar silencio.

A mí me costó más tiempo que a nadie pasar por la escuela. Me quedaba sin dinero. Tenía que haber pagado la matrícula por adelantado, pero Coffey y Willa se mostraron indulgentes conmigo y me dejaron pagar a plazos, pero luego otras cosas seguían consumiendo el dinero. Los tiempos eran difíciles en la cocina. El *Defender* no pagaba especialmente bien y la iglesia del tío Abe no generaba mucho dinero. Ni siquiera el misterioso programa de almacenamiento en el sótano aportaba suficiente, así que contribuía con algo de lo mío aquí y allá, y eso me frenó. Debería haber terminado la formación primaria en poco más de un mes, pero me llevó todo ese verano y hasta el otoño, mientras las conversaciones sobre la guerra se intensificaban y la vida seguía transcurriendo.

Pero el vuelo; el vuelo era todo lo que había imaginado. Nos habíamos familiarizado con cada centímetro de nuestros pequeños Piper Cubs y WACO 9 y habíamos aprendido a rodar con ellos tan bien como si fueran coches que estuviéramos conduciendo. Eso era divertido hasta donde llegaba, pero no era volar. Todavía recuerdo mi primer vuelo; siempre lo recordaré. Es como la primera vez que ves el océano, o que haces el amor, o que miras la cara de tu hijo. Se te graba en el cerebro, en el alma. Volaba con mi instructor, un hombre blanco llamado Craig que acababa de pasar por el curso secundario de Coffey y se había convertido en instructor (y se alistó en el Cuerpo Aéreo del ejército una semana más tarde; Coffey no podía mantener a los instructores, la guerra que se avecinaba se los comía tan rápido como él podía formarlos). Craig no era físicamente grande, como tampoco lo era yo en aquella época, nos sentíamos bastante apretados pero cómodos en la estrecha cabina del Piper. Me observó atentamente mientras yo comprobaba los instrumentos (lo que no me llevó mucho tiempo porque no había muchos, en aquellos días), comprobaba los flaps, accionaba un poco el acelerador para escuchar el motor y se preparaba. Le miré y él me hizo un pequeño gesto con la cabeza. Tiré de la palanca y bajamos a toda velocidad por la corta pista de tierra, y luego ya estábamos en el aire.

No fue exactamente como me imaginaba que se sentía un pájaro, no al principio. Me concentraba demasiado en el equipo, en los timones, los alerones, para sentir realmente la magia. Pero cuando quedó bastante claro que no iba a estrellarnos de cabeza contra el suelo, Craig miró por las ventanillas de plástico, que traqueteaban y se agitaban como una puerta de malla en un tornado, y se rió. No se reía de mí, solo se reía porque era divertido. Estábamos volando y él miraba por la ventanilla los campos verdes que teníamos debajo y las pequeñas cintas marrones y negras de las carreteras que los atravesaban, y se reía por la simple alegría de hacerlo. En ese momento, dejé de preocuparme por los controles y me limité a sentirlos, a sentir que mi entrenamiento empezaba a calar un poco en mis huesos, y miré por la ventana. No me reí. Pero sí sonreí.

Capítulo Catorce

Creía que me había hecho un hombre el 7 de diciembre de 1941. Tú sabes lo que pasó ese día o deberías avergonzarte si no lo sabes. Ahora bien, antes había fijado este momento en diferentes ocasiones. Cuando fui por primera vez a la escuela caminando solo, sentí que me había convertido en un hombre. Cuando tuve mi primera clase de francés (mi primera clase de francés de verdad) con Dominique, sentí que me había convertido en un hombre. Pero estas cosas no me cambiaron realmente. No estoy seguro de cómo definí el hecho de convertirme en un hombre, pero supuse que una definición debía ser que era algo que cambiaba mi vida, que me ponía en el rumbo correcto, el rumbo de mi destino.

El país había estado en un estado de "semiguerra" durante la mayor parte de los últimos dos años, que es una de las razones por las que Cornelius y Willa fueron capaces de conseguir finalmente algo de atención del gobierno y comenzaron a entrenar a los pilotos que algún día podrían tener que ir a luchar. Pero Hitler estaba haciendo todo lo posible para aplastar a Europa bajo su talón y Japón se movía a través del Pacífico, y los Estados Unidos no hacían nada. Incluso Canadá le declaró la guerra a Alemania, y no hicimos nada. Dominique lloró cuando cayó Francia, y yo no lloré, pero me sentí triste. Ella vio las imágenes en el noticiero de Hitler recorriendo París y me dijo después que era como ver a un mono profanando una iglesia. Por un lado, no podía entenderlo. Era gente blanca tratando mal a otra gente blanca. Pensaba que los blancos reservaban su odio más acérrimo para la gente de color, pero al parecer no era así, o, al menos, eran capaces de odiar por igual. Los alemanes, que para mí eran indistinguibles de los franceses, odiaron y derrotaron a los franceses. Odiaban aún más a los judíos, y yo no podía distinguirlos. En los noticieros era solo un desfile de rostros pálidos, en el que ganaban los de los abrigos negros.

Y entonces los japoneses bombardearon Pearl Harbor y nosotros estábamos en guerra. Estábamos en ella contra Alemania y Japón. Al igual que las historias que había escuchado de niño, todo el planeta estaba de nuevo en guerra, y esta vez estábamos en medio de ella. Yo tenía dieciocho años. El Congreso había aprobado el reclutamiento el año anterior, y cualquier hombre (incluso de color) de veintiún años o más tenía que inscribirse. A mí me faltaban tres años, tal vez cuatro antes de poder entrar de verdad. La guerra no duraría cuatro años. Iba a perder mi oportunidad de ser piloto militar, justo cuando la mayor guerra de la historia del mundo estaba teniendo lugar.

Ardía de indignación por ello. Esto no tenía sentido para mis padres, que se alegraban de que yo estuviera fuera de ella. No tenía sentido para los ancianos del edificio, ni para algunos de los jóvenes, que tenían edad suficiente para apuntarse al Servicio Selecto y no estaban nada contentos con ello. La única persona de mi entorno que parecía entender la necesidad era Dominique, y tenía un motivo oculto. Quería que fuera a liberar Francia. No iba a volver a vivir allí, no tenía ningún deseo real de volver a vivir allí, pero quería que su patria fuera libre. Yo podía entenderlo.

Apenas un mes después, el ejército anunció que entrenaría a hombres de color para ser pilotos y la edad de reclutamiento se redujo a veinte años. Mis posibilidades aumentaban. Para mí, escuchar la noticia de que los hombres de color iban a volar de boca del subsecretario de guerra fue como tratar de entender desesperadamente otro idioma. El anuncio no tenía sentido, no con todo lo que había pasado antes. Los hombres de color iban a pilotar aviones del Cuerpo Aéreo del Ejército de Estados Unidos. El secretario tuvo cuidado de expresarlo en un lenguaje que no ofendiera a ningún blanco. Iba a ser un experimento, fue la palabra oficial a través de las filas militares, al menos según Coffey. Un experimento para ver si los hombres de color eran lo suficientemente inteligentes como para hacer lo que los blancos podían hacer. Probablemente podrían, o el ejército no arriesgaría los aviones, pero la idea de un combate real era una posibilidad remota. Incluso si los hombres de color entraban en combate, solo volarían cazas, nunca bombarderos, porque si volaban bombarderos, podrían estar en posición de dar órdenes a los miembros blancos de la tripulación, y eso nunca se aceptaría.

La Escuela Coffey no estaba sudando para que la gente se inscribiera. El suelo de hormigón que tanto nos había costado colocar estaba manchado de negro por el constante rodar de los neumáticos de los aviones. La escuela iba a toda máquina, ofreciendo todos los niveles de instrucción de piloto civil para blancos y hombres de color por igual. Los blancos fueron absorbidos por la floreciente maquinaria de guerra. Los hombres de color se unieron al gran experimento del ejército en Tuskegee. Experimento o no experimento, por primera vez en mi vida, quería volver a Alabama.

—Muy bien, reúnanse—nos dijo Coffey un día. El sol se ponía en el horizonte, el vuelo había terminado y la gente empezaba a irse a casa—. Tengo algo para ustedes.

Tenía algunos uniformes para nosotros, chaquetas que nos hacían parecer vagamente militares, y pantalones a juego.

—Tienen que parecer oficiales—dijo—. Los militares nos vigilan, observan lo que hacemos aquí. Nos observan mientras se instalan en el Campo Aéreo del Ejército de Tuskegee. A partir de ahora, cuando entrenen, llevarán estos trajes.

Tardaron en repartirlos. No deberían haberme dado uno, porque eran para los estudiantes de secundaria, y yo todavía estaba haciendo aguas con mi formación primaria. Pero me estaba convirtiendo en una especie de mascota del aeropuerto de Harlem, así que me dieron uno. El mío no tenía el tamaño adecuado, era demasiado grande, pero no me quejé. Si eso me acercaba un poco más a volar para el Ejército de los Estados Unidos, estaba contento.

—Estos no son del ejército—me dijo Willie después. Se quejaba de que el suyo le quedaba demasiado apretado, pero en realidad su estómago era un poco grande—. Son sobras del Cuerpo Civil de Conservación. Alguien estaba construyendo una presa o un puente o algo así y les sobraron estos, así que nos los dieron. No tienen nada que ver con Tuskegee.

—No me importa, me llevaré el mío.

—Sí, no te importa, el tuyo te queda bien. Oh, espera, no es cierto, ¿verdad? Pareces un niño pequeño intentando llevar ropa de vestir.

La idea nos asaltó al mismo tiempo: los suyos eran demasiado ajustados, los míos demasiado holgados. Así que cambiamos.

—Voy a tener que probarme este—dijo—. Hasta la vista, imbécil.

—Sí, disfrútalo. Escondí una hoja de afeitar en alguna parte, a ver si te la encuentras.

Así eran muchas de nuestras conversaciones esos días, bromas tontas. Solo nos poníamos serios cuando hablábamos de motores, transmisiones o timones. Willie se rió y se marchó, deteniéndose solo para soltarle alguna ocurrencia a Sarah, que estaba trabajando con Willa para encontrar algo lo suficientemente pequeño para que se lo pusiera. Como Willa estaba allí, debió de mantenerlo limpio, porque Willa y Sarah se limitaron a reírse de él y siguió su camino, de vuelta al cuartel. Los estudiantes de secundaria, o "cadetes", como se les llamaba ahora, vivían en un barracón que se había levantado apresuradamente junto a la terminal. Era un requisito militar para los estudiantes de secundaria. Coffey tuvo que empezar a pasar por el aro militar incluso cuando los militares solo estaban interesados en cualquier estudiante blanco que pudiera producir.

Como vivía relativamente cerca, solo iba y venía a casa. También me hubiera gustado vivir en los barracones, aunque no eran nada lujosos, pero aún tenía cosas que atender en casa. Tenía una pequeña taquilla en el hangar, metida detrás de una mesa que solía estar apilada con trastos y piezas al azar. Pensé en guardar allí mi uniforme en lugar de tener que arrastrarlo de un lado a otro. Acababa de guardarlo cuando casi me tropiezo con Sarah, que tenía una pila verde en la mano, lo que significaba que había encontrado algo lo bastante parecido a su talla para ponérselo.

—Lo siento. Hola, Johnny.

—Hola, Sarah. He oído que hoy has hecho pasar un mal rato a todo el mundo.

No podía hacerlo literalmente, ya que solo teníamos tres aviones y nunca los volábamos al mismo tiempo, pero se estaba ganando una reputación de piloto sólida. También era un poco temeraria; el instructor, Craig, dijo que había conseguido que esos pequeños Piper Cubs fueran más rápidos que cualquier otra persona de la clase, primaria o secundaria. No era un logro tan grande (los Cubs no eran rápidos, así que tal vez eran cinco millas por hora adicionales), pero era algo. Craig dijo que una cosa estaba clara: ella era mejor piloto que Willie o yo. Se rio cuando lo dijo, como si estuviera bromeando, pero creo que no era así.

Ella simplemente se encogió de hombros.

—Me sentí bastante bien. Pero creo que todo el mundo lo está haciendo bien.

Asentí ante su uniforme.

—Esto será bonito, ¿verdad? Quiero decir que pareceremos oficiales. O, tú parecerás oficial—añadí, recordando que yo no era un estudiante de secundaria, y no quería ofenderla actuando como si lo fuera.

Ella volvió a encogerse de hombros.

—Supongo que sí. Aunque me hacen sentir triste.

—¿Triste? ¿Por qué?

—Porque me recuerdan que por muy bien que vuele, probablemente no pueda conseguir trabajo en ningún sitio haciéndolo. No puedo volar para el ejército.

—¡Yo tampoco puedo!

—Eso es cierto, ahora. Pero cuando los blancos estén agotados o los hayan matado los japoneses y los alemanes, dejarán entrar a los negros. Los instalarán en Tuskegee y cuando los necesiten, los usarán. Pero no dejarán entrar a las mujeres. Nunca dejarán entrar a las mujeres.

No sabía qué decir a eso. Era cierto, solo que nunca antes lo había pensado.

—¿Qué es lo que quieres hacer, Sarah?

—Volar rápido. Los aviones más rápidos que pueda. Ahora mismo, eso son los aviones de combate, pero nunca podré subirme a uno.

—Pero son peligrosos...—dije antes de poder detenerme, y ella me lanzó una mirada que cuartearía la pintura.

—Todas son peligrosos—dijo, giró sobre sus talones con elegancia, casi al estilo militar, y se dirigió al cuartel.

Tenía razón, todos eran peligrosos. El lento y diminuto Piper Cub era probablemente más peligroso que un P-40 Warhawk o cualquier otra cosa que ella quisiera volar. Y tenía razón, no podía imaginar que los militares la dejaran volar. Podía imaginarme que me dejasen volar a mí, pero nunca a ella, y ella lo sabía muy bien y eso debía de corroerla todos los días. Ni siquiera podía ir a Francia para ese tipo de trabajo.

Más tarde, mucho más tarde, me enteré de que, después de la guerra, terminó volando por todo el país, participando en espectáculos aéreos. Pilotó un viejo y maltrecho P-47 Thunderbolt, que no era ni mucho menos el avión más rápido incluso durante la guerra, pero que podía caer en picado como una bomba porque era muy gordo y pesado. Lo estrelló contra el suelo a toda velocidad y su cuerpo quedó a medio camino de China antes de que la encontraran y la desenterraran. Así que, al menos, pudo pilotar un avión de combate, aunque no como ella quería. Y ahora sabe más sobre la vida y la muerte que yo.

Mientras la veía alejarse aquel día en la Escuela Coffey, con la ira desprendida como si fuera vapor, el uniforme en sus manos representando un sueño muerto antes de nacer, me di cuenta de que, por muy mal que yo pensara que lo tenía, siempre había alguien que estaba peor. Eso es cierto para todos. En algún lugar de la Tierra debe existir una persona más desgraciada y miserable que cualquier otra, pero esa persona sería difícil sacarla de una multitud.

Capítulo Quince

FORMANDO FILAS EN ALABAMA

La vi mi primer día en Tuskegee. Estaba cansado por el viaje en tren, pero me sacaron junto con los demás chicos de Chicago y otros puntos del camino y nos obligaron a asistir a un seminario de formación sobre cómo comportarnos con los blancos en el Sur profundo. Apenas habíamos podido colocar nuestros petates en los catres cuando un joven muy arrugado nos explicó seriamente que, aunque el Instituto Tuskegee nos quería, la ciudad de Tuskegee no. Bajo ninguna circunstancia debíamos entrar en disputa con los residentes blancos de la ciudad.

—Todos los ojos están puestos en nosotros—dijo, mirándonos a los ojos a cada uno de nosotros como si quisiera dejar claro el punto—. Debemos tener éxito.

Reconozco que no presté atención. Era de Alabama y pensé que no necesitaba ninguna explicación sobre sus costumbres. Lo había oído todo de papá y mamá y del tío Abe y la tía Eveline. Sabía lo suficiente como para dejar que los blancos pasaran y yo seguir en mi camino. Y de todos modos, mis ojos estaban puestos en otra cosa. Tuve la suerte de estar sentado junto a la ventana. No era una suerte porque refrescara la habitación (el calor era peor que cualquiera que hubiera sentido en Chicago, y hacía que la madera sudara de tal manera que las paredes baratas ya se estaban doblando), sino porque de vez en cuando podía cortar la vista hacia la derecha y captar un buen trozo de cielo azul. Y, una vez, un tentador vistazo a una figura femenina. Se alejaba de mí en un ángulo de 45 grados. Debe haber estado mucho más cerca de mí, pero no la vi porque estaba fingiendo que escuchaba cómo, si nos metíamos en problemas en la ciudad, cosa que nunca deberíamos hacer, teníamos que asegurarnos de llegar a manos de los policías de la base y no de la oficina del sheriff de Tuskegee.

Algunos de los compañeros se quedaron un poco atónitos cuando salimos y miraron consternados los árboles a lo lejos, tal vez calculando que esos chiflados tenían un montón de lugares de linchamiento a su disposición. Todo el mundo sabía que el Sur era malo, pero una cosa es saberlo y otra estar en él. Empezaron a hablar de la situación racial, algunos de ellos presumiendo que si algún ayudante del sheriff blanco se interponía en su camino, se arrepentiría de haberse enfrentado a un hombre de color con entrenamiento militar; pero mantuvieron la voz baja para que el instructor de la sesión de entrenamiento no les oyera.

Los ignoré y di la vuelta al edificio. Salí del porche de madera a la tierra. Oteé el horizonte en busca de ella, pero no estaba, se había esfumado en algún lugar de la ciudad del salvaje oeste que era Tuskegee. Los edificios eran robustos pero no atractivos. La mayoría de ellos eran de madera barata y se encontraban en la tierra rojiza. Mi ángel había desaparecido en algún lugar de aquel paisaje marciano.

No tuve mucho tiempo para perseguirla. Empezaron a darnos lecciones de todo. Cómo debían ser nuestros uniformes, cómo debían estar hechas nuestras diminutas camas de metal, a qué hora debíamos salir de nuestras diminutas camas de metal, a qué hora debíamos comer, cómo debíamos dirigirnos a todo el mundo y repetidas advertencias sobre cómo evitar a los buenos ciudadanos blancos de Tuskegee, Alabama.

—Hace que te preguntes cómo van a ser peores los nazis y los japoneses, ¿eh?—dijo una voz por encima de mi hombro durante la sesión de hacer la cama, en la que un teniente coronel nos demostró que tenía que ser capaz de hacer rebotar una moneda en nuestras diminutas camas de metal.

Volví la cabeza ligeramente para ver la cara de Willie Mason, con los bordes de los labios levantados en una sonrisa tan grande como podía reunir sin que le gritaran.

—Así que tú también estás aquí—dije—. ¿Queda alguien en Chicago?

—¿Quién querría quedarse allí arriba? Hace demasiado frío. Demasiadas cosas que hacer, demasiada libertad. Prefiero estar aquí en la ciudad de los blancos.

—Yo me pregunto—murmuré—. ¿Sabrán los blancos que nos dejan pilotar aviones con ametralladoras?

Y, en algún momento, aprendimos acerca de esos aviones con ametralladoras.

No eran Piper Cubs. Eran P-40 Warhawks, los aviones de los que ya habíamos oído hablar de los Tigres Voladores en China, que habían derribado aviones japoneses antes de que la guerra hubiera comenzado de verdad. Los Piper Cubs eran cometas comparados con ellos, y a pesar de mi tiempo de vuelo en la Escuela Coffey, no podía parar ni un segundo. Los aviones de combate eran un lenguaje totalmente nuevo y tenía que aprenderlo.

El P-40 tenía un motor Allison de doce cilindros que daba más de mil caballos de potencia. Podía comerse a los Piper Cubs y a los WACO 9 en el desayuno. Podías sentir la potencia de ese motor en todas partes: las vibraciones en el asiento, el temblor del bastón de mando, el aullido de la hélice, el crujido de los cristales de la cabina. El P-40 quería estar en el aire, no le importaba cómo. El personal de tierra tiraba de los calzos de las ruedas y tú dabas una vuelta de tuerca al mando y el avión corría hacia el otro extremo de la pista, a veces intentando tirar con fuerza hacia la izquierda. Mover los pedales era como bailar con una chica sin talento. El aparato era un desastre para volar, pero era rápido. Me costó mucho aprender a entender el Warhawk, y nunca iba a ser capaz de entenderlo como podía hacerlo con un Piper. Nunca sería capaz de aterrizarlo en un campo en medio de la nada y hacerlo funcionar. Si alguna vez me estrellara con un P-40, lo más probable era que moriría.

Este conocimiento significaba que me aplicaba de nuevo, tan duro como lo había hecho en la Escuela Coffey. Pero había un poco de distracción presente que nunca había sentido antes, ni siquiera con Dominique. Vi a la mujer misteriosa un par de veces más, pero siempre estaba lo suficientemente lejos como para que cuando llegara a donde había estado, se hubiera ido como un fantasma en el polvo. Fue Willie, de entre todas las personas, quien me dijo quién era.

—¿Esa chica tan hermosa? ¿Con la piel blanca?

Nunca me había fijado en el tono de la piel porque mi madre me habría matado.

—¿Con el trasero redondo así?

Willie sacó su propio y no tan pequeño trasero redondo y yo me reí y asentí. No porque necesariamente estuviera mirando solo su trasero, sino porque siempre se alejaba de mí cuando la veía, así que eso era lo que más se me quedaba en la cabeza.

—Ella. Sí. Esa.

—No la quieres, hombre, a menos que te guste ir a la iglesia. Su padre es ministro en la ciudad. De una u otra iglesia bautista. Es una dama buena y honrada que va a la iglesia, por lo que he oído. No es tu tipo, en absoluto.

—No conoces mi tipo, Willie.

—¿No lo conozco? Tal vez no. Pero he oído rumores.

Se rio para demostrar que estaba bromeando y se alejó. Por un momento sentí una punzada de miedo de que supiera lo de Dominique, pero recordé que nunca había hablado con nadie de ella.

—¡Espera! ¿Sabes su nombre?—grité tras él, pero desapareció detrás de un grupo de soldados que marchaban.

Tratar de encontrar a un predicador bautista en particular en Alabama, incluso en una ciudad pequeña como Tuskegee, podía llevarme una cantidad de tiempo considerable, tiempo que no tenía. No me daba miedo la gente blanca, pero las constantes advertencias sobre la oficina del sheriff no me inclinaban a deambular por la ciudad. Decidí que mantendría los ojos abiertos por si la veía, y cuando la viera, dejaría lo que estaba haciendo y hablaría con ella. Mi oportunidad llegó dos semanas después, durante una clase dedicada a las ametralladoras de calibre 50 del P-40. Llevaba dos en cada ala. Aunque no íbamos a aprender a desmontarlas sobre el terreno ni a hacer nada complicado, sí necesitábamos saber qué hacer si se atascaban mientras volábamos. El instructor iba por la mitad cuando miré por la ventana y allí estaba ella, alejándose de mí, como siempre. Recordé mi promesa. Estaba escuchando unas instrucciones que bien podrían salvarme la vida algún día, pero allí estaba ella, y yo me había hecho una promesa. Y la cumplí.

Me puse en pie de un salto, me tomé el estómago, solté algo sobre lo mal que me sentía y corrí hacia la puerta. Una vez fuera, rodeé el edificio y corrí para interceptarla, asegurándome de alcanzarla lo suficientemente tarde como para que no me vieran desde la ventana del aula. No me pareció una actuación muy hábil, pero pensé que lo había conseguido hasta que uno de los chicos me dijo más tarde que el instructor se burló de que no solo estaba enfermo, sino que estaba enfermo de amor, y eso no tenía cura.

Pero no pensaba en eso mientras corría hacia ella. Cuando me acerqué, se giró para ver qué clase de bestia se acercaba a ella, y pude verle la cara por primera vez. Para mi sorpresa, no era tan bonita como esperaba. Era bonita, pero al mirarla de cerca había un par de rarezas en su rostro que la hacían más interesante que simplemente hermosa. El puente en la parte superior de su nariz era un poco más ancho de lo habitual, lo que hacía que sus ojos estuvieran más separados. Su boca no era del todo simétrica; sus finos labios se inclinaban hacia la izquierda mientras surcaban su rostro. Y tenía una pequeña cicatriz justo en la punta de la hendidura izquierda de la barbilla. Todo eso suena mal en blanco y negro, pero la hacía más atractiva. He visto muchas mujeres impecablemente hermosas y no puedo recordar nada de ellas. Pero recuerdo cada aspecto de su rostro. Sus rasgos se grabaron en mi mente desde el primer momento en que la vi.

Así que ahora me estaba mirando y me di cuenta de que no sabía qué decir.

—¿Hola?—dijo, con una leve sonrisa en sus labios torcidos.

Probablemente se le acercaban así diecisiete veces al día.

—Eh, hola. Me llamo Johnny. Yo también soy de Alabama, originalmente.

Me pasé la mano por la cabeza. Ella siguió sonriendo. Me di cuenta de que sonaba como un retrasado.

—¿Y de dónde no eres tú originalmente?

Su voz era melosa. Definitivamente sureña, con las vocales corriendo por todos lados, pero no lenta.

—Chicago. Illinois.

—He oído hablar del lugar. Pensé que debías ser de alguna gran ciudad. Tu método de acercamiento fue un poco brusco.

Me impresionó mucho. Nunca había oído a nadie utilizar la palabra brusco en una frase. Era inteligente y hermosa.

—Me disculpo por eso. Es que te he visto por ahí, fuiste prácticamente la primera persona que vi aquí, y he intentado alcanzarte, pero caminas muy rápido.

—He descubierto que, como mujer, vale la pena caminar rápido en una base militar.

Difícil discutir eso.

—Tengo entendido que eres la hija de un ministro—había perdido el control de esta conversación. Nunca tuve el control de esta conversación.

—Así es, Sr. Johnny de Chicago. ¿Es eso un problema?

—Oh, no, no. No. De hecho, mi tío es ministro en Chicago.

—¿Es usted un hombre que va a la iglesia?

—Sí, lo soy.

De hecho, había ido a la iglesia con bastante frecuencia, aunque la mayor parte del tiempo estaba cargando cajas de posible contrabando en el sótano.

—Una iglesia Bautista. Mi tío es ministro bautista, como tu padre.

—Se ha corrido la voz, ¿verdad? Supongo que si la gente va a hablar de mí, no está mal que lo digan.

—No hablan de ti. Eh...

—Virginia. Virginia Scott. Extendió su mano en señal de saludo, inclinada para que yo supiera que debía estrecharla y no intentar besarla.

—Encantado de conocerte—dije—. Nicholas es mi apellido. Y no hablan de ti. Yo pregunté.

—Lo hiciste ahora. Bueno, también fue un placer conocerlo, Sr. Nicholas. Pero tengo que seguir mi camino.

—Me gustaría volver a verte.

Me había llevado tanto tiempo encontrarla y me había costado no poca dignidad entre mis compañeros, que no iba a dejarla escapar tan fácilmente.

—Soy muy fácil de encontrar. Si realmente fueras un hombre de iglesia, ya me habrías encontrado. Soy voluntaria en la capilla de la base. Adiós ahora, Sr. Nicholas.

Capítulo Dieciséis

MÁS DIFÍCIL QUE VOLAR

--Así que, ¿hace cuánto que quiere volar, Sr. Nicholas?

El reverendo Scott era muy formal. No solo presidía su iglesia, situada en el lado más pobre de Tuskegee, sino una modesta casa que estaba a solo tres manzanas de distancia. Era domingo. Esa misma mañana había pronunciado un sermón de fuego y piedra, del que yo había sido testigo, pero a diferencia del tío Abe, no lo había terminado en un charco de sudor. En realidad, no creo que el hombre pudiera sudar.

El que sudaba era yo. Llevaba cuatro meses saliendo con su hija, pero era la primera vez que me invitaban a comer en casa de los Scott. Pilotar un Piper Cub era más fácil; pilotar un P-40 Warhawk era más fácil; hacer una carrera de diez millas era más fácil. El reverendo Scott era un hombre bajo y compacto que no tenía cabello en la cabeza. Su cabeza era casi perfectamente redonda y no parecía tener ni un gramo de grasa. Parecía una bala en un traje de tres piezas. La señora Scott era similar, aunque, por supuesto, tenía cabello; mucho, oscuro y lustroso. Se había casado con el Sr. Scott cuando ambos eran muy jóvenes y tuvo a Virginia no mucho tiempo después. Aunque, a juzgar por el aire de tranquila decencia que parecía rodearlos en todo momento, estoy seguro de que fue al menos nueve meses después del matrimonio.

Le conté mi historia, omitiendo muchos detalles clave, como la existencia de Dominique y que financié mis estudios de vuelo con los pagos de mi tío por cargar cajas de origen desconocido.

—Vaya, no podrías subirme en una de esas cosas—dijo la señora Scott, sacudiendo la cabeza—. Es demasiado peligroso.

—En realidad, no—dije, pero luego me di cuenta de que estaba hablando de un avión que llevaba ametralladoras en las alas.

—Hijo, ¿realmente crees que el gobierno de los Estados Unidos dejará que los pilotos negros luchen en esta guerra?—preguntó el reverendo.

Me imaginé que la guerra terminaría antes de acercarse a ella, pero dije:

—Cuento con ello.

Virginia me miró con extrañeza. Lo tomé como una señal de que no quería que fuera. Era muy poco estímulo, pero era todo lo que necesitaba. Empecé a perseguirla constantemente, llegando a asistir a los servicios de la capilla.

En realidad no había ninguna razón para hacerlo. Tenía mucho que aprender en Tuskegee, material que podría salvar mi vida. Y me estaba preparando para el único papel que había deseado en la vida: ser un piloto del Cuerpo Aéreo del Ejército de los Estados Unidos al servicio de su país. Involucrarme con una mujer podría interponerse en el camino. Si entregaba mi corazón a Virginia, el resto de mí podría no querer ir a luchar contra los alemanes o los japoneses, si tenía la oportunidad. Y, obviamente, no era el tipo de chica a la que se pudiera ganar fácilmente; no habría encuentros casuales con ella. Todo esto lo sabía, y no me frenó en lo más mínimo. Luchar por mi país, amar a Virginia Scott; ambas cosas me parecían empresas puras, casi sagradas.

Nunca tuve tanto tiempo para verla como hubiera querido. Yo tenía cosas que hacer, y ella tenía cosas que hacer, y yo vivía en una base militar y ella solo trabajaba allí. Pero casi no necesitaba verla. Pensaba en ella todo el tiempo. Quiero decir, todo el tiempo. Empezaba a pensar que tenía algún tipo de enfermedad mental. Cuando me despertaba, pensaba en ella y me preguntaba qué estaría haciendo. Durante el día, mientras tenía que concentrarme en mis clases de vuelo y aprender sobre mi avión, pensaba en ella. Su rostro flotaba ante mi panel de instrumentos. Su tacto, su suave roce en mi brazo, que solo había sentido unas pocas veces, me hacía arder la piel cuando pensaba en ella. Cuando me iba a dormir, aunque normalmente estaba agotado por un largo día y una tonelada de información que necesitaba entender, pensaba en ella y me quedaba con los ojos bien abiertos hasta bien entrada la noche.

Pasé mucho tiempo manteniendo conversaciones con ella en mi mente, conversaciones en las que me confesaba con lágrimas en los ojos su amor por mí y me decía que no podía vivir sin mí. Planeamos nuestro futuro después de la guerra, cuando yo volviera a casa como as y comenzara algún tipo de carrera que implicara volar (esta parte de la conversación cambiaba mucho de un día para otro) y ella declarara su lealtad. Criaría a nuestros hijos y me seguiría por todo el país mientras yo volaba anuncios, dirigía programas de aviación militar, tomaba fotografías aéreas, regaba o fumigaba cultivos; como he dicho, esa parte del plan cambiaba mucho.

En persona, no hizo ninguna de esas cosas. Mantenía una gélida reserva en todo momento y a menudo tenía la sensación de que yo la divertía más que la excitaba. Pero me dejaba estar. Me sonrió, muy débilmente, cuando me presenté en la capilla para un servicio. Un día me dejó llevarla al cine. Solo una vez. El Halcón Maltés. Era una función de tarde y tenía un pequeño permiso. Tuvimos que sentarnos en el balcón, por supuesto, ya que estábamos en Alabama, y esto me enfureció, pero a ella no pareció importarle, y después de un tiempo a mí tampoco porque eso significaba que podía sentarme en el balcón con ella. Dejé que mi mano se apoyara en el reposabrazos muy cerca de la suya, y de vez en cuando nuestros dedos se rozaban, pero ella nunca dio el paso extra ni me tocó de una manera que indicara que nuestras manos debían unirse. Estaría dispuesto a pilotar un avión de guerra en territorio enemigo sin pensarlo mucho, pero no podía reunir el valor para dar ese paso yo mismo. Así que no nos dimos la mano.

Todos se dieron cuenta de que me costaba concentrarme en la tarea.

—Amigo, cuando vueles solo vas a estrellar ese P-40 contra el suelo, porque sabes que ella está en ahí abajo y vas a estar buscándola—dijo Willie, aunque, por su tono, no pude saber muy bien si eso le parecía algo malo o admirable.

—No, no lo haré. Sé dónde es arriba.

—Pero no cuando andas obnubilado por ella. Olvídala, hombre. Es la hija de un predicador de un pequeño pueblo de Alabama. Eres un miembro del Cuerpo Aéreo del Ejército de los Estados Unidos y necesita tener la cabeza en su lugar. Tenemos que ganar una guerra antes de que te depiles el pito.

—No hables así de ella.

—¿Ves?—dijo, retrocediendo con las manos levantadas en señal de rendición pero con una gran sonrisa en la cara—. Cuando me pregunten por qué volaste directo al suelo, solo tendré que decir que lo hiciste por amor.

Hubo momentos en los que pude desprenderme de ella. Cuando volaba, me concentraba, a pesar de lo que decía Willie. Tenía que asegurarme de que usaba el alerón correctamente y de que miraba mis indicadores. Cuando volaba en solitario, tenía que prestar aún más atención a lo que hacía para evitar que se cumpliera la predicción de Willie. Pero nunca pude librarme de ella por completo. Cuando miraba por la ventanilla de la cabina mientras iba detrás de mi instructor, veía la extensión verde de Alabama que se extendía hasta el horizonte y deseaba poder mostrársela. Cuando sobrevolé la pista de aterrizaje en mi primer vuelo en solitario a campo traviesa, me imaginé que ella estaba abajo, mirando y saludando.

Así que, en el momento de mi vida en el que por fin estaba haciendo lo que me había propuesto y para lo que me había entrenado durante tanto tiempo, mi mente y mi corazón estaban en otra parte. La preparación para mi vuelo en solitario a través del país pasó como un sueño, entre sus visitas fantasmales a mi mente. Mi recuerdo del vuelo real es más vívido, pero ella también estaba allí. Sabía que Willie tenía razón y que mi obsesión por ella me iba a traer problemas. Ya la echaba mucho de menos y la veía al menos una o dos veces a la semana, a veces solo lo suficiente para saludarla, a veces durante mucho tiempo. ¿Qué le ocurriría a mi mente adormecida si nos enviaran a la guerra y no la viera en absoluto? Si me dedicara a ella, me mataría. Pensar en ella como lo hacía, construir mi vida de fantasía en torno a ella, probablemente iba a acabar con mi vida real.

Capítulo Diecisiete

LA PARTE MÁS DIFÍCIL ES LA ESPERA

La mayoría de la gente de mi clase en Tuskegee fracasó. La mayoría de la gente de todas las clases fracasó. Pilotar un avión no es fácil. Ser capaz de controlar un avión como si fuera parte de tu cuerpo no es fácil. Ser capaz de alzar un avión sin que gire de lado a lado sin control no es fácil. Ser capaz de volar de noche utilizando señales de código morse como puntos de referencia no es fácil. No era fácil para mí, y yo era un hombre cuyo cerebro se había ausentado de repente y se había llevado su corazón con él. La gente que lo daba todo, que se concentraba en el programa con todas sus fuerzas, fracasaba. Se desvaneció. Mi cerebro se había vuelto blando y pegajoso con los locos impulsos eléctricos del amor, pero aun así lo superé. Tal vez eso ayudó.

Me gradué en una clase de seis. Nos convertimos en Tenientes Coroneles del Cuerpo Aéreo del Ejército de los Estados Unidos. Escribí a mis padres con antelación para ver si podían venir. Mi madre me escribió para decirme lo orgullosos que estaban, pero que no podían. Su carta me pareció un poco corta y superficial, y me irritó un poco que no fueran a venir. Pero Virginia vino. La ceremonia fue en una carpa en el campo principal. Llegó tarde, probablemente esperando que no me diera cuenta, pero, por supuesto, lo hice, al igual que todos los demás hombres del lugar. Fui el único al que le prestó atención. Había empezado a sospechar que mi amor no era correspondido, que toda esta locura en mi cerebro era una pérdida de tiempo. Pero vi su astuta sonrisa desde el otro lado de la tienda y deseé que mis sospechas no fueran ciertas.

Así que me gradué. Estaba listo para pilotar aviones de guerra para mi país contra los alemanes (los pilotos de la Marina se enfrentaban a los japoneses). Pero no ocurrió nada. El verano se convirtió en otoño y allí estaba yo, todavía en Alabama, que seguía siendo calurosa y húmeda incluso en septiembre. Empecé a ayudar a entrenar a la siguiente promoción que llegó. El ejército había abierto los brazos a regañadientes a los soldados de color, le habían demostrado que podían pilotar un avión tan bien como cualquier hombre blanco, y allí estábamos sentados en el suelo. Algunas de las clases anteriores se habían ido a Michigan y a otros lugares para continuar el entrenamiento, pero yo estaba atrapado en Tuskegee. Al menos tenía mis alas. Muchos de los que se habían quedado en el camino, no podían hacer nada más. Si hubieran sido blancos y hubieran sido expulsados de un programa de vuelo, podrían haber ido a otro lugar a entrenarse para ser artilleros o bombarderos o personal de mantenimiento, pero el ejército no había considerado oportuno ofrecer esas opciones a los hombres de color, así que se quedaron por ahí como fantasmas.

Willie era uno de ellos. Pero no era un fantasma triste. Se había quedado hasta la prueba de vuelo nocturna, cuando tuvimos que encontrar el camino de vuelta desde Montgomery. Willie terminó en Georgia, aterrizando un avión bastante caro en el campo de un granjero y causando algunos daños en la cosecha que el granjero quería que el Ejército de los Estados Unidos pagara. Fue expulsado al día siguiente, incluso antes de llevar el avión de vuelta a Tuskegee. El hecho de haber sido expulsado del programa no pareció molestarle en absoluto.

—Sabía que estaba acabado—dijo—. Al volver, simplemente volé ese viejo cacharro despacio y disfruté de la vista. Me imaginé que ese iba a ser mi último vuelo de relajación con el dinero del ejército. Y, sabes, Johnny, ni siquiera me importa. Toda esta molestia y todavía no me importa. Si no puedo averiguar cómo volar de noche, los alemanes me atraparían seguro. Esperaré a que termine la guerra, sacaré mi licencia comercial y ganaré dinero. Podré volar todo lo que quiera y nadie intentará derribarme. Pero irán tras tu oscuro trasero. Especialmente con tu cabeza en las nubes por esa mujer tuya.

Normalmente me enfadaba cuando la gente decía cosas así, pero nunca parecía enfadarme con Willie. Y me di cuenta de que no estaba bromeando; realmente no le importaba que lo hubieran echado. No estoy seguro de lo que habría hecho si hubiera fracasado. Ahora tenía una licencia comercial, gracias a la escuela Coffey, pero me había echado a perder con los aviones militares. Siempre quise ir más rápido. Volar un avión de correo o un biplano fumigador nunca me serviría. A veces me pregunto qué habría sido de mí si me hubieran echado. Habría tenido algo más de tiempo para ver a Virginia, pero me pregunto si las cosas habrían funcionado para nosotros. La ausencia hace que el corazón se vuelva más cariñoso, y mi corazón era bastante sensible.

La guerra continuó sin nosotros. La vimos en los noticieros. Japón estaba huyendo en el Pacífico y parecía que la marea empezaba a cambiar para Alemania ahora que había cometido el error de patear al oso ruso. Estábamos preparados. Pero nuestro país no estaba preparado para nosotros.

Las cosas se relajaron tanto para nosotros, aparte de nuestro interminable entrenamiento, que conseguí un permiso y decidí visitar Chicago. Aparte de Virginia, estaba cansado de Alabama y no había nada que quisiera ver allí. De hecho, pensé en pedirle a Virginia que me acompañara, pero esperaba despejar mi mente de ella por un tiempo, y tal vez con una semana en Chicago lo lograría. Al final, me alegré de no haberla llevado.

Le envié a mi madre una carta diciendo que iba a ir. Caminé por el pasillo de nuestro antiguo edificio, recibiendo gestos de respeto de la gente con la que me cruzaba. Nunca habían visto a un hombre de color con uniforme, y se pusieron contra la pared para dejarme pasar.

—¡Ponte a la luz y déjame verte mejor, hijo!—dijo el Sr. Roswell. Estaba sentado en el pasillo con su periódico sin leer en el regazo, como siempre—. ¡Te ves impresionante!

—Gracias, señor Roswell. Solo he venido de permiso para ver a mis padres.

—Bueno... buena suerte con eso—dijo, y volvió la cara hacia su periódico.

No sabía a qué se refería hasta que llamé a la puerta de la cocina. Mamá la abrió y jadeó. No había recibido la carta, o si lo había hecho, estaba perdida en algún lugar del desorden que había detrás de ella. La cocina estaba llena de trastos. Viejas lavadoras a mano, viejas máquinas de coser, cortadoras de carne y quién sabe qué más. Parecía un montón de basura.

—Madre, ¿qué ha sucedido?

Me llevó a la habitación y cerró la puerta tras de mí. Me dio un fuerte abrazo y luego me miró con los ojos húmedos.

—Te ves tan bien. Me alegro mucho de verte. Siento no haber estado allí para tu graduación, Johnny, pero... tu padre y tu tío están en la cárcel.

—¿Cárcel?

—Estaban haciendo algo en la iglesia, ¡de todos los lugares! Tu tío Abe estaba pasando algo de contrabando por la ciudad. Ni siquiera sé qué era. Tu padre no me lo quiere decir. Pero sea lo que sea, la policía los atrapó. Llevan tres meses en la cárcel.

Me quedé atónito. Perdí el sombrero y me dejé caer, casi en el suelo hasta que me enderecé y logré sentarme en una silla. Sabía que lo que el tío Abe estaba haciendo no era exactamente lo mejor, pero nunca se me ocurrió que fuera lo suficientemente ilegal como para que estuviera en la cárcel.

—¿Dónde está la tía Eveline?

—Ella lo dejó. Ella dijo que esta era la última vez que él hacía algo así. No sé en qué ha estado metido, pero ella pensó que iba a ser honrado cuando construyó la iglesia. Pero solo la renovó para contrabandear cosas.

—¿Han dicho algo sobre mí?

—¿Sobre ti? Sólo que están orgullosos de ti y avergonzados por cómo te han defraudado.

¿De verdad me habían defraudado? Me involucré en algo que sabía que era turbio porque quería sacar algo de dinero.

—Quiero ir a verlos. Tal vez pueda ayudar a sacarlos.

—Oh, Johnny, no lo creo.

Ella tenía razón. Para los blancos de la prisión era una novedad ver a un hombre de color con uniforme (y yo no iba a entrar allí más que con mi uniforme), pero mi padre y mi tío estaban esperando el juicio y no podía hacer nada. Los guardias me dejaron visitarlos a cada uno en sus celdas; otro hombre de color entre rejas no les molestaba, aunque fuera temporalmente.

Nunca había visto a mi padre así. Su aspecto era gris, casi a juego con el mono que llevaba puesto. Sus ojos estaban inyectados de rojo. Parecía que su cabello se estaba debilitando. Y solo llevaba tres meses aquí.

—Lo siento, hijo—dijo, acercándome en un débil abrazo—. Te he defraudado. Y con todo lo que estás haciendo por el país.

Me derrumbé y lloré sobre su hombro, pintando su mono más de gris. No pude evitarlo. Un guardia blanco pasó y miró, negando con la cabeza. Lo odié, solo por ese segundo en que nuestras miradas hicieron contacto. No vio a un padre y a un hijo pasando un momento emotivo; vio a dos hombres de color que no podían controlarse. Me quedé allí un rato más, pero realmente no teníamos mucho más que decir. Él estaba avergonzado, y yo estaba avergonzado de que él estuviera avergonzado.

Tenía mucho más que hablar con mi tío Abe.

—¿Cómo pudiste hacer esto? ¿Por qué estás contrabandeando mierda e involucrando a mi padre?

Tenía el mismo aspecto de siempre, rotundo y lleno de energía. Probablemente ya tenía algo entre manos con los guardias.

—Tu padre sabía en lo que se metía—dijo el tío Abe.

Mis ojos estaban duros y rojos, y él los evitaba.

—¿Y qué hay de mí? Sabía que estabas tramando algo. Yo también tomé el dinero. Debería entregarme.

Entonces se encontró con mis ojos.

—Ni se te ocurra decir algo así. Nadie sabe que estabas involucrado. Lo que has hecho con el dinero que conseguiste es lo único bueno que ha salido de esto. Eveline me dejó, esta vez es definitivo. Tu padre está destrozado. Tu madre está tan enfadada conmigo que dudo que vuelva a hablarme. Mi culo está en la cárcel y he perdido mi iglesia. Pero tú has seguido adelante y has hecho historia, para la Carrera y para el país. No vayas a estropear eso. ¿Me oyes?

Tenía razón, más o menos, y de todos modos, no tenía intención de volver a meterme en este lío. Me imaginé que nunca me había dicho lo que estábamos haciendo, así que no lo sabía, y esa es la verdad. A día de hoy no sé qué había en esas cajas que pusimos en el sótano de la iglesia.

En ese momento solo llevaba dos días en Chicago y ya estaba listo para irme de nuevo. Sentí el tirón de Tuskegee y del cielo. Había estado listo para irme de allí unas horas antes, pero ahora no podía esperar a volver. Y Virginia estaba allí, una Virginia limpia y reluciente. Se acabaron los edificios altos y aburridos, y las acciones viscosas de mi tío y la debilidad de mi padre. Era hora de volver a la tierra del cielo azul. Y a la espera.

Capítulo Dieciocho

UN VIAJE GRATIS A EUROPA

En aquella época no viajábamos mucho, al menos mi familia. Yo había estado en Alabama, en Chicago, de nuevo en Alabama, de nuevo en Chicago y de nuevo en Alabama. Cuando volví de mi viaje para ver a mi tío encarcelado y a mi padre, me enteré de que iba a ir al extranjero con el dinero del Tío Sam. Los aviadores de color ya habían sido enviados desde Tuskegee y otros lugares de entrenamiento avanzado y estaban volando desde Italia. La prensa de color decía que lo estaban haciendo muy bien; la prensa blanca decía que no. Yo le creí a la prensa de color porque yo mismo pretendía hacerlo bien. Debíamos embarcarnos en un barco de tropas dos días después de mi regreso.

—Todos ustedes irán para allá y perderé a todos mis compañeros de cartas— se quejó Willie.

La gran contribución de Willie al esfuerzo bélico fue montar un juego de cartas itinerante destinado a chupar el dinero de los bolsillos de la mayoría de los soldados de Tuskegee, para evitar que lo gastaran en la ciudad. Los aviadores eran una especialidad. Como él mismo había abandonado el entrenamiento de vuelo, parecía deleitarse con el dinero de los hombres que podían volar.

—Les estoy haciendo un favor—dijo con el falso acento sureño que había adoptado durante su prolongada estancia al sur de la línea Mason-

Dixon—. Todo ese dinero no les pesará mientras tratan de volar. Estoy ayudando a salvar sus vidas.

A Willie no le molestaba para nada el hecho de que no fuera a volar. No podía entender eso, en absoluto. Estaba listo para ir. En mi mente, ya estaba allí, volando sobre una Europa que nunca había visto, disparando a los aviones nazis en el cielo. Solo había una cosa que quería hacer primero.

—Oh, hijo—dijo el reverendo Scott cuando me presenté en la puerta—. Se ha ido a ver a su tía enferma en Birmingham. No volverá hasta dentro de una semana.

Sabía por qué estaba allí, y parecía genuinamente apenado de que no pudiera ver a su hija antes de irme, lo cual agradecí. Me invitó a comer. Almorcé con él y su esposa como un zombi. No podía creer que no fuera a ver a Virginia antes de irme. Sentí como si alguien me hubiera dado un puñetazo en las tripas. No tenía apetito y apenas podía atragantarme con el maravilloso jamón que había preparado la señora Scott. Les dejé la dirección que me había dado el ejército, que según ellos me permitiría recibir el correo. Pero el correo tardaría una eternidad y yo quería verla ya. No me iba a salir con la mía. El ejército no iba precisamente a permitirme perder mi barco para poder ver a la mujer que amaba por última vez. Así que me fui, y no pude verla ni hablar con ella porque su tía no tenía teléfono.

Y aún no sabía con certeza si me amaba. Nunca me lo había dicho, ni siquiera nada parecido. Yo creía que sí, pero no estaba seguro. Me dirigía a las fauces del infierno y quería saber si la mujer que amaba también me amaba, pero no podía hacer nada.

El viaje fue mi primera vez en el océano. Recuerdo el azul acerado del mar abierto, que a veces coincidía con el azul pálido del cielo, pero que la mayoría de las veces estaba coronado por una extensión gris de nubes. Los delfines nadaban junto al barco, saltando como niños felices. El juego de cartas continuó en ausencia de Willie, y los aviadores tuvieron la oportunidad de ganar un poco de dinero para variar. El viaje pasó como un sueño para mí. Mi mente estaba con Virginia. Ella estuvo en mis pensamientos desde el momento en que me despertaba hasta el momento en que me desplomaba de nuevo en mi litera. Perdí más dinero que con

Willie, y ninguno de estos tipos sabía jugar especialmente bien. Quería desesperadamente apartar a Virginia de mi mente, pero no podía. De vez en cuando podía apartarla un poco con la preocupación por papá y mamá, por no hablar de la ira contra mi tío, pero nunca se alejaba por mucho tiempo. Pensé que me estaba volviendo loco. Me enfrentaba a una máquina de guerra impresionante y solo podía pensar en el amor. Y lo peor de todo, siempre, era que no sabía si ella me quería. Me sentía rechazado por su débil respuesta. ¿Era su sonrisa lo suficientemente grande? ¿Su contacto fue alguna vez lo suficientemente largo?

En mis fantasías, ella me escribía una carta y me confesaba que haría cualquier cosa por mí, que no podía vivir sin mí. Llegamos a Italia y no había tal carta. Me preparaba para enfrentarme a los nazis y lo único que quería hacer era morir, porque eso sería lo único que silenciaría mi furioso cerebro.

En realidad, mi cerebro furioso se silenció bastante rápido después de llegar a Italia. El clima era terrible. Casi todo el tiempo parecía que no iba a parar de llover. Me había imaginado que Italia no era más que hombres morenos que se paseaban tocando canciones lúgubres en cajas de música, pero no vimos a ningún italiano de verdad. Pasamos la mayor parte del tiempo encerrados estudiando los planes de la misión.

—Jerry está tratando de mover suministros. Lo tenemos a la fuga—dijo nuestro instructor, el teniente general Peter "Cappy" Capps. Golpeó un palo contra un mapa de papel pegado a la pared. Hizo un leve chasquido que fue ahogado por la lluvia que golpeaba el techo. Tuvo que golpear el papel con fuerza para que hiciera incluso ese ruido; el mapa estaba salpicado de pequeños agujeros y hendiduras.

—Nuestro trabajo es escoltar a los bombarderos mientras eliminan estas rutas de suministro. Hasta ahora hemos tenido éxito. No hemos perdido ni un solo bombardero al que hayamos escoltado. No tengo intención de que sea el primero.

Habíamos perdido algunos pilotos de color, pero también habíamos derribado algunos aviones alemanes. Los altos mandos estaban empezando a darse cuenta. Las visitas de alto nivel a la base eran comunes, pero me perdí la mayoría de ellas. Estaba ocupado preparándome. Estaba decidido a ser el primer aviador de color en convertirse en un as. Eso significaba que tenía que derribar cinco aviones alemanes. Quería ver esa fila de esvásticas a lo largo del costado de mi avión, debajo de la cabina. Todos los días trabajaba en los mapas de las misiones, preparándome para el día en que uno de los otros pilotos rotara y yo pudiera finalmente volar por mi país. Esta determinación tuvo un gran efecto secundario, uno que había estado buscando durante semanas: Me impidió obsesionarme con Virginia. No me impedía soñar con ella (nada podía hacerlo), pero ahora mi mente consciente estaba ocupada en la guerra, y eso me hacía muy feliz.

Nosotros, los orgullosos pilotos del 99º Escuadrón, todavía volábamos con Curtiss P-40 Warhawks. Esto fue en 1943, y estos aviones databan de antes de la guerra. Prácticamente cualquier cosa que tuvieran los alemanes sería mejor que el P-40. He oído que los ME-109 tenían casi el doble de potencia. Probablemente había cosas peores volando, pero no muchas. Me entusiasmaba volar un P-40 en Tuskegee, pero esperaba tener algo más elegante en la guerra real. Un P-47, quizás, el Flying Milk Jug, o lo mejor del cielo, el P-51 Mustang. Pero tomé el P-40 que obtuve y lo nombré. Ya sabes cómo lo llamé. Virginia. Algunos de los aviones tenían mujeres voluptuosas pintadas en las barquillas, pero no podía imaginarme representarla de esa manera. Simplemente hice que le pintaran el nombre. Las letras ni siquiera eran tan grandes. Probablemente era el P-40 menos llamativo que había surcado el cielo. Eso me vino muy bien.

Mi primera misión en la guerra fue sobrevolar la costa de Italia, asegurándome de que los alemanes no molestaran a los barcos aliados. Apenas dormí la noche anterior mientras repasaba la preparación de la misión una y otra vez en mi mente. No quería perderme nada. Y resultó que no fue necesario. Mi patrulla vio exactamente un avión alemán, a las nueve en punto, y se largó de allí en cuanto se enteró de nuestra presencia. No sé lo que estaba volando, pero sea lo que sea, el P-40 no podía seguir su ritmo. Nuestra lentitud probablemente nos salvó de una pelea. Cuando aterrizamos en la base, me di cuenta de que la misión no había sido más accidentada que uno de nuestros vuelos de entrenamiento sobre Alabama, quizás incluso más segura.

Los mecánicos se apresuraron a salir a la pista en cuanto aterrizamos y rodamos. Arrastraron enormes mangueras hasta los P-40 y soplaron los motores, que estaban casi sobrecalentados a pesar de que apenas habíamos hecho nada. No hubo persecuciones a alta velocidad, ni peleas de perros, nada, y los P-40 jadeaban y silbaban como pájaros agotados. Los mecánicos limpiaron con manguera las cabinas, y no siempre esperaron a que los pilotos salieran de ellas. Yo me escapé, pero el teniente coronel Gary "Hardcore" Keck, que salía del P-40 contiguo al mío, no tuvo tanta suerte. Recibió un gran bufido de agua sucia en la cara. No se había quitado las gafas, pero tampoco había cerrado la boca. Una vez que escupió el agua, tuvo unas cuantas palabras para los mecánicos.

—¿Quieres que tu avión explote?—le gritó el mecánico—. ¡Sal de ahí y déjanos arreglar tus errores!

Aparté a Hardcore antes de que pudiera pelearse. El vapor que salía de los motores nos cegaba de todos modos; no sabría a qué mecánico golpear, y los necesitábamos a todos.

Finalmente lo alejé lo suficiente como para que no iniciara nada y me dirigí a mi litera. Me senté en el borde y me di cuenta de que toda la misión había sido una decepción. Me había metido en el avión, había despegado, había volado, había aterrizado y eso era todo. Realmente era como una misión de entrenamiento en Alabama. Probablemente la maldita guerra estaba casi terminada antes de que el ejército dejó entrar a los hombres de color, y ahora nunca podríamos demostrar que podíamos ser héroes. Willie tuvo la idea correcta: quedarse en Alabama y jugar a las cartas.

Así transcurrieron nuestros días durante bastante tiempo. Estábamos ocupados, volando todo el tiempo, pero parecía que los alemanes habían abandonado el continente. De vez en cuando disparábamos a algunos aviones que estaban en tierra, pero por lo demás la guerra parecía tan anodina como una de nuestras misiones de entrenamiento. Volábamos; los Warhawks iban chisporroteando, amenazando con sobrecalentarse a cada momento; no nos acercábamos a ningún alemán, ni tampoco a ningún italiano; y volvíamos para comer mal y dormir mal en catres incómodos. La rutina empezó a afectarme. Virginia empezó a aparecer de nuevo en mis pensamientos. No me escribía, lo que empeoraba las cosas. Empecé a leer sus cartas imaginarias en mi mente, cartas en las que se deshacía en amor por mí, me decía que no podía vivir sin mí, me instaba a volver pronto a casa en una pieza.

—¡Escucha esto! —dijo una noche un piloto llamado Doughboy, inclinado sobre el respaldo de su silla, con las páginas de una carta temblando en su mano—. 'Mi queridísimo Daniel. No puedo esperar a verte de nuevo. Asegúrate de avisarme cuando vuelvas a casa para que pueda llevar algo especial solo para ti'.

La carta provocó abucheos y gritos en todo el cuartel.

—¡Solo quiere saber cuándo vas a aparecer para poder alejarse de su amante!—gritó Hardcore, pero nada pudo borrar la sonrisa de pared a pared de la cara de Doughboy.

No recibí ninguna carta. Virginia no me quería, nunca lo había hecho, no pensaba en mí. Incluso mi madre estaba distraída, con su vida arruinada, papá en la cárcel, tío Abe en la cárcel, así que no escribía. Me habían enviado al borde de la Tierra sin ninguna razón, excepto para pilotar aviones anticuados de mierda para que el ejército pudiera decir que había intentado ayudar a los hombres de color. Mi guerra no iba muy bien.

Y entonces encontré una nueva mujer de la que estar enamorado.

Capítulo Diecinueve

EL P-51 MUSTANG NORTEAMERICANO

--Caballeros, hoy tenemos una pequeña sorpresa para ustedes—nos dijo el coronel Benjamin O. Davis una mañana en nuestra reunión informativa sobre la misión.

Yo seguía deprimido (pensaba que algo malo me pasaba por estar aburrido en la guerra), pero incluso yo me animé ante eso porque el coronel no solía bromear mucho. Le correspondía a él asegurarse de que este "experimento" con los pilotos de color funcionara, y se podía ver en sus ojos que sentía la presión. Pero esta mañana parecía feliz, y casi nunca lo parecía.

Salimos a la calle y bajamos la colina hasta donde la pista metálica de eslabones serpentea a través de un gran campo llano. Nuestros antiguos P-40 Warhawks habían desaparecido. En su lugar se encontraban las máquinas voladoras de combate más avanzadas sobre la faz de la Tierra: El P-51 Mustang norteamericano. El Mustang no parecía muy diferente del Warhawk, o de cualquier otro avión de combate, pero tenía algo especial. Su afilada nariz sobresalía en el aire como el P-40, y sus flancos eran delgados, pero era hermoso y con curvas donde el Warhawk era fibroso y duro. Es como decir que dos mujeres tienen una nariz, dos ojos y dos labios cada una, pero si una de ellas es hermosa y la otra es simplemente llamativa, o quizás ni siquiera eso, se nota la diferencia.

Los Messerschmitts nazis eran delgados como los P-40. Muy funcionales, pero sin ningún estilo real; o tal vez era porque solo había visto sus colas mientras dejaban a mi P-40 en el polvo. No iban a dejar al P-51. Este era el avión más rápido del cielo. El viento caía sobre su delgado morro, se deslizaba suavemente alrededor de la cabina en forma de burbuja y acariciaba la curvada parte inferior, que podía albergar un tanque de caída para tener más alcance. La próxima vez no se escaparán.

—Esto es tuyo—me dijo un mecánico llamado Derek. Me acompañó hasta el avión y se sentó en la parte inferior del ala—. No tienes que preocuparte de que se sobrecaliente como esa vieja ratonera que has estado volando. Tienes más envolvente con esta cosa en cualquier dirección.

—Estupendo.

—Y no lo estropees, porque acabo de comprobarlo y todo funciona. No quiero verte llegar arrastrando esta cosa, con humo saliendo de ella, nada de eso. Trae esta mierda de vuelta en una pieza limpia o no te molestes en volver.

Los mecánicos podían ser sensibles a la aeronave. No parecían entender que los cazas nos pertenecían a nosotros, los pilotos, no a ellos. Se ocupaban de las cosas y se aseguraban de que los flaps funcionaran y las válvulas estuvieran limpias y los fluidos se movieran, pero nunca podían tocar el alma de un avión. Eso solo se podía hacer en el cielo. Pero yo quería que Derek mantuviera mi avión en plena forma, así que asentí. Era mi mecánico habitual, pero nunca llegué a conocerlo bien. Derek era un tipo bastante agradable de Ohio. Ni siquiera estaba seguro de que en Ohio hubiera hombres de color, pero de todos modos él era de allí. Siempre parecía perdido en sus pensamientos, frunciendo el ceño ante el avión como si tratara de adivinar sus secretos solo con la fuerza de la mente.

Nuestra primera misión en el P-51 pasó sin incidentes; no vimos nada que perseguir. Empezaba a dudar de que a Alemania le quedaran aviones, dada mi experiencia con ellos. Pero el avión era estupendo. A lo largo de mi vida, he llegado a odiar las armas de guerra, y luego les diré por qué. Odio todo lo que se utiliza para la guerra. Casi odio la mano humana, la primera arma de guerra. Pero no puedo odiar el P-51 Mustang norteamericano. Fue construido como un avión de guerra hasta la médula y fue el mejor de su clase en su momento, pero aunque no sirviera para nada más que para la guerra, no puedo odiarlo. Ese avión me robó el corazón. Los primeros que recibimos tenían toldos con ventanillas, que más tarde se sustituyeron por toldos de burbujas transparentes. En otras palabras, el avión sólo mejoró su aspecto con el tiempo. Podía subir más rápido que cualquier cosa a la que me hubiera acercado y podía ir en picado más rápido que cualquier otra cosa excepto un P-47 Thunderbolt, que nunca he pilotado. He oído que el P-47 podía caer en picado tan bien solo porque era una tina de manteca de cerdo, y se elevaba como un hombre gordo que sube las escaleras. El Mustang simplemente bailaba en el cielo.

Maté a mi primer ser humano mientras volaba el P-51 Mustang. Era mi tercera misión con Virginia II. La verdadera Virginia aún no me había escrito una línea, pero todavía no había salido de mis pensamientos, así que le puse su nombre a mi segundo avión de combate. Se parecía más a ella que el P-40 que escupía llamas y echaba humo. Elegante y misterioso. A veces me preguntaba si ella podría decir, allá en Alabama, que un avión de guerra con su nombre estaba asustando a los alemanes. Bueno, probablemente no los estaba asustando. Los molestaba, tal vez, si es que sabían que yo estaba allí.

Es decir, hasta mi tercera misión con el Virginia II. Era mi primer día de escolta de bombarderos. Nuestras misiones anteriores no habían hecho mucho por traer a los alemanes, pero los bombarderos los atraían como Chicago atrae al viento. Nuestro trabajo era dar a los bombarderos la oportunidad de hacer su trabajo, en lo profundo del territorio enemigo. Los P-51 tenían la autonomía necesaria para acompañar a esos grandes monstruos zumbadores y asegurarse de que iban y volvían. Ese día en particular, íbamos a acompañar a unos B-17 mientras hacían explotar una vía férrea que Alemania utilizaba para abastecerse. Alemania necesitaba suministros desesperadamente, según nuestro informe, y estaba muy interesada en mantener sus trenes en las vías. Alemania no daba abasto, pero seguía siendo un enemigo desagradable, y nos iba a mostrar toda la maldad que podían juntar.

Estaba en el lado izquierdo de la flota de B-17 cuando oí una charla excitada desde el otro lado, desde los P-51 que ni siquiera podía ver más allá de la masa verde oliva de los bombarderos. Reconocí la voz emocionada de Hardcore: "¡Aviones enemigos! A las dos en punto". Estaba aún más impresionado con el Mustang que yo, si eso es posible. Creo que Hardcore habría dormido en la cabina si su jefe de tripulación se lo hubiera permitido.

Descendí por debajo del gran avión y entonces pude verlos; pequeñas motas malévolas en el horizonte, dirigiéndose hacia nosotros. Miré a mi izquierda para asegurarme de que no había otros que vinieran en dirección contraria, y luego fui tras ellos.

—Chicos, háganme saber si tenemos alguna otra compañía, le dije por radio al piloto del bombardero.

—Oh, lo haré—respondió el piloto—. Dile a Jerry que no queremos jugar hoy, ¿no?

Antes había estado mirando al piloto a través de sus ventanas. Con sus lentes y su oxígeno, no podía decir que era blanco, aunque me imaginaba que lo era. Probablemente no podría decir que yo era un hombre de color y podría no haberlo creído si lo hubiera sabido. Para cualquier otra persona que nos mirara, las cosas que teníamos puestas en la cara ni siquiera nos harían parecer humanos.

Oí disparos de ametralladora cuando salí de debajo de los bombarderos. Hardcore tenía un Messerschmitt tratando de ponerse en su cola. Esta fue mi primera visión de cerca de un ME-109. Era plateado y verde, con grandes cruces negras en el fuselaje y las alas. El sol brillaba en el cristal lateral de su cabina y no pude ver al piloto en absoluto, ni siquiera pude ver la pequeña forma de una cabeza en la cabina. Al parecer estaba concentrado en el Hardcore y no me vio o no actuó como si lo hiciera. Me gustaría decir que nos enzarzamos en una batalla campal a lo largo de kilómetros y kilómetros de territorio verde enemigo, con él intentando todos los trucos del libro para derribarme y yo haciendo lo mismo, pero la realidad es que no esperaba que nadie saliera de debajo de los bombarderos y probablemente nunca me vio.

Maté a un hombre moviendo un músculo de mi pulgar que activó las ametralladoras colocadas con tanto cuidado en las alas de mi avión. Cortaron su avión casi en dos y, por alguna razón, no pudo salir de la cabina y abrir su paracaídas. Descendí tras él mientras su avión roto giraba en círculos hacia los árboles de abajo y lo vi explotar. Hardcore me grító su agradecimiento en los oídos y pude oír a los pilotos de los bombarderos gritando sus felicitaciones, pero no sentí ninguna alegría, ni nada en absoluto. Un hombre estaba muerto debajo de mí, un hombre que nunca había visto y que nunca vería. Éramos pequeñas piezas de ajedrez dispuestas en un tablero por nuestros dos grandes países y pasamos unos segundos cerca el uno del otro en los cielos de su patria, y ahora yo estaba vivo, y él estaba carbonizado y roto en algún lugar del suelo de abajo. Así que ahora él sabía más que yo sobre la vida y la muerte.

Capítulo Veinte

LA CARTA

El correo llegó un jueves. Normalmente se producía una estampida en la base, como si se hubiera abierto otro pozo de agua y todos los leones necesitaran beber. Estaba acostumbrado a ignorarlo. Pero ese día, por primera vez desde que me fui a la guerra, recibí una carta. Estaba escrita con una mano clara, cada letra legible, sin líneas borrosas o fuera de lugar. Estaba dirigida al teniente coronel Jonathan Nicholas, con todo escrito. Creo que estaba mejor escrita que incluso mi aviso de aceptación en el ejército. No estaba seguro de lo que era hasta que vi la dirección del remitente: Tuskegee, Alabama. Y el nombre: Miss Virginia Scott.

Casi me desmayo cuando vi su nombre. Algunos de los chicos se burlaban de mí porque nunca recibía correo, y siempre se ofrecían a dejarme leer sus cartas, y luego las retiraban cuando yo les tendía la mano en broma. Esta vez, volví a ver las manos ofrecidas pero las ignoré. Sabía que estaba recibiendo algunas burlas pero no podía distinguir lo que se decía porque mi sangre era de repente un mazazo en mi cabeza. Me temblaba la mano por donde corría la sangre. Pensé que me iba a dar un ataque al corazón.

—¿Está escrito en Braille?—dijo finalmente un bromista, la primera voz que atravesó mi confusión—. ¿Intentas leerla con la mano? ¿Tienes algún problema de visión que debamos conocer, Nicholas?

Me di cuenta de que estaba acariciando la carta como si fuera un perro domesticado. Avergonzado, me la metí en el bolsillo y salí. Oí risas detrás de mí, pero no supe si se reían de mí y no me importó.

Caminé alrededor de las barracas hasta llegar a un lugar vacío. El sol todavía estaba en lo alto, colgando bajo en el cielo, haciendo que el papel blanco pareciera dorado. Abrí la carta, tratando de no temblar, y la leí.

Querido Johnny,

Siento no haberte escrito antes. He estado tratando de decidir lo que siento por ti, para ser sincera.

Fue brutalmente honesta. No estaba segura de si eso era bueno o malo.

Lo pensé durante mucho tiempo. Quería animarte por la lucha que estás dando, pero no quería que te hicieras falsas esperanzas si yo no tenía ninguna esperanza real que ofrecerte. Además, te he imaginado rodeado de todas esas chicas francesas o británicas y sé que no podría competir con ellas.

Miré a mi alrededor. La única persona que pude ver fue uno de los chicos de la tripulación fumando un cigarrillo y rascándose la barriga peluda. No había chicas de ningún tipo, y me reí mientras intentaba imaginar cómo se imaginaba Virginia la guerra.

Mientras pensaba, me di cuenta de que te habías convertido en parte de mi vida cotidiana. Pienso en ti casi todo el tiempo. Sé que no nos conocemos desde hace mucho, pero ahora siento que te has convertido en una parte de mí en ese corto tiempo. Sé que me estoy arriesgando. Puede que no sientas esto por mí, puede que estés con esas otras chicas, puede que no pienses en mí en absoluto o que ni siquiera te acuerdes de mí. Pero yo te recuerdo, Johnny. Estás en mi corazón ahora. Me gustaría mucho que volvieras a mí.

Con amor, Virginia.

El chico de la tripulación me miró alarmado cuando puse la cabeza entre las manos y empecé a lloriquear. Grandes sollozos ahogados salieron de mí y no pude contenerlos ni quise hacerlo.

—¿Estás bien, amigo?—me preguntó, ya que no podía distinguir bien quién era yo.

—Bien, bien—balbuceé, haciéndole un gesto para que se fuera.

Tenía que escribirle de inmediato. Le escribiría al día siguiente, después de nuestra misión, si sobrevivía a ella, y le diría cómo me sentía. Le diría que iba a volver con ella si es que tenía algo que decir al respecto, y que nada nos separaría después de eso, excepto la propia muerte. Creo que me senté y escribí la carta en mi mente. Tomé su carta y la volví a doblar, luego la metí debajo de mi camisa. Quería que sus palabras estuvieran junto a mi piel desnuda. Era lo más cerca que iba a estar en mucho tiempo, lo sabía.

No sabía (no podía imaginar) cuánto tiempo pasaría.

Capítulo Veintiuno

AL FIN EN FRANCIA

No sabía si quería convertirme en un as. Tenía una muerte confirmada, pero para ser un as necesitaría cuatro más, y ahora no estaba seguro de querer esa cuenta contra mi alma, aunque fueran nazis. El derribo del piloto alemán no me afectó. No perdí el sueño por ello, no pensé mucho en ello. Pero, de alguna manera, el piloto muerto se convirtió en una presencia que no desaparecía. A veces, mientras caminaba por la base, veía a un hombre moverse con el rabillo del ojo, pero cuando giraba la cabeza, no había nadie. A veces me parecía oír a un hombre que intentaba susurrarme un mensaje urgente en alemán, pero no había nadie. No me molestaba, pero también era algo que no podía olvidar. Un fantasma alemán ya era bastante malo. Cuatro más podrían ser demasiado.

Le escribí a Virginia, y ella me escribió a mí. Mis cartas estaban en apretadas tarjetas postales suministradas por el ejército de los Estados Unidos. No me dejaban decir mucho, pero de todos modos no podía decir mucho. No queríamos revelar nada. Las cartas de Virginia para mí no eran mucho más largas y eran igualmente mundanas. No era una escritora prolífica, pero yo atesoraba cada una de las que me enviaba. Al principio de nuestra correspondencia intercambiamos votos de amor, pero después nos limitamos a temas cotidianos, como lo que habíamos comido o si estábamos enfermos o no. No quería que conociera la realidad de la guerra; mantenía mis postales tan implacablemente alegres como un noticiario de propaganda.

Nuestra acción siguió siendo bastante intensa a medida que el invierno de 1944 se alejaba y la primavera empezaba a extenderse por Europa. Había hombres y mujeres muertos por todas partes, las ciudades estaban arruinadas, las grandes civilizaciones se atizaban y apuñalaban ciegamente unas a otras, pero la Madre Naturaleza no lo notaba ni le importaba. Las flores asomaban alrededor de las esculturas metálicas en ruinas de los tanques destruidos, las enredaderas se enroscaban alrededor de los cadáveres, apartándolos, atravesándolos.

Ahora volábamos constantemente como escolta de los bombarderos, manteniendo a los monstruos a salvo mientras machacaban las tripas de Alemania. Teníamos una buena reputación para ser un grupo de pilotos de carrera. No habíamos perdido ni un solo bombardero, y el Coronel Davis pretendía asegurarse de que nunca lo hiciéramos. "Permanezcan con sus bombarderos", dijo una y otra vez. "Hagan todo según el libro". Así lo hicimos, y el libro era bastante bueno, porque nunca perdimos un bombardero a manos del enemigo, que yo sepa.

Sin embargo, perdimos otras cosas. Nos perdimos a nosotros mismos, a veces. Hardcore, que se había convertido en mi mejor amigo mientras estábamos en el extranjero, fue derribado por un ME-109. Se le pegó a la cola y no pudo deshacerse de él y su copiloto no pudo llegar a tiempo para salvarlo. Así que murió. Y, como tantos otros, sabe más que yo sobre la vida y la muerte. Su verdadero nombre era Walter Darby y era de algún pueblo de la nada en Texas, pero por alguna razón estaba ansioso por volver a él. Yo no creía que hubiera hombres de color en Texas, como tampoco creía que los hubiera en Ohio, pero él decía que los había, y que él era uno de ellos, y que pensaba vivir allí hasta que el buen señor lo llamara a casa. El buen señor lo llamó antes de lo esperado.

Hardcore era el hombre más inquieto que he visto nunca. No soportaba estar encerrado a menos que estuviera dormido o en la cabina, así que se paseaba por toda la base. Me recordó algo que leí sobre los tiburones, que tienen que estar en movimiento todo el tiempo o morirían. Hardcore fue el único al que le conté lo del fantasma del alemán que intentó perseguirme. Pensé que por alguna razón lo entendería, y así fue. Hardcore había derribado dos aviones. Supuso que los fantasmas también le perseguirían a él, pero nunca se quedó quieto el tiempo suficiente para que le alcanzaran.

Me perdí en un soleado día de verano de 1944.

Debíamos escoltar a unos B-17 y B-24 para bombardear las fábricas de tanques de Herman Goering en Alemania. Habíamos arrasado con casi todo lo que tenía Alemania, pero todavía eran buenos fabricando cosas, incluidos los tanques, y los Aliados no querían que siguieran teniendo tanques. Una cosa que todavía tenían eran los cañones y los ME-109, así que íbamos como escolta pesada de ida y vuelta. No vimos mucha acción durante una larga parte del viaje y me estaba aburriendo. Guardábamos silencio por radio y los bombarderos se encargaban de toda la navegación, así que todo lo que tenía que hacer era volar con ellos, mantener los ojos abiertos y estar tranquilo. Creo que en algún momento estuve a punto de quedarme dormido. Era un día claro y luminoso, y el sol colgaba perezosamente en el cielo, llenando mi cabina de luz y mi cabeza con pensamientos de una larga siesta.

El zumbido de la sierra comenzó cuando nos acercamos. Una bandada de ME-109 se levantó del suelo como mosquitos y se dirigió hacia los bombarderos, volando en parejas tal como nosotros siempre lo hacíamos. Los halcones y las águilas podían volar y cazar solos, pero eso era mortal para los aviones de combate. Teníamos que cazar en manada. No solo teníamos que proteger a los bombarderos, sino también a nosotros mismos.

Los proyectiles pesados de abajo empezaron a explotar a nuestro alrededor, haciendo un sonido boom-boom como el de los fuegos artificiales, pero liberando bolas de fuego y espesas nubes de humo. Oí el gemido de los ME-109 y el sonido de los grandes cañones de las Fortalezas Volantes. La tranquilidad del día había desaparecido. Ya no era necesario el silencio por radio, ahora todo el mundo sabía que estábamos allí. Yo era el copiloto de Bobby Masterson, un hombre tranquilo que había llegado de Tuskegee unas semanas antes. No lo conocía bien. Era de Nueva York, pero los vicios de la gran ciudad no se le habían pegado. Nunca bebía, nunca maldecía, parecía fumar sólo de mala gana y se negaba rotundamente a apostar. Eso significaba que tenía más dinero que nadie en la base, principalmente porque nunca lo gastaba en nada. Podría haber crecido en un pequeño pueblo de Iowa. Tenía una novia que ya le había escrito un montón de cartas a pesar de que apenas había llegado a Europa. Eso no me importaba ahora; yo tenía mis pocas cartas, y para mí pesaban más que todas las suyas.

—Viene uno hacia ti, Bobby—le dije—. Yo me encargo de él.

—Te lo agradezco—respondió, con la misma frialdad que si me hubiera ofrecido a comprarle un refresco.

Una cabeza fría en un tiroteo. Eso es lo que uno quiere tener cerca.

El ME-109 me vio venir y el piloto se dio cuenta de que no iba a ser capaz de superar mi posición, así que descendió y dejó de atacar. Se acercaban más cazas a las 11 en punto, así que esto nos liberó a Bobby y a mí para ir tras ellos y ahuyentarlos. La misión continuó durante un rato, con los ME dando vueltas con cautela y nosotros girando la cabeza constantemente, tratando de localizarlos y a la vez intentando evitar que nos alcanzaran desde abajo. Sé que en las películas los aviones están luchando constantemente, pero en la vida real eres muy consciente de que tu única vida está sentada en un avión muy caro, y tienes cuidado. Pero no se puede ser demasiado cuidadoso. Nos acercábamos al objetivo y el fuego antiaéreo era cada vez más intenso. Nunca perdimos un bombardero por un caza enemigo, pero sí perdimos algunos por el fuego de tierra. Miré por el lado derecho de mi cabina y vi que un proyectil que venía de abajo le daba a uno de los B-17 justo en el centro. La Fortaleza Voladora herida cayó lentamente fuera de la formación, su tripulación salía de todas las ventanas y puertas como hormigas. Saltar de un avión era casi tan peligroso como estar dentro de él. El artillero de atrás tiró de su paracaídas demasiado pronto y se quedó colgado en el arnés justo después de salir del avión, probablemente muerto, lo que fue mejor porque su cuerpo golpeó el ala del bombardero que estaba detrás de él. Era extraño que aquí estuviera en mi pequeña lata y me sintiera mucho más seguro que aquellos pobres tipos en un avión más grande que varios autobuses alineados.

—Johnny, tienes una novia que intenta colarse en tu cola—dijo Bobby, sin más dramatismo que si me dijera que mi camisa estaba desabrochada —. Voy a ver si puedo hacer que te deje en paz.

—Te lo agradezco—dije, tomando prestada su frase. Me pareció una cosa buena y económica para decir en una situación así.

Pasó por encima de mí y me giré para ver cómo el ME-109 entraba en un pronunciado picado. Bobby fue tras él, lo correcto porque tenía su velocidad y podía alcanzar a ese tipo. Pero parece que el avión alemán iba más rápido de lo que Bobby y yo pensábamos, porque Bobby no pudo alcanzarlo tan pronto como esperaba. Y, como resultó, tan pronto como lo necesitaba.

Apenas había girado la cabeza hacia atrás cuando vi dos manchas más en el horizonte. Al principio pensé que eran bocanadas de humo del fuego de tierra, pero pronto vi las alas y las colas de los ME-109 que se acercaban. Se dirigían a un B-24 que se había detenido para reemplazar al B-17 que ahora estaba desparramado por todo el suelo. No iba a dejar que lo tuvieran, con Bobby o sin él.

—Olvídate de esa chica—le dije por radio—. Tenemos un par de nuevas parejas de baile.

—Entendido. No bailes con ellos solo.

No tenía elección. Se dirigían directamente hacia el bombardero, probablemente pensando que un caza solitario no iba a oponer mucha resistencia con un copiloto rezagado. Ya he dicho antes que nunca habíamos perdido un bombardero por culpa de los cazas enemigos, y que me condenaran si eso ocurría durante mi guardia. Pensé que mi mejor defensa era un buen ataque, así que cargué justo entre los cazas. Se separaron, uno a cada lado. Hice un fuerte giro a la izquierda, golpeando mi cuerpo contra la estructura metálica del Mustang. El Mustang podía girar mejor que la mayoría de los aviones y pensé que podría eliminar a uno de ellos e igualar un poco las probabilidades. Sin embargo, los alemanes no se andaban con chiquitas. El otro avión entró en una subida pronunciada, un movimiento valiente porque lo exponía a más fuego del B-24. Pero probablemente pensó (correctamente) que el bombardero no dispararía porque la tripulación tenía miedo de alcanzarme.

Ojalá no se hubieran preocupado tanto, porque se puso detrás de mí y no pude quitármelo de encima.

—Estoy demasiado ocupado con las maniobras evasivas, aquí, Bobby—dije, tratando de mantener mi voz tan fría como la de él siempre, pero estaba seguro de que el temblor era evidente.

—Me estoy dando prisa—dijo. Su voz también sonaba temblorosa, y entonces supe que estaba en verdaderos problemas.

El ME-109 estaba justo detrás de mí, enviando balas que pasaban zumbando por delante de mi cabina. No podía hacer un giro cerrado a la derecha porque eso me llevaría a volar justo hacia el centro de la flota de bombarderos. Es casi seguro que chocaría con algo, o, como mínimo, frustraría todo el propósito de mi presencia allí al escoltar a un caza alemán justo en medio de una manada de bombarderos estadounidenses. No podía hacer un giro cerrado a la izquierda porque el otro ME-109 estaba allí, esperando que yo hiciera precisamente eso. No podía subir porque el Jerry estaba detrás de mí y probablemente podría escalar más que yo. Y bajar era estúpido porque estaría más cerca del suelo y del fuego antiaéreo.

A veces hay que hacer cosas estúpidas. Le di un puñetazo al palo y bajé. Casi deseé estar en un P-47 Thunderbolt en ese momento. Eran cosas gordas, pero podían caer en picado como meteoritos, por lo que me habían dicho. El Mustang también podía, pero no mejor que el ME-109. Caímos juntos, yo dando vueltas de un lado a otro, tratando de evitar sus balas. No era tan buen tirador, pero estaba justo detrás de mí y no tenía que serlo. Podía sentir las vibraciones cuando sus proyectiles de 20 mm se clavaban en la parte trasera de mi fuselaje, lo que provocaba sacudidas de dolor como si estuvieran perforando mi propio cuerpo.

—¡Resiste!—Bobby me gritó al oído, su voz había perdido todo rastro de su famosa frialdad—. ¡Allá voy!

No venía lo suficientemente rápido. El humo salía de mi ala derecha, lo cual era malo porque las alas contenían el combustible. Quería pilotar un P-51 Mustang norteamericano, no un fumigador. El avión seguía respondiendo a pesar de los daños, y continué azotándolo de un lado a otro, fallando la mayoría de los proyectiles de mi torturador. Esperaba que el humo le cegara.

—¡Ya casi!—Bobby gritó.

Sentí una explosión vertiginosa que me iba a arrancar los dientes, y luego mi mundo empezó a girar. El vómito me subió a la garganta, y nunca había vomitado mientras volaba, ni siquiera me había puesto un poco verde alrededor de las branquias.

En efecto, me había acercado demasiado al suelo y un paciente artillero acababa de hacerme un bonito regalo en forma de proyectil que me atravesó el extremo del ala izquierda y puso mi avión a girar como una peonza. Conseguí detener el giro sin vomitar, pero esto solo dio tiempo al ME-109 que estaba detrás de mí para perfeccionar su puntería. Mi avión se sacudió con lo que parecían cien pequeñas explosiones y ahora también salía humo del motor, cegándome.

Descendí aún más. No iba a dejar que este alemán me derribara, y si bajaba lo suficiente, sería difícil que los artilleros de tierra me alcanzaran, ya que estaban acostumbrados a disparar a objetivos a mucha más altura. Ahora volaba no muy lejos de los árboles, lo que limitaba mi movilidad. No quería agitar demasiado las alas porque existía el peligro de chocar con un árbol, y eso podía hacer tanto daño como cualquier proyectil alemán.

El humo de mi querido P-51 era cada vez más espeso, lo que en cierto modo era bueno porque cegaba al ME-109. Tuvo que volar hacia un lado para ver dónde estaba y luego volver a volar hacia el humo para intentar dispararme, lo que me dio mucho aviso. Lo único que tuve que hacer fue apartarme un poco y dejar que disparara al aire.

Entonces ocurrió lo más extraño. Al cabo de un rato se cansó de aspirar humo y se colocó a la derecha, detrás de mí, fuera del humo, pero fuera de donde no podía alcanzarme. Sobrevolamos juntos los bosques de Alemania, ya no tan rápido. Miré hacia atrás y vi su cabeza en la cabina y le hice un pequeño saludo. Él me devolvió el saludo. Nada personal. Supongo que solo quería conseguir una muerte confirmada y asegurarse de que me había derribado, pero quería ser amable al respecto.

Otra cosa extraña era que mi Mustang funcionaba bastante bien, teniendo en cuenta que probablemente tenía más agujeros de bala que de fuselaje y estaba en llamas. Probé cuidadosamente los controles, sin hacer ningún movimiento que pudiera asustar al ME. Todo respondía bien, más o menos. Probablemente no podría hacer ningún giro de barril, pero podría aterrizar si fuera necesario. En cualquier caso, no necesité hacer nada durante un tiempo. Seguimos avanzando por el paisaje durante lo que parecieron horas, con mi avión escupiendo un feo humo gris en un bonito cielo azul. El fuego antiaéreo y las armadas de aviones que había dejado atrás parecían formar parte de un mundo diferente. Se me ocurrió que mi guerra estaba a punto de terminar. No había forma de volver a Ramitelli; casi no tenía combustible. No podía volver porque el ME estaba mordiendo mis talones, dispuesto a acabar con mi mundo además de con mi guerra. Realmente no me quedaba otra cosa que hacer más que relajarme y disfrutar del viaje. Tal vez tuviera suerte y el ME chocara contra un árbol y se estrellara, y yo pudiera reclamarlo como una muerte propia.

Casi empezaba a aburrirme de nuevo cuando el ME empezó a alejarse. Probablemente también se estaba quedando sin combustible y no podía esperar más para reclamar su premio. Agitó un poco las alas, hizo un par de disparos hacia la nada y giró lentamente. No traté de seguirlo, no era tan estúpido, así que continué hasta que ya no pude verlo. El indicador de combustible estaba vacío. El fuego en el ala no había ayudado en absoluto a esa situación. Volví a probar los controles y todo parecía funcionar bien. Estaba bastante seguro de que estaba en territorio enemigo, y no quería entregar un Mustang parcialmente funcional a los alemanes. Necesitaba subir más alto y saltar.

Inicié un lento ascenso. Llegué a unos 3600 metros cuando vi un punto en el horizonte. ¡El bastardo había vuelto! ¡El ME-109 me había engañado! Se acercaba a toda velocidad, decidido a conseguir su objetivo después de todo. No tenía suficiente combustible para volver a sumergirme y tratar de sacarlo de nuevo. Apenas tenía suficiente combustible para intentar girar y evadirlo de esa manera, y la verdad es que tenía miedo de que el avión se viniera abajo con cualquier tipo de maniobra brusca. Básicamente me senté allí y dejé que sus armas mordieran el avión. Él soltó una larga andanada y disparó hacia mí, probablemente pensando que un encuentro sería todo lo que necesitaría. Y tenía razón. Esperé a que su avión pasara de largo y salí en paracaídas. Había oído historias sobre cazas alemanes que disparaban a las tropas estadounidenses que se lanzaban en paracaídas, lo que iba en contra de las normas.

No quería darle la oportunidad. Me imaginé que para cuando volviera a aparecer yo estaría demasiado bajo para que se molestara.

De todos modos, no se molestó. Vio mi paracaídas y vio cómo mi P-51 Mustang norteamericano caía en picado al suelo, así que tuvo su muerte. Una pequeña bandera americana iría debajo de su cabina, y yo odiaba que fuera la mía. Vi cómo mi avión se estrellaba contra la verde ladera y explotaba. Acababa de costar a los contribuyentes estadounidenses decenas de miles de dólares. Mientras descendía, vi una pequeña multitud reunida abajo, aparentemente saliendo de los árboles. Me acerqué y vi una carretera y algunos coches que se movían lentamente, así como ganado en el campo y pequeñas formas humanas que se movían aquí y allá. Estaba en las afueras de alguna pequeña ciudad, pero no sabía dónde, ni siquiera en qué país. Empecé a prestar mucha atención porque el suelo se acercaba más rápido y no quería matarme chocando contra un árbol.

Conseguí evitar un par de árboles y encontré un bonito campo abierto, aterricé en carrera, aterrizaje perfecto de manual. Me deshice del paracaídas tan rápido como pude y me giré para enfrentarme a tres mujeres toscas con cuchillos en las manos. Avanzaban hacia mí de forma constante, con miradas de sombría determinación en sus rostros. Sabía que los alemanes eran duros, pero no esperaba enfrentarme a tres hausfrau (amas de casa) nada más tocar el suelo. Estaba cansado y no quería lidiar con esto, y no estaba seguro de lo que iba a hacer. Los cuchillos eran de buen tamaño y el traje de vuelo hacía que fuera incómodo intentar luchar, pero al menos podría protegerme de las cuchillas y darme la oportunidad de hacerles entrar en razón.

Estaba pensando en cargar contra uno de ellas, en aprovechar el elemento sorpresa, cuando de repente se arrodillaron y empezaron a serrar las cuerdas de mi paracaídas, que estaba extendido por el suelo como una gran medusa muerta. No me buscaban a mí, en absoluto, con los cuchillos. Querían la seda de mi paracaídas. Las cosas se habían racionado tanto que necesitaban la seda para la ropa. Una de ellas dijo que no había tenido un vestido adecuado para ponerse casi desde que empezó la guerra. Me quedé mirándolas, todavía en mi postura de combate. Otra, que estaba serrando con cierto gusto, dijo que necesitaba hacer vestidos para sus hijas.

Me costó otro par de latidos del corazón antes de darme cuenta de que entendía su conversación. No hablaba alemán. No hablaban alemán. Hablaban en francés. Había volado sobre la frontera, en algún lugar más allá de los árboles. Siempre había querido venir a Francia, y ahora mi sueño se había hecho realidad. Pensé en Dominique. Se habría reído mucho de esto.

Capítulo Veintidós

SOY LOCAL

Mirando hacia atrás, lo que hice en Francia fue una estupidez. Debería haber esperado a que una patrulla alemana me encontrara, rendirme y ser enviado a un campo de prisioneros de guerra para esperar el final de la guerra. Aunque fuera el campo de prisioneros más feroz mantenido por los secuaces de Hitler, habría sido superior a lo que vendría después. Pero eso estaba todavía un poco lejos.

Estaba de pie en este campo, o lo que resultó ser el borde de un campo, viendo a estas mujeres cortar mi paracaídas. Lo hacían con la sombría eficiencia de los trabajadores de los corrales de Chicago, y al poco tiempo la tela estaba cortada en trozos manejables y las cuerdas habían sido cortadas y enterradas. Me quedé observando y ellas no me quitaron ojo, pero por lo demás no me molestaron.

Finalmente, me quité el sombrero y dije, en francés:

—Son ustedes unas trabajadoras muy eficientes.

Se pusieron rápidamente de pie y me miraron, sorprendidas.

—¿Hablas francés?—preguntó una—. ¿Eres americano?

—Sí. Y sí.

—Bien por ti—dijo otra—. Tenemos que irnos ya. Pronto vendrán a por usted.

—Nos vendría bien—dijo la tercera—. Habla francés. Y es negro. Los alemanes nunca pensarán que él era el que pilotaba ese avión.

Más tarde supe que esto era un error, y que los alemanes sabían todo acerca de los Aviadores de Tuskegee, pero estando allí en ese campo, en algún lugar en el borde de Francia, lo que dijeron tenía sentido.

—Di algo más—me dijo la primera mujer—. Habla más tiempo. Quiero escucharte.

Les conté dónde había vivido en Chicago y cómo me había trasladado a Alabama para aprender a pilotar aviones.

—Es suficiente—dijo finalmente, mirando por encima del hombro como si esperara que la Werhmacht viniera marchando por el campo en cualquier momento—. Puedes pasar. Si quieres venir con nosotros, venga con nosotros. Si quieres ir a un campo de prisioneros, espera aquí.

—¿Qué quieres decir con "ir con ustedes"? ¿Quiénes son ustedes?

—No te vamos a decir eso—dijo ella—. Sobre todo si vas a ir con los alemanes.

Yo tenía la idea de que estaban con la legendaria resistencia francesa, por supuesto, pero por lo que sabía me iban a obligar a coser nuevos vestidos con mi viejo paracaídas. Pero había oído rumores de que los alemanes maltrataban a los prisioneros de guerra estadounidenses y, si podía pasar por ciudadano francés, podía intentarlo. Con suerte, podría salir del país y volver al juego. Así que, en una decisión precipitada de la que me arrepentiría mucho, les seguí por un pequeño camino que salía del campo y se adentraba en el bosque.

—Marianne—dijo la que se había mostrado más escéptica sobre mi participación.

—Qué nombre tan bonito—dije, y ella dejó que algo parecido a una sonrisa se acercara a sus labios.

Ella era Marianne. Sus amigas eran Annamaria y Julie. Vivían en Duborg, un pequeño pueblo al otro lado del bosque. Decían que Duborg había sido bonito, pero que había sido un foco de resistencia y que los nazis pasaron por allí tres o cuatro veces y lo habían arrasado. El pueblo estaba dispuesto en una plaza alrededor de una iglesia, que aún presentaba agujeros de bala y manchas de sangre en sus escarpadas paredes blancas.

Antes tenían familias, todas ellas. Ahora todos sus maridos estaban muertos, y vivían juntas en la casa de Marianne porque era la única que no había sido destruida. Como el propio pueblo, era una casa cuadrada con cuatro habitaciones que daban a una pequeña cocina central. Parecía haber sido parte de un granero; tenía la sensación de que los animales se habían refugiado en ella. Los animales que había por allí hacía tiempo que se los habían comido, y Marianne, Annamaria y Julie eran delgadas y robustas, con las manos callosas y los rostros alineados y escarpados como laderas.

No había mucho que pudieran hacer con la resistencia. Tenían planes para volar bases alemanas y matar a decenas de alemanes con explosivos colocados en los bosques, pero no tenían armas, y mucho menos explosivos. Principalmente daban cobijo a los combatientes de la resistencia que se abrían paso por el pueblo de camino a lugares donde había más acción. Cuando no estaban haciendo eso, se sentaban en la mesa de Marianne y tramaban sus fantasías de venganza. Creo que les resultaba más fácil hacer eso que lamentarse por sus maridos.

Después de que me alejaran de los restos de mi paracaídas debidamente desechados, Marianne me puso a dormir en su cama. Me estrellé en ella tal como lo había hecho mi P-51 norteamericano; todo el estrés de la misión y su desastroso final se desvaneció y desaparecí durante un tiempo en una niebla negra sin sueños. Cuando me desperté, oí hablar en francés a una mujer, y durante unos segundos creí que estaba de nuevo en la cama de Dominique. Entonces recordé dónde estaba y los años volvieron a reclamarme.

Me dieron de comer una tosca comida campesina (pan, queso, un poco de carne curtida), pero sabía mejor que todo lo que había comido en mucho tiempo, especialmente casi todo lo que me había dado el ejército. También me dieron un poco de vino avinagrado, pero no me gustó mucho y lo bebí tan lentamente como pude.

Mientras yo dormía, ellas habían ideado grandes planes para mí. La idea de tener un hombre a su disposición, y uno físicamente apto y militarmente entrenado, era muy agradable. Les decepcionó saber que yo no sabía más de explosivos que ellas, por no hablar de que no tenía acceso a ninguno, pero sabían que tenía que serles útil de alguna manera o Dios no me habría dejado caer justo en sus regazos de la forma en que lo hizo.

Los planes no entraron en vigor de inmediato. No había mucho que hacer en la ciudad y no teníamos ningún equipo, así que era difícil idear algo factible. Así que me instalé en mi vida en Francia. Las tres señoras tomaron mi traje de vuelo y lo cortaron en conjuntos para los hijos de Annamaria, que resultaron ser dos adorables niñas que rebosaban energía y optimismo a pesar de haber perdido a su padre. Tenían cinco y siete años, la mayor Marianne y la menor Julie; Annamaria les había puesto el nombre de sus amigas, lo cual era un gesto bastante bonito en su momento, pero ahora reflejaba el hecho de que eran lo único que le quedaba.

A las chicas parecía gustarles tenerme cerca. Marianne apenas se acordaba de su padre y Julie no lo recordaba en absoluto, así que tener a un varón prestándoles atención era una novedad. Normalmente jugaban solas, en el bosque o en el pueblo, mientras su madre se dedicaba cada vez más a los enrevesados e inútiles planes que llevaba a cabo con sus amigas. Les conté a las niñas todo sobre mi vida, sobre Alabama, que no parecía tan diferente de esta pequeña ciudad, y sobre Chicago, que era tan grande que apenas podían imaginarlo. Duborg era lo suficientemente pequeño como para que conocieran a todo el mundo en él, y les costaba creer que yo no conociera a todo el mundo en Chicago.

Pero estas historias eran nuestro pequeño secreto. Annamaria advirtió a sus hijas que nunca debían decir a nadie que yo era estadounidense, y especialmente que había estrellado mi avión en el campo más allá del bosque. Pero había que explicar mi presencia, porque por lo que se veía, yo era la única cara negra del pueblo,. Había una misteriosa anciana que, al parecer, había llegado de México hacía décadas. Era marchita y oscura como una manzana podrida y bastante habladora, y nadie parecía saber mucho de ella ni recordar por qué vivía ahora en un pequeño pueblo de Francia. Aparte de ella, todos los habitantes de Duborg eran tan pálidos como yo había imaginado que serían los franceses, así que había que dar algunas explicaciones.

A Marianne se le ocurrió que yo era el marido haitiano de su prima, que había desaparecido en la guerra. Yo vivía habitualmente en París, pero buscaba a mi mujer, que había dicho que podría visitar a su prima. El hecho de que supuestamente viviera en París podía hacer pensar a la gente que tenía una cierta cantidad de dinero y que, por lo tanto, podía permitirme estar paseando por Francia durante una guerra ruinosa, buscando a una esposa que hacía lo mismo, pero era una historia poco convincente, en el mejor de los casos. A Marianne le gustaba mucho porque me obligaba a mantenerme alejado de la ciudad. Algunos de los habitantes de Duborg habían estado en París o tenían parientes allí y podrían preguntarme sobre ella, y mi conocimiento de la misma provenía de los libros y se limitaba principalmente a su geografía y a la ubicación de los lugares en los que Josephine Baker había actuado. Incluso con eso, yo sabía más de París que Marianne, Annamaria y Julie, así que ni siquiera podían prepararme adecuadamente. Pero como no podía pasar mucho tiempo deambulando por la ciudad, tendría mucho tiempo para deambular por el bosque y ayudar a planear un ataque contra los alemanes que pudieran pasar. Las mujeres, las tres, estaban obsesionadas con la idea de que debían matar cada una a un soldado alemán antes de que terminara la guerra o ellas mismas morirían.

Y así, la guerra siguió sin mí. Pasé parte de mi tiempo caminando por el bosque, hablando con las hermanas raras (que era como yo las consideraba como grupo, tomando un poco prestado de "Macbeth") sobre cómo podíamos colgar cadenas de ciertos árboles para barrer a los nazis por el cuello, o incluso utilizarlas para apuntalar los árboles que habíamos cortado, y luego, cuando llegara el momento, dejar caer los árboles sobre los alemanes. Los soldados nazis pasaron no mucho después de que me estrellara, buscándome. O, más bien, buscando a un piloto renegado. Las pocas personas del pueblo que sabían de mi existencia no fueron interrogadas o no hicieron la conexión conmigo. Los alemanes, con aparente poco interés en Duborg y sin ningunas ganas de quedarse, se fueron. Debería haberme ido con ellos.

Las hermanas raras formaban parte de la clandestinidad, lo reconozco. A las pocas semanas de haber sido abandonado, que era como había empezado a ver mi situación, un hombre llamado Jean apareció en la puerta a altas horas de la noche. Tenían una contraseña y él la conocía, así que le dejaron entrar. Entre pan y vino malo, dijo que iba a entregar los nombres de algunos infiltrados a París y que esperaba que los espías fueran asesinados. Era vital que hiciera llegar su mensaje, dijo.

Mi presencia le sorprendió un poco. Al principio, Jean se mostró reacio a hablar conmigo hasta que las mujeres le aseguraron que yo no era una amenaza. Me miraba de vez en cuando mientras comía y hablaba. Estaba extremadamente pálido, no tenía nada de carne extra y olía mal, así que no me senté demasiado cerca. Dijo que nunca había visto a un hombre negro, pero no parecía dar mucha importancia a mi negritud. Una vez que establecimos en la conversación que yo nunca había estado en África y que no sabía mucho sobre ella, empezó a perder interés en mí. No le interesaba hablar de aviones. Había visto demasiados aviones durante la guerra y no le importaba ver otro. Era agricultor y le gustaba estar cerca del suelo, y si iba a luchar con alguien, prefería que fuera cara a cara, no que le lloviera la muerte desde un proyectil de metal tan alto que apenas pudiera verlo.

No dormí bien con Jean en la casa. Me había acostumbrado al ritmo doméstico que habíamos establecido, o que las mujeres habían establecido y yo me había unido. Durmió en el suelo de la habitación conmigo. Incluso después de haberse bañado, seguía oliendo muy fuerte y se durmió casi inmediatamente y roncó como un tren. Me quedé dormido aquí y allá, pero por la mañana oí el golpeteo de unos pies furtivos y los ronquidos cesaron bruscamente. Abrí los ojos para ver a Annamaria tirando del hombro de Jean. La siguió como un zombi hasta la habitación contigua, y más tarde oí sonidos rechinantes y un breve y agudo grito de alivio de ella. Me pregunté si el pobre hombre se pasaría de una habitación a otra y no volvería a dormir, pero al día siguiente se marchó después del desayuno.

Las hermanas raras estuvieron entusiasmadas durante unos días después de que él se fue porque sentían que habían logrado algo. Las versiones más jóvenes de Annamaria y Julie me dijeron que siempre estaban así después de que llegaba la "compañía", porque sentían que era un golpe contra Alemania, y lo era. Pero la emoción se desvaneció a medida que se reafirmaba la aburrida rutina diaria de la vida en una pequeña e insignificante ciudad francesa, y pronto empezaron a tramar planes extraños, la mayoría de los cuales implicaban que yo montara máquinas fantásticas con piezas que supuestamente podía encontrar en la ciudad. Flash Gordon no tenía nada que envidiar a estas señoras en el departamento de imaginación futurista.

Una noche, intentaba dormirme cuando oí algo que crujía en la habitación.

"Chsss, Chsss", dijo una voz, que reconocí como la de Annamaria. Nunca había estado a solas con ninguna de las hermanas extrañas, no por incomodidad o miedo de su parte, sino simplemente porque todas solían estar cerca. Desde luego, nunca había estado a solas con ninguna de ellas en la limitada intimidad de mi propia habitación, que era como la consideraba ahora aunque, obviamente, no era realmente mía. Annamaria se subió lentamente a la pequeña cama, que se movió bajo su peso. Sabía para qué había venido. Lo habría sabido incluso sin verla llevarse a Jean.

Oí la aspereza de su respiración cuando su cara se acercó a la mía. Había una pequeña ventana en lo alto de la pared que no servía para mirar al exterior, pero iluminaba su rostro mientras se movía por la cama como una luna que se acerca. Ella plantó sus labios secos y ásperos sobre los míos. Su aliento apestaba a ajo y al mal vino que todos bebíamos, pero yo sabía que el mío también lo hacía. Nuestras lenguas bailaron en la boca del otro y pude notar que tenía un diente suelto en el lado izquierdo de la mandíbula. Esperaba que no se aflojara más.

Rompió el beso bruscamente, como si eso fuera suficiente para probar el punto y cubrir las sutilezas sociales. Me metió una mano por la bragueta del pantalón y me tomó, provocando una sacudida que me recorrió la columna vertebral. Hacía mucho tiempo que no estaba con una mujer. No era así como me imaginaba mi regreso al sexo, en absoluto. Iba a ser con Virginia, y en nuestra noche de bodas, y luego íbamos a viajar juntos a algún lugar lejano como Las Vegas o Hawai. Pero ahora iba a ser en una cama infestada de bichos en una casa infestada de bichos en un pueblo infestado de bichos en medio de la nada, Francia.

Me sacó el pene y jadeé al sentir el aire fresco de la noche. Me acarició como si fuera un animal de granja, con brusquedad, de modo que fue doloroso y estimulante a la vez. Crecí en su palma. Se subió el camisón y se sentó encima de mí. Estaba dispuesta y me introduje en ella casi antes de darme cuenta. No me dio la oportunidad de moverme, ni siquiera de incorporarme. Me montó como un burro, moviendo sus caderas, empujando con fuerza. Me descargué muy rápidamente, pero a ella no pareció importarle, siguió meciéndose, arañando mi estómago con sus duras manos. Estaba a punto de salir de ella, agotado, cuando dio un pequeño grito como el que escuché anoche y dejó de moverse. Me miró y el pequeño rastro de luz de luna que entraba por la ventana captó sus ojos. Estaban perdidos, dos agujeros negros en su delgado cráneo que irradiaban necesidad animal. Me miró y vio un fantasma. Vio a un hombre blanco francés, su marido perdido hace tiempo. Sin decir nada, se apartó y desapareció de la habitación, más silenciosamente de lo que había entrado.

Pensé en ella mucho tiempo después de que se fuera. No sentí por ella más que lástima. Supongo que me alegraba de haberle servido, literalmente, pero no me molestaría que no volviera a visitarme. Dudaba que fuera así. Había encontrado algo, algo que recordaba que necesitaba, y que estaba en la otra habitación, allí para ser tomado. Me pareció curioso que la única de las tres hermanas raras que tenía un recuerdo físico del amor pasado (sus dulces e inocentes hijas) fuera la que más necesitaba todavía el amor. La llama aún ardía dentro de su pecho y no podía soportar que se apagara. Haría cualquier cosa para mantenerla viva, incluso acostarse con un hombre de color.

A la mañana siguiente no se comportó de forma diferente conmigo, y yo me alegré. Apenas me miró, pero, de nuevo, así es como suele comportarse. Pasé parte del día tallando picos que Marianne soñaba con esconder en el bosque en un pozo en el que caerían los soldados nazis. No había ninguna cubierta de suelo útil para tal fosa, y yo no tenía ganas de cavar una, así que me las arreglé afilando palos. Esa noche me quedé sin dormir, esperando que Annamaria regresara. Esperaba arruinar el elemento sorpresa y quizás hacer el proceso un poco más agradable para mí. Aquella noche no vino y finalmente me quedé dormido.

Todavía recuerdo mis sueños de esa noche. Eran inquietos e inciertos y se retorcían como serpientes. Veía a todas las mujeres que había amado y querido amar. A veces caminaban por un pasillo hacia mí, pero cuando estaban a punto de alcanzarme y tocarme, desaparecían. La última de la fila era Virginia, y se me rompió el corazón cuando sus dedos se desvanecieron ante mis ojos.

Annamaria nunca apareció en el sueño. No era nada para mí, como yo no era nada para ella. Volvió a la noche siguiente, cuando yo ya estaba dormido. Creo que esperó para escuchar y asegurarse de que yo estaba dormido. No quería que la esperase y me preparase, no quería que hiciese nada. Yo solo era la vía de acceso a un sueño para ella y no quería que yo hiciera nada que estropeara ese sueño. De nuevo, se arrastró por la cama como una cosa poseída. La luz de la luna no le daba en los ojos esta vez, pero podía verlos de todos modos, ardiendo como brasas desesperadas. Me utilizó para lo que me necesitaba y luego se alejó arrastrándose, de vuelta a la oscuridad. Me sentí dolorido, de nuevo, y aliviado al oírla marchar. No sé qué sacó ella de nuestras visitas nocturnas. A mí me dejaban casi abatido y nada aliviado; eran una gota de agua para un hombre que se muere de sed. Ni siquiera lo suficiente.

Capítulo Veintitrés

EN LAS FAUCES DE LA MUERTE

Un mes más tarde, un grupo de soldados nazis salió del bosque, se acercó a la pequeña casa que compartíamos y mató a Annamaria de un disparo. Se arrugó como un saco. Yo estaba en la cocina ayudando a Marie a cortar unas hierbas medio muertas que había encontrado en el bosque cuando oímos una conmoción. Se oyeron gritos en alemán y los gritos de Annamaria en francés, y luego el disparo, un idioma universal. Me acerqué a la puerta justo a tiempo para ver el disparo y verla caer. La vida se le había ido mucho antes, el soldado solo movió su cuerpo. Así que ahora ella sabe más que yo sobre la vida y la muerte.

Estando allí, en esa fracción de segundo, y viéndola morir, me di cuenta de que, aunque había tenido sexo con ella, en ese momento, muchas veces (nunca fue hacer el amor, ni siquiera cerca del amor, apenas en el mismo planeta que el amor), solo sentí la pena habitual que se siente al ver a alguien conocido abatido como un perro. Su mundo la había dejado atrás hacía mucho y ahora corría para ponerse al día.

El soldado alemán que le disparó era más joven que yo. Estaba impresionantemente limpio, excepto por sus botas, que eran por lo que yo sabía que habían llegado a través del bosque. Se quedó mirándome, luego miró a las pequeñas Marianne y Julie mientras salían corriendo de la casa, sin tener en cuenta el peligro, y se cernían sobre el cuerpo de su madre. La

Marianne y Julie adultas se quedaron atrás junto a la puerta, con las manos anudadas.

Las pobres niñas habían visto muchas cosas, pero nunca habían visto esto. No se agacharon para tocar a su madre. Se quedaron en silencio, mirándola, tomadas de la mano, con los brazos entrelazados. Era como si hubieran visto venir esto algún día, sabían que estarían solas en este mundo miserable, y de alguna manera, estaban preparadas para ello. Durante todo esto, los alemanes se quedaron allí. Un par de ellos, en la parte de atrás, miraban a las chicas y mostraban rasgos de emoción humana real (tristeza, tal vez), pero los que estaban más cerca de mí bien podrían tener los ojos hechos de plomo por lo que veían y les importaba.

El hombre que le disparó a Annamaria era el líder, deduje. Mantuvo la Luger en la mano, pero bajó el brazo a su lado. Había dejado claro su punto de vista. Tenía los ojos azules del color del hielo marino rodeados de blanco del color de la nieve; había poco color en él y ninguna emoción, en absoluto.

—Tú—dijo en inglés—. Ven con nosotros.

—Necesito recoger algunas cosas—dije lentamente.

Si iba a ir a un campo de prisioneros de guerra, quería mi identificación. Mis placas de identificación y otros documentos estaban escondidos bajo mi cama.

—No. Ven con nosotros ahora.

—Tengo una identificación militar. Necesito buscarla—dije, aún más lentamente.

—¿Eres militar? —preguntó, con sorna—. ¿De qué fuerza?"

—El Cuerpo Aéreo del ejército de los Estados Unidos.

—Supongo que usted es uno de los aviadores de Tuskege —dijo, la mueca de desprecio todavía bien puesta.

—Sí—pude escuchar el orgullo en mi propia voz cuando lo dije, un orgullo que no había escuchado allí en bastante tiempo—. Sí.

—Bueno, ¿por qué no te dejamos ir a tu habitación por una hora o algo así? ¿Para que consigas tu arma, la aceites y te prepares para nosotros? No lo creo. Sabemos quién eres. Eres un haitiano que ha estado transmitiendo mensajes a París. Lo sabemos de buena tinta. Vienes con nosotros.

—Le estoy diciendo...

La Luger reapareció, con su agujero negro apuntando al centro de mis ojos. Me fui con ellos. Me rodearon, como si intentara hacer algo, y cuando giré la cabeza para despedirme de las mujeres y las chicas, uno de ellos me golpeó tan fuerte en la nuca que casi me desmayo. Así, sin más, me fui y no volví a ver a Marianne ni a Julie, ni a sus pequeñas homónimas.

Ahora veo en la televisión programas de viajes sobre pequeños pueblos de Francia, tan felices y bucólicos y hermosos, y me pregunto qué habrá sido de las mujeres que cortaron mi paracaídas y me convencieron de cometer un estúpido error. No puedo imaginarme a ninguna de ellas feliz. Su dolor y su ira eran tan duros y brillantes como los diamantes.

Caminamos por el bosque. Pensé en todas las trampas que las hermanas raras me habían rogado que construyera y de repente deseé haberlo hecho. Imaginé a los soldados que me precedían cayendo en un pozo lleno de palos afilados y gritando, pero no ocurrió. Caminamos en silencio y los pájaros piaron en los árboles, felizmente despreocupados de lo que hicieran los humanos abajo. Los nazis tenían un camión aparcado en el campo al borde del bosque. No sé por qué no llegaron hasta la casa. Tal vez Jean pintó una imagen de una célula de resistencia mucho más peligrosa de lo que resultamos ser.

Los soldados me metieron en la parte trasera del camión. Dos de ellos subieron conmigo y los otros subieron delante. Había una especie de cajón de madera volteado. Ese era mi asiento. Fuimos rebotando durante un rato y luego redujimos la velocidad y volvimos a reducirla. Los soldados que me acompañaban intercambiaron miradas, así que supe que esto no formaba parte del plan. Se quedaron conmigo, pero el camión se movió cuando los demás se bajaron, y oí el sonido del capó al levantarse y los balbuceos guturales de los alemanes. Los alemanes se enorgullecían de su aptitud mecánica, pero nuestro camión se había averiado. Los balbuceos continuaron. Hacía calor en la parte de atrás sin que se moviera el aire, y los soldados se lanzaban miradas nerviosas e intercambiaban pensamientos sobre lo que podría estar pasando, o eso supuse, ya que no podía entenderlos.

—Puedo ayudar—dije después de un rato. Puede que no me convenga que lleguemos a donde sea que vayamos, pero estaba cansado de estar sentado en el cajón.

—¿What?—dijo uno de los soldados con una aproximación al inglés (sonó más bien como "vat"), pero eso parecía ser el límite de su fluidez. Habló con el otro un poco más y luego fue a buscar al líder. El rostro plano y sin emoción del líder apareció por la parte trasera del camión.

—¿Tienes algo que compartir?—me preguntó, con la voz llena de irritación, hacia mí, hacia el camión, hacia ambos.

—Puedo ayudar. Sé cómo trabajar en los motores.

Los motores de los aviones no eran tan diferentes de los de los automóviles. Tendían a utilizarse más para la velocidad de crucero que para la conducción con paradas, pero la tecnología general era la misma. A mí se me daban mejor los motores de los aviones, pero también había aprendido algunas cosas sobre los motores de los automóviles en la escuela de Coffey, aquello parecía una eternidad.

—¿Sabes cómo trabajar en nuestro motor alemán?—preguntó, como si el motor de este miserable camión fuera de alguna manera mejor que cualquier cosa que hubiera visto en Estados Unidos. Entonces recordé que él no creía que yo fuera de Estados Unidos.

—Suponiendo que sea un motor de combustión interna, sí, lo creo.

Probablemente podría haberlo desmontado con los ojos vendados si tuviera las herramientas adecuadas, pero decidí no tentar a la suerte.

—Sal, entonces—dijo, antes de ladrar algo a sus hombres en alemán.

Así que salí, y ellos me apuntaron en todo momento con un arma, a pesar de que estábamos averiados en el arcén de una carretera que estaba rodeada de campos llanos. Si hubiera intentado huir a alguna parte, podrían haberme utilizado para practicar el tiro al blanco. Revisé el motor. No se había recalentado. Todos los cables estaban bien conectados. Empecé a pedirles que me describieran cómo se había comportado, pero pensé que sería mejor que lo resolviera yo sin ninguna ayuda de ellos. Por alguna razón, quería impresionarlos.

Habría sido útil saber cómo se había mantenido el camión, pero dado que era un camión militar dirigido por un ejército que estaba perdiendo una guerra, supuse que se había hecho mal o no se había hecho. Un rayo de inspiración me golpeó. En aquel momento me pareció un regalo del cielo, pero dado lo que provocó, ahora tengo que pensar que pudo haber venido del otro lugar. Pensé en los lugares por los que había pasado la camioneta en el relativamente corto tiempo que llevaba en ella; a través de un campo y por caminos polvorientos. Saqué la tapa del carburador y me di cuenta de que estaba sucio.

—Hay que limpiarlo—le dije al jefe nazi—. Necesitaré gasolina.

Me miró largamente, buscando en mis ojos y mi cara rastros de un plan de escape. Tal vez pensó que de alguna manera iba a encenderlos a todos con la gasolina y escapar en su camión.

—Gasolina—dijo—. Pero no hay fósforos.

—No quiero fósforos. Necesito limpiar.

Saqué y desmonté el carburador, limpié sus piezas en el gas y las sequé en un trozo de lona que los alemanes me tendieron. Nadie se ofreció a ayudarme de ninguna manera. Parecían divertidos por todo el asunto, como si yo fuera el único que estaba atascado. Finalmente, conseguí que todo se secara y volviera a estar en su sitio. Nadie subió al camión, salvo el conductor. No creían que fuera a funcionar. Sonrió cuando lo puso en marcha y el motor tosió, listo para salir. El jefe me miró con frialdad y asintió lentamente.

—No creía que hubiera motores así en Haití—dijo—. Muy buen trabajo. Ahora vuelvan al camión.

Seguimos avanzando durante horas, parando solo lo suficiente para que los soldados hicieran sus necesidades. A mí también me dejaron, aunque tres de ellos se quedaron detrás de mí con las armas preparadas, como si fuera a salir de repente con el juanete colgando. No sabía si seguíamos en Francia o en Alemania, pero si seguíamos en Francia, habíamos entrado en una sección más ocupada. Los camiones alemanes atascaban ahora las carreteras y, a lo lejos, oí el gruñido-gruñido-gruñido de lo que pensé que debía ser un tanque. Sonaba como una especie de dinosaurio que resoplaba, pero nunca lo vi.

Por fin, me bajaron del camión y me llevaron a un gran campo. Un campo de concentración. Habíamos oído que los alemanes los usaban para indeseables que no eran realmente soldados. Los esqueletos humanos se paseaban por los bordes de un gran muro, vistiendo lo que parecían pijamas a rayas. Y no solo olías el lugar; el olor te atacaba, se deslizaba por tu nariz como una serpiente. Estornudé tres veces rápidamente solo por la ráfaga inicial de olor. Realmente, no quería estar allí. Había oído hablar de los campos de prisioneros de guerra, pero enseguida tuve la sensación de que estaría mucho mejor en uno de ellos que en uno de estos. Pero con todas mis pruebas de identidad con las hermanas raras, no había manera de que acabara en uno.

Me metieron dentro del campamento. No pude despedirme de los hombres que me trajeron. No es que quisiera hacerlo, pero de alguna manera pensé que me sentiría mejor rodeado de soldados, incluso de soldados del otro bando que me matarían si tuvieran la oportunidad, que entre la pandilla de harapientos que vislumbraba con el rabillo del ojo. Me empujaron a una enorme sala de hormigón con otros reclusos. Yo era el hombre más grande de la sala. Todavía tenía músculos y me mantenía erguido donde ellos eran esqueletos encorvados. Nos desnudaron y nos lavaron con manguera, y luego nos afeitaron bruscamente. No tenía el cabello largo, pero ya no lo tenía cuando salí. Había algunos murmullos, muy silenciosos, mientras todo esto ocurría. Hablé con un preso francés y me enteré de que mi nuevo hogar era Bergen-Belsen.

—Moriremos aquí—dijo el francés.

—Puede que sí, le dije—. Pero yo no.

A medida que pasaban los días, estaba menos seguro de ello. Apenas nos daban de comer. Cuando la gente moría, sus esqueléticos cadáveres eran despojados y dejados en el suelo. Los cuervos, los buitres y otras aves venían a picotearlos. Cuando teníamos energía, los que estábamos entre los vivos intentábamos alejar a los pájaros a patadas, pero siempre volvían.

Solo estuve allí una semana antes de que uno de los guardias me apartara y me llevara al despacho del director del campo. No me habían dado de comer en todo este tiempo y un dolor de cabeza me había subido por el cuello hasta el cráneo.

Había cuatro alemanes en la habitación, dos de ellos con rifles. De nuevo, como si fuera a intentar algo.

—Tengo entendido que eres bueno con los motores—dijo un tipo sentado en el escritorio en un francés vacilante. Era el único que estaba sentado, así que supuse que era el director o algún otro mamarracho.

Todos los alemanes se las daban de mandamases todo el tiempo; a veces era difícil saber quién estaba de verdad al mando.

—¿Cómo lo sabes?—pregunté.

Más rápido de lo que podía ver, uno de los alemanes con un rifle me golpeó en la nuca con él, haciéndome caer de rodillas. Mi cuerpo estalló de dolor para acompañar el dolor de mi cabeza. Sentí como si descargas eléctricas subieran desde mis rodillas. Ese dolor se unió a las oleadas de dolor nauseabundo que bajaban desde la nuca. Vomité en el suelo, pero no era más que espuma acuosa. Es difícil vomitar cuando no has comido.

El alemán que me golpeó también me dio una patada, haciéndome rodar por el suelo. Solo lo hizo para que no ensuciara más la alfombra.

—Aquí no se hacen preguntas—dijo el tipo sentado—. No hablas hasta que te hablen. No se habla ni siquiera cuando se habla. ¿Sabes trabajar en los motores?

—Sí—dije, tan alto como pude. A la mierda él y sus exigencias imposibles. Hablaría. Pero hasta que tenga algo que comer y un arma en la mano, hablaré solo cuando me hablen.

—Bien. Tenemos algo que hacer en el parque móvil. Algunos de nuestros camiones se han estropeado. Apreciaríamos tu ayuda. Si no recibimos tu ayuda, te mataremos. Si saboteas alguno de los motores, te mataremos. Si no funcionan en condiciones óptimas, te mataremos. ¿Entiendes?

—Sí.

—Entonces ponte a trabajar. Te escoltaremos hasta allí ahora.

Avancé a trompicones delante de dos guardias, salí por la puerta principal y bajé por un camino sin asfaltar hasta un edificio de bloques de hormigón lleno de camiones y coches. Estos eran los nazis para uno: te matan de hambre, te golpean, pero aún así esperan que trabajes, y que trabajes de inmediato. Debía haber una docena más de hombres vestidos con trajes a rayas como el mío. Era evidente que llevaban tiempo aquí; algunos de los uniformes eran poco más que trapos sobre los huesos.

Había otros guardias en el lugar, así que mis guardias me dieron un empujón hacia el kapo de la piscina. Kapo—rata, lo mismo. Los kapos eran prisioneros que recibían beneficios y comida extra (o, en este caso, comida, así de simple) por cooperar con los nazis y ayudar a mantener a otros prisioneros bajo control. Era un ejemplo más de la maldad de la mente nazi. No bastaba con que fueran ellos contra ti; era tú contra ti. Si matas de hambre a un hombre durante un tiempo, hará lo que pueda para sobrevivir, incluyendo volverse contra los suyos. Yo aún no estaba cerca de ese punto, y desprecié a ese kapo en el instante en que le puse los ojos encima y me vi obligado a respirar el mismo aire que él. Pero no podías decirle nada a un kapo que no le dirías a un guardia. Te golpearían más fuerte que los nazis, si tuvieran la oportunidad.

—¡Schwarzer!—me gritó en alemán—. ¡Pon el motor en marcha!

Llevaba un tubo envuelto en cinta de goma y me golpeó con él en un lado de la cabeza. Estuve a punto de caer de rodillas otra vez, pero no creí que pudiera soportar el dolor, así que tomé la parte delantera del camión y me sujeté. Casi me desmayo. El kapo me golpeó de nuevo, dos veces, en la espalda, trasladando el dolor a mi columna vertebral. Podía soportarlo, lo sabía. Estos esqueletos que me rodeaban no podían, pero solo había estado una semana sin comer y aún tenía músculos. Había estado comiendo mejor que este kapo durante los últimos años. Pero sabía que levantarle la mano sería lo último que haría, y no era así como quería dejar este mundo.

Algo más llamó su atención y se alejó. Me aferré al camión como un ahogado se aferra a una balsa. Miré el motor. Estaba cubierto de mugre y la goma alrededor de los cables de las bujías estaba podrida. El carburador probablemente también estaba obstruido, y quién sabe qué más. Era un desastre. Era difícil saber por dónde empezar.

—Necesito una llave inglesa—le dije al kapo cuando volvió para comprobar mis progresos, que eran nulos porque no tenía herramientas —. Y unos alicates. Y algo de cinta aislante.

Supuse que volvería a golpearme con su palo y me preparé para ello, pero no lo hizo. En algún nivel, él quería que yo trabajara y terminara esto, y golpearme sin sentido no iba a lograr eso. Ya había demostrado quién era el jefe.

El trabajo marchó lentamente una vez que por fin se puso en marcha. No se me confiaba ningún tipo de herramienta. Todo lo que hacía lo hacía bajo la atenta mirada de un guardia armado. Si me daban una llave inglesa sin supervisión, probablemente pensaban que le rompería la cabeza al kapo, y sin duda utilizaría la cinta aislante para coser mis zapatos y remendar los agujeros de mi ropa, que ya empezaba a pudrirse después de solo una semana. No sería bueno que me pusiera demasiado cómodo.

Puse lentamente el motor en marcha. No tenía mucha prisa. Sabía que solo la utilizarían para traer más víctimas a este infierno, pero eso estaba fuera de mi control. Quería minimizar mis golpes. Hice un buen trabajo, tan bueno como pude, pero fue lento. El camión necesitaba un elevador, pero los mecánicos alemanes los tenían en otro taller y se encargarían de ese trabajo una vez que yo hubiera terminado. Mi trabajo consistía en levantar el motor de entre los muertos.

Acabé hablando mucho con el kapo. Se llamaba Seymour. Era un judío alemán pero había vivido en Francia durante un tiempo y le encantaba. Le gustaba rememorarla, aunque tenía que tener cuidado y hacerlo solo en pequeños fragmentos aquí y allá. De lo contrario, los guardias nazis pensarían que estaba siendo demasiado blando, lo despojarían de su condición de kapo y lo volverían a arrojar entre los reclusos normales del campo. Esto significaría su muerte casi instantánea. Yo también lo despreciaba. Lo habría matado si hubiera tenido la oportunidad, solo por lo que representaba. Pero su nueva amabilidad era beneficiosa para mí.

—Seymour. Este trabajo de motor es arduo y difícil. Podría hacerlo mejor si tuviera algo de comida.

Me golpeó, pero ligeramente, para que los guardias pudieran ver. Se estaba volviendo muy bueno con sus golpes. Para un hombre hambriento todavía picaban, pero podrían haber sido peores.

—Veré lo que puedo hacer.

Lo que hizo fue traer una ración muy pequeña de pan (si se la diera a los pájaros se sentiría tacaño) y un trozo de salchicha dura. Mi comida para todo el día. Escondí la cara bajo la capucha y me la comí de tres tragos. Cualquier otro preso me mataría solo por esas migajas. Los cadáveres se amontonaban afuera, en el patio, como leña, y a ninguno le sobraba un gramo de carne.

Seymour me traía la comida todos los días. Era patético. En Chicago me habría muerto de hambre con ella, pero aquí comía como un rey. No le pregunté de dónde la sacaba y nunca me lo dijo. Probablemente salía de la boca de algún otro prisionero del campo, pero no dejaría que eso me detuviera. Necesitaba comer. Eso es lo que la máquina de la muerte nazi me había hecho en solo una semana. Algunos de los prisioneros llevaban años en el sistema. Si no los había matado (y a la mayoría sí), los convirtió en ratas o cucarachas humanas; capaces de sobrevivir en casi cualquier condición. Sus ojos eran planos y feroces, y cada uno de sus movimientos estaba dedicado a ganar un minuto más.

Yo no era como ellos. Todavía tenía músculos, como he dicho, y aunque me dolía la cabeza casi todo el tiempo mientras mi cuerpo empezaba a devorarse a sí mismo, estaba en mejor forma que nadie en el campamento, excepto los guardias. Quería seguir así, por eso di mi primer paso para convertirme en una rata o cucaracha humana al conseguir esa ración de comida de Seymour. Tenía que hacerlo. Así se hacían las cosas.

Los cuerpos seguían amontonándose en el patio. No había lugar para ponerlos. Se pudrían como la basura y propagaban enfermedades; tifus y todo lo que se te ocurriera. Casi podías ver cómo se desprendían de ellos, nubes de muerte que se dirigían hacia ti por el suelo sucio y embarrado. A veces deseaba unirme a ellos, quedarme allí tirado, un esqueleto sostenido por la piel, y apenas eso. Pero entonces la cucaracha que hay en mí se alzaba y decía: "No, seguirás adelante". Así que seguí adelante.

Mi trabajo fue bueno, a pesar del constante dolor de cabeza y el zumbido en los oídos que empezó a acompañarlo. El guardia a veces incluso se alejaba mientras yo manipulaba piezas grandes. No es que se fiara necesariamente de mí, simplemente estaba llegando a la conclusión de que ya no tenía fuerzas para meterme en muchos problemas, y tenía razón. El tiempo avanzaba y me llevaba con él, célula a célula. Mi cabello, lo que no estaba afeitado, se estaba cayendo. Se me caían los dientes. Mis músculos se estaban convirtiendo en cuerdas, y no en cuerdas fuertes. Solo conexiones para mantenerme unido. Apenas.

Mi buen trabajo se hizo notar. Los camiones funcionaban bien. Esto significaba que podían llevar más miserables a los campos. Estaba ayudando a exterminar a mis compañeros. Pero eso era olo la cucaracha que había en mí. Cuanto mejor funcionaban los camiones, más comida recibía, aunque apenas era suficiente para mantener vivo a un perro. Ni siquiera se la daría a un perro. Pero de nuevo, mi trabajo se hizo notar.

Llegó un nuevo grupo de prisioneros. Vieron los esqueletos del campo pero dijeron que estaban aliviados.

—Pensábamos que íbamos a un lugar peor—me dijo un francés.

—¿Qué podría ser peor que esto?—pregunté.

—Dora.

—¿Quién es?

—Es un campamento. No sé dónde está. Se llama Dora. He oído cosas terribles sobre él. Nadie sale vivo de allí. Allí construyen máquinas para Satanás.

—¿Qué?

—Eso es lo que he oído.

Él llevaba tres años en los campamentos y no era más que un esqueleto envuelto en carne. Encajaba bien con todos los demás. Yo sentía que había perdido la mitad de mi peso corporal, pero seguía siendo el tipo más grande del campamento junto a los guardias, y la mayoría de mis compañeros pálidos y flacos me evitaban si podían reunir la energía. Algunos apenas me veían, no les hubiera importado que fuera negro como el carbón y midiera dos metros. Otros quizá me temían porque era más fuerte, o más oscuro, o simplemente diferente. A este francés no parecía importarle ni lo uno ni lo otro. Se sentía extrañamente aliviado de estar aquí. Empecé a oír algunos murmullos; no era el único que temía a Dora. Se hablaba de trenes desviados hacia allí, llenos de almas condenadas. También se hablaba de que cualquiera que tuviera una habilidad útil (albañilería, soldadura, trabajos de electricidad) se dirigía inevitablemente a Dora como el agua que se va por el desagüe. Decían que Dora venía a Bergen-Belsen a por nosotros.

Capítulo Veinticuatro

DORA

Debí haber mantenido oculta mi habilidad con los motores de camión. Una semana después de que el francés me hablara por primera vez de Dora, me encontré alineado en la plaza con mis compañeros condenados, esperando a ser cargado en un tren y llevado a otro lugar. Los funcionarios del campo no se molestaron en decirnos a dónde íbamos, como tampoco se le dice a un perro a dónde lo llevas. No importaba, íbamos a ir. Hubo un murmullo una vez que estuvimos apiñados en el tren: Estábamos perdidos; nos dirigíamos a Dora.

El viaje casi me hizo extrañar el campamento. Estábamos más apretados que la leña en los vagones. No había comida ni esperanza de comer, aunque los guardias se sentían libres de atiborrarse a la vista de nosotros cuando el tren hacía paradas. No había agua ni esperanza de agua. No había descansos para ir al baño; pero en realidad casi nadie necesitaba orinar o cagar. No había necesidad. Ninguna materia prima se movía por nuestros cuerpos. Nuestros cuerpos eran sistemas cerrados, que se alimentaban de sí mismos.

Viajamos indefinidamente. Hubo numerosas paradas para que los guardias pudieran descansar, estirar las piernas y comer. Estábamos sentados sin movernos, ni siquiera cambiábamos de posición para estar más cómodos. No tenía sentido, nunca íbamos a estar cómodos de nuevo.

Finalmente, un día el tren se detuvo. No esperábamos nada raro, pero las puertas se abrieron de golpe y la luz del sol nos atravesó los ojos.

—¡Schnell! ¡Schnell!

Aunque llevábamos días inmóviles, sin comida, se esperaba que saltáramos del vagón como niños. Algunos de nosotros bajamos cojeando lentamente. Otros no volvieron a moverse. Habían muerto durante el viaje. Se desplomaron al bajar. En algunos casos, esa era la única forma de saber que estaban muertos. Miré hacia el interior del coche cuando me bajé. Los muertos yacían allí, como una fina capa de pasta gris en el suelo del coche. La única diferencia entre ellos y los muertos del campamento era que éstos tenían ropa, lo que les daba un mínimo de dignidad. Los envidiaba. Estaban acabados.

Saben más sobre la vida y la muerte que yo, todos ellos. Se ganaron ese conocimiento de la manera más difícil.

Nos hicieron marchar por un camino polvoriento y pasando por vallas vigiladas. Nos reunieron como piezas de ajedrez en un gran cuadrado. Los kapos salieron de la nada y nos pusieron en formación con palos y tubos metálicos recortados. Querían que nos pusiéramos en filas ordenadas. Mataron a algunos de nosotros con golpes despiadados. No hacía falta mucho para enviar a la mayoría de nosotros al otro mundo. Un buen empujón, un viento fuerte... Un golpe con un tubo era excesivo.

Detrás de nosotros había una puerta que parecía conducir hacia debajo de las montañas que se extendían en la distancia como una manta arrugada. No tuve la oportunidad de mirar con atención. Me giré para no recibir un golpe de un kapo. No creía que un golpe me matara, pero no quería poner a prueba mi teoría.

Una fila de escoria nazi se alineaba ante nosotros, bien alimentada y bien vestida. Los muertos del tren habían sido traídos junto a nosotros y estaban apilados a nuestra derecha, como los cadáveres de Bergen-Belsen. Los nazis nos pusieron en fila para pasar lista. Querían saber si estábamos todos, los vivos y los muertos. Mientras los números coincidieran con sus registros, no les importaba qué categoría nos describía.

Estuvimos ahí fuera durante horas. El viento soplaba desde las montañas y empezaba a hacer frío. El frío se llevó por delante a algunas personas más. Cayeron boca abajo y no se movieron y fueron llevados y catalogados con los demás. Finalmente, los nazis terminaron con los nombres y números. No sabía qué querían que hiciéramos después. Morir, tal vez. Una fila de zombis se arrastraba detrás de nosotros. Parecía que habían estado trabajando en algún lugar bajo las montañas.

—¡Muy bien, muévanse!—gritó un kapo--. ¡A trabajar!

—Turno diurno —murmuró uno de mis compañeros—. Vamos a morir ahora.

Nos adentramos en lo que era un túnel excavado en la montaña. Miramos hacia arriba con asombro hasta que los kapos casi rompieron un par de cráneos. Había luces clavadas en lo alto del tosco techo. Las bombillas hacían lo posible por iluminar una serie de túneles atestados de líneas de ferrocarril y equipos que me resultaban familiares. Parecían piezas de motor.

—¿Qué es este lugar?—le susurré al fantasma que caminaba a mi lado.

—El infierno.

Nos condujeron a una zona plana de gran tamaño donde había varios escritorios pegados. Hombres con batas blancas se sentaban detrás de ellos con pilas de papeles. Sus batas estaban impecables, aunque el lugar parecía rezumar polvo y suciedad por todas partes.

—Buscamos habilidades—dijo uno de ellos en varios idiomas, alemán y francés y ruso, repitiendo el sencillo mensaje lentamente cada vez—. Necesitamos soldadores. Necesitamos electricistas. Necesitamos mecánicos. Necesitamos trabajadores de la construcción.

¿Qué estaban construyendo aquí? No nos dieron mucho tiempo para preguntárnoslo. Con cada ocupación, alguien de nuestro grupo levantaba la mano. Un tipo que se ofreció como electricista venía de un pueblo sin electricidad. Lo supe porque me lo dijo cuando ambos estábamos en Bergen-Belsen. No sabría con qué extremo de un cable trabajar. Probablemente acabaría electrocutado. No quería soldar nada, y no quería trabajar como electricista si iba a estar con gente que no sabía lo que hacía.

—Mecánico—dije en francés.

—¿Qué tipo de equipo?—preguntó uno de los hombres. Solo pude ver la parte superior de su cabeza calva. Estaba mirando su libro de contabilidad y no levantó la vista. Solo necesitaba cubrir una necesidad. No le importaba quién lo llenara.

—Motores.

—¿Motores de camión?

—Motores para camiones. Motores de coches. Motores de avión.

Levantó la vista. Oí una rápida inhalación mientras miraba a los ojos a un hombre mucho más oscuro de lo que esperaba.

—Estás en el comando mecánico—dijo, volviendo a mirar hacia abajo—. Ponte a trabajar.

Me quedé atrás hasta que nos asignaron a todos, lo que llevó un rato. Los kapos revoloteaban en el borde de la multitud como mosquitos listos para atacar, pero no golpearon a nadie porque se estaba asignando el trabajo. Esto no se parecía en nada a Bergen-Belsen. Allí, nuestro único trabajo era morir de hambre. Mi habilidad con los motores me había colocado en la tripulación del camión allí, pero eso era inusual. En Dora, lo primero que hicimos fue apuntarnos a un trabajo, y un trabajo complicado, además. ¿Qué hacían aquí, en esta enorme cueva?

Una vez que todos estábamos apuntados, los kapos nos hicieron marchar por los túneles. A los obreros de la construcción los sacaron enseguida, pero los demás seguimos caminando. A los electricistas los sacaron más tarde, pero mi grupo de mecánicos siguió caminando. Este lugar era enorme, más grande de lo que hubiera podido imaginar. Era como si toda la montaña hubiera sido ahuecada, y tal vez fuera así. El polvo de esta excavación seguía flotando en el aire, siempre presente, y se oía una tos constante procedente de algún lugar y de todas partes. Los humanos no debían estar aquí. Pero aquí estábamos.

Finalmente, llegamos a nuestro lugar. Aspiré aire cuando vi dónde estábamos, y casi tosí yo mismo. Por encima de nosotros se alzaban pesadillas que no había visto desde que era un niño y leía los cómics de Buck Rogers. Eran enormes, altos como ballenas paradas sobre sus colas. Eran cohetes. The Tiger Men from Mars nunca tuvieron tales armas. Nos quedamos mirando hasta que el kapo golpeó a un hombre en la espalda, casi haciéndole caer, lo que nos habría hecho caer a todos.

Nos condujeron hasta un grupo de guardias que estaban al otro lado de la línea de ferrocarril que debía haber traído a esos monstruos hasta aquí. Nos pusieron en fila y nos mostraron en qué íbamos a trabajar. Íbamos a ayudar a montar los motores de estos cohetes. Había vagones llenos de piezas que parecían tripas de metal sacadas de alguna gran bestia. Esta bestia había sido traída aquí y destripada junto a las vías, y nuestro trabajo consistía en recoger sus tripas y meterlas en uno de estos elegantes cilindros.

—¿Qué son estas cosas?—murmuró un hombre a mi lado—. ¿Qué van a hacer con ellos?

—Matarán a todos los habitantes del planeta—dijo otro—. Destruirán toda Europa y América con estas cosas sin Dios.

El kapo le golpeó en el hombro y se quedó callado, pero todos miraron los cohetes y le creyeron. Estas cosas solo podían usarse para provocar el fin del mundo. Nos matarían a todos, o moriríamos intentando fabricarlos.

Más hombres con batas blancas acompañaban a los guardias. Parecía que su trabajo consistía en hacer que estas cosas sucedieran, y se lo tomaban muy en serio. Nos instruyeron, lentamente, sobre lo que debíamos hacer. El que se dirigía a mí hablaba aún más despacio que los demás. Parecía pensar que yo no entendería lo que quería que hiciera. Quería que conectara una manguera de refrigerante a una válvula. Era sencillo, el tipo de cosas que podría hacer en sueños. Pero si querían pensar que era un trabajo complicado, les dejaría. Si esto era lo peor que me pasaba aquí, entonces tal vez podría sobrevivir a Dora.

Seis horas después, tuvimos un descanso de media hora, que aprovechamos para intentar ir a los baños. Unos enormes kapos custodiaban la puerta y se mostraban reacios a dejar entrar a nadie, especialmente a un negro.

—Espera, schwarzer—dijo uno de ellos, con un acento casi impenetrable—. Espere hasta que todos los blancos hayan terminado con sus asuntos.

Había otro hombre conmigo, un esqueleto escuálido que debía estar a punto de morir. La parte trasera de sus pantalones grises estaba manchada de marrón y olía a cloaca.

—Déjeme entrar, por favor—suplicó en francés—. Tengo diarrea.

—Puedo olerlo—dijo uno de los kapos.

El kapo dio dos pasos y golpeó al esqueleto en la cabeza con un tubo. El hombre se desplomó a un lado del pasillo y no se movió.

—Miserables cagones—murmuró el kapo, y el otro estuvo de acuerdo—. Le hice un favor.

Miré al muerto, que sabe más de la vida y la muerte que yo, y no sentí nada por él. Los nazis me estaban quitando la humanidad. Había estado trabajando durante seis horas seguidas, hasta este momento sin comida, y esto después de un viaje en tren de varios días sin comida. No me importaba este hombre, su vida y su muerte. Solo quería escurrir la poca orina caliente que pudiera haber en mi interior y volver al trabajo.

El simple acoplamiento de la válvula resultó ser mucho más difícil de lo que esperaba. Estaba cansado, me dolía la cabeza, como siempre, y el funcionario alemán era exigente en lo que quería. Las tolerancias para acoplar el tubo a la válvula eran muy exigentes, dijo en un francés dubitativo. El motor del cohete era un instrumento de precisión.

Si era tan preciso, me pregunté, ¿por qué obligaban a hombres medio muertos a hacer el trabajo?

Trabajamos seis horas más y terminamos por hoy. No estaba haciendo nada muy exigente, pero estaba permanentemente agotado, y no nos dieron de comer el primer día. Mi estómago estaba ocupado comiéndose mi abdomen. Me costaba concentrarme y el kapo me golpeó en la columna vertebral en un momento dado porque iba demasiado lento. Me temblaban las manos y era difícil hacer cualquier tipo de trabajo de precisión. A ellos no les importaba. Cuando muriera, habría otras manos que se encargarían de la carga.

Salimos tambaleándonos de la cueva y volvimos a la luz del sol. No nos dieron tiempo para que nuestros ojos se adaptaran, sino que nos hicieron salir al sol. Era un día nublado y la luz era débil, pero la luz del sol me atravesaba los ojos y hacía que mi cabeza, que ya me dolía constantemente, explotara de dolor. Aun así, salí a duras penas con los demás y nos quedamos de pie durante lo que me pareció una eternidad para pasar lista. Había más cuerpos alineados cerca, trabajadores que habían trabajado por última vez. Estaban alineados en filas ordenadas, uno de ellos con el brazo levantado lejos de su cuerpo, como si levantara la mano para ser contado.

Finalmente, se dieron por satisfechos con el recuento de vivos y muertos y nos dejaron marchar. Los kapos nos condujeron como ovejas a los barracones, un edificio de poca altura situado a la derecha de la plaza donde se pasaba lista. Mientras íbamos hacia allí, pasamos por otro edificio más pequeño, con algunas mujeres asomadas a las ventanas, soplando el humo de largos cigarrillos hacia el cielo. Nos miraron con ojos desinteresados, como si fuéramos perros que pasaban por allí.

—¿Quién es esa?—le susurré a un compañero, en voz baja para que un kapo no lo oyera y lo golpeara. Era un hombre que llevaba tiempo aquí.

—Putas—murmuró—. Para los oficiales. No para nosotros.

No necesitaba decírmelo. No había nada para nosotros aquí más que el trabajo y la muerte, uno probablemente llevando al otro. Ayudaríamos a nuestro enemigo a construir máquinas para destruirnos y moriríamos en el intento. Era la situación más vil que podía imaginar, pero estaba en ella y no había nada que pudiera hacer al respecto. Todos mis años de trabajo para volar, todo mi entrenamiento en el ejército, me habían llevado a esto. Estaba en el mismo lugar que un campesino analfabeto de Rusia que nunca había visto la electricidad. A los ojos de los nazis, éramos iguales: herramientas útiles, por un tiempo. No parecía justo.

Capítulo Veinticinco

LA BUENA VIDA

Nos amontonamos en los barracones para dormir hasta las siguientes doce horas de trabajo. No tenía sentido construir suficientes barracones para albergar a todo el mundo. Los nazis solo necesitaban construir los suficientes para albergar a un turno de trabajadores, así que eso fue lo que hicieron. Nos desplomábamos sobre la paja caliente que el siguiente turno acababa de desocupar, así como sus piojos y ladillas y cualquier otra cosa que dejaran atrás. Encontré un lugar que parecía tolerable. Sin duda, la persona con la que lo compartiría no querría compartir su paja plagada de bichos con un hombre de color, pero eso era una pena para él. Con toda probabilidad, estaría demasiado agotado como para preocuparse.

—Pon tus zapatos debajo del colchón—dijo el hombre que estaba debajo de mí—. O alguien te los robará. Y no tendrás más, y tus pies se pudrirán y morirás.

—Gracias—dije.

No había mucho altruismo en los campos, me había dado cuenta. Intentabas mantenerte vivo y eso ocupaba la mayor parte de tu tiempo. Si podías ayudar a alguien, lo hacías, pero la mayoría de las veces todo el mundo estaba demasiado cansado, demasiado preparado para pasar al otro mundo.

—El tipo que solía estar en tu cama está muerto—dijo el hombre—. Nunca me gustó.

—Está bien.

—Has tenido suerte—dijo.

Fue una afirmación lo suficientemente insólita como para que me diera la vuelta y le mirara para ver lo loco que podía parecer. No parecía estar más loco que cualquier otro por aquí. Era delgado, por supuesto, solo un esqueleto cubierto de piel. Era, de hecho, más delgado que la mayoría. Sus músculos desechos eran como hilos bajo la piel, que movían sus partes de marioneta. Sus ojos eran como canicas, pero no parecía estar loco.

—¿Cómo crees que soy afortunado?

—Oh, esto es la vida fácil—dijo y soltó una carcajada—. Deberías haber estado aquí el año pasado. Todos esos túneles tan elegantes no estaban construidos. Los construimos nosotros. Vivimos y respiramos todo el polvo y la suciedad y la mierda de esa montaña. Dormíamos en los túneles, no en alojamientos de primera clase como éste. Nunca podías dormir, había ruido constantemente. Teníamos que cagar en cubos. Los cortaban por la mitad y ponían un trozo de madera a través de ellos y ese era nuestro "baño". Muy elegante. Todo el mundo se enfermaba y todos morían.

—Tú no pareces estar muerto.

—Oh, estoy muerto. Estoy muerto, solo que aún no lo sé. Todos estamos muertos. Tú estás muerto. Solo somos dos hombres muertos aquí tumbados hablando.

Me dormí como si estuviera muerto. Me pareció recordar que había tenido un sueño, y estaba tratando de aferrarme a él cuando el comando del cuartel nos despertó. Era hora de volver al trabajo. Primero nos pusimos en la plaza para pasar lista y luego volvimos a la mina.

Estaba muy cansado y me seguía doliendo la cabeza, pero no podía hacer nada al respecto. La idea de pedirle a un kapo o a uno de los guardias una aspirina era irrisoria y solo conseguiría un garrotazo que me haría sentir peor. Además, debíamos movernos con rapidez, por muy cansados que estuviéramos, o recibiríamos un garrotazo. Vi morir al menos a siete hombres por golpes del kapo mientras caminábamos por ese pasillo día tras día. Golpeando porque sí. Nuestro kapo se llamaba Georg. Era bajo pero poderoso, con brazos esculpidos de músculos y venas. Parecía un hombre de las cavernas, por lo que le convenía vivir en una cueva. Incluso llevaba una pipa con tanta cinta de goma en el extremo que parecía un garrote. A veces los kapos caían en desgracia con los nazis y eran devueltos a la población normal del campo. Yo nunca había visto esto, pero había oído hablar de ello. Por lo general, eran despedazados casi inmediatamente; casi nunca sobrevivían a la noche. Deseaba que esto le sucediera a Georg. Él sería rudo en una pelea. Necesitaríamos a muchos de nosotros para acabar con él, pero valdría la pena.

—Tu trabajo es demasiado bueno—me susurró un francés llamado Zeller una vez que nos habíamos colocado en nuestros puestos y habíamos empezado el turno—. Eres demasiado preciso.

Era casi tan bajo como Georg, pero, por supuesto, ni de lejos tan fuerte.

—No sé cómo hacerlo si no.

Este era un trabajo más fácil que antes; estábamos encajando tubos de entrada y soldándolos. Nuestra tripulación era más pequeña que cuando empezamos. Uno de los prisioneros polacos decía ser un maestro de la soldadura, pero nunca había visto un soldador. Acabó haciéndose un agujero en el brazo y llenándolo de metal. Gritó hasta que llegó uno de los hombres de las SS y lo mató a golpes.

—Si lo haces muy bien, estas cosas funcionarán—dijo, señalando con la cabeza el pasillo hacia donde se asomaban los monstruosos cohetes—. No quieres que funcionen, ¿verdad?

Ni siquiera sabía qué debían hacer si funcionaban, pero no, fuera lo que fuera, no quería que funcionaran.

—Puedes hacer trampa—dijo—. Haz que tu trabajo se vea bien. Pero no lo hagas bien.

Me mostró la soldadura que estaba haciendo. Hizo la soldadura tan fina como pudo para que cuando el motor estuviera bajo tensión, los tubos cedieran. Era un trabajo complicado.

—¿Y si te descubren?

—Me matarán. Me colgarán. Ya lo verás. Pero si no lo hago, matarán a gente con estas cosas. A mi gente, quizás. A tu gente, tal vez. Prefiero que me maten.

Yo también desearía que me matasen. Pero me costó mucho embarcarme en mi vida de sabotaje. Me había pasado la vida aprendiendo a hacer las cosas bien, sobre todo a hacer zumbar las cosas mecánicas. Para mí era más fácil hacer eso que hacer a propósito un trabajo chapucero, especialmente un trabajo chapucero que tenía que parecer perfecto. Tardé mucho tiempo en saber cómo hacerlo. Empecé imitando a Zeller y utilizando la menor cantidad de soldadura posible, pero los nazis nos cambiaban de lugar para hacer diferentes tipos de trabajo. Justo cuando aprendía a ser falsamente competente en un área, me ponían a hacer otra cosa. Era difícil encontrar tiempo para aprender a hacer las cosas mal. Pero estaba motivado. Esas horribles formas estaban llegando, y yo no quería que funcionaran. No quería que funcionaran, en absoluto.

Empecé a intentar conseguir algunos consejos preguntando a la gente cómo llevaban a cabo el sabotaje, pero el hombre de la litera inferior me dijo que me callara.

—Nadie quiere que un schwarzer venga a preguntar sobre algo que hará que lo maten. El sabotaje no ocurre aquí. Nunca. Nuestro trabajo es solo de la mejor calidad. Y si no crees que eres la primera persona del campamento a la que todos querrían ver colgada si tuvieran la oportunidad, no estás prestando atención en este mundo, amigo mío. Mira alrededor de este lugar. Hay manadas de rusos y polacos y franceses y gitanos y lo que sea pero no hay ninguna manada de haitianos. Tú eres haitiano, ¿es así?

—En realidad, soy estadounidense. Soy piloto de aviones de combate. Me derribaron.

Dio un sonido de crujido que tomé por una risa.

—Los americanos no dejan que los schwarzers piloten aviones. Si fueras piloto, estarías en un campo de prisioneros de guerra, que sería aún más lujoso que este lugar.

Ese pensamiento se me había ocurrido muchas veces mientras estaba en la plaza para pasar lista, y mientras me tambaleaba, hambriento y agotado, hacia la cueva cada día para ayudar a armar esas máquinas infernales. Pero pensé que si estaba en un campo de prisioneros de guerra, solo estaría esperando a que terminara la guerra. Aquí podría aprender a sabotear y poner de mi parte para desbaratar la maquinaria de guerra nazi. Si no me mataba primero.

Capítulo Veintiséis

VIRGINIA, LA VIDA Y LA MUERTE

Pensaba en Virginia todo el tiempo. Incluso cuando intentaba averiguar cómo sabotear algo. Ella se convirtió en un vasto sueño despierto para mí, un sueño en el que había estado integrada en mi vida todo el tiempo. Cuando me mudé de Alabama a Chicago, ella se mudó conmigo. Cuando nos reíamos en la cocina mientras mamá preparaba la cena, cansada después del trabajo, Virginia se apoyaba en la encimera y se reía con nosotros. Cuando fui a la escuela en Chicago, ella estudió conmigo. Cuando fui al aire para aprender a volar, ella estaba allí en mi ala.

La mayoría de nosotros éramos así. Estábamos muertos y lo sabíamos, pero la esperanza era una hoguera en nuestros corazones que los nazis no podían apagar y que nosotros mismos no podíamos apagar, por mucho que quisiéramos, para poder irnos tranquilamente a la tumba. Los hombres de los cuarteles gemían los nombres de sus seres queridos mientras dormían, lo que a veces significaba llamar a sus madres. Probablemente gemí el nombre de Virginia; nadie me dijo si lo hice. Pensaba en ella mientras me quedaba temblando durante el pase de lista, viendo morir a los hombres con el rabillo del ojo, cayendo para ser contados por última vez. Pensé en ella mientras comía mi sopa acuosa y mi pequeño trozo de pan, encorvándome sobre ellos para evitar que mis voraces compañeros robaran lo que pudieran. Pensaba en ella cuando me ponía delante de la mesa del taller y trabajaba en esas inimaginables máquinas de la muerte.

Empecé a intentar grabar su nombre en la cueva infernal que ahora parecía mi hogar. Tenía un pequeño trozo de metal afilado que se desprendió de la aleta de un cohete y lo llevaba conmigo a todas partes. Era pequeño y podía esconderlo en la palma de la mano. No sé qué pretendía hacer con él (era demasiado pequeño para herir a nadie y, de todos modos, ya no tenía fuerzas para intentarlo), pero me hacía sentir mejor. Y podría usarlo para grabar el nombre de Virginia. Eso haría más tolerable este lugar, me daría algo que me recordara que había un mundo fuera. Me gustaría tener todavía sus cartas, pero hacía tiempo que habían desaparecido, devoradas por la máquina nazi como tantas otras cosas.

Empecé a tallar su nombre en el marco de madera de mi litera. La madera era blanda y estaba medio podrida y probablemente podría haberlo hecho con la uña, pero pensé en usar mi "arma". Eso fue hasta que el hombre de abajo me instó a parar.

—No les costará nada a algunos de estos compañeros entregarte al kapo—dijo en voz baja cuando vio lo que estaba haciendo—. El kapo podría no hacer nada o podría matarte. Solo tú sabes si esto te merece la pena, pero mi consejo sería que grabaras su nombre en tu corazón y lo dejaras fuera de tu cama.

Decidí seguir su consejo sobre la cama, pero estaba decidido a tallarlo en la fábrica subterránea. Me quedé con mi trocito de metal y me puse a trabajar. Hacer cualquier cosa que no fuera tratar de mantenerse vivo durante el pase de lista era una tontería, y rara vez tenía tiempo de intentar tallar algo en el recorrido por los túneles. Los kapos y las SS me habrían dado una paliza por perder el tiempo. Así que lo tallaba cuando comía, en letras minúsculas, en la pared donde me apoyaba y en el pequeño banco de madera donde a veces me sentaba. Mientras empujaba la miserable comida con una mano, tallaba "Virginia" con la otra. Nunca tuve la oportunidad de mirar mi letra. No pensé que tallar un nombre contara como sabotaje, pero nunca se sabía con los nazis. Consideraban que todo era de su propiedad, incluidas las rocas del interior de esta miserable montaña.

Un día, intenté grabar su nombre bajo la mesa del laboratorio donde trabajábamos. El ingeniero civil encargado de nuestro trabajo, un hombre calvo y rechoncho llamado Klaus, estaba ocupado supervisando a algunos de los otros prisioneros. Yo estaba conectando interruptores de nuevo, lo que me obligaba a mover mucho las manos en varios contenedores de piezas. Pensé que esto también me daría la oportunidad de tallar un poco. Pero no estaba prestando suficiente atención a mi entorno. Estaba trabajando en la "G" bajo la mesa cuando un dolor cegador me atravesó la nuca. La siguiente visión que tuve fue la de un hombre de las SS inclinado sobre mí.

—¿Qué estabas haciendo con esto?—gritó, sujetando mi fragmento de metal—¿Intentas destruir nuestros cohetes? ¿Eres un saboteador?

En realidad, no me preguntó de manera que pudiera responder. Su decisión estaba tomada. Me iba a colgar. Me puso de pie y agitó mi pequeña pieza de metal delante de mis ojos. No parecía muy amenazante, independientemente de lo que hiciera con él.

—¿Qué ibas a hacer con esto?—gritó—¿Apuñalar a alguien? ¿Ponerlo en un motor de cohete para que explotara?

No había manera de que pudiera meter ese trozo de metal en el motor de un cohete para que explotara, pero, por supuesto, él no lo sabía. Estaba claro que no era un científico de cohetes. Era un sádico tonto y la creación del estado nazi le había proporcionado el mundo perfecto en el que prosperar.

Para entonces ya había visto un par de ahorcamientos. Se llevaban a cabo en la plaza de las listas, y se anunciaba que las personas colgadas realizaron sabotajes contra los poderosos cohetes V-2 con los que Adolf Hitler ganaría la guerra. Así los llamaban, los V-2, el arma de la venganza del Tercer Reich. Los únicos que sentimos la venganza fuimos nosotros. Los primeros que vi colgados fueron un grupo de polacos. Uno de ellos luchó y lloró y tuvo que ser arrastrado hasta la soga; los otros dos le esperaron pacientemente y fueron a la muerte sin pestañear. El segundo grupo estaba formado por rusos, que obviamente habían sido antes hombres enormes y corpulentos. Se rumoreaba que uno de ellos había matado a un kapo con sus propias manos y todo el mundo, desde los hombres de las SS hacia abajo, e incluso las putas de las ventanas, lo miraban con respeto. Fueron despachados con menos dramatismo aún que los dos lacónicos polacos. Estaban listos para irse, listos para dejar que los alemanes tuvieran su pequeño y desagradable planeta si tanto lo querían.

Así que, ahora la vida iba a terminar para mí. Me pregunté cómo me iría; como aquel polaco aterrorizado, o como los otros, que ya estaban muertos antes de subir a la horca. El hombre de las SS seguía mirándome como si se sintiera personalmente ofendido por mi transgresión. Se tomaba su trabajo en serio, lo que podría haber admirado si tuviera un trabajo más respetable.

Mis compañeros miraban sin mucha curiosidad ni preocupación. No había nada que hacer. No tenía sentido hablar por mí y todos estaban demasiado cansados para preocuparse. Supuse que me colgarían en la plaza a la mañana siguiente. No me darían de comer esta noche y trabajaría otro turno de doce horas. Ya era un hombre muerto, no tenía sentido alimentarme ni dejarme descansar.

—No creo que estuviera cometiendo un sabotaje—dijo una voz.

Todos miramos a nuestro alrededor, sorprendidos. Era Klaus. Su voz no tenía inflexiones ni miedo; se limitaba a afirmar lo que veía como un hecho rotundo.

—¿Y por qué no?—preguntó el hombre de las SS.

Klaus se ajustó las gafas de alambre en su cara de búho.

—No hay ningún lugar en el que pueda poner una pieza de metal así y que pase desapercibida. Hemos tenido problemas con piezas procedentes de matrices defectuosas. Hay muchos trozos de metal sobrantes. Le he pedido que retire los trozos y me los dé. Ya lo ha hecho. Iba a darme esta pieza, pero le dije que la guardara unos minutos porque tenía que ir al pasillo a ver las vías. Hemos tenido problemas con ellas y algunos vagones de piezas han descarrilado.

—Entonces... ¿asumes la responsabilidad de esto?—preguntó el hombre de las SS. No parecía querer dejarlo pasar. Este incidente tendría que ser reportado en alguna parte y él quería asegurarse de que no era su trasero nazi el que estaba en juego en caso de que yo resultara ser un saboteador supremo.

—Asumo la responsabilidad—dijo Klaus—. Aquí no habrá sabotaje.

El hombre de las SS me dirigió una larga mirada, llena de presagio. *Te estaré vigilando*, dijo. *Te atraparé cuando este cabeza de huevo no esté cerca para protegerte*. Solo podía esperar que se fijara en alguno de los innumerables prisioneros que había por allí y se olvidara de mí. Pero como yo era el único hombre de color en todo el campo, tuve que imaginar que no lo haría.

Me soltó y se alejó. Klaus me miró fríamente y me tendió la mano. Recogí mi pequeño trozo de metal donde el matón de las SS lo había dejado caer y lo puse en su mano. Él dobló sus finos dedos alrededor de él y lo dejó caer en el bolsillo de su abrigo.

—No ibas a sabotear mi cohete, ¿verdad?—preguntó.

—No.

—Bien. No me lo imaginaba. Y no hace falta que me des las gracias. Eres el mejor trabajador que tengo. Es probable que seas el trabajador más sofisticado técnicamente aquí. Sigue trabajando bien y mantendrás tu utilidad. Deja que flaquee y la próxima vez que nuestro amigo de la SS se interese por ti, no diré nada.

No sentí la necesidad de agradecer a Klaus. Puede que me haya salvado la vida, pero lo hizo por las razones que acaba de decir. No estaba más interesado en mí que en el trozo de metal que tenía en el bolsillo. Mientras yo fuera una buena pieza en la máquina nazi, estaría bien. En el momento en que le diera algún problema real, estaría colgado de una cuerda en la plaza, otro linchado de color. Por supuesto, si tuviera la oportunidad, y la energía, lo mataría a él y al hombre de las SS también.

Abandoné mi búsqueda para grabar el nombre de Virginia bajo la mesa y renové mis esfuerzos para encontrar una manera de sabotear esos cohetes de verdad. Si iba a golpear, quería hacerlo por algo que realmente hiciera. No fue hasta semanas después que tuve mi oportunidad. Estábamos construyendo aletas para los cohetes, aletas que los guiarían a dondequiera que fueran a ir. Yo fingía que iban a destruir mi hermosa ciudad de Chicago, o mi pueblo adoptivo de Tuskegee. No quería que esos cohetes mataran a mis padres o al amor de mi vida, así que trabajé más que nunca para asegurarme de que no funcionaran.

Algunos de los equipos y materiales que recibíamos no eran muy buenos. Tener una mano de obra formada por esclavos hace eso. Estaba intentando soldar una chapa a la aleta y me di cuenta de que había un agujero, no lo suficientemente grande como para meter el puño, pero sí lo suficiente. Un agujero así no molestaría mucho a un avión, pero pensé que estas cosas debían ser mucho más rápidas que los aviones, así que podría causar algún problema a un cohete si se abriera de repente en vuelo. Debería soldar algo de metal encima, pero no quería hacerlo. Quería hacer un trabajo chapucero.

Recordé todas las tardes que pasé viendo a mi padre trabajar en sus carteles. Recordé aquel, en particular, en el que tomaba madera y la hacía parecer metal viejo. Nunca lo había hecho yo, pero me preguntaba si podría hacerlo. Si podía rellenar este agujero y hacer que pareciera de metal, tal vez cuando este cohete despegara se descontrolaría y se estrellaría contra el propio Hitler. El truco era hacer coincidir el metal. Los cohetes iban a otra parte de la fábrica para ser pintados, y yo no tenía acceso a eso. Cualquier cosa que hiciera tendría que resistir la pintura sin desprenderse. Tenía que hacer que el agujero pareciera de metal sin pintura.

El hombre que trabajaba a mi lado se llamaba Jean. Al menos, dijo que se llamaba Jean. Cerca de la mitad de los franceses del campo usaban ese nombre, aprovechando el anonimato que podían para tratar de seguir vivos. Yo también me llamaba Jean, porque así era como se pronunciaba John. Me pareció irónico, pero no divertido, que ahora llevara el nombre del mismo hombre que me traicionó para que acabara aquí. Ser Jean no me hacía más anónimo, ya que nada lo haría, pero mis "colegas" no creerían que mi verdadero nombre era John y que era un piloto de combate estadounidense. Se lo conté a algunos de mis compañeros, pero se limitaron a reírse. ¿A quién se le ocurriría tal cosa?

Este Jean en particular ya era experto en hacer su soldadura lo más fina posible. Era plateada y pensé que podría funcionar. Empecé a estudiar cómo la utilizaba, sin ser demasiado obvio. Le sobraba poca agua y tenía que beber la que tenía, pero podía diluir la soldadura utilizando un poco de su sopa, que era lo suficientemente fina como para ser una prima cercana del agua. Entonces pudo aplicar la soldadura debilitada. Se estaba matando de hambre para cometer el sabotaje. Yo admiré eso.

Me resistía a dejar ni una gota de mi sopa, ya que la grasa y los músculos se me estaban cayendo a un ritmo alarmante, pero no tenía nada más con lo que trabajar. Apenas nos daban agua y los túneles podían ser secos y asfixiantes, así que necesitaba cada molécula de agua. También necesitaba cada molécula de sopa, pero si Jean podía hacerlo, yo también.

Me llevó mucho tiempo sentirme cómodo con mi plan. Me quitaron la primera aleta y la sustituyeron antes de que pudiera hacer nada con ella. No podía practicar en ningún sitio. El hombre de las SS me observaba, los kapos me observaban, Klaus me observaba, e incluso los otros prisioneros me observaban. Me entregarían a las SS a cambio de las pequeñas gotas de sopa que desperdiciaba. Tampoco podía andar por ahí con la soldadura en los dedos, así que me guardaba una gotita dentro de la camisa y luego me limpiaba los dedos. Puede que la soldadura no sea tan obvia en la mano de Jean, pero sí lo sería en la mía, y aunque podía explicarlo, no quería correr el riesgo.

A veces el material se frotaba o se desprendía durante el trabajo o al pasar lista. A veces conseguía que se quedara, así que tenía una pequeña bola para practicar en el búnker, durante los pocos minutos que podía mantener los ojos abiertos después del trabajo. Llevaba mi cuenco con mi diminuta gota de sopa y extendía una pasta en el aparador de mi cama, en un pequeño hueco entre la madera y la pared donde el otro hombre que dormía aquí no podía verla.

Al cabo de un tiempo me acostumbré. El trabajo empezó a ocupar mis pensamientos constantemente, aparte de ocasionales destellos de Virginia y la siempre presente búsqueda de seguir vivo.

Pasó mucho tiempo hasta que llegó otra aleta que tuviera un hueco similar. La calidad iba en aumento. Sin duda, los nazis en algún lugar estaban matando gente para asegurarse de que así fuera. Pero no se pueden construir cosas complicadas y futuristas con gente torturada, así que tuve paciencia y apareció otro agujero ante mí. Casi me sorprendió verlo. Parecía que llevaba tanto tiempo preparándome que lo que estaba planeando no iba a ocurrir, pero ahí estaba. Pasé el dedo por el agujero, probando los bordes. Eran un poco ásperos y agarrarían bien la soldadura/pintura, pensé. Tenía algunos mezclados. Ahora siempre tenía algo preparado. Me había vuelto experto en mezclarla a escondidas y mantenerla húmeda. Mi constante dolor de cabeza probablemente podría haberse calmado un poco si me hubiera metido un poco de esa sopa aguada en la garganta, pero quería hacer todo lo posible para joder estas perfectas armas asesinas nazis.

Y aquí estaba mi oportunidad. Klaus estaba ocupado en el otro extremo de la mesa, y el hombre de las SS estaba al final del pasillo, molestando a otra persona. Ninguno de ellos había visto la aleta. Había llegado en una pila de material y Jean me la había entregado sin hacer ningún comentario. Creo que sabía lo que estaba tramando, pero nunca se lo había preguntado, y él nunca había dicho nada. Siempre era mejor no saber.

Sucedió que ese día tenía una buena provisión de mi mugre a mano. Pensé que esto era una señal de que Dios aprobaba lo que estaba haciendo. Tal vez el padre de Virginia estaba rezando por mí y sus oraciones estaban dando resultado. No estaba rezando por mí, pero era agradable pensar que alguien lo hacía. Conseguí colocar la aleta a medio camino para que colgara hacia abajo donde pudiera llegar al punto sin ser visto de inmediato. Antes de poder poner mi pegamento, tuve que rellenar el agujero con algo, porque no podía "pintar" en el aire. Tenía un pequeño trozo de madera que se había caído de uno de los cajones que siempre pasaban por las vías del tren antes de descender aún más a este infierno. Un buen trozo de metal habría sido mejor, pero después de mi último incidente con un trozo de chatarra, no quise intentarlo. No valía la pena terminar meciéndome en una soga por ello.

Introduje el trozo de madera bajo el orificio del otro lado, utilizando un poco de soldadura para mantenerlo en su sitio. No haría falta lanzar un cohete para desprender la madera. Un dedo bien colocado podría atravesarla. Pero el parche fallaría sin duda, y de eso se trataba. Ahora solo tenía que hacer que la madera pareciera parte de la aleta. Pensé en mi padre. No desearía que estuviera en este infierno, pero sin duda podría utilizar sus habilidades. Pensé en él en la ventana, sonriendo débilmente mientras convertía la madera en metal, o la envejecía 200 años, o la hacía hacer cualquier cosa que quisiera. Esperaba que el recuerdo de aquellos días se hubiera grabado a fuego en mis dedos y que éstos recordaran qué hacer.

Empecé por embadurnar suavemente la superficie de la madera con mi triste pintura. La moví con suavidad porque la madera apenas se sostenía tal como estaba, y el más mínimo pico de presión la haría caer al suelo con estrépito. Si el hombre de las SS o Klaus lo oyeran, ese sonido podría enviarme a la soga. La soldadura parecía estar secándose bien. La aleta ahora parecía entera, aunque tenía una mancha brillante que parecía un parche. Klaus lo detectaría al instante. Probablemente culparía al mal control de calidad, hasta que pasara el dedo por mi trabajo y descubriera lo que había hecho.

Ahora tenía la verdadera tarea frente a mí. Aquí es donde esperaba que el espíritu de mi padre se manifestara más. Tenía que hacer que el metal falso pareciera de verdad, y rápido. Había practicado esto en mi litera, usando grasa como mi segundo tipo de pintura. No había escasez de grasa en los túneles. Había guardado un poco por si los nazis se ponían a limpiar de repente. Era una pequeña bola que había pegado a una de las patas de mi mesa. Me agaché; estaba un poco seca, pero todavía estaba allí. Me puse un poco en el dedo y la unté. Me gustaría que estuviera más húmeda, pero tendría que servir. Podía intentar escupir en ella, pero eso podría atraer una atención no deseada, y probablemente no tenía suficiente líquido en todo mi cuerpo para hacer un buen escupitajo.

Unté la grasa en la soldadura, con cuidado, con cuidado. Un empujón en falso y todo esto se acabaría. Las manos me temblaban la mayor parte del tiempo mientras mi cuerpo seguía comiéndose a sí mismo por la falta de comida, pero en este punto crítico, estaban tan rectas y sólidas como las de un cirujano. Cuando terminé, y tras un par de pequeños retoques, el hueco abierto parecía una parte más del metal, que para empezar era un poco abultado. No engañaría a nadie en una inspección de cerca, pero la luz era variable en los túneles y esperaba que, al menos, avanzara lo suficiente como para que no pudieran saber quién lo había hecho aunque lo encontraran. Atornillé la parte inferior y parecía una aleta normal.

Parecía funcionar. No oí nada más al respecto. Pero a la mañana siguiente, en la plaza, mientras el viento amenazaba con quitarnos el aliento, se anunció que había habido un sabotaje y que se nos mostraría al autor como ejemplo.

Un frío rayo de miedo me subió por la columna vertebral. Si tuviera algún residuo en el cuerpo, me habría cagado allí mismo. Pero tal como estaba, mi cuerpo solo temblaba. Esperé a que vinieran a echarme la soga al cuello, pero yo no era más que otra columna gris en la fila y nadie me prestaba atención.

Se vio movimiento en el extremo más alejado del campo y una forma vacilante fue arrastrada hasta la horca. Parecía una forma pequeña y familiar, acompañada a ambos lados por prisioneros más grandes. Sentí que el corazón se me apretaba en el pecho. Era Jean, mi compañero de mesa, que sabía que yo había estado tramando algo tanto como él. El comandante pronunció un discurso punzante y agudo sobre cómo no se toleraría el sabotaje. Jean fue colocado en el centro. Probablemente colgaron a los otros dos para completar el número de lazos. Los nazis eran eficientes en ese sentido. No tenía sentido desperdiciar dos sogas perfectamente buenas solo para deshacerse de un pequeño francés saboteador. Los otros dos hombres estaban obviamente aterrorizados, pero Jean no tenía ninguna expresión. En cierto modo, era un ingeniero bueno y eficiente, tan frío y calculador como los bastardos nazis que dirigían este infierno. Se había arriesgado y esperaba este resultado. Ahora que había ocurrido, estaba preparado.

Yo estaba muy atrás, pero imaginé que sus ojos barrieron la multitud, me encontraron y me hicieron algún tipo de señal. No creo que lo hiciera realmente, o que incluso pudiera haberme visto si lo hubiera hecho. Yo era el único hombre de color, pero el color se desvanecía en todos nosotros, éramos del mismo gris ceniciento. Desde su punto de vista en el andamio, probablemente parecíamos filas de árboles muertos y doblados.

Sabía que yo estaba tramando algo y podría haberme delatado, aunque no sé si habría ganado algo: quizá unas horas más de vida, a lo sumo, quizá un trozo más de pan mohoso antes de morir. Pero los hombres han renunciado a mucho más por mucho menos, y en estas miserables circunstancias no le habría culpado si me hubiera metido el dedo solo para ganar media hora más, pero no lo hizo, o yo habría estado allí arriba con él. Les habría encantado colgarme a mí, un hombre de color y un saboteador, y, pensaban, un haitiano de baja estofa. Pero Jean no lo hizo y se fue a su tumba sin nombre con un encogimiento de hombros. Se balanceó en la soga y sus piernas patearon, pero fue una reacción automática; sus ojos mostraron que estaba muerto antes de que el verdugo sacara el taburete de debajo de él.

Capítulo Veintisiete

BATAS BLANCAS

Un día tuvimos visitas especiales. Nunca habíamos tenido visitas especiales. Debería decir que el campo, la fábrica, tenía las visitas, porque nadie parecía vernos a nosotros, humildes trabajadores. Las oficinistas que entraban de tacón alto en las oficinas subterráneas parecían no darse cuenta de los esqueletos vestidos de trapo que se tambaleaban a su alrededor, y que a veces caían muertos justo delante de ellos. Un día más en la oficina. Había científicos civiles a cargo de algunas de las operaciones, incluido mi propio "jefe", Klaus. Sabían íntimamente lo que ocurría en la fábrica, pero tenían sus propios trabajos que hacer, así que no parecía molestarles demasiado. Probablemente se irritaban cuando uno de nosotros moría y no podía trabajar.

Ese día nos llamaron a una de las salas principales. Una fila de ingenieros civiles de bata blanca, más de los que había visto en un solo lugar, se alineaba en las paredes. No sabía si eran los habituales que trabajaban en otras partes de la fábrica o un nuevo grupo que llegaba para una inspección. El comandante del campamento estaba hablando con otro hombre al que tampoco había visto, obviamente hablando con él. Al estar en el ejército es más fácil detectar a los peces gordos, gente a la que hay que prestar atención, y este visitante era obviamente un pez gordo. Era alto y vestía de negro como un hombre de las SS. Su cabello negro remataba el aspecto de las SS nazis. Parecía más grande que la vida, lleno de más energía que todos los esqueletos del campo juntos. El comandante le estaba explicando algo sobre el funcionamiento de la planta, supuse. El hombre asintió y miró a su alrededor, estirando el cuello para ver el techo lejano. Tenía una barbilla enorme y sobresaliente, lo que aumentaba la impresión de su tamaño. Era un hombre importante que parecía importante.

No parecía enfadado, pero aparentemente las cosas no iban bien. Nuestro miserable trabajo se estaba haciendo notar en la línea de producción porque parecía que los V-2 no estaban funcionando como se anunciaba. Todavía no sabíamos exactamente qué planeaban hacer con ellos. Se rumoreaba que estaban tratando de destruir Londres, pero no estaba saliendo exactamente como se había planeado, y nada enfurece más a un alemán que el fracaso.

Ese día, se había planeado un espectáculo para los ingenieros y todo el mundo. Pretendían una demostración inequívoca de lo que le ocurría a cualquiera que intentara poner pegas a la orgullosa maquinaria de guerra nazi. La enorme grúa utilizada para levantar los cohetes en posición vertical iba a ser utilizada para lanzar una docena de seres humanos al otro mundo. Al parecer, había habido una resistencia clandestina (literalmente clandestina) encabezada principalmente por los prisioneros franceses. Yo era nominalmente uno de ellos; al menos, me consideraban uno de ellos debido a mi ficticia ascendencia haitiana, pero no sabía nada del movimiento. Ojalá lo hubiera sabido, habría ayudado si me hubieran dejado. Pero entonces habría estado con ellos y no quería estar con ellos en ese día.

Los condujeron a la horca y les colocaron bruscamente pequeños bloques de madera en la boca. Este era un lugar nuevo e inusual para colgar y los prisioneros estaban asustados incluso más allá del hecho de que iban a morir a la vista de casi todos en el campo. El trabajo se había detenido y todos, excepto quizá las secretarias, que probablemente tenían constituciones delicadas, fueron obligados a mirar. La grúa, capaz de levantar tanto metal, no tuvo ningún problema con los cuerpos de una docena de seres humanos que no pesaban casi nada. Los hombres fueron arrastrados por el aire, retorciéndose y resoplando, con las manos atadas a la espalda. Aunque hubieran intentado morir con dignidad, no habría sido posible. Sus cuerpos luchaban por la vida. Sus piernas se agitaban, tratando de encontrar apoyo. Pataleaban y se revolvían, pero no había más que aire fétido. Cuando murieron, lo que quedaba en sus intestinos y vejigas se liberó, una pequeña y lamentable tormenta de lluvia amarilla y marrón.

Los ingenieros estaban al otro lado de la abertura, pero podía verlos bien. Parecían muy incómodos. Probablemente eran hombres de familia en algún otro mundo, que estudiaban en una universidad para poder trabajar en tecnología avanzada. Pero entonces su mundo fue tomado por un monstruo y se encontraron en una cueva viendo cómo las herramientas de su trabajo se utilizaban para matar a los hombres de una forma antigua y bárbara. Tal vez no les importaba. Tal vez, como sospechaba Klaus, simplemente creían que ese era el precio de hacer su trabajo. Tal vez creían en el monstruo y lo habían ayudado a llegar al poder. Tal vez eran cobardes y lloraban hasta quedarse dormidos por la noche. No lo sabía, pero dudaba de que esto último fuera cierto. Busqué al hombre grande del abrigo negro, pero ya no estaba. Probablemente algún funcionario de alto nivel que no quería que sus ojos se mancharan con los extraños frutos de su trabajo.

Volvimos al trabajo después del ahorcamiento. Se bajó la grúa y alguien se encargó de sacar los cadáveres y llevarlos al incinerador, que estaba adosado a la enfermería, lo que debería indicar la eficacia de ésta. La eliminación de los cadáveres no era algo que hicieran los civiles o los kapos, y desde luego no los SS. Los prisioneros se deshacían de los suyos. Éramos una perfecta máquina de autolimpieza.

Terminé mi turno ese día y ahora pensaba en mis compañeros de prisión como las SS querían que lo hiciéramos: Todos éramos piezas de una inmensa máquina y si alguna pieza fallaba las demás debían deshacerse de ella. No pensé que los franceses fueran heroicos por su sabotaje, si es que realmente habían cometido alguno. Pude separar completamente sus acciones y las mías. Las mías tampoco me parecieron heroicas, solo necesarias. Sus acciones probablemente también parecían necesarias, pero la habían cagado y les habían pillado y ahora tendría que trabajar un turno más largo porque el tiempo dedicado a ver colgar a los hombres no se descontaría de mi horario.

De vez en cuando pensaba en Jean. Su puesto no estaba vacante. Ahora trabajaba allí un polaco de rostro inexpresivo que, evidentemente, nunca había visto mucho del equipo en el que se suponía que era un experto. Se retrasaba cada vez más y Klaus empezaba a mirarle con desprecio. Esperaba que cuando muriera, pudiera ir con tanta dignidad como Jean. Antes de aterrizar en este lugar, esperaba morir en un avión. Quería morir al final de un glorioso combate aéreo. Ahora apenas pensaba en los aviones. Parecían formar parte de la vida de otra persona. Trabajaba a la sombra de un arma infinitamente más mortífera y ahora solo soñaba con dejar la vida con la misma dignidad que Jean, un campesino francés al que apenas había dirigido dos docenas de palabras.

No sabía qué hacer con Klaus. Lo miré como un buzo mira a un tiburón. Puede que no quiera atacarme, que no esté realmente interesado en mí, pero si quiere morder, puede ser fatal. Klaus sospechaba de mí. En realidad sospechaba de todo el mundo. Sin embargo, no creía que hubiera delatado a Jean, porque parecía ser indulgente con la gente que consideraba buenos trabajadores. Pero miraba al trabajador polaco con evidente y creciente enfado. No sé por qué el tipo se ofreció a trabajar con nosotros. Tendría que haber trabajado en la enfermería, o vigilando el cagadero, o algo que pudiera hacer. Pero cada vez más los buenos trabajos se encontraban en las áreas cualificadas y tal vez él era tan ignorante de lo que eso significaba que pensó que podría pasar. Ahora estaba en problemas y lo sabía. Klaus ya le había gritado tres veces y el turno apenas había comenzado. Klaus escudriñaba todo lo que el hombre hacía y el matón de las SS, quizá oliendo la sangre, empezaba a dar vueltas.

Creo que Klaus tenía una especie de conciencia. Probablemente era un científico que no quería estar aquí, pero su paciencia tenía un límite. Dejó que el polaco trabajara la mayor parte del turno, cometiendo un error tras otro. El hombre intentaba hacer preguntas a los demás trabajadores, pero Klaus lo desaconsejaba, y todas esas conversaciones cesaban cuando el hombre de las SS se acercaba. Él era el halcón y nosotros los ratones, y nos callábamos y hacíamos lo posible por escondernos cuando pasaba. La razón por la que digo que Klaus tenía una especie de conciencia fue que tardó casi todo el turno en decirle al SS que el trabajador polaco no era apto para la tarea. El polaco ya estaba pálido, pero se puso más pálido cuando el matón de las SS le golpeó en la nuca y se lo llevó. Es posible que lo golpearan y luego lo reasignaran a algo más adecuado. No lo colgaron porque yo lo habría visto. No sé qué pasó con él, pero nunca lo volví a ver. Creo que es seguro asumir que ahora sabe más sobre la vida y la muerte que yo.

No volví a pensar en los acontecimientos de aquel día, no durante mucho tiempo. Nunca volvería a ver a esos hombres. No tenía conocimiento de sus vidas ni de sus creencias. Klaus no se lo pasaba mucho mejor aquí abajo que nosotros, aunque todas las noches se iba a casa con su familia mientras nosotros dormíamos entre el sudor y el hedor de los hombres que trabajaban en el otro turno. Mientras nosotros temblábamos y nos estremecíamos al pasar lista, él desayunaba con su familia, probablemente alborotándole el pelo a sus hijos. Mientras nosotros veíamos a los compañeros de prisión retorcerse y morir en la plaza ante nosotros, o en la grúa bajo tierra, él probablemente miraba por una ventana a los pájaros que piaban en los árboles. Si es que este lugar tenía árboles. Me imaginaba toda esta zona como gris y muerta, igual que nuestro ataúd subterráneo, pero la ciudad de fuera era probablemente verde y bonita.

Klaus tenía que dejar todo eso y venir aquí abajo todos los días con nosotros y asegurarse de que no estropeáramos nada o tendría que hacer que nos mataran, o tal vez lo mataran a él. Tuvo que abrazar a sus hijos y besar a su mujer y venir aquí con nosotros. Estoy seguro de que su mujer y sus hijos olían mucho mejor que cualquiera de nosotros, incluidos los matones de las SS. Klaus se pellizcaba la parte superior de la nariz con fuerza entre el pulgar y el índice todos los días al salir del trabajo. Probablemente llegaba a casa con un fuerte dolor de cabeza y tenía que adormecerse con alcohol o pastillas para poder volver al día siguiente.

Me pregunto si pensaba que su trabajo valía la pena.

Capítulo Veintiocho

LOS HORRIBLES EFECTOS DE LA ESPERANZA

Algo terrible comenzó a suceder unas semanas después de eso. La esperanza se coló en el campamento, con pies torpes y tambaleantes. Empezaron a aparecer nuevos trabajadores, montones de ellos, que eran mucho más incompetentes que el peor trabajador de Dora. Los susurros lo explicaban: Los campos al este de nosotros estaban siendo liberados. Alemania estaba perdiendo la guerra. Si pudiéramos sobrevivir, podría haber esperanza.

La supervivencia era un falso oasis, un espejismo. La producción de los V-2 no estaba disminuyendo, sino que estaba aumentando. Aparentemente, Alemania estaba perdiendo la guerra en tierra pero llevando la lucha al aire. Por lo tanto, la esperanza aumentaba, aunque fuera tenuemente, pero era difícil tenerla cuando el trabajo no cesaba. Con los nuevos trabajadores, todo el mundo se puso nervioso. Había muchos reemplazos para los que cometían errores, y nuestro pequeño ritual de ahorcamiento en el patio continuaba sin descanso. Pero los nazis parecían un poco nerviosos. Esto solo los hacía más peligrosos, como animales acorralados. Los kapos estaban realmente nerviosos. Se daban cuenta de que todo el mundo los miraba, los estudiaba. Si la mano de hierro de las SS se levantaba, los kapos morirían de forma horrible. Nos lanzaríamos sobre ellos como perros rabiosos y ellos lo sabían. Habían hecho su trato y no querían sufrir las consecuencias.

Así que la esperanza llegó, pero como el hedor de la planta y el de nuestro sudor, se convirtió en algo más en el aire. El trabajo nunca se detuvo, nunca disminuyó. Las quejas sobre la calidad de los cohetes se habían filtrado hasta mi mesa de trabajo. Las piezas que llegaban eran mejores que las que había, así que me resultaba difícil hacer el truco de la pintura que había perfeccionado. No podía hacer agujeros donde no los había, así que a menudo me encontraba haciendo un buen trabajo y enviándolo. Las soldaduras también eran mejores, después de que todo el mundo vio a Jean balanceándose en una cuerda. El hombre que estaba a mi lado era ruso, un ruso tamaño económico, solo un poco más grande que Klaus. En todo caso, usaba demasiada soldadura, abultando las costuras como si estuviera construyendo una pared de ladrillos. Klaus le molestaba por ello, pero no le gritaba, porque al menos construía aletas fuertes. Aunque los V-2 explotaran en el lanzamiento, esas aletas sobrevivirían.

Dados los rumores que corrían por el campamento, observé la cara de Klaus en busca de signos de preocupación, pero en todo caso, parecía más feliz. Estaba enviando buen material y cualquier mierda que estuviera rodando cuesta abajo no le llegaba a la cabeza. No miré al hombre de las SS. Era un oso herido y desquiciado y ahora sería aún más probable que me matara si tuviera la oportunidad. Iba rompiendo cabezas por donde pasaba y no le preocupaba si liquidaba a un trabajador con experiencia o a uno de los torpes recién llegados.

Empecé a oír hablar de algún tipo de insurrección. Esto parecía impro-bable, ya que no se habían importado músculos al campamento. Incluso los recién llegados eran escuálidos y miserables porque venían de otros campos. Las habladurías sobre la insurrección pronto se dividieron en una serie de fantasías nacionalistas. Los rusos tenían un plan, que les implicaba liderar la carga. Los franceses ardían en deseos de vengarse, de demostrar que la derrota de su país había sido una casualidad. Los polacos tenían un plan que los tenía al frente, al igual que los pocos gitanos, pero nunca le dijeron a nadie más lo que tenían en mente y nadie les creyó. Tampoco nadie me contó sus planes directamente, ni siquiera los franceses. Nadie quería que me metiera en su plan porque estaban convencidos de que lo arruinaría o llamaría demasiado la atención. Tampoco nadie me lo dijo, fue mi propia conclusión.

Miré al ruso que estaba a mi lado, echando la soldadura en el lugar donde Jean la había usado con tanta moderación que le costó la vida. De vez en cuando me devolvía la mirada, pero sus ojos azules muertos no revelaban ningún secreto. Si había un complot ruso en marcha, él no formaba parte de él, o era un buen actor. Cuando miraba a Klaus, tampoco había ninguna chispa de odio o asco. Incluso cuando contemplaba al monstruo de las SS que nos mantenía a raya, sus ojos eran plácidos, los orbes somnolientos de un hombre que observa el océano en un día aburrido. Era ligeramente retrasado o frío como una serpiente.

Pasaron las semanas y no hubo ninguna revuelta por parte de nadie, y menos de los gitanos. Los monstruosos V-2 se ensamblaban según lo previsto, y cada vez eran mejores, ayudados por la superioridad de Iván en la soldadura y por mi incapacidad para encontrar suficientes puntos débiles que explotar. Sin embargo, el entusiasmo en el campamento volvió a aumentar cuando pudimos oír explosiones en la distancia. Según los últimos llegados al campamento, a Alemania le estaban dando una patada en el culo por todas partes, especialmente los rusos, lo que hizo que los del campamento se pusieran de pie. Los alemanes no prestaron atención. El pase de lista siguió como de costumbre, con los habituales cadáveres que quedaban después. Apenas podíamos evitar sonreír. Incluso las putas parecían inquietas ahora, tal vez deseando ejercer su oficio en otro lugar. Se dedicaban a parlotear entre ellas como si fueran pájaros hasta que un hombre de las SS les gritaba que se callaran. La hora de la liberación tenía que estar cerca. Incluso el habitual cielo gris parecía más atractivo cuando estábamos bajo él al pasar lista.

Pero la liberación no llegó. Pasaron más semanas. Creo que fueron semanas; había perdido la noción del tiempo. Llevaba aquí mucho más tiempo del que esperaba, y había estado demasiado ocupado con mis diversos proyectos (esculpir el nombre de Virginia, aprender mi sutil sabotaje) como para idear un buen sistema para llevar la cuenta de los días. En cualquier caso, nuestra liberación estaba tardando más de lo que cualquiera de nosotros quería. Los hombres caían muertos esperando, con la poca felicidad de saber que los malditos alemanes iban a recibir lo suyo en cualquier momento. Vigilábamos las puertas al pasar lista, esperando que los tanques del ejército estadounidense irrumpieran, o los del ejército ruso, o cualquiera.

Y entonces, un día después de que las explosiones se acercaran más y más, haciendo que nuestros corazones saltaran por las conmociones, los bastardos comenzaron a trasladarnos. La planta estaba cerrando. Klaus se había ido. Los ingenieros habían desaparecido. Las putas también se habían ido. La fábrica de pesadillas estaba cerrando, pero la mayoría de nosotros no podía disfrutarlo porque estaban enviando a los prisioneros a otros campos antes de que éste pudiera ser liberado. Los esqueletos eran apilados de nuevo en los trenes de la muerte hacia otros campos donde podrían continuar con su muerte en vida o tal vez encontrarse con la verdadera.

Digo que la mayoría de nosotros no pudo disfrutar de ello: Yo no subí a un tren rumbo a otro campo porque me enfermé. Esto no fue un indulto. Me enfermé, finalmente, como muchos lo habían hecho, y no esperaban que viviera. Hay que entender lo terriblemente enfermo que estaba. Los nazis estaban más que contentos de trasladar a hombres medio muertos a trenes donde probablemente morirían. La única forma en que no te trasladarían era que estuvieras tan ido que pensaran que estarías muerto antes de que los guardias tuvieran su primer descanso para fumar.

No sé por qué me enfermé. Antes de eso me sentía igual: Cansado, con un dolor de cabeza constante y poca energía, como me había sentido durante meses, años, décadas, siglos y siglos. Creo que tal vez la repentina infusión de esperanza fue lo que estuvo a punto de acabar conmigo. Fue como si el agua fluyera en las grietas del hormigón y luego se congelara, destrozando el hormigón. La esperanza fluyó en mi mente y me partió al medio. Todas mis esperanzas y miedos secretos volvieron a la vida. Mi cuerpo pensó que la guerra había terminado. Toda la tensión se desvaneció y me derrumbé. La tensión era la estructura que me sostenía.

Me dio diarrea. No sé exactamente qué eran, pero eran desagradables. Apenas comía nada, pero lo poco que comía me atravesaba y salía como una papilla marrón por el otro extremo. Mis pantalones sucios, manchados y agujereados estaban arruinados. Apestaban a esta vil mierda y no había nada que pudiera hacer al respecto porque no iba a conseguir pantalones nuevos. Me gustaría decir que no había caído tan bajo como para robar los pantalones de un cadáver, pero no lo hice solo porque los pantalones de los cadáveres eran tan asquerosos como los míos.

Fue extraño ver a todo el mundo recogiendo. Los nazis nos empujaron fuera de los túneles. Creo que volaron algunos de ellos. Nuestro trabajo en la fábrica de Satanás había terminado. Mis "colegas" fueron empaquetados en un autobús. Los SS nos empujaron a mí y a mis compañeros recién enfermos a la enfermería donde íbamos a morir. No quedaban medicinas (apenas había habido) y no esperaban que estuviéramos vivos para saludar a quien pudiera liberarnos. Como me sentía como si me hubieran ahuecado con un tubo de metal, supuse que probablemente tenían razón.

La idea de la liberación no era ahora nada que pudiera celebrar. No conocía a nadie que hubiera contraído este bicho intestinal y hubiera sobrevivido. Los presos con cagalera eran despreciados y alejados de los baños en un lamentable intento de evitar que la enfermedad se propagara. Es irónico, supongo. Los que más necesitaban los retretes eran a los que se los negaban.

Me arrastré a una pila con los otros cadáveres y esperé a morir. Virginia, el Cuerpo Aéreo del ejército, mi madre y mi padre en Chicago; todos se habían ido para mí ahora. Mi vida, mis sueños, mis planes, habían desaparecido. Por primera vez, me di cuenta de que iba a morir. No iba a sobrevivir a la gran y terrible aventura que era esta guerra. Sería uno más en un montón de cadáveres sin nombre que serían olvidados antes de que la guerra apenas terminara. Este montón de semicadáveres en el que me encontraba era solo un comienzo. Debe haber montones como este mil veces más altos, en todo el mundo. Y yo que pensaba que era especial.

Una luz abrumadora pareció envolverme. Oí voces lejanas. Debían de ser ángeles, y la luz debía de ser el cielo. Sentí una sensación de alivio por haber llegado al cielo después de todo, porque finalmente, Virginia se reuniría conmigo. Creo que mi cara reflejaba mi alegría.

—Este negro está sonriendo—dijo uno de los ángeles.

Capítulo Veintinueve

SÉ TÚ MISMO

—¿Qué hace un negro aquí en primer lugar?—preguntó otro.

Seguramente los ángeles no hablaban así en el cielo. Abrí los ojos y vi a dos soldados del ejército estadounidense de pie junto a mí, con los rostros desencajados y los ojos cansados y muertos. Acababan de llegar y ya habían visto demasiado.

—Parece que está vivo—dijo uno.

—¿Está vivo y sonríe? ¿Sabe dónde está?

Intenté hablar, explicar quién era, describir lo contento que estaba de ver a unos compañeros del ejército, incluso a unos palurdos imbéciles que me llamaban negro, pero las palabras no se me escapaban. No sé cuánto tiempo llevaba allí tumbado. Pensé que habían sido horas, pero podrían haber sido días. No podía reconocer los sonidos que salían de mi boca.

—¿Qué idioma es ese?

—Polaco, tal vez.

—¿Hay negros en Polonia?

Uno de ellos se dio la vuelta y se marchó. El otro me miró durante unos segundos y luego miró a su alrededor a los enfermos y a los muertos. Era más joven que yo. Era demasiado joven para haber visto las cosas que yo había visto. Él era demasiado joven. Casi podía ver las imágenes grabándose en su cerebro, más allá de sus ojos involuntarios. Se había alistado para luchar contra un enemigo, no para palear los horribles desechos que un enemigo dejaba atrás. Quería que mirara hacia otro lado, pero era demasiado tarde.

El otro soldado volvió con algunos médicos.

—Este parece un poco más activo que los otros—dijo—. Creemos que es polaco.

—¿Polaco?—preguntó uno de los médicos, pero me trasladaron a una camilla de lona sin considerar más mi origen.

—Realmente apesta—comentó un médico.

—Esos otros huelen peor. Están muertos—dijo otro.

No pude saber si era una broma. Me trasladaron y el temblor al caminar me recordó que me dolía la cabeza, cosa que a veces olvidaba. El dolor de cabeza era mi condición natural. El dolor anterior en el canal alimentario me había quitado el de la cabeza; me pregunté si era una buena señal que el dolor entre las orejas hubiera vuelto.

Me desperté de nuevo bajo una especie de tienda de campaña. Mi ropa raída y apestosa había desaparecido. Me acosté bajo una especie de sábana. No podría decir si llevaba algo más. Había mucha gente alrededor, moviéndose rápidamente, hablando rápidamente. Había otras formas envueltas como yo, que apenas se movían, que no hablaban en absoluto.

Pude escuchar la charla. Habían oído hablar de las cosas increíbles que había bajo tierra. De aquí venían, decían. Aparentemente, nuestros V-2 habían estado cayendo sobre Londres. Ahora, veían de dónde venían, y el horrible coste de su construcción, y estaban horrorizados por todo ello. Querían devolver la vida a los palos muertos, si podían, y luego dejarlos ir para que regresaran a sus tierras.

De vez en cuando, un médico se inclinaba hacia mí y acercaba su cara a la mía para comprobar si había algo. Quería decirles quién era, que era un militar y que necesitaba volver a Estados Unidos lo antes posible, no a Polonia. Intenté hablar, pero un tubo en el brazo me llenó de algo que destrozó las palabras antes de que salieran de mi cerebro. Los médicos me miraron y asintieron mientras yo murmuraba, como si me entendieran. Luego siguieron adelante.

Permanecí en esa cama durante mucho tiempo. Me alimentaron, al principio con un tubo, luego con pasta y después con comida de verdad:

pan, salchichas y queso. No tenía que encorvarme sobre la comida, podía comerla al aire libre. No había un suministro ilimitado, pero había mucho más de lo que había tenido antes, y además era mejor. Me comí todo lo que me dieron. Cuando algunos de los otros reclusos que se recuperaban no se comían toda la comida, yo también lo hacía.

En la cama de enfrente yacía uno de los otros presos. Nunca lo había visto antes. En realidad era polaco. Quizá nos habían puesto juntos pensando que podríamos hablar. Era uno de los esqueletos serios. Incluso su piel estaba siendo carcomida, como si estuviera desapareciendo en otra dimensión. Estaba en el tubo, como yo, pero al final me salí de él. Él no lo hizo. Se limitó a mirar a los médicos con sus enormes ojos marrones, unos ojos que apenas conservaban una chispa de vida a pesar de su tamaño. Sus ojos eran océanos moribundos.

Después de un rato, comí pequeños bocadillos hechos con mi pan y salchichas y queso, me senté en el borde de mi cama y le miré. Él me devolvió la mirada. Tenía una extraña dignidad, aunque estaba desnudo bajo la sábana, con un gran tubo en el brazo. Mientras lo miraba, casi podía imaginarlo como debía ser. Podía ver un gorro de punto marrón en su cabeza, que no hacía juego con su chaqueta marrón. Podía imaginar sus pantalones grises. Quizá tuviera tres pares, todos idénticos. Probablemente utilizaba una bicicleta para transportarse, o tal vez un caballo y un tosco carro de madera. Podía imaginármelo montando en ese carro de vuelta a su pequeña granja, con una barra de pan bajo el brazo para cenar. Esa era la vida que llevaba su padre, y su padre antes de eso, y su padre antes de eso, desde las guerras o la migración que fundó su país. Probablemente pensó que la vida seguiría así, solo que el mundo masticó su vida y lo escupió, y ahora aquí estaba, desnudo bajo una sábana en un catre de un país que no podía imaginar, su única compañía un hombre de color que no podía hablarle.

Cuanto más fuerte me hacía, más débil se volvía él. Casi se sentía como si estuviera sacando energía y vida de él, como una especie de vampiro. El pensamiento era estúpido y, sin embargo, era una medida de lo cansado y deprimido que estaba que realmente tenía sentido, y finalmente empecé a alejarme del hombre para ver si podría mejorar. No mejoró. Tenía un billete de ida. El misil V-2 se había cobrado otro, justo delante de mis ojos.

Ya podía hablar y quería volver a casa. Hablé con los médicos del ejército y con cualquier otro oficial del ejército que pude encontrar.

—Habla usted un inglés excelente, señor Nicholas—me dijo uno de ellos, un empleado de registros. Era joven, por supuesto (todos eran jóvenes, todos éramos jóvenes) y era experto en empujar papeles y nadar a través de la burocracia del ejército, pero nunca había visto algo como el desorden dejado en la planta de V-2 y se notaba.

—Mucha gente de Chicago lo sabe.

—Bueno, no tengo ningún registro sobre ti. Por lo que me dijeron, eres de Haití y viviste en París.

No quería discutir con él. Quería demostrar que era una persona razonable, solo una víctima de una identidad equivocada.

—Señor, soy de Chicago. Sirvo en el mismo ejército que usted. Soy teniente coronel y piloto de caza.

Intentaba no parecer tan escéptico como sin duda se sentía. No tenía mucha cara de póquer.

—Usted estuvo en el... ¿cuál era ese grupo de pilotos de caza de color del que oí hablar?

—Somos el 332º Escuadrón de Combate.

—Tenía entendido que estaban en Alabama.

—Nos entrenamos en Alabama. Luchamos aquí. Me derribaron sobre un pequeño pueblo en Francia y luego me enviaron aquí.

Se recostó en su silla de lona. Me di cuenta de que iba a soltar algo de lógica sobre mí.

—Pero si eras un piloto de combate y te derribaron, ¿por qué no estás en un campo de prisioneros de guerra? ¿Por qué estás en este horrible lugar?

Me pareció interesante que considerara que un campo de prisioneros de guerra era superior a Dora. Tenía razón.

—Perdí mi uniforme y mi identificación después de estrellarme. Algunas personas del pueblo me los quitaron. Nunca los recuperé.

—Y entonces te capturaron y te enviaron aquí.

—No directamente, pero sí. Tengo algo de experiencia en ingeniería y les pareció que sería útil para construir sus cohetes. Por supuesto, los saboteé siempre que pude.

—¿Eso es lo que estaban construyendo ahí abajo? ¿Cohetes? Oí algo al respecto, pero no pude distinguir lo que estaban haciendo. Vaya. ¿Son los que dispararon en Londres?

—Eso es lo que he oído. Eran muy grandes. Más altos que ese árbol de ahí.

Señalé un roble gordo y altísimo, y él silbó.

—Vaya. ¿Cómo era construir esos?

Pensé en Jean, balanceándose en una cuerda, y en el pobre e incompetente polaco que desapareció.

—Horrible. La peor época de mi vida.

Se sintió avergonzado y miró sus papeles.

—Por supuesto. Terrible, sí. No puedo creer lo que estoy viendo por aquí. No sé cómo un ser humano puede hacerle eso a otro.

—Parecía bastante fácil—dije, y mis palabras no lo consolaron.

—Señor Nicholas, no sé muy bien qué hacer con usted. Si espera hasta que procesemos a otras personas, le llevaremos de vuelta a Francia.

Supongo que pensó que estaba loco.

—No quiero ir a Francia. No soy francés. ¿Te parezco francés?

—No, no lo pareces.

No iba a decirle que hablaba francés con fluidez y que siempre había querido conocer París. No tenía sentido enturbiar su mente burocrática.

—¿Sueno como si fuera de Chicago?

—No lo sé. Nunca he estado en Chicago. Soy de Florida.

—¿Pero le parezco americano?

—Sr. Nicholas, tengo que decir que sí. Pero hay algunos imitadores bastante hábiles aquí en este campo de refugiados, y todos ellos también quieren ir a América. No tengo papeles sobre ellos, así que no voy a enviarlos allí. Vienes aquí y me dices que estás en el ejército y que te has estrellado con tu avión, pero tampoco tengo papeles sobre ti. Deberías estar en un campo de prisioneros de guerra si te estrellaste con tu avión.

—Eso ya te lo he contado—dije, subiendo la voz hasta que la contuve. La ira no me haría volver a mi país—. El ejército tiene registros. Tú lo sabes mejor que nadie. Comprueba si un teniente coronel Johnny Nicholas estrelló un P-51 Mustang sobre Francia el 14 de julio de 1944.

Verás que lo hizo. Si les pides una foto mía, te la enviarán. Y verás que soy yo.

Tamborileaba con los dedos sobre el escritorio. Quería quitarme de encima suyo, tenía trabajo que hacer.

—Sr. Nicholas, lo haré.

—Entonces, ¿debo volver más tarde?

—Debería volver más tarde.

Y así lo hice. La respuesta era siempre la misma: "Deberías volver más tarde".

Pensé en escribir a Virginia, renovar nuestra correspondencia y pedir ayuda, pero estaba bastante seguro de que pensaban que estaba loco y no enviarían nada de lo que pusiera por escrito.

—¿Adónde quiere ir?—me preguntó un anciano tras una de mis infructuosas visitas al mostrador americano, que no era mucho más que una mesa.

—A América.

—Ah, América. Yo también. Todo el mundo quiere.

—Yo soy de allí.

—¿Lo eres? No lo habría adivinado. Yo también he dicho que soy de allí, pero no me creen. No quiero volver a Francia. Allí no hay nada, está todo destruido. Quiero ir a un lugar nuevo. El mundo se ha quemado y no tiene sentido intentar volver a donde estábamos.

Era un anciano extraño. Se parecía al hombre polaco que había visto morir, con una diferencia clave: sus ojos eran brillantes. Era delgado y gris, como la mayoría de las personas que quedaron en el campo, pero sus ojos eran de un azul tan intenso que casi resultaba inquietante. Daban una chispa a su rostro y, cuando los dirigía hacia ti, casi sentías el calor que desprendían. También parecía (y realmente no hay otra palabra para describirlo) feliz. La primera vez que le oí reír, mientras hablaba con otros desplazados que esperaban para volver a casa, vi cómo las cabezas se volvían en busca de ese sonido inesperado. Nos habíamos reído en el campo, pero era la risa lúgubre de los que pronto morirán. Su risa era la risa de los vivos.

Se llamaba Pierre. Me lo contó un día mientras esperábamos en la cola para volver a hablar con la gente del ejército. Había participado activamente en la resistencia francesa, de forma muy discreta, dijo. Había sido banquero y vio la oportunidad de ayudar blanqueando dinero, pero no era su fuerte y le pillaron. Estaba acostumbrado a llevar la cuenta del dinero y no tenía talento para el crimen. Tras ser detenido, perdió el contacto con su mujer y sus tres hijos, ninguno de los cuales estaba muy avanzado en la adolescencia.

Acabó en los campos, cayendo finalmente hasta el fondo, en Dora. Había trabajado a las órdenes de un kapo que ayudaba a los nazis a llevar los registros. Eran meticulosos en los registros, y dijo que veía los números de los muertos y moribundos todos los días. Sabía que podía morir en cualquier momento y, sin embargo, ahora podía volver a reír, antes que cualquiera de nosotros.

Le hablé de mi odio hacia los alemanes, de cómo utilizaban a las personas como si fueran objetos y nos obligaban a construir las mismas armas que se blandirían contra nosotros. Asintió con la cabeza pero no dijo nada. Solo se animaba cuando hablaba del futuro, de sus planes de ir a ver el mundo ahora que los nazis le habían quitado todo lo que tenía y le habían hecho libre. No le gustaba hablar del campo ni del pasado.

Ahora que estaba más sano y fuera del campo, mi rabia por haber estado en ese infierno seguía calentándose. Me sentí bien al dejarla salir, al retorcer mi rabia y mi resentimiento en formas cada vez más elaboradas. Seguí con ello. Le conté a Pierre cualquier fantasía que se me ocurriera sobre la venganza que iba a tener contra los nazis. Él me escuchó amablemente, con una sonrisa serena en el rostro.

—No los odio—me dijo un día después de soportar otra de mis peroratas.

Eso me paró en seco. Le miré como si acabara de prenderle fuego a la cabeza. Él se limitó a devolverme la mirada con esa sonrisa beatífica.

—¿No los odias? ¿Después de todo lo que hicieron? Arruinaron tu vida. Casi arruinan el mundo.

Extendió las manos encogiéndose de hombros.

—No me corresponde juzgarlos. Hicieron un gran mal, sí. ¿Eso los convierte en malvados? No lo sé. No me corresponde a mí decirlo. Me opongo a lo que hicieron. Desearía que no lo hubieran hecho. Pero lo hicieron porque odiaban. Si yo también odiara, podría llegar a ser como ellos. No quiero ser como ellos.

—¿Pero no quieres matarlos? Si tu kapo estuviera aquí ahora mismo, ¿no querrías aplastarlo como a un insecto?

Sus ojos se oscurecieron ligeramente. Todos odiaban a los kapos, incluso él. Pero apartó el sentimiento con un esfuerzo casi visible.

—Me gustaría, lo admito. Pero no lo haría. Lo miraría con tristeza. Tristeza por lo que estaba dispuesto a hacer para sobrevivir. Estaba dispuesto a ser menos que humano, solo para seguir aspirando aire.

—¡Pero mira lo que hicieron!—señalé a nuestro alrededor, a la triste colección de humanos, o antiguos humanos, que se tambaleaban a nuestro alrededor—. ¡Mira lo que nos hicieron a todos!

Él también miró a su alrededor. Sabía lo que iba a ver, lo veía todos los días. Pero, de alguna manera, lo veía de forma diferente a la mía.

—¿Qué han hecho? Se lo hicieron a sí mismos—dijo—. Morimos sin dignidad, y ellos nos lo hicieron a nosotros. Vivieron sin dignidad, y se lo hicieron a sí mismos. Y eso es peor.

No estaba de acuerdo con él. Pero él era firme. No podía hacerle cambiar de opinión. Y lo intenté. Hablamos de ello todos los días. No había mucho más que hacer después de terminar mi infructuosa súplica diaria para que me devolvieran a mi país. Cada día me enfadaba más. Me había ofrecido como voluntario para servir a mi país a pesar de que realmente no lo quería, y luego casi había dado mi vida. Había pasado por un infierno, literalmente, y solo quería volver a casa. Pero no podía, por la misma razón por la que mi país no quería que lo sirviera. Tenía la piel oscura. Si hubiera sido un soldado blanco, que hablara inglés tan perfectamente como yo, estaría en el siguiente barco a casa. Pero como no lo era, no lo estaba. El hecho de saberlo me enfureció.

Mientras yo me enfurecía, Pierre reflexionaba sobre sus opciones. Podía ir a cualquier parte. Estaba desvinculado de su pasado. Decía que echaba de menos a su familia y que lloraba porque se habían ido, pero nunca le vi hacerlo y nunca vi esos ojos brillantes oscurecidos por la tristeza. Conmigo siempre fue igual, esperanzado e indulgente. Hablábamos en francés, pero tenía cuidado de hacerlo fuera del alcance de los oídos de cualquiera de los chicos del ejército, para que su sospecha de que yo venía de Haití no se confirmara en sus mentes.

—Todos estamos atrapados en nosotros mismos—dijo Pierre—. No importa lo que hagas, siempre estás contigo mismo. Prefiero estar conmigo mismo que ser uno de esos nazis y tratar de vivir conmigo—me dirigió esos ojos—. Sé tú mismo, Johnny. Vive contigo mismo.

Me reí y él me devolvió la sonrisa. Pensé que sería fácil.

Capítulo Treinta

HOGAR

Me había acostumbrado al rechazo, pero me estaba poniendo nervioso porque el campamento parecía estar llegando a su fin. La gente volvía a sus países de origen, o a los que querían ir, y aquí estaba yo.

—Sr. Nicholas—dijo un día el militar—. He hecho algunas comprobaciones. Lo que me has dicho parece ser exacto. Me han enviado una fotografía tuya.

Me mostró una foto arrugada de mi cara sonriente de tiempos mejores.

—Creo que eres tú. Has perdido algo de peso.

Le miré a la cara para ver si estaba bromeando. Una leve sonrisa se dibujó en las comisuras de su boca. Lo estaba.

—Siento haber tardado tanto en comprobarlo, teniente coronel Nicholas.

Para mi asombro, se levantó y me saludó. No recordaba que un hombre blanco me hubiera saludado, no desde los días de Tuskegee, y entonces solo rara vez y a regañadientes.

Le devolví el saludo. Me tendió la mano para que se la estrechara y se la estreché.

—Te vas a casa.

No estaba bromeando. Me enfadé con él por no haberlo comprobado antes, pero cuando escuché esas palabras el enfado volvió a las sombras. Me iba a casa.

Me subieron a un Curtiss C-46 con otros soldados que regresaban y nos llevaron a Londres, luego me pusieron en un avión comercial de Pan American rumbo a Nueva York. Llevaba ropa de civil y nadie me prestó atención, excepto la mujer blanca que (muy discretamente) le pidió a la azafata si podía cambiarse de asiento.

No me importó. Quería que me dejaran en paz. Solo quería llegar a casa. Podría haber llamado a casa y decirle a mi madre que seguía vivo, pero por alguna razón, no quise hacerlo. Quería sentir mis pies en el suelo y luego decírselo. Y luego estaba el asunto de Virginia. Quería verla, viajar hasta su puerta y llamar a ella sin avisar... y esperar que fuera ella quien respondiera y no su marido o su novio. A pesar de sus cartas, perdidas hace tiempo pero escritas en mi corazón, hasta donde ella sabía, yo estaba muerto. Había dejado de contestar. Mis razones para dejar de hacerlo eran increíbles, así que no podía esperar que ella las creyera. Mejor esperar y simplemente aparecer.

No recuerdo exactamente cuándo mis pies tocaron el suelo en Estados Unidos. Me había quedado dormido en el avión y lo siguiente que recuerdo es que estaba dando tumbos por la acera hasta la terminal. El día casi se había convertido en noche. Me sorprendió no haberme dormido en la terminal, pero una vez dentro, empecé a despertarme. Los teléfonos públicos estaban atestados de soldados que llamaban a casa, pero me las arreglé para encontrar uno vacío al final de un pasillo atestado de conversaciones. El ruido era casi ensordecedor; todo el mundo gritaba al teléfono, y era gente a la que le habían enseñado a gritar.

Me comuniqué con mi madre. Apenas podía oírla, así que yo también gritaba. Al principio no parecía saber quién era yo, pero luego empezó a llorar y a reír y a rezar al teléfono, dando las gracias allí mismo a Dios por haberme traído de vuelta. No podía decirlo con exactitud, pero parecía que le habían dado el mensaje oficial de que yo había muerto hacía más de un año. Quería que volviera a casa de inmediato, pero había un problema con eso. Quería ver a Virginia primero. No podía hablarle a mamá de Virginia porque no sabía cuál sería la reacción de Virginia. Le había mencionado a Virginia en un par de cartas a casa, pero estoy seguro de que lo había olvidado y, en todo caso, no le habría importado; me quería en casa. Y yo quería estar en casa. Pero ahora sentía que el hogar estaba donde estaba Virginia, y necesitaba encontrar ese lugar.

Le dije a mi madre que tenía que quedarme en Nueva York unos días para tramitarlo. No lo hice, por supuesto. Tenía la intención de tomar un tren a Alabama tan pronto como pudiera encontrar uno. Pero entonces mamá dijo algo que me sorprendió.

—Me alegro mucho de que hayas vuelto. Tienes el tiempo justo para venir a ver a tu padre. Él se está muriendo, Johnny.

De repente, no podía oír las conversaciones a gritos de mis compañeros, no podía oír el rugido de las hélices en el exterior, ni siquiera podía oír mi propia respiración. Podía oír las palabras de mi madre tan claras como una capa de hielo y el doble de frías. Pensé en mi padre y en lo que había aprendido de él, y en cómo probablemente había salvado vidas en algún lugar. No sabía qué le ocurría para apartarlo de esta vida a una edad tan temprana, pero necesitaba contarle mi historia antes de que falleciera.

En lugar de subir al siguiente tren a Alabama, tomé el siguiente a Chicago. Había muchos más de esos. El tren avanzaba miserablemente, pero eso no me impedía dormir. Cuando no dormía, comía. Iba al vagón bar cada vez que me despertaba, lo cual no era muy frecuente, y comía todo lo que podía soportar.

Mi madre se reunió conmigo en Union Station. No hacía frío, pero llevaba un abrigo andrajoso y se lo acercó, abrazándose a sí misma. Luego me abrazó a mí y casi me rompió las costillas. Ella era más fuerte que yo en ese momento, podía sentirlo. Me sentí de nuevo como un niño.

—¡Estás tan delgado! ¡Es tan bueno verte!

Apenas podía respirar, pero no me importaba.

—¿Qué te han hecho? ¿Por qué estás tan delgado? ¿No te alimentan en el ejército?

No podía empezar a explicárselo. Ni siquiera lo creía, y eso que había estado allí.

—Fue duro, madre, pero ahora estoy aquí.

—Sí, así es.

Me abrazó de nuevo, incluso más fuerte esta vez. Pensé que me partiría en dos. No creí que me importara.

—Vamos a casa—dijo, todavía abrazándome, y sentí que las palabras vibraban en mi escuálido pecho. Sí quería ir a casa, aunque no fuera la casa con Virginia.

Pregunté por mi padre durante el trayecto a casa. Tomamos un taxi. Mi madre miró por la ventanilla las luces que pasaban.

—Hace tiempo que no está bien, hijo. No ha estado viviendo conmigo.

—¿Qué?

—No ha sido el mismo desde que salió de la cárcel. Empezó a beber, mucho. Llegó a ser tan inútil como esos vagabundos de la calle. Ahora sale con ellos, a veces. No sé a dónde va. Tu tío Abe es peor. Hace más de un año que no lo veo. La última vez que lo vi, sus ojos estaban tan amarillos como los de un gato. Evvy lo dejó y se mudó a algún lugar del Oeste. Tu familia se ha ido, hijo. Solo estoy yo. Yo y tu hermana, pero quién sabe dónde está.

Mi padre estaba en el hospital. Estaba agotado. Mamá quería que esperara hasta el día siguiente para verlo, pero parecía estar en tan mal estado que me daba miedo esperar tanto. Fuimos enseguida. Era por la mañana y dejaban entrar a las visitas. Mamá ya conocía a las enfermeras; la saludaban como a una amiga.

—Está aquí abajo—dijo mamá, con el rostro tenso por la preocupación.

Me llevó a una habitación y abrió la puerta de un empujón. Vi lo que ella debió ver: A mí mismo. En la cama yacía un yo más viejo, tan delgado como yo. Este era el aspecto que debía tener en aquel catre del ejército en Alemania. Me estremecí al verlo. Era lo que veía cuando me miraba en el espejo, y no me gustaba lo que veía. No podía soportar verme así. No quería que mi padre tuviera ese aspecto. Me quedé junto a su cama. Mamá nos miró a los dos y luego murmuró algo y salió de la habitación. Estaba viendo dos esqueletos, dos esqueletos a los que quería, y no podía soportarlo.

Miré a mi padre. Estaba durmiendo. Su piel estaba estirada sobre el cráneo en una mirada que yo conocía muy bien. Se veía pálido. Parecía gris, como un modelo de arcilla inacabado de un ser humano. Sus ojos se movían bajo los párpados, pero no se despertaba. Sentí que mis propios párpados se volvían pesados; pronto me parecería aún más a él. Los dos estaríamos tumbados en nuestras camas, con los ojos cerrados, medio muertos. Sabía que era probable que él se fuera antes que yo, pero no creía que fuera tan pronto. No era un anciano. Era el doble de viejo que yo. Teníamos el mismo aspecto, por razones muy diferentes. No estaba preparado para que se fuera, aunque podía entender el dolor que sentía y por qué podría querer hacerlo.

Salimos poco después y volvimos a la cocina. Caminamos por el pasillo, que parecía aún más sucio de lo que recordaba. El Sr. Roswell no estaba en el pasillo para recibirnos. Solo estaba la bombilla desnuda y nada más, ni siquiera un periódico viejo. Empecé a preguntar qué le había pasado, pero realmente no quería saberlo. Supuse que algo malo.

La cocina era más pequeña de lo que recordaba, estaba abarrotada, y mamá ya no pretendía limpiarla. Ya no venía nadie, decía.

Mamá me preparó un sándwich.

—Estás muy delgado—dijo, y supe que quería añadir: "igual que tu padre".

Los dos estábamos cansados física y emocionalmente y no hablamos mucho, pero fue la mejor comida que he tomado. Era un sándwich de queso tostado con unos cacahuetes al lado y un vaso de leche helada. Le daba vergüenza que eso fuera todo lo que podía darme, lo sabía, pero me supo mejor que el mejor filete. Mamá quería saber sobre mis experiencias, pero yo no podía decírselo, no mientras estábamos almorzando. En realidad, no podía decírselo, en absoluto. Le conté que me habían derribado, pero parecía que eso la iba a disgustar, así que fui muy vago con el resto. No le dije que estuve en un campo de prisioneros. Ni siquiera le dije que había estado en un campo de prisioneros de guerra, ya que ella no sabría la diferencia. Dije que pasé el final de la guerra en un "complejo", y lo dejé así.

Comimos en una mesa de cartas que nunca había visto antes. Probablemente procedía de otra persona del edificio, pero mamá no lo dijo y yo no pregunté. Nuestra mesa de comedor original había desaparecido. Tuve un destello de recuerdo del tío Abe y la tía Eveline sentados allí, el tío Abe partiendo el aire con su gran risa mientras mi padre lo miraba con una sonrisa tímida y mamá y la tía Eveline se limitaban a poner los ojos en blanco. Nunca más se sentaría allí. La mesa se había ido, y él se había ido, y ahora solo estábamos mi madre y yo, compartiendo sándwiches de queso y cacahuetes en una mesa de cartas plegable.

Fue la mejor comida que he hecho en mi vida, pero después me quedé con un mal sabor de boca porque al estar allí sentado pensando en mi familia y en la estúpida mesa de comedor, un mueble en el que nunca había pensado, me di cuenta de lo rápido que puede morir una familia. Creces rodeado de esa gente y aprendes sus rituales hasta que se te meten en los huesos, pero hace falta mucho menos de lo que crees para que todo desaparezca. Tal vez odies ir a casa de la abuela para la cena de Navidad, pero un año no tendrás que ir y entonces no volverás a ir, y lo echarás de menos. Puede bastar un mal día para matar a una familia. A la mía se la cargó la Segunda Guerra Mundial, pero un accidente de coche también lo hace, o una mala tormenta, o incluso un dolor de cabeza. Mucho menos de lo que crees.

Mi padre murió en algún momento de ese día. Después de comer los sándwiches, mi madre y yo nos acomodamos para una siesta. Nuestras camas estaban a metro y medio de distancia. La mía era la de mi padre, lo sabía, sin que ella tuviera que decírmelo. Incluso antes de que él se alejara, habían dormido separados, como la gente de las viejas series de televisión. Yo había dormido en el tren, pero seguía agotado y caí en un agujero oscuro inmediatamente. Me desperté desorientado, esperando sentir paja bajo mi espalda, no un colchón rígido, pero entonces recordé dónde estaba. Estaba a salvo y me volví a dormir.

Volvimos a ver a mi padre por la mañana, pero su espíritu se había ido. Quizá su cuerpo delgado y cansado ya no tenía espacio para él. Mi madre se aferró a mi brazo con fuerza cuando recibimos la noticia y me preparé para tomarla si se caía, pero se mantuvo erguida. No lloró. Lo habían trasladado a una habitación del sótano y fui a identificarlo. Era mi padre, por supuesto. La enfermera lo miró a él y me di cuenta de que pensaba que no había mucha diferencia entre el hombre que estaba en la mesa y el que asentía con la cabeza y decía con tristeza: "Sí, es él".

Solo que mi padre estaba muerto, y yo estaba enfadado. Él sabe más de la vida y la muerte que yo, pero no era eso. Había atravesado una guerra que estaba seguro de que me mataría y había vuelto justo a tiempo para verle morir. Trabajé en un infierno subterráneo construyendo armas de pesadilla mientras él estaba a salvo en Chicago todo el tiempo. Habría dado cualquier cosa por estar a salvo en Chicago. Pero aquí yo estaba vivo y él estaba allí muerto, para nada. Mi enemigo eran los nazis. Su enemigo era él mismo. Él tenía la peor parte del trato. Me llevó mucho tiempo entenderlo, aunque Pierre trató de decírmelo.

Mamá quería celebrar el funeral al día siguiente, pero no estaba en condiciones de hacer ningún arreglo, y yo tampoco. Aparte de los edificios, era como si nunca hubiera vivido allí. La gente era diferente, y la gente era lo que hacía el barrio. La guerra había llegado y se había llevado a todos los hombres, tanto blancos como negros. Los blancos para luchar, los negros para luchar (a veces), pero también para ayudar, o, como mínimo, para realizar algunos de los trabajos para los que no quedaban blancos que los hicieran. Los ancianos se movían al margen de sus vidas y de su historia, y los IV-F (los rechazados en el alistamiento por ser considerados no aptos física, mental o moralmente ni siquiera para ser carne de cañón) se quedaban jugando al billar y dejando que la guerra continuara en otro lugar. Conocía a algunos de ellos, o el viejo yo conocía a algunos de ellos, pero no tenía ganas de hablar con ellos.

Me dirigí a la funeraria que había al final de la calle. Había sido una tienda y luego una iglesia, como la antigua iglesia de mi tío, y ahora era una pequeña pero ordenada funeraria. El negocio nunca había ido mejor. Incluso ganaba más dinero como funeraria que como iglesia, o, al menos, eso parecía. Le expliqué la situación al dueño, que no conocía a mi padre ni a mí, porque se había mudado a la ciudad el año anterior. Ahora todo el mundo era un extraño para mí, incluido yo mismo. No me importaba tratar con extraños. Acordamos que el funeral sería al día siguiente, dos días después de su muerte.

—Si quieres—dijo—puedo hacer que haya algunos dolientes. Si quieres que haya más gente, puedo hacerlo.

Le había contado las circunstancias de la muerte de mi padre, ya que no me avergonzaba de ello. Todos vamos a morir y todos deberíamos morir como queramos, si tenemos la oportunidad. Supuso que esto significaba que mi padre no tenía amigos, pero recuerdo haberle visto iluminar el barrio con su sonrisa. En cuanto se corriera la voz, sus amigos aparecerían como animales saliendo de un bosque después de una tormenta.

Mamá estaba en la cocina, sola, mirando a la nada.

—Hay una cosa más que tienes que hacer—dijo, enfocando sus ojos en mí cuando entré en la habitación—. Tienes que encontrar a Katherine.

No había visto a mi hermana en años. Ya no hablábamos de ella. Ni siquiera estaba seguro de que estuviera viva, y tampoco estaba seguro de que mi madre lo supiera.

—¿Dónde está?

Mamá señaló con la cabeza hacia la ventana.

—Ahí fuera. Ahí fuera, en alguna parte. Puedes encontrarla.

Solo podía imaginar el estado en que estaría Katherine. No estaba seguro de querer encontrarla.

—Madre...

—Sin discusiones. Ella necesita venir al funeral de su padre. No me importa si tienes que atarla y arrastrarla. Tráela aquí.

Pensé que sería más fácil encontrarla si me disfrazaba de soldado. Pero no tenía uniforme. El mío hacía tiempo que había desaparecido, y el ejército me daba por muerto y no me había dado uno nuevo. Tenía una gorra del ejército que alguien me había prestado durante el largo viaje a casa, así que me la puse y me puse una camisa verde que planché para que las arrugas estuvieran afiladas como un cuchillo. Iba a tener que buscar a mi hermana en lugares en los que ningún hermano pequeño debería buscar a su hermana. Pensé que sería más fácil si me vestía como un soldado, o lo más parecido a uno, porque a nadie le parecería extraño que un soldado estuviera en la ciudad buscando a una niña.

Antes de empezar, necesitaba algo más que tendría un soldado. Compré una pistola en el primer lugar donde fui a preguntar. El ejército me había dado un poco de dinero y me gasté la mayor parte en una calibre 45 barata, idéntica a las que se entregaban a todos los militares. Esta probablemente había sido birlada por algún compañero y revendida.

Comencé mi búsqueda en algunos de los salones de billar donde creía que había mujeres disponibles. Temía ver a alguien conocido, pero no fue así. No sabía con seguridad que Katherine estaría entre ellas, pero no había muchas opciones para las chicas que abandonaban la escuela y necesitaban dinero para sus vicios. Antes había sido muy prometedora, pero ahora solo tenía una cosa que vender.

Una vez que llegué a la zona y comprobé que había mujeres disponibles, empecé a concretar. El único problema era que ya no sabía cómo era mi hermana, ni qué nombre usaba. Todavía la veía en mi mente como una jovencita al borde de la madurez; estaba bastante seguro de que no era a ella a quien iba a encontrar. Lo único que tenía a mi favor era que Katherine era alta, y no muchas de las chicas disponibles eran altas. Me puse muy específico en ese punto.

—¿Qué, te has cansado de follar con japonesas bajitas?—me preguntó un proxeneta.

—Estuve en el teatro del Atlántico.

—No me importa si estuviste en el cine, no tengo una chica lo suficientemente alta para ti.

Seguí avanzando, buscando a alguien que sí la tuviera.

—¿Desde cuándo dejan a los negros luchar en el ejército?—me preguntó otro proxeneta—¿Y por qué no te dan un uniforme completo? ¿Se avergüenzan de un negro? ¿Y dónde están tus medallas?

Podría haberle aburrido con toda mi historia, pero no se la habría creído y, de todos modos, no tenía tiempo. Necesitaba encontrar a mi hermana, y rápido. Mi viaje me llevó de un billar a un coche de proxeneta, a un local de música y a un callejón. Me encontré con algunas chicas japonesas en venta y me pregunté de dónde venían. También había alemanas, y francesas, por supuesto, lo que hizo que Dominique pasara por mi mente. Más o menos, todo el mundo estaba en venta, y bastante barato, en los callejones de Chicago. Incluso mi hermana. Ella estaba en venta en algún lugar, y yo necesitaba encontrarla.

Finalmente, encontré un proxeneta que dijo que tenía chicas altas. Trabajaba en un salón de billar y había recibido noticias mías.

—He oído que hay un soldado negro que busca una chica alta—dijo cuando entré y me dirigí a él—. Supongo que luchar por el hombre blanco pone cachondo a un hombre de color.

—Solo muéstrame lo que tienes.

Tenía a las chicas en un cuarto trasero oscuro, para que los clientes no pudieran verlas bien. El edificio se volvía más ruidoso y oscuro cuanto más atrás se iba, hasta que parecía que se estaba en una cueva. Las chicas se recostaron contra un gran sofá andrajoso, sin interesarse por mí. Ni siquiera me miraron y no las culpé. Las escudriñé rápidamente. Él estaba de pie detrás de mí, mirando fijamente. Si había oído hablar de mí, también había oído que no había comprado nada, sino que había pasado todo el día haciendo perder el tiempo a empresarios trabajadores como él.

Una de las chicas me llamó la atención. Era alta y de hombros caídos y parecía que no había esperanza en ella, en absoluto, pero había algo en la forma de sus pómulos que me llamó la atención. Esta chica tenía los pómulos como mamá. Tenía solo un par de segundos, así que me arriesgué.

—Katherine Mary.

Utilicé su segundo nombre de la forma en que mamá siempre lo hacía cuando se enfadaba. La cara de la chica se levantó y me miró sorprendida.

—Dios mío—dijo, y supe que era ella. Su voz era más grave y rasposa, pero la puta del sofá era mi hermana.

—No sé qué pretendes, pero no me gusta—dijo el proxeneta.

Tenía la esperanza de poder fingir que la compraba y luego huir con ella, pero ahora dudaba de que el proxeneta nos dejara en paz. Era el momento del plan alternativo. Saqué mi pistola del cinturón y le apunté a la cabeza. Ni siquiera sabía si dispararía, y no había comprado balas, pero contaba con no tener que usarla. Antes de la guerra, no la habría necesitado. Podría haber limpiado el suelo con el proxeneta y sus matones, pero ahora no. Necesitaba un poco de ayuda.

—Me la llevo conmigo.

—Amigo, estás cometiendo un error. Un gran error—dijo el rufián, midiendo lentamente cada palabra para que yo supiera que hablaba en serio.

—Johnny, sal de aquí—dijo Katherine—. Vas a meterme en problemas.

Incluso ahora hablaba con el mismo tono que ellos. Mamá se habría horrorizado al escucharla.

—Ya estás en problemas—dijo el proxeneta.

—Ven conmigo, Katherine.

Ella hizo lo que le dije. Supongo que ya estaba acostumbrada.

Las otras chicas ahora me miraban. Todas sonreían. Probablemente era una fantasía que compartían, ser rescatadas por un hombre fuerte de color. Sentí un destello de tristeza porque eso no iba a suceder para ellas.

Salimos del club, apuntando con la pistola al cráneo de cualquiera que pareciera intentar algo. Una vez fuera, llamé a un taxi y prácticamente lancé a Katherine dentro de él.

—Maldito seas, Johnny, ¿por qué has hecho eso?—me gruñó. Se empujó contra la ventanilla, alejándose de mí todo lo que pudo—Estaba bien. ¿Por qué tuviste que ir a hacer eso?

Ni siquiera preguntó por mi aspecto. Supongo que estaba acostumbrada a los hombres demacrados; tal vez pensaba que todos teníamos ese aspecto. Probablemente los únicos hombres que veía eran los que la compraban.

—Papá ha muerto—dije, sin ganas de hablar con ella, y mucho menos de discutir—. Mamá quiere que vayas al funeral. Es mañana.

—¿Mañana? Él...

—Ha muerto.

—¿De qué murió?

—Murió bebiendo.

Miró por la ventana los edificios que pasaban sin más preocupación (o quizás menos) que si le hubiera dicho que iba a llover.

—¿No vas a decir nada?

—¿Quieres que diga que lamento su muerte? ¿Qué ha hecho por mí? Me sacó de mi casa y me subió aquí, vio como me iba por mi cuenta. Me fui y pensé que ustedes podrían traerme de vuelta. Ninguno de ustedes me buscó siquiera—se enfrentó a mí y sus ojos brillaban—. Ninguno de ustedes me buscó.

—Yo era un niño, Katherine.

Su rostro se derritió, solo un poco. Levantó una mano y me estremecí, pero solo la utilizó para acariciar brevemente mi mandíbula.

—Sé que lo eras. Pero mamá y papá tampoco me buscaron. El tío Abe y la tía Eveline no me buscaron.

—Todos te buscaron, Katherine, todos. Sabes que lo hicieron.

Eso era cierto, pero no encajaba en la mitología privada que había construido en su cabeza. La mitología que le decía que todo era una broma que ella había dejado pasar por la vida. No era su culpa que se estuviera ahogando.

—No—dijo en voz baja—. Ninguno de ustedes me buscó.

Se quedó mirando la penumbra durante un rato, y luego empezó a hablar de asuntos más prácticos.

—Me has sacado de ahí, ¿y ahora qué voy a hacer para ganar dinero? ¿Me vas a mantener? ¿Tú y mamá? Parece que no tenéis ni dos céntimos para frotar.

—Puedes conseguir un trabajo.

—Tuve un trabajo.

—Puedes conseguir un trabajo de verdad.

—¿Qué, limpiando pisos? ¿Cuidar a los hijos de un blanco? Prefiero que me paguen por chuparle la verga a un hombre blanco.

La golpeé en un lado de la cabeza, golpeando su frente contra la ventana con un fuerte crujido. El taxista sacudió su espejo para que pudiera ver sus ojos enfadados.

—No me vayas a romper el cristal. Tendrás que pagar por ello.

Katherine se enfadó en silencio durante el resto del trayecto hasta la cocina. Le di al taxista un poco más por las molestias. Katherine caminó por el pasillo como si nunca hubiera estado en el edificio. Entró en la habitación y vio a mamá, que había limpiado un poco y había encontrado un catre para mí. Le daba mi cama a Katherine. Queríamos que estuviera lo más cómoda posible, solo por un tiempo. No para ser amables, sino para evitar que saliera corriendo inmediatamente.

Madre estaba colocando una funda de almohada para mí cuando Katherine entró. Mamá se detuvo, inmóvil, como un conejo espiado por un cazador.

—Katherine—dijo, con voz débil pero sin temblar.

—Madre—dijo Katherine, temblorosa. Toda su valentía del automóvil desapareció, pero se mostró cautelosa.

Madre dejó la almohada y se acercó a Katherine, muy lentamente, como si temiera que en cualquier momento pudiera ser atacada. Yo me quedé frente a la puerta porque temía lo contrario, que Katherine saliera corriendo en busca de la comodidad de la noche que tan bien conocía. No hizo ninguna de las dos cosas. Se quedó allí, delgada, cansada y frágil, esperando a que mi madre se acercara. La madre rodeó a su hija con sus brazos lentamente, tan lentamente como una nube que envuelve una montaña. Katherine se movió con más rapidez una vez abrazada; abrazó a su madre con fuerza y apoyó la cara en el hueco de su hombro. Esperaba oír sollozos, pero ninguna de las dos mujeres lloraba. Las dos habían llorado, probablemente hace mucho tiempo. Se limitaron a permanecer de pie y a balancearse, aferrándose la una a la otra aunque sabían que los años se habían ido y que nunca volverían.

—Gracias por venir—susurró mamá a Katherine—. Es bueno verte de nuevo.

Katherine no le dijo a Madre que realmente no tenía mucha opción.

—Es bueno verte a ti también. Lo extraño.

—Yo también lo extraño, cariño. Yo también le echo de menos.

Se quedaron allí y se balancearon durante otro minuto. Empecé a ir a abrazarlas a las dos, pero no me pareció lo más adecuado. No era como si los años hubieran desaparecido (habían pasado demasiados años para eso), pero, solo por un momento, los años perdidos no importaban tanto.

Katherine se quedó esa noche en la cocina, en la camita que le hizo mamá, y se sintió casi como si volviéramos a ser una familia. Casi. Apenas hablábamos, y los fantasmas flotaban en el aire. Pero estábamos juntos, casi todos, unidos por la pérdida de uno de nosotros, y eso era lo mejor que íbamos a conseguir.

El funeral fue pequeño, tan encogido y marchito como mi padre al final. El dueño de la funeraria me miró y, cuando pensó que no estaba mirando, negó con la cabeza. Se había ofrecido a buscarme plañideras para dar un mejor espectáculo, pero lo rechacé. Entonces deseé no haberlo hecho, y él lo sabía. No sé qué había pasado de los amigos de mi padre. Tal vez estaban todos muertos como él, o a punto de morir, o tal vez la guerra había llegado como un huracán y se los había llevado a todos a alguna parte, pero no estaban allí. Solo estábamos yo, mi madre, Katherine y algunas personas del barrio. Se sentaron pacientemente durante el servicio, murmuraron algunas palabras de condolencias y se fueron.

Éramos los únicos en la tumba. Mamá y papá habían comprado sus parcelas años atrás, cuando los tiempos eran buenos, o al menos mejores. La ciudad había seguido creciendo a su alrededor; se tardaba una hora en llegar. Fuimos los únicos que estuvimos al lado cuando su cuerpo fue bajado a la tierra. Padre había muerto, había dejado esta vida y todo lo que conocía en ella. Su paso no fue indiferente, pero pasó casi desapercibido.

Luego, el funeral y la visita a la tumba terminaron, y él se fue, para no volver, para no ser alcanzado nunca más. Creo que ésta es la peor parte del ser humano. La gente se muere y no puedes hablar con ellos y ellos no pueden hablar contigo. Puedes pensar en algo que te dijeron una vez y, años más tarde, finalmente lo entiendes, pero se han ido y no puedes decírselo. Me han dicho que los muertos queridos están a nuestro alrededor y que conocen nuestros sueños y nuestros pensamientos, y que perciben lo que desearíamos decirles. Yo no lo creo. Simplemente se han ido. Algún fantasma de ellos se agita en tu memoria, pero ya no están, y no oyen, y no les importa.

Había querido contarle a mi padre cómo esos ratos dedicados a verle pintar carteles habían valido la pena, probablemente habían salvado vidas, pero no pude mientras dormía y entonces se durmió para siempre.

Volvimos a la cocina y cenamos. Mamá preparó un poco de pollo y nos sentamos alrededor de la pequeña mesa y lo comimos, cada uno perdido en sus pensamientos. He oído hablar de los velatorios irlandeses en los que la familia y los amigos se reúnen y se emborrachan y brindan por la vida del que se ha ido. Mi padre había sido enterrado en silencio y, después de que se fue, nos sentamos en silencio y comimos, y luego mamá se fue a dormir. Se tumbó en su exigua cama y se durmió tan rápido que fue alarmante, casi como si ella también hubiera muerto. Bajé al pasillo, me lavé los dientes y usé el baño, y cuando volví, Katherine había desaparecido, junto con la pistola y el poco dinero que tenía. No volví a verla ni a buscarla.

De vez en cuando, me la imagino como una abuela en algún lugar, en una casita con un bonito patio lleno de nietos y una sonrisa en la cara porque por fin ha vencido sus demonios y está en paz consigo misma. Pero estoy seguro de que hace tiempo que está muerta. Ella sabe más sobre la vida y la muerte que yo.

Cuando volví a la habitación y vi que se había ido y que mamá estaba dormida, decidí hacer lo que había querido hacer antes. Tomé el tren y volví al cementerio. Estaba cerrado, pero el muro de ladrillos que lo contenía (para mantener a los muertos en su sitio, supongo) se había derrumbado en algunas partes y pude entrar fácilmente. Volví a la tumba de mi padre y me acuclillé en la hierba. Sé que he dicho que no creo que los muertos puedan oír, pero hablé de todos modos. Le conté todo, toda mi historia desde que dejé Chicago. Todo me llevó a ese momento en el que recordé lo que me había enseñado, en el que le sentí vivir a través de mí, y quería que lo supiera.

Hablé durante mucho tiempo, en voz baja y con calma. No teníamos dinero para una lápida adecuada, así que solo tenía una pequeña cruz de piedra, pero no hablé con eso. Miré al suelo donde yacía y le hablé a la tierra que lo cubría. De vez en cuando, oía a la gente caminando. No era el único capaz de atravesar la valla. Pero si me veían o me oían, me dejaban en paz. Tal vez sabían que aquí nadie tenía dinero, ni nada, y que, por tanto, todo el mundo se merecía un poco de paz y tranquilidad.

Capítulo Treinta y uno

VIRGINIA

Quería desesperadamente hablar con Virginia, ver a Virginia, abrazarla. Tenía exactamente cero dinero. Lo poco que poseía lo había gastado en la pistola o se había ido con Katherine y probablemente ya ella tampoco lo tenía. No podía llamar porque la familia de Virginia no tenía teléfono. Escribir una carta sería demasiado lento. Así que le hablé a mamá de ella y me dio dinero para un telegrama. Había luchado para entrar en el ejército de los blancos, había ayudado a vencer a los nazis, había pasado un tiempo en el peor infierno que podían crear, y tenía que pedirle dinero a mi madre para enviar una nota a mi novia. Me sentí como si tuviera doce años otra vez. Pero lo hice.

Virginia. Estoy vivo y de vuelta. Me gustaría verte. Si quieres. Escríbeme. Si quieres.

Lo envié y me fui a dar un paseo. Por primera vez en años, no tenía ninguna dirección en la vida. No tenía absolutamente nada que hacer. No había nada que hacer en la cocina y nada que hacer en el edificio de apartamentos que no me metiera en problemas. Estaba fuera del ejército. No tenía trabajo. Así que caminé. Recorrí los viejos senderos del Parque Washington, donde no había estado en años, y arrojé piedras a la laguna.

Miré los árboles a los que solía subir. Entonces me parecían enormes y altísimos. Ahora, vi que eran simplemente normales en lo que respecta a los árboles. Sentí la tentación de intentar subir a uno, pero dada mi salud actual, probablemente no podría hacerlo. Me caería de él y me rompería el cuello, y no estaba preparado para abandonar este velo de lágrimas todavía. Quería saber primero de Virginia. Si me decía que no me vería, o si su marido me respondía, o si no volvía a saber nada de ella, entonces pensaría en escalar.

Volví a la oficina de telégrafos al final del día. Ningún mensaje. Volví al día siguiente después del almuerzo. Ningún mensaje. Podía imaginar cualquier número de razones de la falta de respuesta. Tal vez ella estaba casada ahora. Tal vez estaba de vacaciones. Tal vez me había dado por muerto y no quería verme. Todas buenas razones. Seguí yendo, día tras día, y al final el hombre me veía llegar y sacudía la cabeza, y ni siquiera tenía que entrar por la puerta.

Esto siguió así durante un par de semanas. Desayunaba y almorzaba con mi madre y la ayudaba en la cocina, luego salía a pasear mientras ella se iba a trabajar. Podía sentir que la fuerza volvía a fluir en mi cuerpo. Por la noche, me dolían las piernas, y me las masajeaba y sonreía cuando sentía que los músculos volvían a estar en su sitio. Disfrutaba de mis paseos, al menos el tiempo en el que no estaba rumiando por qué mi Virginia estaba callada. Pero ya era hora de buscar trabajo. Mamá trabajaba todos los días y me daba de comer, y eso ya no me parecía bien. Yo era un hombre adulto, debía mantenerla.

Podría haber vuelto al negocio de los aviones, una vez que me recuperara del todo. Tal vez. El Servicio Postal buscaba pilotos, pero yo competía con todos los pilotos que volvían de la guerra, pilotos heroicos y sanos, y dudaba que un hombre de color tuviera muchas posibilidades sin poner más energía de la que yo podía reunir. Podría volver a la Escuela Coffey. Podría enseñar allí, seguro. Pero algo me mantenía alejado. La misma fuerza que me mantenía vagando sin rumbo por la ciudad también me alejaba de Coffey. No quería que me vieran, no todavía, no como todavía era. Y no tenía ganas de contar historias de guerra. Querrían oír las buenas noticias, las que al *Defender* le gustaba publicar. Ese no era el tipo de historia que yo podía proporcionar.

. . .

De hecho, un día bajé a la escuela Coffey, tomé el L y luego caminé, sin molestarme en sacar el pulgar para intentar tomar un transporte. Hacía un buen día y vi cómo un pequeño avión se abría paso en el aire y desaparecía en la distancia. Desapareció de mi vista, pero aún podía oírlo, zumbando como un pequeño mosquito. Me apoyé en un poste de la valla en el borde de uno de los campos adyacentes a las pistas, lo suficientemente cerca como para mirar, pero no lo suficiente como para ser visto. No estoy seguro de que nadie de los que conocía allí pudiera reconocerme, y no quería que lo hicieran aunque pudieran hacerlo. En realidad, a la única persona que quería ver era a Willa. Ver a Coffey estaría bien, pero si me dejara caer por allí, querría ver a Willa. Solo para absorber algo de ese espíritu. Me vendría bien un poco de ese espíritu. Me vendría bien un poco de ese espíritu hoy, de hecho, en este mismo instante, pero sin duda me habría venido bien entonces.

El zumbido de los mosquitos se hizo más fuerte y el avión volvió a aparecer. Parecía un Piper Cub. Dio una vuelta al aeropuerto y luego hizo un buen aterrizaje. Salieron dos personas, pero no pude ver quiénes eran desde esta distancia. Las formas distantes se fusionaron brevemente; probablemente uno daba palmaditas en la espalda al otro. Otro vuelo de entrenamiento exitoso. Otra persona que consigue sus alas, probablemente un hombre de color, también. Entonces me di cuenta de algo en un instante, aunque me costó mucho tiempo admitirlo, incluso a mí mismo: ya no me interesaba volar. No tenía miedo. Simplemente, había perdido la sensación de alegría que antes me proporcionaban los aviones. Había volado demasiado cerca del sol y me había quemado.

Un pequeño Piper Cub estaba bien, probablemente, pero los aviones a los que estaba más acostumbrado eran armas de guerra, y ya no me servían las armas de guerra. No había visto lo que podían hacer, no de primera mano, pero vi lo que se necesitaba para fabricarlos, y no quería formar parte de ellos. Me refiero a los V-2, por supuesto. Cuando llegué a casa, vi en los noticiarios cómo Londres se levantaba después de que los cohetes (cohetes que yo ayudé a fabricar, aunque fuera de mala gana) cayeran sobre la ciudad como una lluvia de plomo del infierno. La primera vez que los vi en un noticiario, las imágenes de los cohetes eran pequeñas, borrosas y distantes. Creo que si hubiera visto imágenes en primer plano me habría levantado y salido. Tal como estaban las cosas, solo el hecho de ver cómo se movía la maldita cosa fue suficiente para que las lágrimas corrieran por mis mejillas. Estaba sentado en el balcón, por supuesto, y había desconocidos a ambos lados de mí. No me conocían de nada, pero estoy seguro de que me vieron llorar. Tal vez pensaron que tenía familia en Londres, o simplemente estaba tan sumamente feliz de que la guerra hubiese terminado. No lo sé. No preguntaron, no les expliqué.

Seguí revisando la oficina de telégrafos. Allí no había nada. También revisaba el correo de casa, pero todo eran facturas. Nadie le envió nada a mamá después de la muerte de papá. Ni una tarjeta, ni una carta, nada. A mí tampoco me enviaron nada, pero supongo que nadie sabía que yo estaba allí. Casi nadie sabía que yo estaba en el planeta, y eso me gustaba. Había una persona que sí quería que supiera que estaba en el planeta, pero no sabía si seguía en él.

Así que seguí comprobando en la oficina de telégrafos, y. mis paseos empezaron a ser cada vez más cortos. Recorría distancias más cortas, veía cada vez menos, caminaba en círculos. Dando vueltas a la alcantarilla.

Un día, hacia las diez de la mañana, sonó el timbre de la cocina. Mamá se preparaba para ir a trabajar y yo me disponía a dar un paseo antes de volver e intentar averiguar qué quería hacer con el resto de mi vida. Caminé por el oscuro pasillo, pasando por la silla vacía, y miré por la ventana del lado de la puerta principal. Y allí estaba un ángel, un fantasma, una visión. Allí estaba Virginia.

Casi arranco la puerta de las bisagras. La tomé en un abrazo de oso como el que me había dado mi madre cuando me levantó. Literalmente, levanté a Virginia. La habría hecho girar, pero no había espacio. Había tantas cosas que quería decir, años de cosas que quería decir, pero luchaban entre sí para salir de mi boca, así que terminé balbuceando en su oído.

—Lo sé—susurró ella—. Lo sé. Yo también me alegro de verte.

Permanecimos así durante mucho tiempo hasta que noté que algunos de los jóvenes del vecindario pasaban por allí, su atención atraída por Virginia como lobos atraídos por alguna bestia herida. Ella no sería su presa. La conduje al interior, por el tenue pasillo (esperando que no se diera cuenta de lo cutre que era) y a la cocina.

—Bueno—dijo mamá cuando entramos—. Compañía.

—Madre, esta es Virginia. Virginia, esta es mi madre.

La expresión de mamá se suavizó. No sé a quién pensó que estaba trayendo. Alguna fulana de la calle, supongo. Le había hablado de Virginia, pero no le había mencionado que venía de visita, porque yo no lo sabía.

—He oído hablar mucho de ti—le dijo mamá con una sonrisa amable.

—Y yo de ti—dijo Virginia.

Se estrecharon las manos amistosamente. Yo sonreía de oreja a oreja.

—Querida, ¿quieres comer algo?—preguntó mamá, ya que yo estaba allí de pie, inútil.

—Oh, no señora, estoy bien. He comido algo en el tren.

—Johnny no me dijo que ibas a venir.

—No lo sabía.

Virginia me miró con picardía. Ahora parecía haber una sensación de confianza detrás de sus ojos, una sensación de juego, que no recordaba haber visto antes. Todos habíamos envejecido, todos habíamos cambiado. Yo había cambiado para peor.

Me alegraba ver que Virginia había cambiado para mejor, si es que eso era posible.

—Tengo que ir a trabajar—dijo mamá—. Con suerte, mi hijo recuperará algunos modales y te atenderá como es debido. ¿Te quedarás con nosotros?

Mi corazón dio un salto al pensarlo. Solo había dos camas. Pero mamá estaría en la habitación. Tal vez ella...

—No, señora. Estoy en un hotel aquí cerca—dijo Virginia, destruyendo mi pequeña fantasía antes de que pudiera tomar vuelo—. He dejado mis maletas allí.

—Pero te veré más tarde. Tenéis que poneros al día.

Virginia me lanzó esa mirada juguetona.

—Sí, señora.

Cuando mamá se fue, nos quedamos mirando un buen rato. Tenía mejor aspecto del que yo recordaba. Tenía el cabello más corto y apretado, y un poco más de bronce. Su figura era la misma, pero había algo en ella que era diferente. Era un poco más alta, parecía más tensa. Yo me había vuelto más suave y débil y ella se había vuelto más fuerte y dura, y los cambios se veían mejor en ella que en mí.

—Tienes buen aspecto—dijo por fin.

Hice un gesto con la mano, encogiéndome de hombros ante el cumplido.

—Pero estás muy delgado. ¿No te alimentaban en el ejército?

—Sí. Pero no lo suficiente.

Se limitó a mirarme un rato, no se movió para tocarme. Me quedé allí como una estatua.

—Johnny, no supe nada de ti durante más de un año. Me dijeron que habías muerto. ¿Dónde estabas? ¿En un campo de prisioneros de guerra?

Esa sería la mejor historia. No podía decirle la verdad, al menos no todavía. Sentí tal alegría estallar en mi corazón al verla y tocarla de nuevo que no creía poder soportar volver a esos túneles. Esas pesadillas le ocurrieron a otra persona, no a mí. No podían ocurrir en un universo capaz de crear algo tan bueno y puro como Virginia.

Asentí con la cabeza.

—Oh, cariño.

Entonces me abrazó, abrió los brazos y me sentí atraído hacia ella. La abracé con fuerza, como si pudiera caerse, y ella apoyó su mejilla en mi pecho y lloró.

—Estaba tan triste. Estábamos escribiéndonos y luego dejaste de hacerlo. No sabía qué había pasado. Pensé que tal vez habías encontrado a alguna chica por allí. Seguí preguntando en la base y no lo sabían, y no lo sabían, entonces dijeron que un día te fuiste volando y nunca regresaste. Pensaron que estabas muerto. Me dijeron que estabas muerto. Pensé que estabas muerto hasta que recibí tu telegrama.

Yo también pensé que estaba muerto. Tal vez realmente estaba muerto, y esto era ahora el cielo. Pero seguramente el cielo sería un poco más elegante que la cocina.

—Me derribaron y encarcelaron. No sé por qué no supieron lo que me pasó.

—Lo siento mucho. ¿Te maltrataron?

Sus palabras me llegaron al corazón. ¿Cómo podía hablarle de la planta, de los ahorcamientos, de los interminables asesinatos? No podía. Decidí entonces que nunca lo haría.

—No. No me dieron de comer todo lo que quería. Pero, no.

—Aun así, es horrible.

Sus brazos se movieron arriba y abajo de mi espalda. Eran brazos fuertes.

—¿Sabes lo que pensaba, Johnny? Cuando me preguntaba qué te había pasado, y preguntaba y preguntaba, se me ocurrió que si fuera tu mujer, me dirían algo.

Creo que dejé de respirar. Creo que incluso pude haberme desmayado de pie, porque todo se volvió negro durante un rato antes de oírla preguntar: "¿Johnny? ¿Johnny?"

Entonces supe lo que tenía que hacer. Tenía que tomar la vida. Había visto, una y otra vez, lo rápido que se podía escapar. La vida es un relámpago. Sin una palabra, la solté y me arrodillé.

—Srta. Virginia Scott. ¿Quieres casarte conmigo?

Ahora era su turno de quedarse sin palabras, pero no por mucho tiempo. Se recuperó más rápido que yo. Me puso de pie con esos fuertes brazos y me miró a los ojos.

—Sr. Johnny Nicholas, sí, lo haré. Sí. Iba a pedírtelo si no me lo pedías.

Me besó entonces, suave y gentil al principio, el tipo de beso que se da en una boda, y luego más fuerte e insistente, el tipo de beso que se da en la noche de bodas. Nos besamos durante mucho tiempo y, al cabo de un rato, ya casi no eran besos, sino un abrazo desesperado. La cocina estaba vacía, mi cama estaba vacía, ambos estábamos listos. Pero yo sabía que no ocurriría en ese momento y no quería que ocurriera. No estaba seguro de cómo sería. Todavía me sentía débil, una sombra del hombre del que se enamoró. Tenía miedo de que me partiera en dos. Y no era así como quería que fuera. No con ella. No iba a ir a la cama con Virginia Scott hasta que dejara de ser Virginia Scott; no hasta que fuera la señora de Johnny Nicholas.

Nos separamos y ella se peinó los mechones de cabello que imaginaba que le habían caído delante de la cara. Era una táctica de retraso hasta que decidiera lo que quería decir.

—Estoy tan contenta de que estés en casa.

—Yo también, cariño. Yo también.

—¿Te gustaría venir a cenar con papá y conmigo esta noche? Estoy seguro de que le gustaría escuchar las noticias. Tal vez tu madre podría venir también.

—¿Papá?

—Sí, he venido con papá. No pensarías que me dejaría buscar a un extraño en una gran ciudad yo sola, ¿verdad?

No creo que el reverendo Scott lo permita, ahora que lo pienso.

—Mi madre sale tarde del trabajo.

—Esperaremos. Tal vez tomemos un aperitivo para entretenernos. Hay lugares que permanecen abiertos hasta tarde en Chicago, ¿no? He oído que es una de las ventajas de la gran ciudad.

—Oh, sí. Sí, los hay. Incluso hay algunos a los que vale la pena llevar a una dama.

Volvió entonces a su hotel, porque yo quería arreglarme, o arreglarme todo lo posible, antes de cenar con su padre. No tenía dudas, no creía que Virginia las tuviera, y tampoco quería que el reverendo Scott las tuviera.

Mamá llegó a casa horas después y la sorprendí con la noticia. Parecía feliz por mí. Cansada de su día, y de su vida, pero feliz por mí en ese momento. Realmente no era así como me imaginaba el día en que le diría que me iba a casar. Había pensado en ello una o dos veces a lo largo de los años. Me imaginaba a todo el mundo reunido, riendo, intercambiando historias, tal vez emborrachándose un poco. En algunas de las versiones, dependiendo de la edad que tuviera, Katherine incluso había vuelto para la ocasión. Nunca se me ocurrió pensar que estaríamos solos mamá y yo, en la misma cocina de siempre. Y estaríamos cenando con un predicador, así que ni siquiera nos emborracharíamos.

No tenía mucha ropa de vestir. Me habría puesto mi uniforme del ejército. Siempre lo había llevado bien y sabía que a Virginia le gustaba mi aspecto. Pero ya no tenía uno y no había intentado conseguir otro y, de todos modos, dudaba que me lo dieran. Habían terminado conmigo. Tenía una chaqueta de traje marrón que me había legado mi padre. Antes de la guerra, no me habría cabido, sobre todo en los brazos. Ahora me quedaba bien. Tenía un par de pantalones decentes. Tenía una buena camisa de vestir blanca con cuello rígido. Tenía exactamente una buena corbata, bonita y ancha a rayas con varios colores diferentes, rojo y dorado y azul y marrón. Tenía un par de bonitos zapatos marrones que necesitaban un poco de brillo, pero que estaban bien. Esto fue lo que me puse para la cena en la que mi madre conoció a mi futuro suegro. Era exactamente el mismo traje que había llevado en el funeral de mi padre.

Mi madre y el reverendo Scott se llevaron bastante bien. Tenían raíces de Alabama en común, aunque no conocían a ninguna de las mismas personas.

—Éramos demasiado pobres para conocer a nadie—dijo mamá, ganándose una risa del reverendo.

Fue muy amable con Virginia. Creo que pensaba (correctamente, tal vez) que Virginia estaba por encima de mí, aunque nunca admitiría algo así. O tal vez vio un poco de su hija perdida en la cara de mi amada; no lo sé. Pero la trataba bien. Se reían un poco y de vez en cuando apoyaban sus cabezas como viejas amigas conspirando cuando hablaban de mí.

Mamá solo me puso nerviosa una vez durante la cena. La charla de la mesa había deambulado de Alabama a Chicago, a la guerra y finalmente, con ligereza, aterrizó en la religión. El reverendo Scott nos habló de su iglesia y de cómo había crecido.

—Tengo que preguntarle, Reverendo, ¿es usted realmente un hombre de Dios?—preguntó mi madre, y casi se me cae el tenedor sobre el filete.

—Sra. Nicholas, me gusta pensar que lo soy. Lo intento.

—Hay algunos que dicen que son de Dios, y pueden hablar, pero tienen latrocinio en sus corazones—dijo Madre—. He conocido a hombres así. Me avergüenza decir que mi propio hermano lo era. Hizo daño a mucha gente con lo que hizo.

—Lamento escuchar eso—dijo el reverendo Scott. Parecía que iba a tomar su mano para tranquilizarla, pero no lo hizo—. Hago lo que puedo. Quiero que lo sepas.

—Creo que lo haces—dijo mamá—. Parece que lo haces.

El reverendo hurgó en lo que había sucedido con mi padre. Madre hizo algunas referencias veladas a la breve carrera criminal del tío Abe, pero no parecía interesada en contarlo, así que no lo hizo. Necesitaba hablar con Virginia de ello, lo sabía, pero era como madre. Era una cena agradable, una cena feliz, y no quería estropearla.

En el trayecto de vuelta a casa, mi madre cruzó su brazo con el mío como si fuera una chica en una cita.

—Es una buena chica, Johnny. Cuida bien de ella.

Se me encogió el corazón al oírla decir eso. Por la forma en que me tomó del brazo y me sonrió, me di cuenta de que lo decía en serio.

—Lo haré, madre. Lo haré.

Y lo intenté, de verdad.

El reverendo tenía una reunión con otros reverendos al día siguiente, y como yo seguía sin trabajo, estaba libre para enseñarle a Virginia la ciudad. Le enseñé todo lo que pude, el Field Museum y el Wrigley Field y el Hancock Building. No la llevé a ningún sitio donde pudiera conocer a alguien. Mi antigua vida había terminado y no quería ver a nadie de ella. En un breve arrebato de pánico, me pregunté qué pasaría si nos encontrábamos con Dominique. Alejé ese pensamiento. Nunca me había topado con ella cuando la buscaba, y probablemente no me reconocería ahora. Yo seguía siendo un niño en su mente, si es que seguía viva o pensaba en mí. Esperaba que se alegrara por mí, pero tenía que dejar de preocuparme por si nos veía.

La llevé a Washington Park: A la laguna, donde había imaginado que acechaban los submarinos alemanes. Había lanzado piedras para ahuyentarlos y funcionó porque nunca salieron a la superficie. A los árboles donde Nelson Ray y yo nos imaginábamos como pilotos de caza. Nunca me imaginé cayendo de ese árbol, cayendo a la tierra, cayendo bajo la tierra. Eso nunca se me ocurrió, cuando jugar a la guerra era una forma divertida de pasar un día caluroso. Le conté a Virginia estos peligros imaginados. Mejor eso que hablarle de los reales.

A medida que avanzaba el día, Virginia quería hacer planes. Nos íbamos a casar, eso estaba decidido. La cuestión era cuándo y dónde. Reconozco que no fui de mucha ayuda porque, llegados a este punto, no me importaban los detalles. Podíamos casarnos en la mejor iglesia de Chicago, en una choza de barro en el Congo o en la iglesia de su padre en Alabama; no me importaba lo más mínimo. Por lo que a mí respecta, ya estábamos casados. Ella tenía mi corazón y yo no quería recuperarlo.

Sabía que mi madre no querría dejar Chicago, sobre todo para volver a Alabama. Pero Virginia fue insistiendo cada vez más en casarse en la iglesia de su padre, y con él haciendo los honores. Y tenía sentido. Yo tampoco quería volver a Alabama, pero mi madre no tenía iglesia y su padre sí, así que tenía sentido. No conocía a ningún ministro, ya no, y no habría confiado en los que había conocido. Era Alabama. Iba a volver a Tuskegee, quisiera o no.

Capítulo Treinta y dos

CASADO

Bajé en el tren con mamá mientras Virginia hacía todos los preparativos. En realidad no había muchos preparativos que hacer. Por mi parte, solo estábamos mamá y yo. Mamá miraba con cierto interés alrededor del tren y observaba con atención a los camareros. Los trenes y sus camareros eran los que habían difundido el *Defender* en el Sur y habían impulsado a la gente de color a dirigirse al Norte en masa, incluida ella. Pero esto no parecía interesarle mucho, y no dijo nada a los camareros. Se limitó a mirar por la ventana el paisaje, que era plano y poco interesante. No hablamos mucho. Nuestro vínculo no se rompía, pero no había mucho que decir.

La boda fue un sábado. Era abril, así que no hacía demasiado calor. Las nubes de tormenta se concentraron en el horizonte el día anterior, pero tuvieron la cortesía de marcharse antes de la boda propiamente dicha. El día que nos casamos, el 16 de abril, el cielo estaba claro y nítido y azul y sin límites. Mamá no se compró un vestido nuevo para la ocasión (no tenía suficiente dinero, y yo tampoco), pero había cosido unos encajes nuevos en uno más antiguo y quedó tan bien como cualquier otro.

Virginia tampoco se compró un vestido nuevo. Llevó el mismo vestido que su madre había llevado en su boda. Había estado cuidadosamente guardado en un armario de la casa de los Scott durante todos estos años, esperando este día. Virginia podría haber llevado un saco de cemento y estar encantadora, pero estaba especialmente guapa con este vestido. Su madre lloró al verla con él, y creo que mamá casi lo hace también. Sé que es algo ordinario de decir, pero es verdad: Virginia parecía un ángel.

La boda no fue como muchas de las que he leído hoy en día. No fue elegante y no fue grande. Como dije, mi lado era solo mamá y yo, pero el lado de Virginia no era mucho más grande. Tenía a sus padres, por supuesto, dos grupos de tíos y tías, y una vieja amiga de la infancia que conocí por primera vez. Tenía la edad de Virginia pero se había casado años antes, cuando era realmente muy joven. Ahora tenía dos hijos. Se llamaba Cindy. Era hermosa pero había perdido su figura. Parecía una hermosa mujer que había sido estirada hasta ser mucho más grande. Me pregunté, brevemente, si esto sería lo que le ocurriría a Virginia algún día, pero era tan magnífica que no podía imaginarlo.

Incluso con la pequeña asistencia no nos sentimos perdidos. En el santuario de la iglesia cabían muchos más, ya que el negocio de Dios estaba en auge, pero de alguna manera el altísimo techo y las altas y finas ventanas curvas hacían que el número de personas que había dentro pareciera intrascendente. En cuanto a mí, solo tenía ojos para mi esposa.

No había ningún órgano. Cindy nos dirigió en un par de himnos y luego comenzó la ceremonia. Nuestros votos fueron sencillos, elegidos por el reverendo. Utilizaron la cita de la Biblia sobre cómo la vida sería solo un címbalo tintineante sin amor, o algo así. No estaba escuchando realmente. Estaba concentrado en el hermoso rostro de Virginia, y en cómo estaba a solo unos centímetros del mío, oscurecido por un velo blanco que significaba que pronto sería mi esposa.

Y entonces lo fue, y su padre nos dijo que podíamos besarnos, y lo hicimos. No tenía sentido que camináramos por el pasillo porque no había suficiente gente, así que simplemente nos giramos para mirarlos, y ellos se pusieron de pie y aplaudieron. Llamé la atención de mi madre y vi su sonrisa. No era una sonrisa tan grande como siempre había pensado que sería. No era una sonrisa radiante. Creo que, en ese momento, mi madre estaba más allá de la alegría.

Había otro invitado en la boda que no había visto antes, pero que vi ahora cuando nos enfrentamos al público: Willie Mason, mi viejo amigo de Tuskegee. Mamá no estaba radiante, pero Willie sí y aplaudía con suficiente fuerza como para causar un eco. Parecía el mismo Willie de siempre y, cuando terminó, se acercó y me rodeó los hombros con sus grandes brazos.

—Amigo, ha pasado demasiado tiempo—dijo.

—Sí, así es. ¿Cómo te ha tratado la guerra, Willie?

—Hice un montón de dinero con mis compañeros soldados, hombre. ¿Y tú?

—Oh, fue bastante interesante. Aunque me alegro de que haya terminado.

Me regaló una carcajada y una palmada en el hombro y luego ambos terminamos hablando con otras personas durante un rato. Volvimos a encontrarnos más tarde, fuera de la iglesia, de pie en el césped, mirando el claro cielo azul.

—Me alegro mucho de que hayas venido, Willie.

—A mí también. Virginia me localizó y me alegro de que lo hiciera. No me lo habría perdido. Nunca pensé que conseguirías a esta chica.

—Yo tampoco. Yo tampoco.

—Me alegro de que lo hicieras. Me alegro de verte, Johnny. Espero que no te importe que te diga que tienes un aspecto un poco duro. ¿Qué te ha pasado? Pensamos que estabas muerto.

—Lo sé. Me derribaron. Me llevó un tiempo volver—realmente no quería hablar de esto ahora, precisamente hoy—. Simplemente me llevó un tiempo. Entonces, ¿qué pasó contigo, Willie? ¿Se las arreglaron para mantenerte ocupado?

Me dio esa sonrisa característica.

—Hombre, sí. Me pusieron a trabajar en motores y a enseñar sobre ello. Me hicieron dar clases en Tuskegee y luego ir a Michigan para trabajar en motores y enseñar allí. No tuve ninguna acción de guerra emocionante como ustedes los pilotos, pero me ensucié las manos.

—Tú nos mantuviste en marcha. No habría sucedido sin ti.

—Ah, yo o alguien más. Una cosa buena es que aprendí mucho sobre motores. Quiero decir, de todo. Pensé que sabía mucho, pero ahora probablemente podría construir un motor con esta hierba de aquí.

—Ojalá lo hicieras. Me vendría bien un coche.

—Puedes tomar prestado el mío.

—No, está bien, solo estoy bromeando. Tenemos ese Mercury allí para la luna de miel.

Era el coche del reverendo. Solo íbamos a bajar a Montgomery por una noche; no quería que mamá volviera sola en el tren, pero no se lo dije a Willie. No sonaría muy romántico.

—Entonces, ¿qué vas a hacer después? ¿Cuándo vas a volver aquí para que pueda ganarte más dinero?

Willie tenía su cara sonriente, pero yo sabía que hablaba en serio, al menos en cuanto a preguntarse qué iba a hacer yo. Me gustaría tener una respuesta para él.

—Todavía no estoy seguro. He estado un poco enfermo. Solo estoy recuperando las fuerzas.

—¿Enfermo? Quieres decir que esos bastardos nazis te han hecho trabajar, ¿no?

—Algo así.

—Eso es una especie de enfermedad, supongo.

—¿Qué vas a hacer, Willie? ¿Seguir en el ejército?

—No, he terminado con el ejército. Quiero volver a dormir hasta tarde antes de ser demasiado viejo para disfrutarlo. Tampoco estoy muy seguro todavía. Pensé que tal vez tuvieras alguna buena idea.

—Estoy seguro de que algo se me ocurrirá. Tengo una mujer que mantener, ahora.

—Sí, y no necesitas preocuparte por esto en tu noche de bodas, ¿verdad?

—Seguro que no.

—¿Crees que podrías hacer algo con los aviones? ¿Tal vez volar el correo o algo así?

—No lo creo.

Willie parecía un poco sorprendido por eso. No sé, pero eso lo entristeció un poco. Hacía años que se había desintoxicado y no había volado, pero tal vez le hacía feliz pensar que yo podía hacerlo.

—Tuviste todo el vuelo que querías con el dinero del Tío Sam, supongo.

—Probablemente sea eso.

—Volar el correo sería aburrido después de volar un Mustang. Oye, Johnny, algo que dijiste me recordó algo. ¿Sabes qué? Mientras estabas fuera, algunos de esos nazis fueron traídos aquí como prisioneros. Los llevaron en el tren y los alojaron en algunas bases militares. ¿Y sabes qué? Los trataron mejor que a los negros. No tenían que viajar en los lomos de los trenes. No tenían que comer solos. Los trataban mejor que a los soldados negros.

Debí de poner cara de circunstancias porque añadió: "Esos bastardos nazis".

Aunque en realidad no estaba reaccionando a eso. Había mencionado que los trasladaban en un tren y, por un segundo, volví a estar en ese tren de Polonia, moviéndome junto a los demás muertos vivientes, rodeado del hedor del vómito y la orina y la mierda y la muerte. Sentí que gotas de sudor se abrían paso a través de mi piel.

—¿Johnny?

Me contesté con un chasquido. Willie me miraba con preocupación.

—Escucha hermano, no quise hacerte enojar. No me hagas caso. Es el día de tu boda y necesitas pensamientos felices. Ve con tu novia ahora. Trata bien a esa señora. Ella es demasiado buena para ti, lo sabes.

Debo haber vuelto a la normalidad porque su lenta sonrisa había regresado.

—Lo sé.

Me giré y ella se dirigía hacia mí a través del césped, con su brillante vestido blanco flotando sobre la brillante hierba verde. Sus ojos estaban fijos en mí, llenos de amor. Parecía un ángel, no hay otra forma de describirla. Era un ángel.

—Sr. Nicholas, ¿ya me ha abandonado por sus antiguos compañeros del ejército?

Rodeé su cintura con mi brazo y la acerqué para darle un beso. Willie miró hacia otro lado, sobre todo, aunque le pillé robando un vistazo con el rabillo del ojo.

—Aquí no hay compañeros, solo Willie. Y creo que no le importará que te lleve y nos larguemos a nuestra luna de miel.

Así que nos despedimos con un último saludo y nos subimos al coche, un gran Mercury blanco que funcionaba como una versión terrestre del P-51 Mustang; era rapidísimo. Tuve que ir tirando del pie hacia atrás para evitar que me multaran.

—¿Por qué tiene tanta prisa, señor Nicholas?—preguntó Virginia con una sonrisa socarrona.

—Ya lo verá dentro de un rato, señora Nicholas.

Llegamos a Montgomery en un tiempo récord y nos registramos en el hotel, The Fairton, el lugar más agradable que permitía a los hombres y mujeres de color alojarse allí. Estaba en el lado norte de la ciudad y tenía vistas a una zona de bosque con matorrales. Podría haber tenido vistas a los Alpes, o al Taj Mahal, y no me habría importado. Saqué a mi novia del vestido, la ayudé a doblarlo con cuidado y a colocarlo en el armario, y luego caí sobre ella en la cama. Hicimos el amor furiosamente, Virginia se aferró a mí con una fuerza que no sabía que poseía. Siempre la había imaginado como una persona tal vez demasiado pura, más allá de algo tan animal como el sexo; en eso me equivocaba. Me necesitaba y lo necesitaba y por fin podía tener ambas cosas.

Me desperté en algún momento de la noche. Habíamos juntado nuestros cuerpos todo lo que podíamos soportar y luego nos quedamos dormidos sin siquiera salir a cenar. Una luna brillante hacía brillar sus blancos rayos en la habitación, iluminando a una Virginia dormida. Dormía con los labios juntos, respirando casi en silencio por la nariz. Muy serena, incluso en la inconsciencia. Yo creía que estaba serena todo el tiempo. Ahora sabía que era diferente. Pensé en ella empujando sus caderas con fuerza contra las mías, queriendo todo mi interior, y sonreí. Volví a bajar la cabeza y me dormí junto a mi mujer.

En algún momento de la noche, ella necesitaba más. Se apartó de la cama y luego la sentí subir de nuevo a ella, desde los pies, arrastrándose casi en silencio hacia su objetivo. La luna delineaba su silueta mientras se cernía sobre mí y me sujetaba con una mano áspera, instando a la sangre a ir donde ella quería, poniéndome duro y listo. Sus acciones eran mucho más rápidas ahora, más rápidas y toscas. Lo quería y lo quería ya. Por fin consiguió el efecto deseado y se subió a horcajadas sobre mí, arqueando tanto la espalda que la luna le pasó por la cara. No era mi Virginia. Era Annamaria cabalgándome con sus ojos fríos y muertos. Le grité que se bajara y le di una patada. No quería que me tomara en mi propia cama de luna de miel, con mi mujer tumbada a nuestro lado.

—¡Johnny!—gritó ella, pero yo no la escuché. Seguí dándole patadas, tratando de empujarla por la ventana.

—¡Johnny! ¿Qué estás haciendo?

Su grito fue más fuerte esta vez. Me di cuenta de que no era en francés. No era la voz de Annamaria. Me senté en la cama y vi a Virginia tirada en el suelo, con una mirada de sorpresa.

—¡Virginia! ¡Virginia! Lo siento mucho.

No dijo nada, solo se levantó y fue al baño. Volvió unos minutos después y me encontró temblando y sudando en la cama. Me miró en silencio durante mucho tiempo y luego me tomó la mandíbula con las manos.

—¿Qué ha sido eso, Johnny? ¿Fue la guerra?

Asentí con la cabeza y, al moverla, comenzaron las lágrimas. Ella atrajo lentamente mi cabeza hacia su hombro y me dejó sollozar.

—¿Qué te hicieron allí, Johnny?

Sacudí la cabeza mientras seguía sollozando. No quería decírselo. Había decidido que no debía decírselo nunca, y desde luego no quería sacar el tema en nuestra noche de bodas. Siguió abrazándome pero no volvió a preguntar. Mis lágrimas se calmaron y fueron reemplazadas por un dolor de cabeza, ese viejo y conocido dolor de cabeza. Hacía tiempo que no tenía uno, casi había olvidado cómo eran.

—¿Te he hecho daño?

Me mostró su pierna, esa pierna sedosa que había estado besando apenas unas horas antes.

—Creo que me saldrá un moretón mañana, pero nada malo. ¿Crees que puedas volver a dormir? ¿Sin sacarme de la cama?—ella sonrió débilmente para demostrarme que era una broma, que todo estaba bien entre nosotros.

—Creo que sí. Espero que sí.

—Volvamos a dormir. Pero primero, ya que estamos despiertos...

Me tomó en su mano, una mano mucho más suave que la que Annamaria esgrimía en mi pesadilla. Virginia me puso rígido y luego me tiró encima de ella. Todavía me deseaba, todavía estaba mojada por mí. Empujé dentro de ella lentamente para demostrarle que la amaba.

Capítulo Treinta y tres

MANOS OCIOSAS

Me encantaba estar casado. Me encantaba todo. Estaba acostumbrado a estar solo, metido en mi propia cabeza, así que era maravilloso tener a Virginia cerca todo el tiempo. Y estábamos mucho tiempo juntos porque ninguno de los dos tenía trabajo. El inconveniente del matrimonio era que, como no teníamos ingresos ni dinero, vivíamos con el reverendo y la señora Scott. Teníamos una pequeña habitación en el piso de arriba, justo encima de la de ellos, así que nos quedamos muy tranquilos haciendo el amor.

Yo necesitaba trabajar, así que el reverendo me encontró trabajos extraños para hacer en la iglesia y para los feligreses. Corté el césped, arreglé coches rotos, reparé ventanas e incluso pinté carteles, lo que me ponía los pelos de punta. No se me daba tan bien pintar carteles como a mi padre, y no quería que se me diera bien.

Virginia también hizo algunos trabajos relacionados con la iglesia, como recoger a algunas ancianitas en el Mercurio del reverendo Scott. Íbamos a la iglesia cada vez que se abrían las puertas, lo que significaba que estábamos allí todo el domingo, medio día el miércoles y durante días enteros durante los "avivamientos" especiales, que parecían ocurrir cada pocas semanas. No tenía ni idea de que el cristianismo fuera tan tenue en Alabama como para requerir un avivamiento constante.

El reverendo Scott intentaba ocasionalmente entablar una conversación sobre religión, pero yo no quería saber nada de eso. Iba a la iglesia porque me ayudaba y porque estaba casado con su hija, pero ésas eran las únicas razones. No reconocía al dios personal del que predicaba el reverendo. No creía en un dios al que no le importaba ni un ápice lo que le ocurriera a sus creaciones. Había estado en el infierno. Eso no me hizo creer en el Cielo.

No me importaba tanto estar de vuelta en Alabama. Tampoco me apetecía mucho estar en Chicago, que tenía rascacielos llenos de malos recuerdos para mí. Yo había devuelto a mamá a Chicago y ella retomó su lugar en la cocina, volvió a una vida que ya no vivía con ningún entusiasmo. Una parte de ella quería que me quedara, creo, pero otra quería que me fuera. Yo era lo último que le recordaba su antigua vida, y creo que estaba feliz (si es que feliz es la palabra) en la nueva, pequeña, tranquila y gris. Me dejó volver.

Pero vivir en Alabama me estaba volviendo loco. Estaba acostumbrado a Chicago, donde los blancos tenían la sartén por el mango, pero aún había espacio para que un hombre de color saliera adelante. En Alabama, el viento estaba en tu cara todo el tiempo. Willie tenía razón. Los prisioneros de guerra alemanes, lo peor de lo peor, eran tratados mejor que los soldados patrióticos de color. Y yo empezaba a escuchar historias sobre cómo los soldados de color que volvían de la guerra eran maltratados, golpeados e incluso asesinados en el Sur. Era un murmullo de fondo entre el rebaño del reverendo Scott, y el *Chicago Defender* hablaba de ello en casi todos los números. El *Defender* se seguía distribuyendo por todo el Sur, repartido de mano en mano por los camareros de los trenes, pero yo no lo leía mucho. Me recordaba demasiadas cosas, e informaba sobre otro mundo que ya no era el mío.

Un día ese otro mundo estuvo muy cerca. Un soldado de Tuskegee, un aviador en formación, de hecho, se paseó por la ciudad y se acercó demasiado a una mujer blanca. Según la turba que lo golpeó hasta casi matarlo, le había silbado y perseguido, lo cual dudo. Tal vez la miró. Tal vez ella entró en su campo de visión y él giró la cabeza para ver qué causaba ese movimiento, y eso fue suficiente para ganarse una discapacidad de por vida, según los matones paletos que le dieron la paliza.

El hombre no había servido en la guerra (era demasiado joven), pero me enteré por Willie de que era un piloto prometedor y que habría enorgullecido al país. Oír hablar de la paliza y leer el relato del periódico local me enfureció. El periódico informó del incidente como si el hombre se lo hubiera buscado. Por supuesto, nadie había visto quién le había dado la paliza. Nadie sería acusado; no le pasaría nada. Leer la historia me hizo hervir la sangre, incluso más que el hecho de oírlo de boca en boca. Me enfadé tanto que la vista se me nubló durante un rato y el pulso me latía en el cuello. Pensé que podría tener un ataque al corazón, pero no fue así.

No me importa si el hombre era el peor soldado de color del planeta, era mejor que cien de esos ignorantes blancos. Estaba sirviendo a su país, aunque su país no le sirviera a él.

—El ejército se está quejando al sheriff--me dijo Willie una semana después de la paliza.

Habíamos empezado a jugar a las cartas con regularidad, pero solo apostábamos tapas de botellas porque yo no tenía dinero.

—¿Quejándose cómo?

—Arrastrando su triste culo de campesino y gritándole. Diciéndole que el soldado era propiedad del gobierno de los EE.UU. y que no debía ser dañado por sus tontos locales.

—Siempre somos propiedad de alguien.

Tiré mis cartas al suelo con disgusto. Tenía una buena mano, pero mi corazón ya no estaba en el juego.

Le pregunté al Rev. Scott sobre el incidente.

—¿Por qué la iglesia no toma una posición contra esto?

Lo había mencionado en los sermones, pero eso era todo, solo palabras. No sé qué esperaba que hiciera, pero quería que hiciera algo.

—Me he reunido con algunos ministros de los alrededores. Estamos hablando de lo que podemos hacer para proteger a nuestros hombres y mujeres.

—Hablar.

—Hablar es lo que puedo hacer ahora, Johnny. No soy un soldado como tú. No puedo luchar contra nadie. Y el Señor nos dijo que pusiéramos la otra mejilla.

—Creo que ya hemos hecho eso. Suficiente.

Creo que me enfadé aún más porque tampoco sabía qué hacer al respecto. ¿Debía tratar de golpear a cada hombre blanco que viera? Casi había recuperado mi antigua fuerza, pero eso nunca sería suficiente. En algún momento me darían una paliza y entonces todo el mundo diría que me lo merecía, y yo haría retroceder a mi propia causa. Era frustrante y me hacía palpitar el pulso. Porque no había nada que pudiera hacer al respecto.

Seis largos meses después de mudarnos con los padres de Virginia, me enteré de un buen trabajo en el que podía utilizar mis habilidades sin trabajar en cosas que me dieran pesadillas. Me enteré por Willie, que siempre estaba pendiente del dinero. Probablemente quería dejar de jugar por tapas de botellas.

—Supe por mi primo que un tipo de Huntsville va a fundar una empresa de automóviles—dijo Willie.

—¿Una empresa de coches? ¿No ha oído hablar de Ford, Mercury, Chrysler y Studebaker?

—Supongo que sí. Quiere hacer algo más asequible. Algo para el hombre común. Solo te lo cuento, no digo que vaya a funcionar. Si no quieres un trabajo, no me preguntes por él.

No sabía nada de Huntsville, ni siquiera había oído hablar de ella. Willie dijo que estaba cerca de la frontera del estado de Tennessee. Eso tuvo un atractivo inmediato. Estaba más al norte, y yo quería ir más al norte. Y, lo que es más importante, estaba a cientos de kilómetros del reverendo y la señora Scott. Eran buenas personas, no me malinterpreten, pero yo estaba listo para vivir con mi esposa, y estoy seguro de que estarían felices de sacarnos de la casa. Sabía que el reverendo Scott quería que consiguiera un trabajo a tiempo completo. Probablemente se estaba cansando de decir: "Las manos ociosas son el taller del diablo" y luego me buscaba algo que hacer en la iglesia.

Esperaba una pelea por parte de Virginia. Al fin y al cabo, estaríamos a kilómetros del norte y desplazarse en aquella época no era tan fácil como ahora. Podía haber volado, supongo, pero ya no quería volar. A partir de ahora iba a arrastrarme por el suelo como todo el mundo. Virginia parecía un poco decepcionada por el lugar, pero dijo: "Johnny, si lo quieres, tómalo, y yo iré contigo". Creo que la tensión de vivir en la casa con sus padres como marido y mujer también la estaba afectando.

Y así, le dije a Willie que sí. Debería haber investigado el trabajo, averiguar más sobre este hombre y su automóvil, pero la verdad era que no tenía dinero para ir hasta allí y averiguarlo. Me habían ofrecido un trabajo, y lo iba a aceptar, a la vista de todos. Si podía trabajar en el motor de un avión, podía trabajar en el motor de un coche.

Tomé el tren hasta Huntsville para firmar y empezar. Alquilaría una habitación durante un tiempo y luego buscaría un lugar para vivir, y Virginia se uniría a mí. Me habría aburrido del lugar, pero Willie se vino conmigo, ya que también aceptó un trabajo allí. Nos intercambiamos tapones de botella durante todo el camino hasta Huntsville. La primera vez que vi el lugar no me impresionó. No era más que otra pequeña ciudad adormecida, polvorienta y lenta, con coches y gente que pasaban como si no tuvieran que estar en ningún sitio en un momento determinado.

—¿Dónde están todos los negros?—preguntó Willie, y yo miré a mi alrededor. Efectivamente, no había mucha gente de color, al menos no a la vista desde la estación de tren. Eso no podía ser bueno.

Gastamos parte del poco dinero que teníamos en un taxi hasta el Arsenal de Huntsville, donde Willie dijo que se estaba instalando la compañía de automóviles.

—¿Por qué están en un arsenal?

—Mucho espacio, supongo—dijo Willie—. Con la guerra terminada, no hay mucho uso para los arsenales.

Ojalá fuera cierto, pero lo dudaba.

La zona no parecía industrial. Vimos mucho algodón y maíz y vacas, incluso después de pasar un cartel que nos decía que estábamos en los terrenos del Arsenal de Huntsville. Salimos y nos encontramos con un guardia que descansaba cerca de un camino sin pavimentar con una larga puerta abierta. No parecía emocionado de vernos ni interesado en nosotros. El final de la guerra no había acabado con el entrenamiento en Tuskegee; pero sí con lo que se había hecho aquí.

—Se supone que debemos ir al edificio 481—dijo Willie—. Tenemos trabajo en la compañía de automóviles Dixie Motors.

—He oído que venían. Pasad, está al final de la carretera y a la derecha. Verás el cartel. Solo que creo que ahora es Keller Motors. No recuerdo si cambiaron el letrero. Pondrá uno u otro.

Nos dirigimos hacia la carretera para que pudiera volver a mirar al espacio.

—Dixie Motors—dije—. No me gusta cómo suena eso. Me gusta más Keller Motors.

—Me gustará quien firme mi cheque—dijo Willie.

Encontramos un edificio con una fachada abierta y no mucho más. Había formas de madera aquí y allá, que supongo que estaban destinadas a sostener el chasis de un coche. Había una fila de luces a lo largo del techo y, aparte de la madera, no mucho más. Era considerablemente menos avanzado que lo que habían construido los nazis, incluso bajo una montaña, pero al menos nadie había muerto aquí.

—¿Hola?—preguntó Willie al espacio vacío—. ¿Hola?

Una puerta se abrió de golpe en el lado más alejado de la habitación, y después de medio minuto una cabeza se asomó. Era un hombre blanco con un corte de cabello.

—¿En qué puedo ayudarlos, muchachos?—gritó, sin molestarse en mostrar más de sí mismo.

—Estamos aquí para trabajar para la Dix, es decir, Keller Motors.

Nos miró durante unos segundos más y luego desapareció. Nos miramos el uno al otro. Nos había visto, dos hombres de color. Probablemente no íbamos a conseguir los trabajos ahora. No habíamos especificado que éramos hombres de color en nuestras cartas, pero tampoco habíamos huido de ello. Cualquiera que prestara atención a dónde estábamos y a lo que hacíamos se habría dado cuenta, pero mucha gente no se molestaba en tomarse el tiempo. Había oído hablar de situaciones así, y pensar que ahora me encontraba en una hizo que la sangre empezara a palpitar en mis oídos. Entonces reapareció el hombre blanco, saliendo por la puerta y acercándose a nosotros con una gran sonrisa.

—Hola, amigos—dijo, con un acento más marcado que cualquier otro que hubiera escuchado incluso más al sur—. Lo siento, no me dijeron que esperara a nadie hoy. Me llamo Jim. Jim Dupuy, director de producción.

Nos estrechó la mano y nos sonrió como si fuéramos viejos amigos, y era genuino. El latido de mis oídos se calmó.

—Síganme, deberían hablar con el Sr. Mitchell. Nos alegramos de que estén aquí, estamos listos para empezar. No parece mucho ahora, lo sé.

Caminamos por el piso, nuestros pasos resonaban en el cavernoso interior. El lugar era enorme.

—Conseguí un buen trato con esto—dijo Jim, como si leyera mis pensamientos—. Aquí se fabricaban máscaras de gas durante la guerra. Este arsenal fabricó muchas armas químicas en la guerra. Probablemente necesitaban las máscaras de gas para hacer su trabajo.

Soltó una carcajada, y yo sonreí pero sentí que se me hacía un pequeño nudo en la garganta. Jim nos acompañó a una pequeña oficina repleta de manuales de mecánica, revistas de motores y aviones, extrañas piezas de plástico y otros trastos al azar. Parecía la habitación de un niño pequeño, pero más desordenada. Detrás de un escritorio metálico lleno de cicatrices, había un hombre corpulento con un traje que no le quedaba bien. Cuando entramos, salió a nuestro encuentro tan rápido que casi me hizo saltar.

—Amigos, este es el Sr. Mitchell. Sr. Mitchell, estos son el Sr. Nicholas y el Sr. Mason.

Nos llamó señor y utilizó nuestros apellidos. Me estaba empezando a gustar este lugar.

—Por favor, llámenme Hubert. Siéntense, siéntense, me alegro de que estén aquí. Los he investigado un poco y tengo entendido que ambos son excelentes mecánicos.

—Nos gusta pensar eso, señor—dijo Willie.

Willie fue más deferente de lo que esperaba. O le gustaba Hubert Mitchell, o realmente quería el trabajo.

—Yo también conozco mis cosas. Construí mi propio avión cuando era un niño, y realmente voló, y todavía estoy vivo. Así que sé qué buscar, y ustedes lo tienen. Esto debería ser fácil para ustedes. Están acostumbrados a trabajar en motores muy complejos. El que tenemos para nuestros coches es simple. Es solo un cuatro en línea, menos de sesenta caballos de fuerza. Un carburador de un barril. Probablemente podrían armar uno de estos mientras duermen.

En eso tenía razón.

—Lo que me gustaría que hicieran, si quieren los trabajos, es verificar la construcción de nuestros motores. Armaremos los vehículos en nuestra línea de montaje, pero quiero asegurarme de que están probados y son buenos. Examinarán todos los motores que construyamos y luego trabajarán con Jim aquí para hacer los cambios que sean necesarios.

Detecté una nota de nerviosismo en su tono, y los ojos de Jim empezaron a recorrer la oficina como si tuviera miedo de mirar algo demasiado tiempo. Ahora la situación estaba bastante clara. La Keller Motor Company quería contratar trabajadores técnicos de buena calidad sin pagar el precio de los blancos. Como hombres de color, Hubert sabía que trabajaríamos por menos. Como antiguos militares, sabía que haríamos un buen trabajo. Pero el resto de sus trabajadores serían probablemente blancos, y no serviría que un hombre de color diera órdenes a un trabajador blanco. Así que, nosotros haríamos los controles de calidad, pero Jim sería el intermediario. Él pondría el músculo detrás de nuestras ideas y sugerencias. Además, probablemente cobraría más que nosotros por un trabajo que ni siquiera tendría que existir si los blancos tuvieran sentido común. Miré a Willie y él asintió levemente. Entendía lo que estaba pasando. También me di cuenta de que estaba dispuesto a aceptar el trabajo, y yo también. Podría ser peor. Haríamos un trabajo que requeriría nuestras habilidades, pero que no me obligaría a andar con aviones. Y Hubert Mitchell, aunque atrapado en su locura blanca, no parecía un mal tipo, y Jim Dupuy tampoco. Casi seguro que era lo mejor que podíamos hacer. Me vino a la mente una imagen del reverendo Scott. La idea de seguir trabajando en la iglesia había perdido su atractivo. Iba a entrar en el negocio de los automóviles.

Capítulo Treinta y cuatro

EL KELLER SUPER CHIEF

El trabajo en Keller Motors era poco emocionante. Trasladé a Virginia a Huntsville y conseguimos un pequeño apartamento cerca del borde del arsenal, donde podía ir andando al trabajo todos los días. Willie vivía más cerca de la ciudad y solía venir en coche, así que su horario era muy flexible. Nunca se sabía cuándo iba a aparecer.

El caso es que no importaba. La cadena de montaje no se hizo más compleja; seguía siendo una serie de tablas, como el armazón de una casa abandonada. No había trabajadores a los que instruir, ni siquiera a través de Jim, que no estaba muy presente. Él, Hubert Mitchell y otros directivos de la empresa Keller estaban de gira por el país, recaudando dinero para construir un vagón de madera pequeño y barato. Básicamente, nos pagaban por aparecer y mantener el lugar limpio, aunque cuando los jefazos pasaban por allí con el coche, teníamos que ponerlo a punto y prepararlo para su siguiente parada. Cuando el coche se iba, Willie y yo estudiábamos los planos de la cosa y tratábamos de encontrar la mejor manera de construir un montón de ellos. Willie nunca había trabajado en una cadena de montaje. Yo sí lo había hecho, pero fue en la de Alemania, bajo la montaña, y quería olvidarme de eso.

Empezamos a tener nuestras sospechas sobre el coche después de familiarizarnos con él, al menos sobre el papel. La cosa era simple como una piedra. Demasiado simple. Toda la mitad trasera de la carrocería era de madera, lo que no planteaba ningún problema técnico. Probablemente podríamos subirnos a un camión y conducir por las carreteras secundarias cercanas a la base y reunir a dos docenas de hombres que pudieran construir una carrocería de camioneta con madera. Willie se opuso por motivos prácticos.

—Si sacas una de esas cosas en un invierno húmedo de Alabama, en unos seis meses se pudrirá.

—Tendrán que guardarlo en una cochera—dije.

—¿Una cochera? Se supone que es el coche de un trabajador. ¿Ahora decimos que tiene que ser un hombre trabajador que posee una casa con cochera para comprar este coche barato? Hombre, nadie ha hecho un coche de madera desde los días de los caballos y las calesas. También hay una razón por la que dejaron de hacerlo.

Tenía razón, por supuesto. Siempre que el Keller estaba cerca se le trataba como a un caballo de carreras, manteniéndolo caliente y seco. Eso era lo más lejos que se podía llevar la comparación de un caballo de carreras con este coche. Era tan lento como un caracol en la nieve. En una escala en la que el coche necesitó un poco más de trabajo de lo habitual, Willie y yo nos las arreglamos para dar una vuelta. Tardó una eternidad en llegar a los 80 kilómetros por hora, con el pequeño motor agitándose bajo el capó redondeado. Intentamos mantenerlo en carreteras buenas, pero nos topamos con un par de carreteras malas y la cosa casi nos sacude los dientes. Su interior era tan espartano como un viejo coche de bebés. Solo era un poco más cómodo que el camión nazi que me había hecho dar vueltas.

—Esta cosa es un pedazo de chatarra—dijo Willie cuando volvimos, aunque tuvo cuidado de decirlo de manera que solo yo pudiera oírlo.

Sí lo era. Lo llevamos de nuevo al taller y abrimos el capó para trabajar en él. El coche tenía unos faros redondos a cada lado de una parrilla que se curvaba un poco hacia arriba en los extremos. Solía pensar que el coche nos sonreía; después de conducirlo un rato, supe que se reía de nosotros. Pero la empresa seguía creciendo. Hubert Mitchell y George Keller, el hombre que daba nombre a la empresa y al coche, viajaban mucho.

Habían contratado concesionarios por todo el país. Por supuesto, solo tenían un coche hasta ahora.

Willie y yo pusimos nuestros planes de construcción juntos, e incluso empezamos a trabajar en algunas modificaciones que harían que la cosa funcionara mejor. Un nuevo motor estaría bien, pero teníamos que trabajar con lo que teníamos a mano. Nos las arreglamos, al menos sobre el papel, para conseguir otros 12 caballos de potencia. Nuestro Keller Super Chief modificado (quizás debería ser el Keller Super-Duper Chief) no ganaría ninguna carrera de aceleración, pero sería un poco menos pesado que el que teníamos. Estábamos listos para empezar, pero los jefes seguían entrando y saliendo en sus interminables visitas de ventas. No se contrató a ningún otro obrero de la construcción, ni siquiera a alguien que martillara cuerpos de madera. Mitchell seguía diciendo que iban a ocurrir cosas buenas, pero yo había desarrollado un muy mal presentimiento sobre todo el asunto. Había muchos coches nuevos que salían a la calle, algunos no más caros de lo que querían vender el Keller, y eran mucho, mucho mejores.

Pero si querían pagarme por no hacer nada, me parecía bien, por el momento. Cuando llegaba a casa, no estaba cansado por haber tenido un largo día. Virginia y yo vivíamos de forma modesta por lo que teníamos un dinero decente, así que salíamos todo lo que podíamos. No podíamos comer en la mayoría de los restaurantes, pero había algunos buenos de color y llegamos a conocer bien a la gente de allí. Willie estaba igualmente relajado, e incluso encontró una chica. Se llamaba Eileen. Era terriblemente joven, unos cinco años menor que nosotros, pero era inteligente y conocedora y encajaba tan bien que todos nos olvidamos pronto de que había una diferencia de edad. Willie y Eileen nos acompañaban a menudo en nuestras salidas. Se podría pensar que eso significaba que yo veía a Willie prácticamente todo el día, pero el trabajo en la Keller era tan lento que la mitad de las veces Willie se aburría, se alejaba y empezaba una partida de cartas en algún sitio.

Mirando hacia atrás, esa fue la mejor época de mi vida. Estaba aburrido pero relajado. Tenía energía para explorar el cuerpo de Virginia y ella el mío, y lo hacíamos mucho. No todos los días, pero sí a menudo. Era la hija de un predicador, pero estaba aprendiendo nuevos trucos, y los aprendía conmigo. No pasó mucho tiempo antes de que empezara a ponerse enferma por la mañana. Ambos sabíamos lo que eso significaba. De hecho, lo había intuido en el horizonte mucho antes de que ocurriera. Sabía que íbamos a traer una nueva vida al mundo, y creía, basándome en nada, que sería un niño.

Mientras Virginia seguía creciendo, Willie y yo pasábamos los días en la Keller Motor Company y Willie soportaba las burlas de Eileen sobre cuándo podía esperar convertirse en esposa y madre. Willie y yo empezamos a salir a pescar, algo que yo nunca había hecho. El río Tennessee serpenteaba cerca del arsenal como una serpiente perezosa y nos daba muchas oportunidades. No me gustaba la pesca tanto como pensaba, pero era algo que hacer. Mientras los jefes de la compañía trataban de despertar el interés por el Keller, nosotros aprendíamos a pescar bagres. Decidí que, algún día, llevaría a mi hijo a pescar y le enseñaría todo lo que sabía al respecto, que no era mucho.

Cuando por fin parecía que íbamos a estar listos para empezar a construir coches, George Keller murió repentinamente. Murió en una habitación de motel en la ciudad de Nueva York. La noticia no nos llegó de inmediato. Rebotó entre los concesionarios y los vendedores, pero no llegó a nosotros, los técnicos, hasta después de un par de días. Hubert Mitchell terminó por decírnoslo él mismo durante uno de sus paseos por la "oficina".

—No se preocupen por eso—dijo—. Todo va a ir bien. Simplemente encontraremos un nuevo hombre para dirigir la empresa y seguiremos adelante.

Su rostro estaba más pálido que de costumbre, lo que desmentía sus palabras. Parecía un hombre que trabajaba para una empresa muerta. Así que Willie y yo dejamos las cañas de pescar y empezamos a buscar trabajo. Tenía una nueva boca en camino, y necesitaba asegurarme de alimentarla. Y Willie, de todas las cosas, quería casarse. Necesitábamos algo de dinero y tendríamos suerte si conseguíamos los últimos cheques de la Keller Motor Company.

Virginia estaba cada vez más grande. Ella también empezaba a sentirlo y la mayoría de las mañanas me despertaba con el sonido de sus arcadas en el inodoro. Nuestro cuento de hadas había llegado a su fin y el mundo real volvía a entrometerse. Miré alrededor del apartamento. No teníamos mucho. Habíamos comprado un sofá raído que habíamos recuperado, y unas bonitas mesas que torneamos para que los visitantes no pudieran ver las astillas de la madera. Teníamos una radio, una vieja de antes de la guerra. La televisión ya existía, pero no podíamos permitirnos una. Sabía que necesitaba más dinero. Necesitaba un trabajo más estable. Quería que mi hijo tuviera cosas que yo nunca tuve.

—He oído que va a haber contrataciones en el arsenal—me dijo Willie un día—. Mucha gente está empezando a mudarse.

—¿Qué, van a empezar a hacer máscaras de gas de nuevo?

—Ojalá. Eso sería aún más fácil que diseñar un coche que nadie va a construir. No, es algo sobre cohetes.

—¿Cohetes?

Estábamos en el balcón de hormigón que rodeaba la segunda planta de mi edificio de apartamentos, con los pies apoyados en la barandilla metálica, cervezas en la mano, viendo cómo se ponía el sol en algún lugar del arsenal. Era un día precioso y yo estaba relajado hasta que oí esa palabra.

—Sí, algo sobre cohetes. Misiles. Como esas cosas que los alemanes hicieron llover sobre Londres en la guerra. Has oído hablar de ellos, ¿verdad?

Casi se me cae la botella.

—¿Verdad?

—Oh, sí.

—¿Te encuentras bien? Te ves un poco raro.

—Estoy bien. Solo el calor, supongo.

—¿Calor? No es calor. Te estás ablandando, hombre. Necesitas encontrarte un trabajo duro. De todos modos, están trayendo a estos tipos alemanes aquí. Ellos son los expertos con los misiles, supongo, porque los construyeron.

Eran los expertos, sin duda. Traté de mantener la calma y seguir bebiendo mi cerveza como si nada hubiera pasado. Durante un par de segundos me sentí como si estuviera de nuevo en ese infierno, ese infierno literal, construyendo las armas del diablo y tratando de escapar de la soga, o algo peor. Un sudor frío se abrió paso hasta mi piel, como si huyera de la sola idea de aquel lugar.

—¿Estás enfermo, Johnny? No hace calor y estás sudando—Willie me devolvió a la tierra.

—Estoy bien.

—Realmente te estás ablandando si crees que esto es caliente. La Keller Motor Company no te ha hecho trabajar lo suficiente, obviamente.

—Sabes que eso es cierto.

—Esos alemanes lo harán, sin embargo, he oído. Te harán trabajar hasta la muerte. Muy eficientes.

Escupí un trago de cerveza y tosí.

—¿Seguro que estás bien?

—Bien—grazné—. Se fue por el tubo equivocado.

—Solo tienes que relajarte. No puedo creer que traigan a esos tipos a trabajar. ¿No acabamos de vencerlos en una guerra? Me pregunto si los mantendrán vigilados o algo así.

—Eso espero.

Me pregunté dónde mantendrían a los alemanes. Probablemente tendrían que construir algún tipo de prisión en el arsenal. ¿O no eran prisioneros?

—De todos modos, voy a ver qué tipo de trabajos tienen. Espero que sepan que un par de hombres de color pueden trabajar en sus cohetes. No tengo ninguna experiencia en cohetes, sin embargo. Soy un hombre de pistón. He visto un par de los nuevos aviones de combate, pero no he trabajado en ellos. Creo que eso es algo totalmente diferente.

Dejé que Willie parloteara mientras el sol se perdía de vista. Se tomaba su tiempo para irse, como un niño grande que no quiere irse a la cama.

—¿Has trabajado alguna vez en un avión o en un cohete?—preguntó Willie.

A estas alturas ya estaba en calma. Su pregunta ni siquiera me inquietó.

—No. Soy un hombre de pistón, como tú.

—Entonces, ¿quieres que vea qué tipo de trabajos van a tener?

Trabajar con Willie siempre era divertido, pero volver a trabajar con alemanes no me atraía, aunque ahora estuvieran en mi terreno.

—No, no lo creo. Encontraré otra cosa.

Capítulo Treinta y cinco

MEJORA Y EMPEORA

No había nada más. Al menos, nada que pudiera utilizar mis habilidades técnicas. Pero necesitaba dinero, así que me dediqué a cortar el césped, pasando las cuchillas por los patios de los blancos. Después de todo este tiempo, era como mi madre, haciendo para los blancos las cosas que ellos no querían hacer por sí mismos.

Willie comenzó en el arsenal, trabajando en las válvulas de unos motores que estaban desarrollando para fines misteriosos. Y entonces, efectivamente, llegaron los alemanes. No venían como enemigos capturados. El periódico blanco local lo publicó en primera plana, tratándolos como si fueran héroes. No podía creerlo. Leí la historia unas diez veces, y siempre decía lo mismo. Los alemanes iban a revitalizar esta ciudad y a construir los misiles del país contra la inminente amenaza soviética. Sentí que me ardía la cara y que el pulso me latía en la cabeza, y el papel blanco se oscurecía ante mí. Eran los mismos alemanes que construyeron los V-2 que hicieron retroceder a Londres a la Edad de Bronce. El papel lo decía. Pero no decía nada sobre cómo se construyeron. Eran simplemente milagros que se ensamblaban solos. Y estos alemanes eran tratados mejor que yo.

Virginia no entendía por qué no conseguía un trabajo con Willie.

Nunca le contesté y con el tiempo dejó de preguntar, pero me miraba cuando llegaba a casa bañado en sudor y yo sabía que estaba tratando de entenderlo. Ella sabía que tenía algo que ver con la guerra, pero yo no quería hablar de ello. No necesitaba saber que había tanta maldad en este mundo, especialmente mientras llevaba a nuestro hijo. No quería que esos pensamientos se filtraran hacia él y afectaran su mente.

Y así fue. Los alemanes llegaron a Huntsville y se integraron en el tejido de la ciudad, comiendo en fiestas elegantes, siendo alimentados en los mejores restaurantes. Lo sabía porque los periódicos blancos informaban de todos sus movimientos, de con quién hablaban, de dónde se divertían. Nunca informaron sobre lo que hicieron los alemanes durante la guerra. Nunca eso. Leyendo los periódicos, me enteré de que muchos de los alemanes se habían instalado en las laderas del Monte Sano porque les recordaba las verdes colinas de Alemania. Así que sabía dónde estaban. A veces salía de casa y miraba hacia donde creía que estaba el monte; era pequeño para ser un monte, y oscuro. Miraba hacia arriba y me preguntaba qué estarían pensando. Probablemente estarían felizmente dormidos.

Me enfadé sobre todo porque sabía que dentro de poco iba a tener que volver a trabajar para ellos. Esta vez me pagarían, y lo más probable es que no me mataran trabajando, pero tendría que trabajar con ellos. Las sombras se alargaban, nuestro bebé se acercaba cada vez más y no había manera de que ganara suficiente dinero cortando hierba para mantenerme a mí mismo, y mucho menos a mi mujer y a mi hijo. Había mencionado la posibilidad de volver a Montgomery una o dos veces, pero Virginia siempre cambiaba de tema. Quería a sus padres, pero resultaba que era bastante feliz viviendo a varias horas de distancia de ellos.

Aguanté todo lo que pudé. Quiero que el registro lo refleje.

Nuestro hijo nació el 1 de octubre. Era un hermoso día de otoño. La humedad se había tomado unas vacaciones y se había ido más al sur, pero las hojas aún aguantaban, mostrando sus colores. El cielo era de un azul intenso. El sol, que nos había estado asando durante todo el verano, bajó un poco su intensidad para dejarnos disfrutar del día. Y James Scott Nicholas eligió este fantástico día para llegar, a las 10 de la mañana, una hora cortés para un chico cortés. Nos dio tiempo a todos de llegar al hospital para saludarlo: Yo, el reverendo Scott, la señora Scott, Willie y Eileen. Mi madre envió sus saludos pero no pudo venir; no tuvo tiempo suficiente. Pidió una fotografía de su único nieto.

Llegó con fuerza y llorando. Era alto, veintidós pulgadas, y pesado, más de 3 kilos. Gritaba como si hubiéramos perturbado su sueño, que supongo que sí. Todos le miramos y nos reímos de alegría mientras la enfermera le limpiaba. Los ojos brillaban por todas partes, incluso los de Virginia, aunque estaba agotada por las horas de trabajo de parto. Nunca había sentido tanto amor fluyendo a mi alrededor, un amor que trascendía a cada uno de nosotros como individuos y nos unía a todos. Creo que incluso la enfermera lo sintió; sus ojos brillaban. Quiero conservar el recuerdo de ese sentimiento mientras viva, y tal vez más allá. Fue así de fuerte. Creo que la mayoría de la gente nunca llega a sentirlo. Tengo la suerte de haberlo hecho.

Como ya mencioné, resistí trabajar en el arsenal todo lo que pude. Me las arreglé para conseguir algunos trabajos de techado, además de cortar el césped, lo que me proporcionó más dinero y aumentaba justo cuando la temporada de siega estaba terminando. Pero después de traer al pequeño James a casa, supe que esos días estaban contados. Virginia hizo el apartamento tan adecuado para un niño como pudo, pero de repente lo que era lo suficientemente grande para dos no lo era para tres. Los bebés son pequeños, pero parecen venir con un montón de accesorios y extras. James nos estaba sacando de nuestro lugar. Virginia empezó a lanzarme esas largas miradas que tenían mucho significado.

Así que, finalmente, tuve que preguntarle a Willie si sabía si había algo disponible.

—Amigo, ¿acaso no lees los periódicos? No hay suficiente gente ahí. Solo dime lo que quieres.

Por supuesto, lo que quería decir era, solo dime lo que quieres, y veré qué trabajos hay que podrían darle a los hombres de color. Nuestros trabajos en la Keller Motor Company eran una excepción, especialmente para Alabama. El hombre blanco más tonto del norte de Alabama conseguiría un mejor trabajo en el arsenal que yo. Habíamos demostrado nuestra valía en la guerra, pero eso nunca sería suficiente. La ironía es que era probable que nunca tendría un trabajo tan exigente técnicamente como el que me habían dado los nazis.

—No quiero trabajar en misiles.

—¿Qué? ¿Estás bromeando? Eso es como decir que quieres ir a Chicago en diciembre, pero no quieres que haga frío. Eso es como decir que quieres...

—Está bien, lo entiendo. Solo que no quiero trabajar en ellos.

Me encontró algo en el parque móvil. El ejército estaba llegando a Huntsville y necesitaban jeeps, camiones y transportes para los diversos peces gordos que llegaban, por no hablar de las piezas de los misiles. También necesitaban a alguien con experiencia en mecánica para mantener esos motores y transmisiones en funcionamiento, y yo tenía experiencia en eso. El tiempo que pasé trabajando en el parque móvil de Buchenwald no fue menos infernal que mi trabajo en los misiles bajo tierra, pero por alguna razón no me afectó de la misma manera. No renuncié a usar coches o camiones ni a trabajar con motores. No sé exactamente por qué fue así. Creo que tal vez estaba acostumbrado a los camiones, los coches y los motores. Los entiendo; todo el mundo los entiende. Pero trabajar en un misil, algo que solo has visto en las páginas de los cómics, era algo totalmente diferente. Era algo sacado de una pesadilla, de la que nunca desperté.

El final de la guerra había alertado a Estados Unidos y a todo el mundo de que ahora las cosas iban a ser diferentes, y peores. Hitler demostró que la muerte podía llover del cielo desde muy lejos y golpearte antes de que supieras que venía. Demostramos que podíamos crear un arma que convertiría ciudades enteras en cristal. Y no solo la teníamos, sino que la usaríamos.

Yo era impreciso con Virginia sobre lo que estaba haciendo. Sabía que podía hacerlo mejor, y ella también lo sabía. Pero el pequeño James ocupaba su tiempo y mis ingresos aumentaron considerablemente, así que no presionó demasiado. Necesitábamos salir del apartamento, así que ahorramos durante los dos años siguientes y compramos una casita un poco más al norte del arsenal. Compramos un coche cuando llegó James, por si de repente había que llevarlo a algún sitio. Virginia, como madre preocupada, se imaginaba que tendría que ir al hospital a altas horas de la noche y que tendríamos que desviarnos para llegar al hospital de la gente de color. Me imaginé que sería un luchador y que estaría sano, pero compré el coche de todos modos.

¡Seguro que no era un Keller Super Chief! No es que lo que compramos fuera mucho mejor. Era un Ford Fordor Deluxe de 1938. El Deluxe (o "dux", como empezó a llamarlo James cuando pudo hablar) había sido de un bonito verde oscuro en un momento dado, pero ahora tenía varios tonos de verde, marrón, tostado y negro, como si intentara camuflarse. Su motor V-8 funcionaba con seis cilindros la mayor parte del tiempo y le gustaba marcar su paso por el mundo con una modesta nube de humo negro. Virginia tenía el coche la mayor parte del tiempo, pero lo llevaba al trabajo de vez en cuando para intentar mejorarlo cuando tenía un poco de tiempo libre en el taller. Había algo que no funcionaba bien en el coche. Cambié todas las piezas que pude sin desmontarlo por completo, pero se negaba rotundamente a funcionar según las especificaciones. Conseguí que un par de cilindros muertos volvieran a funcionar, pero luego se cayeron un par de los otros. Con seis cilindros fue suficiente, gracias.

La vida se estableció así durante mucho tiempo. No fueron los mejores años, pero ciertamente no fueron los peores. Hicimos más amigos y empezamos a asistir a la Iglesia Bautista Bethel. Estaba un poco lejos de nuestra casa, pero íbamos allí más a menudo para demostrar que podíamos. Nunca he conocido bautistas a los que no les guste un poco de competencia económica. Nuestro automóvil no era nada lujoso, pero no era el peor del estacionamiento, y después de pintarlo una primavera se veía bastante presentable. Sin embargo, me sorprendió lo rápido que pasaron esos años. Aunque no ocurría nada (simplemente envejecíamos juntos), parecía que el planeta había tomado velocidad y giraba alrededor del sol a una velocidad vertiginosa.

James pasó de ser un diminuto bebé a un niño espigado que casi podía correr más que yo. Empecé a reducir la velocidad y a extenderme, y mi ropa lo reflejó. Mis pantalones no se hicieron más altos, pero sí más anchos. Mi tiempo en la guerra había sido mucho más emocionante, demasiado emocionante a veces, pero parecía arrastrarse en comparación con la forma en que se mueven las cosas ahora. Me preguntaba si por eso los ancianos caminaban con bastones. El planeta debe girar tan rápido que apenas pueden mantenerse en pie.

Capítulo Treinta y seis

RECUERDOS

De vez en cuando, veía a los alemanes. Aparecían de repente en los rincones de mis ojos, caminando juntos, hablando en alemán. Creo que mis oídos captaban su idioma antes de que mi cerebro se diera cuenta y empezaba a tensarme. Cuando hacía más frío, llevaban largos abrigos de cuero negro, igual que entonces, y caminaban como buitres. Yo caminaba en dirección contraria cuando los veía. De todos modos, no tenía acceso a la mayoría de sus edificios y no lo quería.

Un día estaba metido hasta los codos en un camión Ford de ocho cilindros cuando oí ese sonido inconfundible, el que me erizaba los cabellos de los brazos: Alemán. Alguien hablaba en alemán y estaba cerca. Salí de debajo del capó y me encontré con un hombre delgado delante de mí. Llevaba anteojos negros redondos pero, aparte de eso, casi todo en él era de color caqui. Llevaba pantalones caqui, zapatos caqui y una camisa casi caqui. Incluso su cara y su cabello eran casi caqui. Parecía haber sido modelado en arcilla.

Se quedó mirándome como si esperara que hiciera algo, así que me quedé mirándole. Al cabo de unos segundos, su rostro caqui empezó a oscurecerse.

—Oh, Dios mío—dijo—. Te he hablado en alemán, ¿verdad?

—Sí—debería haber dicho: "Sí, señor", pero no me apetecía.

—Debo disculparme. Hablo con mis colegas en alemán todo el día y a veces se me olvida.

Su inglés era bueno pero con mucho acento, así que tuve que concentrarme para poder entenderle.

—Sé que esto es inusual, pero me preguntaba si tenías un momento para mirar mi coche.

—¿Qué le ocurre a tu coche?

—No lo sé. Estudio el combustible de los cohetes. No soy muy bueno con las cosas mecánicas. Por eso me preguntaba si podrías echarle un vistazo.

—No se supone que trabaje en los coches personales de la gente.

—Lo sé. Por favor. Me está causando muchos problemas.

Parecía tan alterado que podría llorar, y yo no quería ver eso. Le dije que llevara el coche al taller y que fuera rápido. Entró al volante de un Studebaker que resollaba. Esperaba algo alemán, para poder excusarme diciendo que no tenía las piezas necesarias. Pero probablemente podría arreglar un Studebaker.

—Mantenlo en marcha—le dije.

Se bajó y abrí el capó. Se cernió sobre mí como si fuera un médico operando a su hijo. Su hijo era un desastre. Las válvulas chirriaban, la sincronización estaba desajustada, había una fuga de aceite en algún lugar de abajo y el exceso se quemaba en fuertes bocanadas de humo, y los restos de un nido de pájaros asomaban por detrás del bloque del motor. Me sorprendió que fuera capaz de llevarlo a la cochera.

—¿De dónde has sacado esto?

—Lo compré en Texas.

—¿Cuándo estuviste en Texas?

—Nos trajeron de Alemania a Texas. Hacia Fort Bliss. Luego nos trajeron aquí. Se lo compré a un tipo del ejército.

Supongo que se lo compró a un tipo del ejército que todavía estaba enfadado por la guerra y al que no le gustaban los alemanes. Nadie vendería una chatarra como esta a alguien que le gustara.

—Bueno, esta cosa es un desastre. Tienes que llevarlo a un taller. Va a requerir mucho trabajo.

—¿Hay... hay alguna manera de que puedas hacerlo? Podría pagarte, tiempo extra.

Ahora parecía muy nervioso. Realmente estaba empezando a irritarse.

—Esto es el parque móvil del arsenal. Se supone que no puedo trabajar en los coches de los empleados. Llévalo a un taller.

—El problema es que no tengo mucho dinero. Envío mucho de mi dinero a casa. La mayor parte de mi familia sigue allá. Compré este coche porque pensé que sería fiable, pero es terrible.

—Pensé que el gobierno había traído a sus familias.

—A la mayoría. Pero no a todas. La mía no. Yo tengo una gran familia. Soy uno de los científicos más jóvenes. No tan especial—se puso delante de mí, frotándose las manos con preocupación como un personaje de dibujos animados.

Casi sentí pena por él. Casi. Me apoyé en el guardabarros abollado del Studebaker y le devolví la mirada.

—¿Dónde trabajaste allá?

—¿En Alemania? En Peenemunde. Una pequeña ciudad en la costa.

—¿Qué desarrollabas?

—Una parte de eso es secreto.

—Una parte es secreta, y se supone que no puedo trabajar en los automóviles de los empleados.

Él entendió lo que quería decir.

—Estábamos trabajando en cohetes y aviones. Luego los aliados nos bombardearon y la mayor parte del trabajo se trasladó a otro lugar.

—¿Subterráneo?

Su gesto se retorcía aún más. Le preocupaba hablar demasiado, pero también quería que le arreglaran el auto.

—Sí, bajo tierra.

—¿Trabajaste en la planta subterránea?

—No. Algunos nos quedamos en Peenemunde, incluso después del bombardeo. Yo fui uno de ellos.

—¿Fuiste alguna vez a la planta subterránea de cohetes?

—No. Oí hablar de ella. Oí que no era un lugar divertido para trabajar.

—¿Tenías algún trabajador esclavo en Peena-penna...?

—Peenemunde. ¿Trabajadores esclavos? No sé qué quieres decir con eso. Teníamos algunos prisioneros de guerra que trabajaban allí, pero yo no trabajaba con ellos. ¿Por qué preguntas? ¿Cómo sabes tanto sobre esto?

No iba a responder a eso.

—Cuando estás con los otros alemanes, ¿alguna vez hablan de la planta de cohetes? ¿Esa planta subterránea?

—¿En el trabajo? No. Nunca he oído hablar de ella. Solo se habla de problemas técnicos. El caudal necesario para el combustible, la mejor mezcla de combustible, ese tipo de cosas.

No creí que estuvieran llenos de culpa.

—Arreglaré tu coche. Solo por esta vez. Probablemente no lo arreglaré todo, pero haré que funcione mejor. Pero quiero que hagas algo por mí.

—Cualquier cosa—dijo—. Cualquier cosa legal.

Lo que hice fue escribir nombres. Todos los nombres que podía recordar.

Empecé simplemente. Quería escribir los nombres de la gente de Dora. Con una letra limpia, precisa y fácilmente legible, puse el nombre: JEAN. El pobre Jean, colgado ante mí en el campo, columpiándose por un acto que yo también cometía. Ahora él se había ido dondequiera que vayan los muertos, al Cielo o al Infierno o al Valhalla, y yo estaba vivo y libre, con una familia, trabajando en el coche de un bastardo alemán.

Entonces escribí ZELLER. Zeller, que me condujo por el camino del sabotaje, con qué buen fin, no lo sé.

Me di cuenta de que había mucha más gente allí, muchos más miembros de la muerte andante gris que me había rodeado, y no sabía sus nombres, o si los había oído, no los recordaba. Así que escribí los nombres de todos los que se me ocurrían.

KLAUS (INGENIERO). Eso debería llamar su atención. Por lo que sabía, Klaus podría estar aquí, pero nunca lo había visto ni había oído a nadie mencionar su nombre.

GEORG SEYMOUR. (KAPOS). Ellos también conocerían ese término, y me los imaginé mirándose nerviosamente mientras lo leían.

Incluso escribí MARIANNE. ANNAMARIA. JULIE. Esos nombres no tendrían sentido para ellos, pero me di cuenta de que la lista no era realmente para ellos. Era para mí. Iba a recordarlo una vez más y luego iba a dejarlos ir.

Y entonces escribí: DORA.

Le di la nota al alemán del Studebaker roto. Se llamaba Franz.

—¿Hay algún lugar donde se reúnen los ingenieros?

—Hay muchos lugares así.

—Toma este papel y déjalo en uno. Déjalo en uno de los lugares más populares. No dejes que nadie te vea. Pero asegúrate de dejarlo en algún lugar donde lo encuentren.

—No creo que...

—Solo hazlo. Y si lo conectas conmigo, te garantizo que tu coche no volverá a funcionar bien. Te fallará justo cuando más lo necesites.

Miró su maltrecho transporte con nerviosismo, como si hubiera algún hechizo mágico que pudiera lanzar sobre él.

—Lo haré.

Tomó mi papel y sentí una sensación de ligereza en el pecho. Mi guerra había terminado al fin.

Capítulo Treinta y siete

LA TORMENTA QUE VIENE

La madre de Virginia murió cuando James tenía diez años. Así que ahora sabe más que yo sobre la vida y la muerte.

Virginia estaba triste pero no inconsolable, porque tenía un hijo que cuidar y no tenía tiempo para estar inconsolable. Esa debe ser una de las razones por las que la raza humana ha sobrevivido y prosperado. Tenemos hijos y nos mantienen ocupados, demasiado ocupados para ver lo terrible que puede ser la vida.

Lillian, la esposa del reverendo Scott, madre de Virginia, nos visitaba a menudo mientras James crecía. Le gustaba nuestra casa. Era más pequeña, pero no menos que aquella en la que ella y el reverendo Scott habían vivido durante cuarenta y cinco años. Adoraba absolutamente a James, y era adorable en los años que ella lo vio. Los Scotts tenían un pequeño banco justo dentro de su puerta principal, donde se sentaban para quitarse los zapatos y ponerse los de casa. Una mañana, salió a dar un largo paseo, volvió, le dijo a su marido que estaba cansada, se sentó en el banco y murió. Su corazón emitió un último pulso masivo y luego se detuvo. El reverendo Scott estaba en la cocina, trabajando en un sermón sobre lo perecedero de las cosas materiales. No podía ver el banco desde la mesa de la cocina, pero oyó un fuerte golpe y fue a investigar. Se rio cuando vio por primera vez a su mujer tumbada, porque se movió un poco y pensó que se había caído del banco. Luego no se volvió a mover y se dio cuenta de que algo iba mal. Después se sintió muy mal por haberse reído. A lo largo de los años contó la historia una y otra vez, pero nunca omitió la parte en la que se reía. Creo que la dejó para castigarse a sí mismo.

Virginia le pidió a su padre que se mudara con nosotros por un mes luego de la muerte de su mamá, pero él se negó. Dijo que algo estaba pasando en su parte del estado y que quería estar cerca de él. Los hombres y mujeres de color, asfixiados por las indignidades a las que tenían que enfrentarse cada día, hablaban de cómo podían conseguir sus derechos otorgados por la Constitución. No los tenían en Alabama. Tendrían que tomarlos o persuadir a la mayoría blanca para que se los concedieran. Yo no creía que ninguno de los dos resultados fuera posible, pero mi suegro sí, y el trabajo comenzó a consumirlo cada vez más.

Nunca había venido a visitarnos tanto como su esposa, pero ahora estaba en casa casi cada dos semanas. Trabajaba para acabar con la segregación y la discriminación y se había ofrecido como voluntario para ser el enlace entre las iglesias del sur de Alabama y las del norte del estado y de Tennessee. James nunca llegó a sentir la misma simpatía por su abuelo que por su abuela, pero le gustaba tenerlo cerca, y no solo porque el reverendo Scott rara vez se presentaba en la puerta sin traer varias bolsas pequeñas de cacahuetes hervidos.

El reverendo Scott me invitó a algunas de sus reuniones, pero por razones que no entiendo, incluso ahora, no quise ir. No era que el tema de ser libre no se aplicara a mí. Simplemente no podía soportar la idea de meterme en una sala con un montón de hombres de color enfadados y quejarse de lo que podíamos hacer. No creía que pudiéramos hacer nada, y ya estaba harta de sentirme impotente durante la guerra.

Mi hijo estaba creciendo más alto y más fuerte. Tenía casi la misma talla que yo cuando empecé a caminar hacia el aeropuerto de Harlem. Ahora era más fuerte y estaba más sano, pero no había recuperado toda mi talla y mi fuerza, y nunca lo hice. La guerra me mermó en muchos aspectos, incluido el físico. Me alegraba dejar la inutilidad a otra persona y limitarme a disfrutar de ver crecer a James.

Solíamos sentarnos alrededor de la mesa y hablar cuando el reverendo Scott estaba en la ciudad. Nos contaba lo que se decía en las reuniones, cómo algunos hombres de color de las iglesias de todo el país estaban iniciando desafíos legales contra las leyes de segregación en el Sur que eran claramente inconstitucionales.

—Piénsalo—dijo—. Podríamos comer donde quisiéramos, en los mejores restaurantes. Podríamos vivir donde quisiéramos, en los mejores barrios. Podríamos nadar en las mejores piscinas de la ciudad. Podríamos ser médicos, abogados, congresistas, no solo para la gente de color, sino también para los blancos y los judíos.

—Oh, papá—dijo Virginia—. Te gusta tu casa y nunca sales a comer.

Le estaba tomando el pelo, y él lo sabía, y se reía. James se sumó.

—O nadar.

—Todo eso es bastante cierto—dijo él, apartándose de la mesa y dándose palmaditas en el estómago, que en realidad había crecido después de la muerte de su esposa.

Él y esos otros predicadores se reunían y comían y hablaban y comían y hablaban. A veces deseaba tener un servicio de comidas para poder enriquecerme con sus apetitos.

—Johnny, me gustaría que vinieras conmigo. Podríamos beneficiarnos de tu experiencia durante la guerra. Eres un héroe. Recuerda cómo esas experiencias de guerra ayudaron a integrar al ejército. Todavía podríamos usar esas historias.

El presidente Truman finalmente se había disgustado con el tratamiento de los hombres de color en este país después de la guerra, cuando los soldados de color regresaban a casa y eran golpeados o linchados por las turbas blancas por las pequeñas infracciones habituales de cualquier regla que los pueblerinos habían establecido. Era obvio para todos que los hombres de color habían luchado por su país y sus libertades solo para volver a casa y que se las negaran una vez más. A la mayoría de los blancos no les importaba, pero la gente de color se resistía, y algunos decían que nunca más lucharían por un país que no lucharía por ellos. El presidente Truman eliminó la segregación en el ejército.

Así que eso se hizo, y no vi cómo ayudaría contar mis historias al reverendo Scott y su pequeña banda. No les contaría la historia más grande de todas, la que he contado aquí, porque lo único que iluminaría es que hay maldad en el mundo y en los corazones de los hombres, y ellos ya lo sabían muy bien.

Le pregunté a Willie si quería ir, y se mostró aún más reacio que yo.

—No soporto estar en una sala con tantos predicadores.

Finalmente, sin embargo, Virginia quiso ir a una reunión y me pidió que la acompañara. Fue durante una de las visitas más frenéticas de su padre, así que lo vio como una oportunidad de pasar más tiempo con él, supongo, o tal vez simplemente estaba preocupada por él y no quería que se emocionara demasiado. Conseguí que Willie y Eileen cuidaran de James y nos fuimos. Willie y Eileen se habían casado y habían intentado tener hijos, pero nunca cuajaron, así que adoraban a James y lo mimaban y regañaban como si fuera suyo.

La reunión fue más grande de lo que esperaba. El reverendo Scott me había dicho que el número de asistentes iba en aumento, pero yo no había prestado mucha atención y en mi mente solo había habido unos cuantos tipos sentados en sillas metálicas plegables. En cambio, nos dirigimos a Bethel Baptist, una de las iglesias de color más grandes de la zona. Había un montón de coches en el aparcamiento y tuve que aparcar lejos para que camináramos por el polvo hasta llegar a la iglesia.

—Empiezo a preocuparme por usted, reverendo—dijo un hombre en la puerta.

Era alto y delgado y vestía un impecable traje negro. Tuvo que inclinarse para estrechar la mano de mi suegro y, cuando lo hizo, le agarró el brazo con la otra mano. Yo no había tratado con demasiados abogados, pero me pareció que él era uno, o debería serlo, si no lo era.

—Toussaint—dijo el reverendo Scott—, esta es mi hija, Virginia, y mi yerno, Johnny Nicholas.

—Encantado de conocerles—dijo el hombre, dirigiendo todo su considerable encanto y atención hacia nosotros, y besando a Virginia en el dorso de la mano—. Toussaint Guthrie.

—Toussaint Guthrie—repetí, sin poder evitarlo.

Su sonrisa casi le partió la cara en dos. Sus dientes eran tan blancos como nuestra valla.

—Lo sé. Mis padres eran fans de Toussaint L'Ouverture, pero nuestro apellido era Guthrie. Así que eso es lo que tengo. Puedes llamarme Tony, si quieres.

—Toussaint está bien.

—Genial. Y he oído hablar mucho de ti, Johnny. Estoy muy orgulloso de lo que has logrado.

—Gracias.

—Entra, entonces, vamos a empezar.

Toussaint dirigió la reunión con mi suegro actuando como una especie de segundo al mando. Los bancos estaban llenos de hombres con traje, hombres con camisa de trabajo, hombres con algo intermedio y señoras con bonitos vestidos. Algunas de las señoras llevaban sombreros como si asistieran a un servicio religioso normal, destacando como setas que tachonan un campo. Toussaint describió las actividades que se estaban llevando a cabo en todo el estado y en el resto del Sur. Había planes de sentadas y huelgas, pero esos planes parecían un poco vagos. Y no estoy seguro, pero creo que fue la primera vez que escuché el nombre del Dr. Martin Luther King. No sabía quién era, aunque era de Alabama. Toussaint no se detuvo en él, solo lo mencionó de pasada, pero era la segunda persona de la que oía hablar esa noche a la que habían llamado con el nombre de una figura histórica y el nombre se me quedó grabado.

Al cabo de un rato, la reunión se convirtió en una discusión entre Toussaint y mi suegro. El Sr. Guthrie pensaba que una cierta resistencia violenta podría ser buena y necesaria. El reverendo Scott no pensaba lo mismo.

—Aprovecharán cualquier oportunidad que tengan para suprimirnos —dijo el reverendo Scott, ante bastantes amenes de la multitud—. No debemos darles una oportunidad. Tenemos que demostrar a los blancos que somos mejores que ellos.

—Llevamos miles de años demostrándolo—dijo Toussaint—. Tenemos que demostrar que también somos duros. No somos solo víctimas.

Consiguió algunos amenes, pero no tantos como el reverendo Scott. Probablemente, todos los presentes habían tenido algún tipo de encontronazo con gente blanca odiosa: la policía, un grupo de borrachos en una esquina, cualquier cosa. Sea lo que sea, fue suficiente para que no se atrevieran a arriesgarse. No recuerdo todo el resto de la reunión. Nunca tuve una buena capacidad de atención para las reuniones. Probablemente se trataba de preparar otra reunión para algún tipo de desobediencia civil.

Lo que sí recuerdo son esos dos nombres: Dr. Martin Luther King Jr. y Toussaint Guthrie. Los recordé en su momento porque me parecieron insólitos. Más tarde, los recordaría porque tendría que elegir a cuál seguir.

Capítulo Treinta y ocho

EL FUEGO FUTURO

Las cosas se estaban calentando. Probablemente hayas visto todos los viejos clips de noticias en blanco y negro de perros policía y mangueras de bomberos y marchas y el discurso "Tengo un sueño" del Dr. Martin Luther King Jr. Pero hubo mucho más que eso. Esa era solo la gran ola, pero había mucha agua debajo de esa ola. Hubo cientos de personas como mi suegro, y como Toussaint Guthrie, que lo hicieron posible. Algunos se subieron a la cresta de la ola para llegar a la orilla y otros no llegaron a la tierra prometida.

Empecé a ir a más reuniones. Virginia estaba contenta porque creía que yo estaba estrechando lazos con su padre, haciendo que la familia fuera más fuerte. En realidad iba por Toussaint. La segunda vez que fui a una reunión, dejando a Virginia en casa, esta vez, para cuidar a James, éste me apartó al terminar la reunión.

—Oye, soldado. Quiero hablar contigo.

Fuimos directamente de la iglesia a un bar. Estoy seguro de que no era la primera vez que ocurría, pero sí la primera vez que me llevó a mí. Era un bar sórdido que, por supuesto, atendía solo a gente de color. Si el lobo feroz salía y estornudaba, probablemente todo el local se vendría abajo. Toussaint, sin preguntar, pidió una Coca-Cola y para mí una cerveza

Miller. Nos sentamos en la esquina derecha del bar, fuera del alcance de los otros presentes, que jugaban al billar en la única mesa.

—¿Qué te parecen estas reuniones?—preguntó después de dar un largo sorbo a su Coca-Cola y soltar un pequeño suspiro.

—Cada vez me interesan más.

—Pero es algo lento, ¿no? Es lento. Todo el mundo tiene que tomarse su tiempo para hacerse a la idea de que a los negros se les está reprimiendo y que hay algo que podemos hacer al respecto.

Su forma de hablar era inusual. Nunca había escuchado algo así, y pasaron años antes de que volviera a escuchar algo parecido. Ese momento llegó cuando estaba viendo la televisión de madrugada y me encontré con una reposición de Bela Lugosi en "Drácula". Toussaint hablaba como Bela Lugosi en esa película, más o menos. Cuando quería enfatizar una palabra, hacía una pausa y la sacaba. "Es lento". "Todo el mundo tiene que tomarse su tiempo". Sin embargo, era efectivo. Me hizo escuchar, solo para oír cuando dejaba que ese acento de Alabama fuera aún más lento.

—Entonces, ¿te gustaría acelerarlo?—pregunté.

—Eres del norte, ¿verdad?

—Bueno, nací en Alabama, pero sí, crecí en Chicago.

—Verás, los hermanos de aquí abajo están apaleados. Algunos de ellos. Muchos de ellos. Han sido criados para no esperar nada y por eso no esperan nada. Si les ofreces un poco de algo, apenas algo, son felices con eso. Déjenlos votar, tal vez, si son dueños de una propiedad, pero no los dejen postularse para un cargo y no los dejen mudarse a una parte agradable de la ciudad. No les dejes entrar en las escuelas. ¿Entiendes lo que estoy diciendo?

—Por supuesto.

—Están acobardados. Viven con estos blancos y han llegado a creer que las cosas deben ser como son, con tal vez un poco más de libertad para ellos. Solo un poco. Pero en el norte piensan de manera diferente. ¡Tienes el *Defender*, hombre! Los camareros lo traen aquí y la gente se lo pasa como si fuera la Biblia. En el norte, un negro puede vivir donde quiera, conseguir el trabajo que quiera...

—¿Has ido alguna vez al norte, Toussaint? ¿A Chicago o a Nueva York?

Sacudió la cabeza con tristeza y miró su Coca-Cola.

—No. Cuando tenía tiempo, no tenía dinero, y cuando tenía dinero, no tenía tiempo.

—Solo te lo pregunto porque no es lo que piensas. Un hombre de color no puede vivir donde quiere. No puede conseguir el trabajo que quiera. Puede hacer los trabajos que los blancos no quieren hacer, o puede hacer trabajos que solo sirven a la comunidad de color, pero eso es todo.

—Hombre de color—dijo Toussaint con una risa—. Eso me gusta. De todos modos, supongo que tienes razón, pero tienes que admitir que las cosas están mejor para los negros en el norte que aquí.

—Absolutamente.

—Me alegro de no estar completamente equivocado. Pero el asunto es el siguiente. Algunos de los negros de allí piensan que tal vez sea necesario un enfoque más contundente.

—¿Más contundente?

—Más contundente. Tal vez mostrar a los blancos que no somos débiles. Nos han tenido miedo todo este tiempo. Asustados por lo que podríamos hacer. Asustados de que podamos hacer algo como lo que mi tocayo hizo en Haití. Creo que debemos mostrarles que tienen algo que temer.

—Te refieres a la resistencia armada.

—Sí.

—Toussaint, ellos podrían cortarnos como a perros. Y no nos darían nada después de eso. Eso nos haría retroceder cien años.

Toussaint terminó su Coca-Cola de un trago y volvió a golpear el vaso sobre la barra, con la suficiente fuerza como para que el cantinero le mirara y los jugadores de billar levantaran la vista para ver si iba a estallar una pelea.

—Esperaba más de ti, amigo. Luchaste contra Hitler. Cuando apaciguamos a Hitler, ¿funcionó? No, no funcionó. Lo que funcionó fue mostrarle a Hitler que lo mataríamos si no retrocedía. Y lo hicimos.

—Esa no es la misma situación, en absoluto.

—Es exaaaaaaaactamente la misma situación. Alguien está haciendo algo que no te gusta, le llamas la atención de que no lo vas a tolerar. Y si no se lo creen, les demuestras que lo dices en serio.

Toussaint era enérgico y estaba en llamas, pero no era un suicida. Planeaba tomarse su violenta revolución con calma. Sabía que intentar cualquier tipo de ataque frontal, o incluso una buena defensa frontal, a estas alturas, significaría la muerte, y una muerte indigna, además. Lo colgarían de un árbol o moriría a golpes en una celda.

—¿Conoces a ese tipo, Marsten? ¿En el consejo del condado?

—He oído hablar de él.

—Es el que presiona para mantener las cosas segregadas. Bueno, uno de los que. No es el único, ya lo sabes. Pero es el líder. He tenido a algunas personas vigilándolo por un tiempo. Solía estar en el Klan.

El Ku Klux Klan no era lo que solía ser, pero eso era como decir que un cuchillo no estaba tan afilado como antes. Todavía puede matarte.

—Entonces, ¿qué vas a hacer con él? ¿Dispararle?

—¿Dispararle? ¿Estás loco? Realmente investigarían algo así. No, tengo una idea mejor.

Y así, una oscura noche de junio, seguimos a James Marsten mientras pasaba la noche. Había una reunión del consejo ese día y se hizo tarde. No sé de qué hablaron porque no entramos, pero nadie parecía entusiasmado con nada cuando salieron. Después de la reunión, James Marsten se dirigió a un parque de caravanas en las afueras de la ciudad y fue recibido en la puerta por una mujer que no era su esposa. Este hecho, y su dirección, fueron debidamente anotados. Estaba deseando tener una cámara con un objetivo gordo como el que usaba Jimmy Stewart en "La Ventana Indiscreta", pero un montaje así costaba dinero. Así que nos limitamos a usar los ojos. Al cabo de una hora, Marsten reapareció y condujo hasta su casa, parando primero en una gasolinera Shell para repostar.

Toussaint conducía un Buick y utilizamos su coche para nuestra silenciosa persecución. Tenía unos cuantos años y era más abultado que los coches más nuevos, que eran cada vez más bajos y largos, pero todavía había muchos automóviles como ese en la carretera, así que nadie le prestaba mucha atención. Tenía unos grandes umbrales tras los que era fácil agacharse, lo cual era bueno porque dos hombres de color que pasaran horas en un coche llamarían la atención, y nosotros no queríamos eso. Aparcamos a un par de manzanas de su casa, en una zona especialmente oscura de la calle. Marsten vivía en un barrio que se opondría a la presencia de dos hombres de color durante mucho tiempo, pero era tarde y todo el mundo estaba dentro.

—Es un regalo que se haya parado a echar gasolina —dijo Toussaint—. Es una señal de que esto debe ocurrir.

Salimos del coche y nos acercamos sigilosamente a la parte trasera del coche de Marsten. No tenía cochera. Toussaint vertió tranquilamente un poco de gasolina de una lata de metal debajo del coche, y luego volvió en silencio al suyo. Agazapado fuera de la vista de la casa, encendí un pequeño trozo de papel y luego lo arrojé bajo el coche. Toussaint pusó el Buick detrás de mí justo en el momento en que la gasolina bajo el coche de Marsten se incendió de un golpe. Toussaint se había deslizado por la carretera con la puerta del pasajero abierta, y yo corrí alrededor del carro y me metí dentro. No arrancó a toda velocidad, no quiso llamar la atención, simplemente nos alejamos en silencio y salimos del barrio. Estábamos a tres casas de distancia cuando el coche de Marsten explotó, lanzando su capó al cielo como un trozo de basura atrapado por el viento.

Explotar su auto nos alegró, pero no tuvo el efecto deseado. La policía teorizó que Marsten había hecho un trabajo descuidado al llenar su coche. Un vecino había estado quemando basura más temprano en el día, por lo que supusieron que los dos incidentes se unieron en ese momento explosivo. Esto fue lo que se informó en el periódico blanco. La buena noticia para nosotros era que eso significaba que la policía no nos buscaba, porque no creían que se hubiera cometido un delito. La mala noticia era que no podía infundir miedo en los corazones racistas de los blancos porque se pensaba que había sido un accidente.

Toussaint y yo nos reunimos más tarde con cervezas y Coca-Colas para teorizar sobre cómo podíamos cambiar esto. Necesitábamos infundir miedo en los corazones blancos sin que nos pillaran. Tengo que decir, en este punto, que no estaba completamente de acuerdo con el enfoque de Toussaint. Principalmente hablaba con él porque estaba aburrido y él tenía cosas interesantes que decir. Mi trabajo iba bien, pero había pocas esperanzas de avanzar. La vida racial en el Sur no era más que un largo tramo de resentimiento persistente, y el agitado movimiento para cambiar las cosas no me interesaba demasiado porque no creía que las cosas fueran a cambiar. Virginia estaba tan guapa como siempre, aunque su delgado cuerpo se estaba diluyendo en el exceso de carne que conlleva la edad (como el mío, debo añadir). Yo nunca recuperé la talla que tenía antes de la guerra, pero ahora mi talla creciente era de otro tipo, más suave. James crecía y crecía y necesitaba menos de mí, aunque mi deseo de darle más me llevó al mayor error de mi vida. Pero eso es adelantarse un poco y no quiero contarlo ahora.

Toussaint y yo no pudimos ponernos de acuerdo en una buena estrategia o en un objetivo, así que, durante un tiempo, nos limitamos a hablar y a conspirar. Nos reuníamos en el mismo bar, Smokey's, y nuestras conversaciones eran extrañamente inconexas. Cuando el cantinero o cualquier otra persona se ponían a una distancia en la que podían escucharnos, hablábamos de la vida familiar o de los deportes o de los lugares que habíamos visitado, y cuando se alejaban, hablábamos de incendios y de huelgas y de violencia variada.

Un día, Willie me contó que un primo suyo había recibido una paliza cuando unos policías blancos habían disuelto una sentada planeada en una cafetería de Birmingham. Según Willie, se trataba de una cafetería de mala muerte en la que los blancos apenas se molestaban en comer, pero si un hombre de color intentaba conseguir un sándwich, de repente se convertía en tierra sagrada. La policía (y alguien de la multitud blanca que se reunió, seguramente) golpeó al primo de Willie, George, hasta dejarlo casi en coma. Perdió la vista en su ojo derecho y tuvo problemas para hablar desde entonces. Había pedido un sándwich de queso tostado.

No sabía los detalles hasta que Willie me los contó. El periódico blanco de Huntsville publicaba algo al respecto, pero era una pequeña noticia escrita como si la policía hubiera desbaratado alguna actividad delictiva. Ni siquiera mencionaba que un hombre de color había estado involucrado. Era solo una acción policial al azar, nada que ver aquí, amigos. Resultó que la hermana de uno de los policías que dio la paliza vivía en Huntsville. Willie lo sabía porque su primo George había llevado una vez al policía a Huntsville cuando su coche se había averiado. George vio al automovilista varado al lado de la 65 y lo llevó a la casa de su hermana. Al parecer, al policía blanco no le había importado estar cerca de un hombre de color. Me pregunté si habría reconocido a George cuando lo golpeaba. Probablemente no; probablemente pensaba que todos nos parecíamos.

Encontramos su casa. Estaba en el este de Huntsville y no era nada especial: Una sola planta con revestimiento de madera y un camino de entrada de losa sin cubierta. A su alrededor había casas similares, separadas por vallas blancas bajas que necesitaban ser pintadas. Un par de robles vivos medio muertos vigilaban y, de vez en cuando, dejaban caer las ramas sobre las vallas con estrépito. Lo sabíamos porque observamos la casa durante mucho tiempo. Vimos a la hermana del policía ir y venir, pero no hacía mucho. Tenía dos hijos y los perseguía y, aparte de eso, cuidaba de los niños y esperaba a que su marido volviera a casa.

Apenas había cobertura, aparte de las vallas, y ni siquiera éstas proporcionaban mucho. Los árboles tampoco servían de mucho. La cobertura era importante porque parecía ser un barrio en el que todos conocían los asuntos de los demás y se vigilaban mutuamente. La gente de allí era probablemente buena, pero su bondad tenía un límite en lo que a nosotros se refiere, ya que seguramente no verían con buenos ojos que dos hombres de color condujeran por su barrio con regularidad. Así que nos ceñimos a la carretera relativamente transitada que hay detrás de la casa y seguimos avanzando. Esta es una de las razones por las que nuestra vigilancia tardó tanto.

Otra razón por la que tardó tanto fue porque no podíamos decidir qué debíamos hacerle a la casa, o a la hermana. Toussaint era partidario de quemar una cruz en el patio delantero y lanzar una nota indicando que no lo había hecho el Klan, sino una nueva organización fuerte de hombres y mujeres de color. El Clan, tal vez. No podíamos decidir un nombre. Esta idea era problemática por muchas razones. No teníamos una gran cruz, probablemente no tendríamos tiempo de ponerla bien en el patio, y probablemente acabaríamos prendiéndonos fuego. Podíamos volver a prender fuego al coche, pero eso sería demasiado parecido a lo que hicimos con el coche de Marsten, y eso haría que la policía nos siguiera no solo por este incendio, sino por aquel.

Necesitábamos algo más grande. O, como resultó, algo más pequeño.

Capítulo Treinta y nueve

NUESTRA ARMA SECRETA

Virginia había empezado a quejarse de que me iba demasiado y no veía lo suficiente a James. Habíamos intentado tener otro hijo para darle a James un hermano o una hermana, pero no sucedió, y Virginia se volcó en nuestro único hijo. Se preocupaba por él y se metía en su vida todo lo que pudo, incluso mucho más allá del punto en que lo avergonzara.

Toussaint y yo necesitábamos hacerle algo a la mujer del policía para mantener a flote nuestro plan de venganza. Necesitaba pasar más tiempo con James. Para mi eterno pesar, resolví ambos problemas a la vez.

Toussaint y yo pensamos y pensamos y decidimos que lo peor que podíamos hacerle a esta agradable y honrada dama blanca sería inspirarle miedo. Miedo no solo a los hombres de color, sino a que los hombres de color pudieran entrar en su casa a voluntad. Decidimos dejar una nota en la mesa de su cocina. Apenas diría: "Los estamos vigilando a ti y a tu hermano. Por George". Incluiríamos una foto de George que había sido tomada después de su paliza y difundida en la prensa de color. El *Defender* nunca recogió la historia, pero el *Chattanooga Call* sí, así que la recortamos. Era una solución elegante, que podía ser igual de mortal para nosotros que hacer estallar un coche, si nos pillaban, pero que también conllevaba un riesgo un poco menos inmediato para la vida y la integridad física.

El problema era entrar en la casa. Sus dos hijos andaban por la casa a todas horas, y cuando no entraban y salían, lo hacían los vecinos. Aquí es donde la falta de una cobertura adecuada para escabullirse era crítica. Y aquí es donde se me ocurrió: usar a James. Me gustaría poder decir que Toussaint me lo propuso y que yo le seguí la corriente por debilidad, pero la verdad es que la idea fue mía. Nunca pude decírselo a Virginia, por supuesto. Me acerqué a James directamente.

Una tarde estaba sentado en su cama leyendo mientras Virginia estaba en la tienda comprando alimentos. Estaba leyendo un cómic, The Flash, sobre el hombre más rápido del mundo. Era su preferido, como atestigua su cubierta hecha jirones. Entré y me acerqué de forma tan casual que al instante supo que quería algo. Sin entrar en muchos detalles, le expliqué lo que quería que hiciera. Incluso le expliqué un poco el porqué, para que entendiera por qué había que hacerlo. Sonrió cuando terminé de hablar. James miró a Flash como si fuera a unirse pronto a las filas de los superhéroes, una vez que hubiera hecho esta cosa.

—¡Será estupendo!—dijo.

Era demasiado grande y tranquilo para abrazarme, pero me dio un ligero golpe en el hombro. No fue un abrazo, pero fue casi igual de bueno. Todavía puedo sentir un cosquilleo en ese hombro cuando pienso ahora en ese momento.

—¿Cuándo empezamos?

Tardaron un tiempo en encajar todas las piezas. La hermana del policía y su familia tuvieron compañía durante unos días, compañía que vino con más niños, así que eso lo hizo imposible. Luego llovió mucho durante varios días y no quería que James se metiera en eso. Pero aun así observamos y esperamos. James estaba cada vez más ansioso, dibujando pequeñas líneas de ataque con lápiz en la parte de atrás de su cuaderno. Cuando Virginia las vio un día y le preguntó qué eran, dijo que eran jugadas de fútbol. A veces dibujaba a Flash corriendo por el patio de la señora.

Finalmente, todos los elementos se unieron. La familia metió unas maletas en el coche, lo que significaba que les tocaba ir a visitar a alguien e imponerle a sus hijos. No eran maletas grandes, lo que significaba que no se iban a quedar mucho tiempo, pero eso nos daría un par de días libres, al menos. También se llevaron al perro, lo que fue algo muy bueno. No era de cuidado, pero era ruidoso.

James había trazado su ruta lo mejor que pudo sin entrar en el patio. Había un hueco en la valla trasera que parecía ser lo suficientemente grande como para trepar por él, y suponiendo que no hubiera trampas imprevistas en el patio, debería poder llegar a la casa sin ser descubierto. Entrar en la casa era otra cosa. La mayoría de la gente no cerraba las puertas con llave. Teníamos que esperar que esta familia no lo hiciera, aunque estuviera de vacaciones. Si eso no funcionaba, enseñé a James a forzar cerraduras. O, mejor dicho, lo descubrimos juntos, ya que yo tampoco sabía hacerlo. Practicamos en nuestra puerta trasera para que los vecinos no nos vieran y se preguntaran qué estábamos haciendo. Nunca fui bueno para eso, pero James era rápido y bueno. Estaba orgulloso de él por eso. Todavía no entiendo por qué.

La noche después de que la pareja se fue, Toussaint y yo aparcamos el coche a unas manzanas de la casa, donde el barrio se acababa y empezaba el bosque. Aquí nadie nos vería ni nos buscaría. Había un pequeño arroyo que atravesaba el bosque, así que si alguien nos veía, podíamos salir del coche y decir que íbamos a pescar. Pescar por la noche en ese pequeño arroyo era una excusa sospechosa, pero los blancos probablemente esperarían que los hombres de color estuvieran haciendo algo así.

La posición era buena para nosotros, pero de poca utilidad para James porque estaría solo. Tenía la foto y la nota en un saco, pero tendría que llegar a la casa en la oscuridad sin ser visto. Le habíamos dado varias vueltas para que visualizara dónde estaba todo y había trazado varias opciones, pero ahora dependía de él. Salí del coche, me agaché y le di un abrazo.

—Sé mi pequeño superhéroe—le susurré, y él se rió y luego se fue.

—Es un buen chico—dijo Toussaint—. También es inteligente.

—Sí, lo es. Como su padre.

Se rio.

—¿Cuál de las dos? ¿Bueno o inteligente?

—Ambas. Por supuesto.

James tardó más de lo que esperaba, pero finalmente vi su pequeña figura saliendo de detrás de un árbol al otro lado de la carretera. Luego estaba en el asiento trasero, contándonos su historia tan rápido que apenas pude entender una palabra. Casi había llegado a la valla cuando oyó el olfateo del perro de un vecino desde detrás de la valla, y tuvo que quedarse quieto durante varios minutos hasta que se fue. Llegó bien a la parte trasera de la casa, pero la puerta estaba cerrada. James husmeó y encontró una ventana sin cerrar y entró en la casa arrastrándose por el respaldo de un sofá. Se dirigió a la mesa y dejó la nota y la fotografía.

—Tenían un frasco de galletas—dijo al final—. Traje una galleta para cada uno.

Nos reímos y nos comimos las galletas. Eran de chocolate y estaban un poco rancias, pero el momento fue bueno. Así era mi pequeño activista, volviendo de una misión con galletas.

—Esto es ridículo—dijo el reverendo Scott.

Estaba leyendo el *Chattanooga Call*, al que estaba suscrito y que había enviado a nuestra casa. No era tan bueno como el *Defender*, pero era más fácil de conseguir. El reverendo Scott me deslizó el periódico por la mesa. "La integración escolar provoca disturbios en Mississippi", gritaba el titular. "Se activa a la Guardia Nacional para mantener el orden".

—Se están amotinando para mantener a los niños negros fuera de sus escuelas—resopló—. Es simplemente absurdo. No entiendo a esta gente. ¿Qué creen que va a suceder? ¿Que nuestro negro se les contagiará? ¿De qué tienen tanto miedo?

—Perder el poder—dijo Virginia—. Íbamos a tener una cena tranquila y ahora sacas el tema. Te dije que no trajeras el periódico a la mesa.

—Bueno, no debería haberlo hecho, lo siento. No es mi intención enojarme. Es que parece que subimos y subimos y luego retrocedemos, retrocedemos. No podemos avanzar. Como ese griego que siempre estaba empujando esa roca cuesta arriba. Sis…Sis…

—Sísifo—dije. Tenía una buena educación y me gustaba mostrarla de vez en cuando.

—Sí. Sísifo. Tengo que escribirlo. Sería un buen sermón.

Garabateó en los márgenes del periódico.

—Quizá Toussaint y algunos de esos de la Nación del Islam tengan razón—dijo Virginia—. Tal vez la no violencia no sea el camino a seguir.

Todos la miramos fijamente, el reverendo Scott, James y yo. Ella nunca había dicho algo así.

—Sé que no lo son, sé que no lo son—dijo rápidamente—. Es que estoy cansada de escuchar noticias así. Es tan frustrante.

—Sé que es frustrante—dijo su padre—. Pero Toussaint y los de su clase no tienen razón. No se sale adelante siendo peor que la gente que te mantiene abajo.

—Tal vez sea la única manera de hacerlo—expresó James en medio de la conversación.

Su abuelo y su madre le miraron ahora, pero yo mantuve los ojos en mi plato. Le habría dado una patada por debajo de la mesa si hubiera podido alcanzarlo.

—¿Qué estás diciendo, hijo?—preguntó el reverendo Scott.

—Quizá la violencia es lo único que entienden. Es lo que usan con nosotros, y ha funcionado durante mucho tiempo. Tal vez no hay otra forma de que vean.

El reverendo Scott miró a James con tristeza en los ojos, y me dolió verlo. Yo era quien había metido a James en la órbita de Toussaint, pero quería mantener esa parte de su vida lejos de su madre y su abuelo. Cuanto menos se supiera de lo que estábamos haciendo, mejor.

—Hijo. Eso no es lo que la Biblia nos dice que hagamos. Debemos poner la otra mejilla.

—¡Pero los israelitas siempre estaban luchando contra la gente y aniquilándola!—protestó James—. ¡Se instalaban en algún lugar y mataban a todos allí!

El reverendo Scott sacudió la cabeza.

—¡Lo hicieron!—dijo James, con la voz más alta de lo necesario.

—Sí, lo hicieron—dijo su abuelo—. Pero eso era el Antiguo Testamento, James. Esos días ya no existen. Ahora debemos poner la otra mejilla.

James dejó la servilleta sobre la mesa y se levantó, su silla chirriando contra el suelo.

—Llevamos mucho tiempo haciendo eso. No nos queda ninguna mejilla que poner.

Salió de la habitación y subió las escaleras. Virginia, tan furiosa que tenía la cara de color granate, empezó a levantarse para ir tras él. La tomé de la mano y la hice volver a su silla.

—Déjalo ir—le dije—. Es un adolescente.

—Apenas—dijo ella.

—Aun así, lo es. Deja que se calme.

—Tiene razón, querida—dijo el reverendo Scott—. Es un buen chico. Esta noticia le daría la vuelta a cualquiera.

—Probablemente mañana ni se acuerde—dije, con una risa forzada—. Estará pensando en alguna chica de la escuela.

—Oh, espero que no, todavía no—dijo Virginia, más tranquila y regalándome una sonrisa.

Sabía que lo que había dicho no era cierto. Toussaint había encendido un fuego dentro de James, y yo había pasado mucho tiempo avivando las llamas. Ese fuego no se apagaría fácilmente.

Capítulo Cuarenta

EN DECADENCIA

—¿Por qué no vienen tú y Eileen a la casa?—le pregunté a Willie un día que me lo encontré en la ferretería—. Ha pasado mucho tiempo.

—Sí, lo haremos—dijo, sus ojos se posaron en mí durante un segundo y luego miraron hacia otro lado.

Hacía tiempo que no veía a Willie. Como no trabajaba directamente con él, teníamos que hacer un esfuerzo para reunirnos, y llevábamos rato que no lo hacíamos. Pagó su bolsa de clavos, me hizo otro gesto con la cabeza y se fue. Estaba casi en su coche cuando lo alcancé.

—Willie, en serio. Pásate por la casa. ¿Tal vez mañana por la noche? Siento que no te he visto en mucho tiempo.

Willie tenía un gran Lincoln blanco con asientos de cuero verde oscuro. Le iba bien, había ascendido a jefe de su sección en Redstone. Estaba seguro de que había cosas en las que estaba trabajando de las que no podía hablarme.

—Tendré que ver—dijo mientras se hundía en el asiento del Lincoln. Willie había ganado algo de peso para acompañar su gravedad—. Pero mañana por la noche probablemente no sea bueno. Estoy haciendo muchas horas.

No sé por qué lo presioné tanto. En ese momento, sentí que Willie se alejaba, y él era un vínculo con mi pasado que de repente me di cuenta de que no quería romper.

—Willie. Por favor.

Willie se levantó del asiento haciendo palanca en el marco de la puerta, lo que hizo crujir todo el vehículo. Dirigió sus ojos hacia mí, con sus gordos párpados a media asta, lo que sabía que significaba que estaba hablando en serio.

—Johnny, para ser sincero, no me gusta la compañía que tienes.

—¿Qué quieres decir?

—Ya sabes lo que quiero decir. Las últimas dos veces que estuvimos en tu casa te pasaste casi toda la noche quejándote del hombre blanco y de lo que nos está haciendo. Veo eso todos los días, no necesito oírlo cuando estoy visitando a mis amigos.

—Pero…—no sabía qué decir—. Solo hablo de las noticias, de lo que pasa a nuestro alrededor cada día.

—Sé lo que pasa a nuestro alrededor todos los días, Johnny. No eres el único negro que se ve afectado. Y no es nada nuevo. Lo que es nuevo es que estás enfadado por ello. Tú y ese Toussaint Guthrie.

—Entonces, ¿crees que no debería ser amigo de Toussaint?

Willie descendió de nuevo en el asiento. Sentí un hilillo de sudor frío recorrer mi columna vertebral. Lo estaba perdiendo.

—Puedes ser amigo de quien quieras, Johnny. Pero ¿qué ha hecho Toussaint que tú no hayas hecho? ¿Qué sabe él que tú no sepas? Nada. Es pura boca, Johnny. Y tú eres todo oídos, por alguna razón. Pero solo porque tú lo escuches no significa que yo tenga que hacerlo.

—Willie…

Cerró la puerta y bajó un poco la ventanilla.

—Llámame cuando te espabiles, Johnny, y estaremos encantados de volver a pasar por allá.

Puso en marcha el enorme motor del Lincoln y se alejó.

—¡No voy a llamarte!—le grité a la parte trasera del vehículo que se alejaba—¡Quédate en tu sitio, Willie! ¡Parece que sabes dónde está!

En realidad no sentía eso por Willie, y no sé por qué grité eso. Hay muchas cosas que hice en esa época, y en los años siguientes, que no entiendo. Era casi como si hubiera muerto en la guerra, pero no me enterraron, y otra persona tomó mi cuerpo y vivió el resto de mi vida. Cuando pienso en esos tiempos y me siento mal, eso es lo que me gusta pensar. No era yo. Yo estaba muerto y enterrado en paz en la tierra, y alguien más cometió mis errores.

Virginia también estaba perdiendo la paciencia conmigo. A medida que pasaba el tiempo, el entusiasmo de James por la lucha (y por hacer de la lucha una lucha real) se hizo imposible de ignorar. No era ninguna tonta, ella también sabía de dónde venía, tan seguramente como Willie.

—Mira lo que está ocurriendo a nuestro alrededor—dijo cuándo los Freedom Riders empezaron a moverse por el Sur y a inscribir a hombres y mujeres de color para que votaran—. Esta es la manera de hacerlo, no con violencia. No quiero que llenes la cabeza de nuestro hijo con esto, Johnny.

—Es lo que temen, Virginia. Es lo que siempre han temido. Los blancos entienden de violencia. Pueden repartirla, créeme. Pero no pueden aceptarla. Especialmente de nosotros.

—Ponerse a su nivel no nos hace mejores. Ni siquiera nos hace iguales. Nos hace peores. Te digo que no le llenes la cabeza a James con esto.

—¿O qué, Virginia?

Era una pregunta que nunca debí haber hecho. Ella me dirigió una mirada larga, dura y llana. Había visto fuego en sus ojos antes, pero nunca había sido dirigido a mí como un arma.

—Haré todo lo que pueda para protegerlo de eso, Johnny. Lo que crea que deba hacer.

Eso podía abarcar mucho terreno. Me eché atrás. No quería saber hasta dónde estaba dispuesta a llegar.

Así que empecé a mentirle. La verdad era que estaba orgulloso de lo que James se estaba convirtiendo. Se estaba convirtiendo en un guerrero. Yo había terminado con esa vida, estaba agotado por ella, pero él estaba empezando, y sería un guerrero mucho mejor de lo que yo jamás pude ser. Protegí a nuestro país de las fuerzas externas. Pero volví a casa y, a pesar de mi sacrificio, solo era un hombre de color en la América blanca. Nada había cambiado. James iba a formar parte de una nueva generación de guerreros, una que extendería la libertad a nuestro propio pueblo. ¿Cómo no estar orgulloso de eso?

Pensaba que defenderse era el camino difícil. Trabajar mediante la no violencia, como defendía el Dr. King, como había defendido Gandhi antes que él, era el camino fácil. ¿No era fácil no hacer nada ante la opresión continua y eterna? ¿No era más difícil arriesgarse a la cárcel o incluso a la muerte para ayudar a los demás? Eso es lo que pensaba entonces, mientras hablaba con Toussaint y veía cómo James empezaba a nadar en las aguas que habíamos calentado para él. Eso es lo que pensé durante mucho tiempo.

No pude convencer a Virginia de lo contrario, ni a su padre. Me convertí en un defensor clandestino de mi pequeño guerrero, clandestino incluso en mi propia casa, en mi propia vida.

—Hijo—le dije una noche mientras estábamos sentados en nuestro coche, mirando la casa de alguien que había atacado a los Freedom Riders, preguntándonos qué podíamos hacerle—, hijo, hay gente que no entiende lo que estamos haciendo, y algunos que sí lo entienden pero no lo aprueban. ¿Me sigues?

—Te sigo, Padre—dijo.

Le había enseñado a llamarme padre y a llamar madre a Virginia, en lugar de mamá y papá. Era como me habían educado y me parecía correcto.

—Entonces, tenemos que estar tranquilos con esto. Sabes que hemos hablado de no decir nada en el colegio. No has dicho nada en la escuela, ¿verdad?

—No, señor.

Pensé que había respondido demasiado rápido, pero parecía sincero, así que no lo presioné.

—Eso está bien. Solo digo que también tenemos que estar callados cuando estemos cerca de cualquier otra persona. Cualquiera que no seamos tú y yo.

—Lo que quieres decir, padre, es que no se lo diga a mamá. Y al abuelo.

—Sí, James. Sé que suena difícil, pero eso es lo que te pido.

—¿Cuentan como personas que no entienden lo que estamos haciendo? ¿O gente que lo entiende pero no lo aprueba?

—Esto último, creo. Pero no estoy tan seguro de que alguien que realmente lo entienda se oponga. Has leído tu historia, ¿verdad?

—Lo he hecho. ¿Vas a preguntarme otra vez si sé de dónde sacó Toussaint su nombre?

Miré hacia él y estaba mirando hacia otro lado, pero sonriendo.

—Oh, ya te lo he preguntado antes, ¿no?

—Sí, señor.—todavía con la sonrisa.

Me acerqué y le di una palmada juguetona en la nuca.

—Ya lo sabía. Solo veía si estabas prestando atención, es todo.

—Sí. Señor.

Igualé su sonrisa con la mía. Y así, continué entrenando y moldeando mi arma en secreto.

Las cosas realmente se fueron a pique cuando lo atraparon. Fue entonces cuando me enteré de varias cosas sobre mi hijo. Una era que había empezado a salir por su cuenta con sus amigos, haciendo lo que él llamaba "operaciones". Toussaint y yo éramos demasiado viejos y lentos para él, y demasiado blandos. Él y sus amigos habían desarrollado un gusto por las cosas más duras. Explotar un coche, entrar en una casa para entregar una nota críptica, colgar carteles a favor de la gente de color en la puerta de conocidos racistas, todo eso no era nada para él. No corregirían las injusticias, no de la forma en que lo haría una paliza.

A James y a sus amigos, a medida que se hacían mayores y más fuertes, les gustaba entregar su mensaje envuelto en dolor. Nunca atacaron abiertamente a un hombre blanco—eso sería un suicidio, incluso ellos podían verlo—, pero estaban tan al acecho como los tiburones y se volvieron expertos en seguir a un hombre blanco en una carretera estrecha cuando intentaba volver a casa después de haber bebido demasiado. Una aceleración repentina por detrás, un destello de los faros, tal vez incluso un suave golpe con el parachoques delantero, y era muy probable que ese hombre se estrellara contra los árboles y se rompiera un brazo o una pierna, o algo peor. Si el hombre estaba muy, muy borracho, y sabían que nadie le esperaba en casa, podía recibir una paliza de un grupo de matones enmascarados mientras salía de su coche y tanteaba las llaves en la puerta. Nunca podría decir quién le golpeó.

James y su banda repartieron sus ataques por todo el norte de Alabama. Decatur una semana, hasta Scottsboro la siguiente, tal vez un golpe rápido en Florence. No entregaban ningún mensaje real con su mensaje, solo un dolor rápido y cegador. Nunca tocaron a las mujeres, ni las siguieron, ni siquiera de hacerse notar por ellas, especialmente por las mujeres blancas. Ese era el verdadero beso de la muerte, de la muerte literal, mucho más peligroso incluso que enfrentarse a un hombre blanco de día. James y sus amigos estaban enfadados y eran cada vez más violentos, pero no eran estúpidos ni suicidas.

Pero cometieron errores. Se volvieron demasiado activos demasiado cerca de casa. Un día un policía se presentó en nuestra puerta, buscando a James. Un policía blanco. Yo estaba en el trabajo. Virginia lo dejó entrar y le preguntó de qué se trataba. Le mostró una gorra de béisbol que habían dejado en la casa de un hombre que había sido golpeado por varias personas. Nadie había visto nada, pero la gorra estaba allí y, escrito limpiamente en su interior, estaba el nombre de James Nicholas. Estaba un poco manchado de sudor, pero seguía siendo legible. Virginia lo había escrito allí, había inscrito su nombre en la mayor parte de su ropa, por alguna razón. Probablemente James lo había olvidado.

Virginia le llamó a la iglesia y él volvió a casa. Estaba trabajando allí, haciendo el mismo tipo de trabajos extraños que yo solía hacer en la iglesia del reverendo Scott en Tuskegee. El policía le preguntó a James si había estado en la casa donde se produjo la paliza, y él dijo que no. Había estado en la casa de su amigo Jeff, a varios kilómetros de distancia. Jeff podía responder por él y también la madre de Jeff. El policía le mostró a James la gorra y le preguntó si era suya, por supuesto lo era. James dijo que había perdido la gorra y que no sabía qué había pasado con ella. Agradeció al policía que se la haya devuelto. El policía le preguntó si estaba seguro de que no la había perdido en la escena de una paliza, y James dijo que estaba seguro.

Y eso fue todo. El policía, al hablar con Virginia, ya había dejado claro que no tenía testigos. O bien esperaba que James se plegara y confesara, o bien no le importaba realmente resolver el caso y tiró su única pista. Tal vez no le gustaba mucho el tipo que había sido golpeado y no le importaba quién lo había hecho. Sea cual sea la razón, se fue, pero se llevó la gorra con él.

Me enteré de todo esto una hora más tarde, cuando llegué a casa, cansado y sucio de un largo día y esperando la cena. En lugar de eso, me metí en una batalla. Virginia estaba encendida, y James no estaba mucho más fresco.

—¡Tú!—dijo mi mujer, apuntando con su dedo al centro de mi cabeza como si tuviera una pistola—. Tú le llenaste la cabeza con estas tonterías. Tú y ese Toussaint. Y ahora es un criminal.

—No soy un criminal—respondió James, gritándole lo suficientemente fuerte como para que se estremeciera—. No he hecho nada.

—Sabes que lo hiciste—dijo Virginia—. Sabes que lo hiciste.

—No le levantes la voz a tu madre—dije.

Todos hablábamos a la vez, dándonos órdenes en lugar de escuchar. Eso marcó el tono de cómo iban a ser las cosas a partir de entonces. Creía que iba a llegar a casa para pasar una tarde normal después de un día normal de trabajo, pero en lugar de eso me encontré con el principio del fin. Estas cosas a veces te sorprenden.

Esa noche en particular, James terminó enfurruñado en su habitación y yo acabé durmiendo en el sofá después de hacerme la cena con lo que encontré en la nevera. Virginia se quedó en nuestro dormitorio y pude oírla llorar hablando por teléfono con su padre. No pude dormir. Vi la televisión hasta que todas las emisoras cerraron y luego me quedé tumbado, rígido y enfadado, con el cuerpo encontrando nuevos bultos en el sofá que me hacían retorcerme. Mirando hacia atrás, creo que esa fue probablemente la peor noche de mi vida. Peor incluso que todas las horribles noches en el campamento. Allí, había perdido la esperanza pero sentía que no era mi culpa, que era culpa de fuerzas mucho más grandes que yo. Aquí, sabía que era mi culpa.

Volví al trabajo al día siguiente. Virginia estaba en el baño, así que me colé en el dormitorio, tomé mi ropa y me fui. James se había ido a la escuela, supongo. Las cosas siguieron como si fueran normales, durante un tiempo. Virginia se mostró claramente gélida conmigo durante mucho tiempo, y James se estaba convirtiendo en un adolescente inescrutable, así que me lancé a trabajar. Los vehículos del parque móvil nunca habían funcionado tan bien. Al cabo de un tiempo, me ascendieron y me convertí en el ayudante del comandante de todo el parque móvil: camiones, motores de avión, generadores, todo lo que tuviera pistones. Podría haberlo dirigido todo yo mismo, pero ese no era un trabajo adecuado para un hombre de color en Alabama.

—Deberías construir los motores de nuestros cohetes —bromeó uno de los ingenieros alemanes cuando bajó un día de un vuelo de avión—. Podríamos llegar a la luna más rápido.

Me reí un poco, pero no sonreí. Sin embargo, tenía razón. El parque móvil del Arsenal de Redstone era el que menos tiempo de inactividad tenía de todas las bases del ejército, o de todas las instalaciones de la NASA.

Pero en fin, me he adelantado un poco. Trabajé duro, y James sacó buenas notas a pesar de su creciente gamberrismo, y Virginia empezó a recordar realmente que yo era su marido y que me quería. Y entonces James fue arrestado de verdad.

Capítulo Cuarenta y uno

THE WILD BLUE YONDER

Me he centrado demasiado en mi propia situación familiar y no he tenido
en cuenta el panorama general. En 1961, el presidente John F. Kennedy
dijo que Estados Unidos debía ir a la luna "no porque sea fácil, sino
porque es difícil". Esto se produjo tras la excitación del Sputnik, cuando se
temía que los niños rusos estuvieran por delante de los nuestros y que
pronto llovieran muertes desde el cielo. Era gente blanca contra gente
blanca, y no presté mucha atención. Pero con la carrera a la luna, presté
atención.

La NASA estuvo en alerta máxima durante años. Los aviones iban y
venían a varios centros, centros que habían sido del ejército no mucho
antes, pero que luego se convirtieron en civiles. Y nuestro centro estaba a
la cabeza. Nuestros alemanes estaban liderando el camino. Esta gente
contra la que habíamos luchado tanto para derrotarla, esta gente que
había intentado matarme con tanto ahínco, estaba liderando el camino.
Volaban por todo el lugar, llevados de un lado a otro por los motores que
me aseguré de que fueran seguros y funcionales. En tierra, se movían en
jeeps y camiones que estaban en mejor estado que cualquier otra cosa en
la carretera. Estaba haciendo mi parte por la carrera lunar manteniendo a
nuestros alemanes seguros y sanos. Para que conste, nunca pensé que lo
harían. Sabía que ya teníamos bastantes problemas para conseguir

oxígeno a gran altura en las cabinas de los aviones de combate, y no podía imaginarme ir de buena gana a un lugar donde no hubiera oxígeno en absoluto. Me gustaba mirar la luna en el cielo y estaba feliz de dejarlo así.

Lo que también ocurrió fue que Huntsville estaba creciendo a nuestro alrededor. La gente se mudaba todo el tiempo, de todas partes. Solo con pasear por el arsenal a veces podías escuchar acentos que nunca oirías en Tuskegee o en cualquier otro lugar de Alabama. No era cosmopolita, no exactamente, pero su reclamo a la fama ya no era ser la capital mundial del berro. Un letrero en los límites de la ciudad todavía declaraba ese orgulloso hecho, pero la ciudad en sí estaba avanzando.

Y en todas partes había alemanes. Constantemente en mi mente o en mi línea de visión o en el periódico blanco. Había muchos y estaban muy ocupados. Y uno de ellos estaba en mi televisión. El Dr. Wernher von Braun nos contaba lo que significaban los vuelos espaciales, lo que sería vivir entre las estrellas. Nos lo dijo con su acento alemán y su cabello recogido. Y recordé dónde lo había visto antes. Lo había visto en el campo clandestino. Eso había sido obra suya, y ahora nuestra carrera para vencer a los rusos en la luna era obra suya. Estaba ascendiendo en todo el mundo.

Todo esto estaba sucediendo en Huntsville mientras el movimiento de los derechos civiles estaba floreciendo en todas partes. La gente de color estaba tratando de conseguir el derecho al voto y de ser tratados como seres humanos normales, pero las cabezas de los blancos en Huntsville estaban en el espacio. Todos los profesores intentaban inculcar a los niños el amor por las matemáticas y la ciencia, pero a James no le interesaba. No creía que un hombre de color pudiera ir a la luna.

—¿Cuántos astronautas negros hay?—me preguntó una vez cuando me quejé de su nota en matemáticas y le dije que se estaba vendiendo mal. Intenté que usara la palabra "Color" en lugar de Negro, pero no lo hizo, y tampoco se aplicó.

—Esto es culpa tuya—me dijo Virginia una noche, cuando aún estábamos juntos—. Tuya y de Toussaint. Llenarle la cabeza con esa basura de que puede ser más violento que los blancos y hacerse mejor.

—Es solo un niño—dije, como si eso respondiera a algo, y no hablamos más del tema.

Hacía tiempo que habíamos dejado de hablar de Toussaint y de sus creencias porque solo nos hacía pelear. Ella creía que cuando yo estaba con ella, me dejaba influir por ella, y que cuando estaba con Toussaint, me dejaba influir por Toussaint. Ella creía que, en este tema, el tema del futuro mismo de los hombres y mujeres de color en América, yo era débil. Y era cierto.

Podía pensar en mi debilidad con más claridad cuando estaba solo. Comprendía este hecho con mayor claridad cuando estaba solo. Lo comprendía más claramente cuando Virginia dormía y yo estaba solo y al borde del sueño, porque era entonces cuando soñaba que estaba de vuelta en el campamento. Fue entonces cuando, en mi sueño medio despierto, volví al estado de vida en el que obedecías o morías. Donde hacías lo que te decían o te encontrabas al final de una cuerda, o algo peor. Donde hacías lo que te decían o te golpeaban la cabeza con un tubo. Más que en cualquier otro momento, fue cuando me di cuenta de que me habían taladrado hasta la médula, convirtiéndome en una veleta.

Seguí yendo y viniendo entre ellos. Le dije a Virginia que ya no me relacionaba con Toussaint, pero era mentira. Ella no conocía mi horario de trabajo y no lo comprobaba, pero seguía estando con él de vez en cuando. Ya no estaba tan cerca como antes. Toussaint no tenía la carga de un trabajo fijo, así que era libre de ir a donde estaba la acción, y si miras las viejas fotografías de las sentadas y las protestas de gente de color de casi cualquier tipo de aquellos días, en particular aquellas en las que había incendios y peleas, es probable que lo veas en algún lugar del fondo.

Ya no involucraba a James con Toussaint, no después de la visita de la policía, pero no importaba. Era demasiado tarde. No tenía ninguna influencia sobre él, al igual que los nazis perdían la influencia sobre sus misiles a medida que se dirigían a Londres. James era un misil autodirigido. Un sábado por la noche, él y sus amigos golpearon a un hombre hasta casi matarlo, y esta vez los atraparon. James iba a ir a la cárcel. Lo más triste era que no era un hombre blanco al que golpearon, sino otro hombre de color. Uno de los amigos de James pensó que este hombre sabía lo que habían estado haciendo y que los iba a delatar, así que lo golpearon para darle una lección. James me dijo que todo había sido idea de su amigo, y yo le creí porque quería creerle, y él quería que le creyera.

Lo arrestaron por la tarde. Me llamó al parque móvil desde la cárcel.

Fui a verle en cuanto pude salir. Nos sentamos uno frente al otro en una mesa metálica, con un policía de aspecto aburrido que nos observaba desde cerca mientras rellenaba unos papeles.

—James, ¿qué está sucediendo aquí? Tu madre va a quedar destrozada.

Me miró con agresividad. Nunca lo había visto con esa mirada. Era solo un niño, pero sus ojos parecían tan fríos como los de una serpiente.

—No se sentirá así cuando los blancos nos den lo que nos corresponde —dijo, con voz monótona.

Seguí mirándole a los ojos y estos se debilitaron. Las lágrimas se abrieron paso a través de sus párpados y corrieron por sus mejillas, y luego bajó la cabeza sobre el escritorio y sollozó.

—Lo siento, papá. Lo siento. Te he defraudado.

Fui a rodearlo con mis brazos, pero el policía se levantó y me condujo hacia la puerta. Era un hombre pálido y desaliñado y esperaba que dijera algo grosero para sacarme del sitio. En lugar de eso, me acompañó afuera, se acercó y me miró a los ojos.

—Su hijo parece un buen chico que ha cometido un error—dijo, con la voz baja, como si James pudiera escuchar—. Tuve esa corazonada y te dejé entrar para poder confirmarla. Lo hice. Lo mantendremos un tiempo y llegaremos al fondo de esto, pero no creo que lo tengamos por mucho tiempo. Sin embargo, cuando lo entreguemos, debes asegurarte de vigilarlo.

Me sorprendió tanto su evidente preocupación que solo pude asentir con la cabeza y tartamudear.

Sin embargo, lo tuvieron durante un tiempo. Lo tuvieron durante los siguientes dieciocho meses. El hombre al que ayudó a golpear no estaba como para perdonar y no veía el mismo buen carácter que el policía, y James no tenía una buena defensa. Gastamos todo lo que pudimos en un abogado, pero ningún buen abogado quería dedicar tiempo a un caso como el nuestro. Los buenos abogados de color estaban ocupados con la lucha y no querían defender a un hombre de color acusado de un crimen que, para ellos, no era más que un estereotipo blanco de cómo eran los hombres de color. La mayoría de los abogados blancos no querían ser molestados, en absoluto. Al final, conseguimos un abogado de oficio y le pagamos algo, pero obtuvimos lo que pagamos (prácticamente nada) y

James fue trasladado a un centro de menores en las afueras de Birmingham.

El frío en mi casa se convirtió en una edad de hielo. Virginia creía que yo había intentado alejar a James de la violencia, pero también me culpaba de haberle conducido en esa dirección en primer lugar, lo cual era cierto. Cuando James se fue, me mudé a su habitación y mi mujer y yo empezamos a compartir casa en lugar de continuar con el matrimonio. Al principio íbamos a ver a James todos los fines de semana, luego cada dos fines de semana, cuando las tareas y los deberes de la vida cotidiana volvieron a aparecer en los huecos de nuestro calendario. James siempre se alegraba de vernos y nos contaba cómo había visto la luz, lo bien que le iba en el centro de menores y cómo estaba estudiando mucho para no retrasarse demasiado. Aunque siempre conducíamos a casa en completo silencio, sus historias nos animaban. Lo único que James no nos decía era la verdad.

Capítulo Cuarenta y dos

LA NACIÓN

James era duro cuando salió. Empecé a decir que era un hombre duro, pero seguía siendo un niño. Era un niño que intentaba ser duro y resistente. Virginia, el reverendo Scott y yo fuimos a recoger a James cuando fue liberado. Llevaba ropa normal, como si acabara de salir de la escuela. Sin embargo, había una diferencia en él, una forma de caminar inclinada y cautelosa. Le acompañaba un chico mayor, un chico musculoso que también tenía algo de peso. Tenía la cara redonda, la cabeza casi cónica y el cabello rapado hasta la raíz. Parecía un misil humano.

—Este es mi amigo Addis—fueron las primeras palabras que salieron de la boca de James.

—Este es mi amigo Addis—dijo Virginia, sin poder evitarlo—. Hola, Addis.

—Señora—dijo Addis, y asintió a mí y al reverendo Scott.

—Tengo que marcharme ya—dijo James.

—Pues vete—dijo Addis, y le dio una palmada en el hombro—. Estaré en contacto.

Se alejó, caminando al borde de la concurrida carretera. No había nadie que le saludara.

—Addis, ¿quieres que te llevemos?—Virginia lo llamó, pero él se volvió y negó con la cabeza.

—No, gracias, señora.

Cada uno de nosotros le dio un abrazo a James, que soportó estoicamente, con el cuerpo tenso. Era como abrazar un poste de la valla.

—Vamos a llevarte a casa—dijo Virginia.

La conversación de camino a casa fue incómoda. ¿Qué dices? ¿Cómo fue la prisión?

—Dime que te trataron bien, hijo—dijo el reverendo Scott.

James asintió.

—Me trataron bien. Conocí a gente interesante. Empezamos a cuidarnos unos a otros.

—¿Ese chico, Addis?—pregunté.

—Addis, sí. Él y algunos otros.

—¿Y te hicieron estudiar?—preguntó el reverendo—. ¿Y te dejaron ir a la iglesia? Pensaría que eso sería lo mejor de la situación.

—Estudiamos. Y nos dejaron ir a la iglesia. Sin embargo, después de un tiempo no fui más.

—¿Por qué no?

—Después de un tiempo comencé a ir a la mezquita.

James lo lanzó con ligereza, pero aterrizó como una granada de mano.

—¿Una mezquita?

El abuelo de James parecía que iba a enfermarse.

—Es algo llamado la Nación del Islam—dijo James—. La religión de un hombre negro, no esta cosa europea blanca que se ha transmitido. Es auténtica. Addis me habló de ella.

El reverendo Scott se echó hacia atrás en el asiento, exhalando con un gruñido como si alguien le hubiera dado un puñetazo. Virginia se limitó a mirar la nuca de James.

Conocía la Nación del Islam. Tenían su sede en Chicago y veía a algunos de ellos por aquí y por allá repartiendo periódicos y pidiendo a la gente que fuera a la mezquita. Decían que los blancos eran demonios de ojos azules, y a menudo era difícil discutir con ellos sobre eso. El tío Abe solía discutir con ellos a veces, diciendo que no eran realmente islámicos y que deberían probar alguna vez la predicación bautista. Era una discusión de buen tono, y ellos sonreían y le contestaban, acusándole de llevar el agua del hombre blanco al predicar su religión. Era el tipo de discusión que los hombres hacen con una sonrisa en la cara.

Aparte de eso, no sabía mucho sobre ellos, pero sabía que eran más duros que otros en la lucha. Solo que no me había dado cuenta de que estaban en Alabama, y que concretamente estaban en una celda con mi hijo.

—Hijo, ¿eres... eres musulmán?—preguntó el reverendo Scott.

Se puso tenso mientras esperaba la respuesta, pero se permitió relajarse cuando James dijo:

—No. Todavía no.

—¿Por qué no?—preguntó Virginia, con su enfado evidente en la voz. La miraba por el espejo y estaba tan tensa como su padre—. ¿Qué te impide serlo?

El rostro de James perdió parte de su dureza. No los miró mientras respondía, solo miró el paisaje que pasaba, el paisaje verde y plano que pasaba zumbando.

—No lo sé. No estaba preparado todavía.

—¿Qué es lo que te atrae, James?—pregunté. Después de ver a mi tío Abe durante tanto tiempo, no me hacía la ilusión de que la religión de alguien pudiera decirte si era una buena persona. No tenía nada que decir, así que podía hacer a mi hijo unas preguntas sinceras.

—No se nos ha transmitido—dijo, volviéndose hacia mí y hablándome como si fuera el único en el automóvil—. Es auténticamente negra. Los negros fueron los primeros y todos los demás vinieron de nosotros. La Biblia siempre muestra a Adán y Eva como blancos, pero no fue así. El Dr. Muhammad dice las cosas como son. Sus enseñanzas nos muestran lo que fuimos, y eso nos muestra lo que podemos ser.

—Oh—gimió el reverendo Scott desde el fondo, pero seguí hablando por encima de él. Quería que la conversación fuera civilizada durante el mayor tiempo posible.

Después de eso, la llama estaba en James. Su madre lo vigilaba para que siguiera estudiando y no se metiera en líos. No estaba contenta con su coqueteo con la Nación del Islam, pero esa no era su principal preocupación. Primero tenía que mantenerse vivo y fuera de la cárcel, y luego ella podría preocuparse de la iglesia a la que iba.

Con ella encima de sus estudios, a su padre no le quedó otra cosa sino centrarse en el alma eterna de su nieto. El reverendo Scott no lo hacía para molestar, aunque lo hacía. Temía de verdad que James se asara para siempre en el infierno si no se apartaba del falso camino de Mahoma, y quería asegurarse de que eso no ocurriera. Vino a visitarnos aún más, pero pasaba menos tiempo en los eventos de derechos civiles y más tiempo leyendo la Biblia con James. Señaló que Santiago era el nombre del hermano de Jesús, y que sería una pena cambiarlo o añadirle algo. Cuando no estaba, enviaba folletos para que James los leyera, algunos de los cuales defendían cosas en las que el reverendo ni siquiera creía. Estaba dispuesto a probar cualquier cosa.

James lo soportó todo con gracia. Incluso parecía un poco divertido. Leía la Biblia con su abuelo, aunque me di cuenta de que no la tocaba cuando estaba solo, y estudiaba lo suficiente y sacaba bastantes buenas notas como para no estar muy atrasado en la escuela, lo que hacía feliz a su madre. También empezó a vestirse mejor, llevando camisas de algodón rígido y planchándolas él mismo. También su porte era más erguido. Al principio no lo reconocí, pero luego recordé dónde había visto ese porte, y dónde seguía viéndolo cada día. Parecía un militar.

Le pregunté acerca de eso un día, cuando llegó de la escuela con una camisa blanca y unos pantalones negros con raya del planchado. Su respuesta me calentó el corazón.

—Intento ser como tú.

—¿Como yo?

Fijó su rostro muy serio en mí y dijo:

—Como tú.

Hay muy pocas cosas más que un padre necesita oír en esta vida que eso.

—Pensé en cómo hacías las cosas. Querías aprender a volar, así que aprendiste a hacerlo, aunque a los negros no se les permitía volar para el ejército. Pero tú querías volar para el ejército, así que encontraste la manera de hacerlo. Y ahora los negros pueden volar para quien quieran.

—Tuve suerte—dije—. Estaba en el lugar correcto en el momento adecuado.

—No, hiciste lo que querías hacer, y todo el mundo se benefició de ello. Eso es lo que yo quiero hacer. Volviste de allá, pero las cosas siguen mal aquí. Es mi momento de cambiarlas. Quiero hacerlo como tú lo hiciste. De la manera correcta.

Creo que tenía lágrimas en los ojos cuando lo abracé. Seguía siendo un hueso duro de roer, pero su madre y su abuelo le estaban calando. yo actuaba como si también lo hiciera, pero creo que en realidad no estaba desempeñando un gran papel, salvo el de haber sido hace años un modelo a seguir. Al principio me sentí orgulloso de lo que me dijo, pero después lo pensé y me sentí avergonzado. Había marcado la diferencia, era cierto, pero eso había terminado veinte años antes, cinco años antes de que naciera James. Después de mi regreso, o de la versión de mí que había regresado, no era un modelo a seguir más que en conseguir un trabajo servil y trabajar en él hasta morir.

Había visto dibujos animados y películas en las que los viejos soldados, rememorando sus días de juventud y gallardía, iban a rebuscar entre sus recuerdos, que normalmente estaban guardados en un baúl mohoso en el desván. Yo no tenía ni desván ni baúl, y ni siquiera tenía recuerdos. Había pasado la guerra sin nada. En aquel momento, me sentía feliz por estar en casa, pero ahora deseaba tener algo que mirar, que señalar, para convencerme de que mi hijo tenía razón. Tenía mi carta de aceptación para el entrenamiento de vuelo de Tuskegee, y mi carta de aceptación para la Escuela Coffey, pero eso era todo. Ni siquiera sabía dónde estaban. Virginia había querido enmarcarlas y colgarlas, pero dije que no, porque, en ese momento, no quería pensar a donde me habían llevado.

Ese mismo día salí a dar un paseo, después de la cena y cuando el sol se había puesto. El atardecer era refrescante y silencioso, con apenas el sonido ocasional de los coches que pasaban a toda velocidad o los ladridos de los perros. Las cigarras gritaban desde los árboles, una suave ola de ruido que bañaba las colinas. Era un lugar tranquilo y silencioso y, sin embargo, sabía que era una zona de guerra. Era una zona de guerra para mí y para todos los demás hombres y mujeres de color y todos los niños de color, y siempre lo había sido desde que nos trajeron de África, y siempre lo sería. Pensar en ello me hacía el corazón pesado.

Pensé en lo que había dicho James. A veces es bueno que los padres escuchen la sabiduría de sus hijos. Deseé (no por primera vez) que hubiera podido conocer a su abuelo. Creo que le habría gustado mi padre. Creo que habrían reído y se habrían llevado bien, y desearía que papá hubiera sido más fuerte y hubiera resistido más tiempo. No era un anciano cuando murió. No tenía que haberse marchado como lo hizo.

"Seré más fuerte", dije en voz alta, a nadie más que a mí mismo.

Decidí que me reincorporaría a la lucha. Le demostraría a James que tenía razón, que aún podía hacer las cosas de la manera correcta. Tuve la oportunidad de demostrar mi valía casi de inmediato. El reverendo Scott me esperaba en la mesa de la cocina cuando volví a entrar.

—¿Oíste lo que pasó en Selma?

Capítulo Cuarenta y tres

EL PUENTE

Cientos de manifestantes por los derechos civiles habían planeado caminar de Selma a Montgomery para protestar porque los hombres y mujeres de color habían sido alejados de las urnas en Selma, lo cual era una de las muchas maneras en que el hombre blanco mantenía subyugado al hombre de color. La estúpida tropa blanca había matado a un joven tan solo por manifestar por su derecho constitucional al voto. Había oído hablar de la marcha pero no había pensado mucho en ella. Me parecía algo muy bonito, pero no algo que me obligara a conducir hasta allí y participar. Los manifestantes estaban bajando tranquilamente por la carretera, al otro lado del puente Edmund Pettus, cuando los policías estatales de Alabama los atacaron.

—Está en la televisión—dijo el reverendo Scott, con la voz ronca y desesperada.

Entramos en la sala de estar, donde James estaba haciendo los deberes con un ojo puesto en un Western. Virginia estaba en una función de la iglesia o algo parecido, no lo recuerdo con exactitud. Sí recuerdo lo que pasó después. Cambié de canal y oí a gente hablando de la Alemania nazi. Hablaban de crímenes de guerra. Era el "Juicio de Nuremberg", y no esperaba escuchar esas palabras, y me estremeció por un segundo.

—No hay nada—dije, pero justo entonces apareció la cara del nuevo presentador, Peter Jennings, y dijo que tenían unas imágenes terribles que mostrarle a Estados Unidos. Y lo hicieron. No quería que James lo viera, pero era demasiado tarde. Cerró de golpe su libro y todos lo vimos. La violencia de los dibujos animados de un western no era nada, un chiste, lo real salió del tubo para tomarnos por la garganta. ¿Qué era esta tierra en la que vivíamos? ¿Qué pasó con la tierra de la libertad? ¿Por qué libertades había luchado y casi muerto, si los estúpidos hombres blancos podían impedir a los hombres de color respetuosos de la ley incluso caminar para protestar por su falta de derechos?

Era insoportable. Dije algunas cosas que normalmente no diría delante de James. Creo que el reverendo Scott dijo algunas cosas similares. A medida que pasaban las horas, todo el mundo estaba enfadado por ello. Podías sentir la rabia y el odio en el aire, te empapaba los dientes. El día siguiente era lunes y llamé para decir que estaba enfermo. No creo que ningún hombre de color fuera a trabajar ese día a menos que tuviera que hacerlo. James y yo acompañamos al reverendo Scott a una reunión en la iglesia donde hablamos de la respuesta. Iba a haber otra marcha, encabezada por el Dr. Martin Luther King. Tenía que ser grande. Pero los manifestantes querían una orden judicial para evitar que los soldados los atacaran de nuevo.

—Mostrar la cabeza ensangrentada de John Lewis nos ha traído mucha simpatía—dijo el reverendo Scott, ante un murmullo de acuerdo de la multitud—. Pero dudo que él quiera que le abran la cabeza de nuevo, y yo tampoco quiero que me abran la mía. No es así como debe hacerse. No debemos provocar la violencia, pero no debemos sufrirla solo para comunicar nuestro punto de vista.

También hubo murmullos de acuerdo con eso. Recorrí la sala y vi una cara conocida, una que hacía tiempo que no veía. Toussaint Guthrie. Él también estaba mirando a la multitud y cruzamos miradas a unos diez metros de distancia. Me dedicó una leve sonrisa y una inclinación de cabeza. Luego giró los ojos rápidamente hacia la derecha. Quería hablar conmigo.

—Hacía tiempo que no te veía—dijo. Su boca sonreía pero sus ojos no.

—He estado por aquí. No te he visto.

—He estado viajando, es cierto. Para conocer el terreno. He estado hablando con algunas personas y tenemos algunas ideas para la próxima marcha a Montgomery. Creo que un hombre como tú podría ser útil.

Estaba haciendo calor en la iglesia, así que salimos al exterior. El viento fresco me golpeó y antes de que mi cuerpo pudiera aclimatarse, me estremeció un repentino escalofrío.

—Alguien está caminando sobre tu tumba—dijo Toussaint con una risa.

—Al menos la están visitando. Entonces, ¿cuál es tu idea?

—El reverendo Martin Luther King y los otros compañeros que organizan esta próxima marcha dicen que será segura. Tendremos una orden judicial para mantener a esos blancuchos alejados de nosotros. Pero yo y algunas personas que piensan como yo queremos ir a la marcha y estar seguros. El mundo entero estará pendiente de esto. Si alguno de esos policías paletos intenta golpear a alguno de nosotros, nos defenderemos. En la televisión nacional. Los hombres de color se defenderán, y todo el mundo verá que no solo recibimos palizas, sino que también podemos darlas.

Me pregunté si los policías estatales volverían a ser tan estúpidos. Probablemente lo harían. No valía la pena sobrestimarlos.

—Entonces, ¿vas a tener gente caminando con palos?

—No, hombre. Nada obvio. Solo hombres de color al acecho, bien vestidos pero dispuestos a proteger a sus hermanos y hermanas si lo necesitan. Si nadie se mete con nosotros, nunca sabrán que estuvimos allí.

—¿Y si alguien se mete con nosotros cuando las cámaras no estén rodando?

—También estaremos preparados para eso.

Después de ver las imágenes en la televisión, la idea de reventar cabezas sonaba bien. Todavía podía sentir la ira acumulada en mi interior como un resorte, tensa y lista para estallar.

—Lo haré—dije—. ¿Quiénes son estas personas que están haciendo esto contigo?

Toussaint hizo un gesto con su afilada barbilla hacia el aparcamiento, un hombre fornido caminaba hacia nosotros. Cuando estuvo cerca, vi que era un muchacho. Me resultaba familiar.

—Señor Lee—dijo Toussaint, estrechando la mano del recién llegado—. ¿Ha perdido su reloj? Se suponía que debía estar aquí hace una hora.

—Ah—dijo el chico, espantando la queja como una mosca—. No tengo mucho tiempo para hablar. He estado organizando.

Tras escuchar su voz, recordé dónde lo había conocido. Le habíamos conocido en la cárcel y habíamos intentado llevarle a casa.

—Addis Lee—dijo cuando me estrechó la mano.

—Johnny Nicholas. ¿Llegaste bien a casa el día que saliste?

—Oh, ese eres tú—dijo, mostrando una leve sonrisa—. Me pareciste familiar. ¿Cómo está James?

Entonces tuve una idea. Era una idea estúpida, pero irrumpió en mi cabeza completamente formada y la confundí con sabiduría.

—Está dentro—dije—. Aguanta que voy a buscarlo. Querrá escuchar esto.

—Espera—dijo Toussaint, pero no lo hice.

Volví a meter la cabeza en la reunión y vi a James mirando al techo, aburrido por el zumbido de los adultos. Esperé hasta que sus ojos encontraron los míos y entonces le hice un gesto para que saliera. El reverendo Scott notó el movimiento pero estaba ocupado en medio de la conversación y sus ojos no se detuvieron en su nieto.

—Hola, Addis—dijo James cuando salió.

—Hola, James.

—¿Crees que puede manejar esto?—preguntó Toussaint.

Creo que fue la única vez desde que lo conocí en que fue la voz de la razón. Lo que me duele es que también fue una de las pocas veces que no le hice caso.

—Él puede manejarlo.

James nos miró confundido hasta que le explicamos de qué estábamos hablando. Luego me miró con una admiración sin límites. No hay nada mejor que pueda recibir un padre, no hay mejor regalo que ese. Sus ojos estaban casi a la altura de los míos (iba a ser alto) y ahora mismo puedo imaginarme cómo eran y nunca lo olvidaré.

Nos imaginé caminando juntos, padre e hijo, luchando la buena batalla que yo había comenzado hacía tantos años. Había recorrido ese camino solitario durante tanto tiempo que había olvidado que estaba en él, y él me lo había recordado, así que se lo debía. Así lo consideré entonces. Caminaríamos juntos con otros hombres y mujeres y niños de color y daríamos un paso más para protegerlos. Lo mejor sería que no hubiera ningún problema durante la marcha para que pudiéramos ser héroes solo en nuestras mentes, pero para ser sincero, esperaba que hubiera al menos algo de problemas. Es difícil demostrar que eres un guerrero cuando no hay guerra.

Planificamos cómo nos reuniríamos, lo cual era difícil porque ninguno de nosotros conocía muy bien Selma, no estábamos familiarizados con la ruta planeada hacia Montgomery, y James y yo teníamos que mantener nuestra participación en silencio. Nunca me enteraría de cómo terminó todo si Virginia nos veía a James y a mí paseando con Toussaint y con el preso Addis Lee, que además era musulmán. Al final nos pusimos de acuerdo en un plan que nos reuniría en un aparcamiento de un Walgreens en las afueras de Selma, y Toussaint planeó buscar otros lugares de reunión a medida que avanzáramos.

Esa noche volví a casa con el reverendo Scott y James, apoyando a veces mi mano en el hombro de este último. Mi suegro sonreía al verlo, pero no entendía realmente el vínculo secreto que habíamos forjado, el vínculo de los soldados.

Dos días más tarde, estábamos en Selma, vestidos con nuestras mejores chaquetas y corbatas, es decir, los hombres; Virginia y las demás señoras llevaban sus vestidos de domingo.

Los coches estaban por todas partes, y en aquella época eran grandes y ocupaban mucho espacio. Teníamos que aparcar a unas manzanas de nuestro hotel y dejar el coche junto a la carretera. El hotel no era nada lujoso y tuvimos suerte de conseguir una habitación para los cuatro, aunque era pequeña y estrecha. Algunas personas dormían en sus coches, pero el reverendo Scott tenía amigos en la ciudad y se las arregló para conseguir algo para nosotros.

Selma estaba saltando como probablemente nunca antes lo había hecho. Llegaban aviones llenos de celebridades de todas partes, incluso de Hollywood. Lo escuché en la radio; yo no vi a ninguno. Estaban muy lejos, en algún lugar de la parte delantera, e iban a estar en medio del pelotón, en el mejor de los casos. Había cámaras de televisión por todas partes y periodistas que paraban a la gente para interrogarla y hacer garabatos en sus cuadernos.

Me encontré con una persona que no esperaba ver: Willie. Hace años, quizás habríamos hecho algo así juntos, en el mismo coche, con las ventanillas abajo, riéndonos todo el camino, incluso para asuntos serios como la marcha. Ahora llegamos por separado y no tuvimos mucho que decir cuando nos juntamos a la salida de una cafetería donde todos habíamos hecho cola durante una hora para almorzar.

—Johnny—dijo, y me estrechó la mano.

Sonrió, pero no soltó ningún chiste ni hizo ningún comentario inapropiado. Fue como encontrarse solo con la mitad de Willie.

—Willie. ¿Cómo se encuentra Eileen?

—Está bien. Le va bien.

—¿Está aquí?

—No, no pudo venir. Tenemos una niña, Johnny, supongo que no te has enterado. Habíamos renunciado a que ocurriera, pero ocurrió. Es una monada, pero es muy difícil de manejar, así que Eileen está en Huntsville. Dice que es demasiado mayor para ser madre, pero le encanta.

Su sonrisa creció como una flor al sol mientras hablaba de su hija.

—Se llama Ellen. Eileen y Ellen. Como dos guisantes en una vaina. Incluso cumplen años el mismo día, lo cual es raro.

—Eso es genial, hombre. ¿Tienes una foto?

—¿Tengo una foto? ¿Tengo una foto?

La Polaroid que me mostró era de Eileen sosteniendo una réplica diminuta de sí misma. La pequeña Ellen se parecía a su padre solo en que era rechoncha y redonda. La foto era preciosa, pero verla me entristeció. Ellen tenía por lo menos un año y ni siquiera habíamos sabido que había llegado al planeta. Willie y Eileen habían estado a nuestro lado cuando nació James, pero nos habíamos distanciado desde entonces, hasta el punto de que solo veía a su hija en una foto hecha jirones.

Crees que las cosas de tu vida son para siempre, pero no lo son. Ni de lejos. La gente entra y sale de tu vida como la marea. Es difícil acostumbrarse y no siempre puedes predecir cuándo ocurrirá, ni a qué persona. Willie y yo habíamos pasado por muchas cosas y pensé que siempre estaríamos cerca, pero ahora no lo estábamos y eso era todo. Nada en contra de él, nada en contra de mí (pensé) pero ahora estábamos distanciados, parados sobre icebergs que se alejaban el uno del otro.

Charlamos un rato más y Willie preguntó por Virginia y James, luego nos dimos la mano de nuevo y nos separamos. Volví a entrar en la cafetería y vi a mi familia en una mesa del fondo, estudiando los andrajosos menús. Acababa de ir a aparcar el automóvil y en su lugar había visto un fantasma de mi vida anterior, y eso me entristeció. Los miré mientras me acercaba. Virginia, cansada pero alerta, escudriñaba el menú en busca de algo saludable, probablemente en vano. Su padre, que ya se había decidido por una hamburguesa, miraba a sus compañeros de marcha. Y James entornaba los ojos en el menú con la misma intensidad que su madre, pero muy probablemente pediría una hamburguesa igual que su abuelo. La luz les iluminaba por detrás y desde ciertos ángulos parecían personas como las que se veían en esos cuadros del Renacimiento: besados por la luz, sagrados, santos. Mi familia. Lo más permanente que puede haber en esta vida.

Capítulo Cuarenta y cuatro

PERDIDO

La marcha fue, a falta de un término mejor, divertida. Caminamos durante el día, parando para beber agua y tomar un tentempié, e incluso para hacer un picnic aquí y allá. En algunos de los pueblos que pasamos por el camino, los residentes, blancos y negros, nos dieron comida, y la mayoría de los restaurantes estaban encantados de servir a cualquiera que pasara por allí. Siempre se cantaba, y las canciones se colaban entre la multitud como el canto de la cigarra flota entre los árboles en verano. Por la noche, dormíamos en los campos por los que pasábamos, acurrucados en mantas o tiendas de campaña. El reverendo Scott tenía una pequeña tienda de campaña que uno de sus feligreses le había entregado y rogado que utilizara. La llevaba en un carrito con ruedas y no dejaba que nadie más la llevara o tirara de ella.

En los campos, los cantos continuaban, pero se hacían más suaves y bajos y recordaban a los espirituales de los esclavos que habíamos oído y que, a veces, todavía se cantaban en la iglesia. Aquella primera noche miré los campos, las pequeñas velas que titilaban en la noche, iluminando las formas acurrucadas, y sentí que una antigua conexión se agitaba dentro de mí. Me sentí conectado no solo con nuestros antepasados esclavos, sino con todos los hombres que habían caminado antes por la Tierra, desde Adán y Eva. Fue una sensación profunda, pesada y satisfactoria, como si fuera una ola en un poderoso océano. Nunca he vuelto a sentir eso, nunca he tenido tal sensación de paz y pertenencia. Virginia se sentó conmigo después de un rato y nos tomamos de las manos y escuchamos los fragmentos de la canción, y finalmente nos acostamos y nos dormimos.

El segundo día se me hizo un poco más largo, porque dormir en el campo no es un descanso y el sol alejó esa sensación de satisfacción. Caminamos, la mayoría de nosotros un poco más desaliñados y sin café y sin habernos lavado los dientes. Pero a medida que avanzaba el día, conseguimos algo de comida y nos detuvimos en tiendas y gasolineras a lo largo del camino y conseguimos cambiarnos de ropa y ponernos más presentables, así que cuando llegó la noche, estábamos un poco cansados pero como nuevos. Me tomé un descanso de Virginia durante un rato y caminé con James y Addis, pero no nos encontramos con ningún problema. La multitud era aún mayor ahora, ganando en tamaño a medida que avanzaba como un maremoto de justicia. Nuestra pequeña patrulla nos hizo sentir mejor, como si fuéramos una parte importante de la razón por la que la marcha iba tan bien. Era una gran multitud y nosotros la protegíamos, éramos necesarios.

La noche transcurrió como la anterior, salvo que el reverendo Scott se había ido a la casa del primo de un feligrés, así que Virginia y yo heredamos la carpa. El tiempo que pasamos escuchando los cantos fue menor porque estábamos tan agotados que nos dormimos rápidamente.

En algún momento de esa noche, o temprano al día siguiente, James desapareció. He buscado tantas veces en mi corazón y en mi mente alguna prueba de que fuera consciente de su ausencia durante la noche o esa mañana, pero no había nada. Simplemente se levantó y se fue de nuestras vidas y nunca regresó y hubo menos que una onda en un océano para marcar su paso. Le busqué por la mañana, pero no le encontré ni a él ni a Addis. Sí encontré a Toussaint, que dijo que no los había visto desde el día anterior. Supuse que se habían adelantado, impulsados por la energía que impulsa a la juventud, y que nos volveríamos a encontrar más adelante.

Habíamos identificado algunos puntos donde podíamos reunirnos durante la marcha si nos separábamos. Inicialmente se habían establecido para que realizáramos nuestras patrullas, pero ahora se convirtieron en una forma de encontrar a James. Virginia y yo esperamos pero él no vino.

Examinamos los rostros al pasar, y algunos nos miraron a su vez, pero él no estaba entre ellos. Finalmente, nos dimos por vencidos y seguimos adelante, seguros de que aparecería con historias infantiles de sus hazañas, hasta que caímos en un sueño intranquilo. Llegamos a Selma con una sensación de presentimiento que se cernía sobre nosotros como una nube, mientras que a nuestro alrededor había caras felices. La marcha había tenido lugar, pero habíamos perdido algo y estábamos frenéticos. Virginia se lo dijo a su padre y él corrió la voz a través de su red y Toussaint hizo lo mismo.

Mientras la alegre multitud escuchaba los discursos mientras las sombras se alargaban en Montgomery, nosotros llenamos un informe policial con un agente subalterno blanco que claramente no estaba muy preocupado por todo el asunto.

—Probablemente esté jugando con sus amigos y haya perdido la noción del tiempo—dijo el policía.

Empezó a decir algo más, tal vez a sermonearnos sobre cómo los niños de color no tenían mucha noción del tiempo, pero luego se lo pensó mejor y no dijo nada más. Nos preguntó por James, y nos preguntó por Addis y quiso saber si alguna vez se habían metido en problemas. Al principio dije que no, pero Virginia puso su mano firmemente en medio de mi brazo y dijo que debíamos contar todo lo que sabíamos para que la policía pudiera ayudar.

—¿Han estado en un centro de detención de menores?—preguntó, y el poco interés que había parpadeado en sus ojos se apagó—. Quizá hayan hecho algo y los tengamos detenidos. Se lo haremos saber.

—¿Puedes comprobar si ha habido algún informe de problemas?—preguntó Virginia.

—Puedo hacerlo. Te lo haré saber.

Le llamamos docenas de veces durante los meses siguientes y nunca supo más que eso. O si lo sabía, nunca lo contó.

Mientras repasábamos la historia de aquel día, una y otra vez, me fui abriendo sobre con quién podría haber estado James y qué podría haber estado haciendo. Virginia me miraba cada vez más fijamente, la mirada que yo conocía tan bien no hacía mucho tiempo. El abismo que nos separaba se abrió de nuevo y se ensanchó en un instante, como una grieta abierta por un terremoto. Este no emitió ningún sonido mientras daba bandazos ante nosotros. O tal vez sí hizo un sonido, y ese sonido era mi propia voz, contando la historia y añadiendo detalle condenatorio tras detalle condenatorio sin importarme ya las recriminaciones que Virginia me echaría en cara si pudiera recuperar a mi hijo.

Nos quedamos dos días más cerca de Montgomery, en una habitación de hotel barata a kilómetros de la ciudad. Nos quedamos en una sola habitación porque el dinero era escaso, pero nos movíamos en mundos separados. La mayor parte del tiempo me sentaba en el balcón de cemento, leyendo el periódico junto a la débil luz del techo hasta que Virginia se iba a dormir, y luego me arrastraba y dormía en el sofá.

Estar sentado bajo esa luz leyendo el periódico, o mirándolo más que leyéndolo, me recordaba al viejo señor Roswell en el oscuro pasillo de la cocina. Podía imaginármelo con su periódico, apoyado contra la pared como estaba yo ahora. Seguramente ya estaba muerto, así que sabe más que yo sobre la vida y la muerte. Me pregunté qué le llevó a sentarse allí, qué historia le llevó a esa única silla en ese tenue pasillo. Nunca se me ocurrió preguntarle. Los niños nunca piensan en preguntar, pero creo que ninguno de los adultos del edificio tampoco pensó en preguntarle. ¿Tuvo alguna vez una familia? ¿Había cometido un error y los había perdido? Pensé en mi propio James desvanecido y en la furia que era mi esposa moviéndose en la habitación detrás de mí. A veces hace falta tan poco para que tu mundo se acabe y te encuentres sentado en una silla, solo bajo una única bombilla, preguntándote qué demonios ha pasado.

Teníamos un término para ello cuando volábamos: el punto de no retorno. Era el punto en el que ya no tenías suficiente combustible para volver a tu base, así que tenías que seguir adelante y aterrizar en otro lugar. El problema con el punto de no retorno era que no siempre era fácil de averiguar. Cuanto más volabas, más combustible quemabas y menos pesabas, así que más rápido podías ir. El punto llegaba sin previo aviso, sin ningún tipo de aviso, pero cuando lo alcanzabas tu perfil de vuelo cambiaba y no había nada que pudieras hacer. Lo mismo ocurre en la vida. Un día te pasas de la raya y no puedes volver a casa, y ningún deseo te hará volver.

A medida que los días se alargaban, se hizo evidente que algo había sucedido y que James estaba perdido para nosotros. Hubo algunos informes de escaramuzas y violencia a lo largo de la marcha, pero eso no era sorprendente dado que era el equivalente a que toda una pequeña ciudad se levantara y cambiara de lugar. No hubo informes de asesinatos ni de cuerpos encontrados, pero no volvió. Le habíamos dado el número de teléfono de la iglesia del reverendo Scott para que lo usara en caso de emergencia mientras estuviéramos en el sur de Alabama, pero nunca llamó, o si lo hizo, nunca llamó cuando había alguien allí. El reverendo Scott tenía una línea telefónica compartida en su casa, pero James tampoco llamó nunca. Teníamos nuestra propia línea, pero ahora, cuando sonaba, era solo para dar el pésame.

Me gusta imaginar que James no murió ni fue asesinado. Simplemente decidió dejarlo todo y mudarse a algún lugar, y sintió que no podía decírnoslo porque nos preocuparíamos. Así que se mudó a Point Barrow o a Moosejaw o a algún lugar así, lejano y frío, y se convirtió en un excéntrico querido del pueblo, tal vez trabajando en la cafetería o entrenando perros de trineo, un amigo de todos. Pienso en él así y me hace sonreír, incluso ahora.

Un mes después de la marcha a Montgomery, Virginia me pidió que me fuera. Lo hizo de forma muy silenciosa. Alguien se podría haber parado frente a nuestra puerta en ese hermoso día de primavera y no haber escuchado nada, ni haberse dado cuenta de que algo andaba mal. Se puso frente a mí, con las manos entrelazadas a la espalda como si estuviera rezando, y dijo que le gustaría que me fuera.

—No es que no te quiera—dijo con voz tranquila—. Pero has cometido un error y no puedo vivir contigo aquí.

Estaba cansado y hundido. Tampoco levanté la voz. La miré a ella, mi mujer, y la vi de nuevo. Tenía la misma altura pero parecía más alta, como si la edad la hubiera hecho aún más regia. Su rostro mostraba líneas que antes no estaban allí, y su cuerpo podía ser un poco más afelpado, pero lo llevaba de la misma manera que cuando era una chica de poco más de veinte años. Era una mujer hermosa y los años la habían hecho aún más, y yo la había decepcionado por última vez.

Ella se fue mientras yo recogía mi ropa y mis cosas. En realidad no tenía mucho, como se vio. Había estado viviendo como si supiera que me iban a echar, así que había empaquetado mi armario de forma ligera para estar preparado cuando finalmente llegara el día. Empaqué mi ropa favorita y dejé las cosas que ella me había regalado, incluso un par de trajes bonitos. Ahora podía dárselos a otra persona si quería. Me mudé a un apartamento cerca del arsenal. Me recordaba a nuestro primer apartamento en Huntsville, solo que era peor. Los suelos eran irregulares y el papel pintado estaba manchado. Estaba amueblado con una cama, una cómoda y un espejo, y alguien había colocado una pequeña cruz hecha con tallos de maíz entre el espejo y la pared. Iba a quitarla, pero temí que tal vez fuera alguna fuerza religiosa que mantuviera a raya al diablo. Ya tenía bastantes problemas y no quería más; dejé la cruz de tallos de maíz justo donde estaba.

Al principio, la novedad de estar en otro lugar era interesante. Ya no tenía el coche, así que busqué una ruta de autobús para ir al trabajo. Mi círculo social se había reducido a nada, así que me hice amigo de un hombre que vivía en el edificio y nos inclinábamos sobre la barandilla de hierro que daba al aparcamiento y vimos la puesta de sol un par de veces y bebimos un par de cervezas y hablamos de nada. La parte interesante de mi nueva vida no duró mucho. Pronto me arrepentí del tiempo extra que me costaba tomar el autobús para ir al trabajo y empecé a odiar mi habitación, la cruz de maíz, al vecino, todo. Me iba a dormir enfadado y me despertaba enfadado.

No era mi culpa que mi hijo hubiera desaparecido. No era yo quien había creado una sociedad que se negaba a tratarle como a un igual y esperaba que lo aceptara sin rechistar. Yo había intentado enseñarle, primero con el ejemplo y luego con la acción directa, a no soportar eso. No era mi culpa que mi sociedad me hubiera hecho luchar para servir a mi país cuando más me necesitaba y que luego me tratara a mí, y a cualquier otro hombre de color, como basura. No era mi culpa que los blancos hubieran ideado formas de ser malvados que ni siquiera Satanás había considerado. Nada de esto era culpa mía y, sin embargo, aquí estaba yo, solo en mi destartalado apartamento, mirando una estúpida cruz podrida hecha de tallos de maíz. Un hombre de color había sido colgado una vez en una cruz como esa, pero incluso él había sido blanqueado de todo su color y alejado de nosotros.

Al principio, el trabajo también estaba bien. Era una novedad no tener que ir a casa justo después del trabajo. Podía pasar el rato y hablar con la gente o incluso salir a un bar, algo que no había hecho en mucho tiempo, desde aquellas noches de conspiración con Toussaint. El problema era que no quería hablar con nadie después del trabajo y no quería ir a los bares. Desde luego, no quería hablar con Toussaint y tampoco quería hablar con nadie más. En el trabajo, me revolvía en mi ira, y en casa, me revolvía en mi ira. Ni siquiera encontraba la paz cuando dormía. Oía la voz de las hermanas raras de Alemania que me llamaban, me pedían ayuda, especialmente Annamaria. Una vez me pareció ver sus ojos brillantes delante de mí, pero solo era un coche que giraba en el aparcamiento, iluminando con sus luces mi ventana parcialmente abierta. También tenía noticias de James. Oía sonar el teléfono y un policía me decía que lo habían encontrado y que estaba sano y salvo. En ese momento siempre me despertaba, solo para sentir que mi alegría se convertía en confusión y desesperación cuando me daba cuenta de dónde estaba realmente.

Nunca vi a James en un sueño ni tuve noticias suyas directamente. Virginia aparecía en mis sueños, incluso el reverendo Scott, incluso Dominique de Chicago, pero nunca James. Pensaba en él constantemente durante mis horas de vigilia, pero nunca soñé con él, ni una sola vez. Era como si me hubiera abandonado por completo, no solo mi vida sino también mi subconsciente.

No dormía bien. Me cansaba mucho. Cometía errores en el trabajo. Un día me olvidé de tener un avión preparado a tiempo y una pandilla de ingenieros del Centro de Naves Espaciales Tripuladas de Houston se quedó enfriando sus caros talones durante dos horas. Fue totalmente culpa mía, pero me las arreglé para disimularlo y al final se olvidó y, de todos modos, a la gente de Redstone no le importaba mucho la gente del Centro de Naves Tripuladas, así que se olvidó.

Pero hubo otros errores, apilados unos sobre otros como las partes apiladas de un cohete, hasta que ese cohete se hizo demasiado alto para ignorarlo. Un día, el asistente del subdirector del centro dijo que quería hablar conmigo. Subí las escaleras hasta su despacho, que estaba en otro edificio. Diría que era un edificio más bonito, pero no era mucho más bonito. Todo el mundo estaba impulsando la misión a la luna y el metal corrugado era el material de construcción preferido para la mayoría de los edificios allí. Estábamos construyendo naves espaciales en graneros glorificados.

El ayudante del subdirector del centro era un hombrecillo llamado Tompkins que llevaba un traje oscuro y una corbata gorda, aunque estos no volverían a estar de moda hasta dentro de unos años. Tenía toda una lista de mis errores recientes, y eran muchos. Mi supervisor había llevado la cuenta, obviamente.

—Sr. Nicholas, ¿tiene algún problema de alcohol o drogas que pueda estar causando este lapsus en sus hábitos de trabajo?—preguntó el Sr. Tompkins.

Fumaba y un anillo de nube blanca colgaba sobre su cabeza como un fantasma.

—No, señor.

—¿Reconoce estas deficiencias de rendimiento?

—Sí, señor.

—Su supervisor habla muy bien de usted y ha ascendido en el escalafón de forma muy ordenada, sin desviación de rendimiento hasta hace poco. Debe haber alguna explicación.

No le había contado a mi supervisor lo de James. Eso era algo que solo me incumbía a mí, no a él. Era blanco y no entendería la marcha y de qué se trataba. Me había tomado el tiempo libre, pero no había dicho para qué, y él no preguntó. Probablemente vio la marcha en la televisión y pensó en ella, pero nunca la relacionó conmigo, nunca pensó que pudiera afectar a alguien que pudiera conocer. Cuando volví y ya no estaba James, no se lo dije porque no podía hacer nada y porque no compartía mi vida personal en el trabajo. Mi trabajo consistía en motores y transmisiones y neumáticos y horarios y grasa y no en niños desaparecidos o separaciones o divorcios.

—No se me ocurre ninguna—dije—. Lo haré mejor.

Me miró y el humo se extendió sobre su cabeza como una manta. No me creía pero no estaba seguro de qué decir al respecto. Sabía que podía ser sustituido fácilmente como mecánico de motores de coches o camiones, pero los motores de aviones en los que trabajábamos eran más complicados. Allí también podrían sustituirme, pero no sería tan fácil.

Sería más fácil que yo me arreglara. Sabía que esto era lo que estaba pensando, casi como si lo dijera en voz alta.

—Procura hacerlo, por favor. Preferiría no volver a tener este tipo de encuentros.

—Yo también.

No nos dimos la mano y me fui. Mientras volvía a la oficina del parque móvil se me ocurrió que corría el riesgo de perder mi trabajo y no me importaba lo más mínimo. Empecé a preguntarme qué debía cenar esa noche.

La situación no mejoró. Sencillamente, no podía concentrarme en mi trabajo y éste se resentía. Las cosas que hacía a mano eran una chapuza; los horarios que hacía eran erróneos, la planificación que hacía, defectuosa. Hubo varias reuniones con mi supervisor y una más con el Sr. Tompkins, que parecía muy descontento de volver a verme. Incluso su nube de humo parecía infeliz de verme de nuevo. Me gustaría decir aquí que un día hubo una gran explosión, que me cansé de las críticas de mi supervisor y lo noqueé de un solo puñetazo en la mandíbula y dejé mi trabajo con la cabeza bien alta. Eso sería una historia mejor, pero no fue así.

Lo que ocurrió fue que mi rendimiento no mejoró, y mi supervisor aumentó el trabajo de los que me rodeaban hasta que al menos un par de personas fueron capaces de hacer mi trabajo, y entonces, tras una serie de advertencias, me dejó marchar. La decisión tardó mucho en llegar; tardó meses. No me di cuenta en aquel momento, pero, mirando hacia atrás, veo que mi estancia allí fue como la misión que puso fin a mi carrera de piloto. Volaba sobre ese interminable terreno francés en mi pájaro herido, disfrutando de la vista aunque sabía que no iba a acabar bien, con Jerry pisándome los talones para obligarme a seguir. Esta vez era yo el que iba a la deriva en el trabajo, sabiendo que iba a terminar. La diferencia es que yo no estaba disfrutando de la vista y el único que me seguía era yo.

Así que perdí a Virginia, perdí a James y perdí mi trabajo. Me había desvinculado del mundo.

Capítulo Cuarenta y cinco

AÑOS DE VINO Y ROSAS

Un cuerpo en movimiento tiende a permanecer en movimiento. Lo había aprendido hace años en la escuela y ahora me dispuse a comprobarlo con mi propia vida. Había empezado a caer y seguía cayendo. Pagar el alquiler de mi apartamento era demasiado difícil sin un trabajo y la idea de conseguir otro trabajo era desagradable. Había pasado tantos años (la mayor parte de mi vida) estando en lugares donde otras personas querían que estuviera en los momentos que ellos querían que estuviera, que simplemente perdí el interés en continuar con esa práctica. Así que no conseguí otro trabajo y en poco tiempo no pude pagar mi apartamento, y no mucho después mi casero tiró todas mis cosas al aparcamiento.

Metí unas cuantas mudas de ropa en una bolsa y dejé el resto allí. Mi vecino me dio una cerveza y se despidió, y esperó a que me perdiera de vista para empezar a hurgar en mis restos. Había salido de la guerra sin nada y podía vivir en tiempos de paz sin nada. Me bebí la cerveza mientras caminaba por la calle con mi bolsa y decidí que debía tomar otra cerveza. Más tarde, encontré un lugar para hacer mis necesidades y, más tarde aún, un lugar para dormir. Durante los siguientes años, este fue el ciclo que definió mi vida. Lo reduje a la esencia, y era hermoso en su simplicidad. Todo lo que necesitaba era alcohol, un lugar para defecar y un lugar para dormir.

Algunos días, caminaba junto al río, teniendo cuidado de evitar cualquiera de los bonitos barrios que habían surgido allí. Algunos días, subía a la montaña, preguntándome si podría encontrarme con alguno de los alemanes que vivían allí. Otros días, me adentraba en el pantano que bordeaba el Arsenal de Redstone. Los mosquitos no me picaban. Me rechazaban todas las formas de vida, hasta ellas.

Un día vi un caimán. No sabía que hubiera caimanes tan al norte, pero allí estaba, con su colosal espalda escamosa asomando por encima del agua gomosa. Su especie había flotado así en el agua cuando los dinosaurios estaban frescos, y aquí estaba ahora. Estaba vadeando el agua y supongo que podría haberme atacado, pero no le tenía miedo. Los mosquitos ni siquiera se molestaban en chuparme la sangre, seguramente esta bestia pesada no se tomaría molestias conmigo. Y no lo hizo. Se sumergió cuando me acerqué y desapareció, sin dejar apenas una marca donde había estado su bulto.

Una mañana salí del bosque y me encontré con un coche en llamas al lado de la carretera. Era un viejo y gordo coche americano y no había nadie cerca para verlo arder. Las llamas lamían el cielo, pero era un espectáculo que solo yo presenciaba. El mundo entero estaba mortalmente quieto excepto por el crepitar de las llamas, y yo era el único ser humano en ese mundo. Observé cómo el coche soportaba su infierno personal durante un rato, hasta que incluso yo me aburrí de él y seguí adelante, y en todo ese tiempo no apareció ni un alma más en el horizonte.

A veces me encontraba con paquetes de comida, pequeños sándwiches y manzanas y botellas de agua, cosas así, simplemente abandonadas por alguien y dejadas como el maná. Me sentía como un niño comiendo su almuerzo en la escuela, pero me los comía igual.

Hay cosas que ves y notas cuando estás solo, y quiero decir realmente solo, que no ves en ningún otro momento. He enumerado algunas de las mías, pero fueron leves en comparación con las que escuché. Algunos de los otros hombres desquiciados que vivían en la zona solían reunirse de vez en cuando bajo el puente que atravesaba el río Tennessee en el extremo oriental de la ciudad. Éramos siete u ocho y nos acurrucábamos bajo nuestras apestosas mantas y hablábamos. No había gran cosa por aquí, solo una carretera de grava que bordeaba el río. El Tennessee es bastante bonito en algunos lugares, pero aquí luce cansado y marrón, como si su paso por la ciudad lo hubiera desgastado. Nos reuníamos y contábamos nuestras historias porque nadie más nos creía, y en realidad, ni siquiera nos creíamos la mitad de las veces.

Uno de los hombres, que se hacía llamar Ezequiel, dijo que había visto docenas de "gente pequeña". Le preguntamos si se refería a enanos, y dijo que no.

—Solo miden medio metro—dijo, con los ojos brillando al recordarlo—. Los vi en el valle de Paint Rock. Salen por el arroyo por la noche, cuando la luna brilla. Y bailan. Llevan ropas diminutas, pequeños trajes y vestidos, y todo es frondoso y verde.

Me imaginé que una noche había estado mirando demasiado tiempo el lateral de una lata de sopa, pero me dijo que los había visto una y otra vez. Los demás nos reímos, y él también, pero hablaba en serio. Estaba tan serio como yo cuando conté lo del caimán, pero obtuve la misma respuesta. Me preguntaron qué había estado bebiendo porque debía de ser algo bueno y me propusieron que organizáramos una cacería. Pero me di cuenta, por debajo de las risas, de que algunos me creían, y otros le creían a Ezequiel. A decir verdad, yo le creía a Ezequiel.

Un día me encontré con un espejo roto en el suelo. Me miré en él y vi a mi padre. Vi a mi padre tal y como era antes de morir. El hombre que me devolvía la mirada desde ese trozo de cristal estaba demacrado, gris, sucio y cansado. Era yo, y me había convertido en él. Me había convertido en él en su peor momento. La visión me hizo tambalear y di un paso atrás. Cuando lo hice, el sol se reflejó en el espejo y me dio de lleno en los ojos, cegándome. Me senté con fuerza en el suelo, después de haber visto un fantasma y haber quedado cegado por la visión. El espejo estaba fuera de una tienda abandonada y apoyé la espalda contra la pared de metal oxidado y me froté los ojos hasta que pude volver a ver.

No bebía tanto como él, creo, pero bebía siempre que podía. Diría que ayudaba a pasar el tiempo, pero el tiempo pasaba sin ayuda. Las mañanas se desvanecían en las tardes que se desvanecían en las noches que se desvanecían en las madrugadas. Hacía calor, luego fresco, luego frío, luego cálido, luego caliente de nuevo. Las hojas aparecieron, se volvieron verdes, se volvieron amarillas y rojas, se volvieron marrones y se soltaron y crujieron bajo los pies.

Robé para salir adelante. Vigilaba las casas desde el bosque hasta que sabía que sus dueños se habían ido y entonces entraba a robar comida y, cuando la tenían, cerveza y licor. Me recordaba a cuando James, Toussaint y yo organizábamos nuestras pequeñas incursiones sin sentido. Aquellos destellos de memoria eran más dolorosos que el disparo de luz del espejo, más dolorosos que pisar un clavo, más dolorosos que cualquier otra cosa que viviera en aquellos años. Una noche fui golpeado y despojado de lo poco que tenía por unos jóvenes sucios; pero los recuerdos de James hicieron que ese dolor se desvaneciera.

Lo peor de todo fue la soledad. Podía contarles a mis "amigos" bajo el puente las cosas raras que había visto, pero eran innumerables las imágenes y los pensamientos que me visitaban, y no tenía a nadie con quien compartirlos. Una tarde, en el valle de Paint Rock, observé cómo un enorme sol anaranjado se posaba en el horizonte, iluminando el cielo con una belleza anaranjada y roja que hizo que se me atragantara la respiración. Puedo entender por qué Ezequiel vio a la pequeña gente verde. A veces el mundo es demasiado hermoso para mirarlo solo. Pero yo había terminado con el mundo, y el mundo había terminado conmigo.

Capítulo Cuarenta y seis

EL PUNTO DE NO RETORNO

Algo jaló mi pie. ¿Una rata? La aparté de una patada. Siguió jalando. Salí de mi inconsciencia y me aparté la manta hecha jirones de la cara. Estaba alucinando, de madrugada. Vi a Virginia, de pie junto a mí, con una mirada de puro asco en su rostro.

—Levántate. Tu madre está enferma. Nos vamos a Chicago.

No debí de moverme porque, en poco tiempo, me dio una patada.

—Levántate.

Me levanté. Un par de jóvenes que no conocía me llevaron a mi antigua casa y me hicieron entrar en el baño. Mientras hacían correr una tina de agua caliente, uno de ellos me indicó que me desvistiera. Le entregué mi ropa pieza por pieza, y era bastante, ya que era septiembre y empezaba a hacer frío. Como no tenía un armario en el que guardar las cosas, solía ponerme lo que tenía. Le entregaba cada pieza a Virginia por la puerta. Nunca volví a ver ninguna de esas prendas.

Cuando la bañera estaba llena y yo estaba desnudo, los jóvenes se fueron. Me metí en la bañera y casi grité. Hacía tiempo que no sentía el agua tan caliente. Me estiré y una ola de relajación me recorrió, tan fuerte que casi me deja sin sentido allí mismo. Había tomado baños aquí y allá, cuando podía, pero éste era el mejor baño en años.

Me quedé tumbado en la bañera durante lo que me parecieron horas, hasta que el agua empezó a enfriarse y a adquirir un color marrón tenue por la suciedad de mi cuerpo. Entonces me lavé, me restregué y me volví a lavar. Cuando me levanté, volví a sentirme humano. Debajo del espejo del lavabo había una maquinilla de afeitar y crema de afeitar: muy sutil. Pero las utilicé y, cuando terminé, tenía mejor aspecto. Volví a parecerme a mi antiguo yo. Mi antiguo yo, pero la versión más delgada; parecía una versión más saludable del hombre que trabajaba en la planta subterránea de cohetes.

Me puse la bata y las zapatillas que habían dejado junto a la puerta y salí. Los jóvenes estaban sentados en la mesa, y fue entonces cuando los reconocí. Eran de la iglesia. Habían sido pequeños la última vez que los vi. Se levantaron, fueron a la cocina y volvieron con un plato lleno de jamón, sémola y habichuelas. Me senté a la mesa y comí con hambre, justo por encima del nivel de un animal. Me observaron sin expresión alguna en sus rostros; ni miedo, ni odio, ni asco, nada. Cuando terminé, uno de ellos me trajo un trozo de pastel de calabaza y lo engullí en tres bocados. Me quitaron los platos cuando terminé.

—Allí hay unos pijamas—dijo uno, señalando el sofá—. Ahí es donde vas a dormir.

El sofá. Mi viejo sofá. Al examinarlo más de cerca, no era mi viejo sofá, había sido sustituido por uno más nuevo, pero era del mismo color y estaba en el mismo lugar. Volvía a dormir en el sofá, mientras Virginia estaba fuera en la cama. No me pareció que hubiera avanzado mucho, pero me puse el pijama y me arrastré hasta el sofá, tapándome con la manta fresca que Virginia había colocado allí. Pude ver a los jóvenes en la cocina, sentados en la oscuridad, observando. Iban a observarme toda la noche. Pensé que eso me molestaría, pero cerré los ojos y me quedé dormido.

Tuve un sueño. En él, caminaba por un campo interminable que se veía interrumpido aquí y allá por encantadores riachuelos. La hierba era fresca y de un verde brillante, sin zarzas ni bichos. El cielo era de un azul brillante, al igual que el agua. Los arroyos eran tan estrechos que podía pasar por encima de ellos con facilidad. Los peces dorados nadaban en el agua y no mostraban ningún temor cuando pasaba por encima de ellos. En el cielo volaban pájaros rojos, brillantes cardenales que se llamaban entre sí con largos y musicales cantos. Y eso fue todo lo que ocurrió. Caminé y pisé el agua y los pájaros volaban y cantaban y los peces nadaban. El paisaje era ligeramente diferente a medida que me movía, pero nunca cambiaba realmente, seguía siendo verde y exuberante y alimentado por el agua. No había nadie más alrededor, nadie que pudiera apreciar esta belleza. Una alta colina se alzaba ante mí en la distancia, coronada por un pico blanco. No importaba el tiempo que caminara, siempre se mantenía a la misma distancia.

Al principio, me molestó la falta de gente y la montaña inmóvil, pero a medida que mi viaje continuaba, llegué a disfrutar del ritmo del viaje y sentí un parentesco con la hierba y el cielo y los peces y los pájaros. Sentí que formaba parte de todo, y que mi trabajo era simplemente caminar y verlo todo, y que si nunca llegaba a la montaña, no pasaría nada. A pesar de tanto caminar, me desperté renovado.

Los jóvenes estaban dormidos en sus sillas, la luz del sol empujaba sus sombras contra la pared de la cocina. Fui al cuarto de baño a orinar y oí sus sillas raspando en el suelo después de cerrar la puerta; probablemente oyeron el ruido, se despertaron bruscamente y se preguntaron adónde había ido. Parecían aliviados cuando volví. Me prepararon tocino y huevos mientras me vestía, y luego me vigilaron mientras comía. Me sentí como un prisionero, pero la comida era buena.

Virginia no apareció hasta que el reverendo Scott se presentó en la puerta principal. Me saludó con la cabeza y dejó entrar a su padre. El reverendo había envejecido considerablemente. Todavía se movía con bastante rapidez, pero tenía los hombros encorvados, como si siempre estuviera a punto de agacharse para recoger un centavo. Me puse de pie cuando entró y le tendí la mano. La estrechó con su propia mano seca y luego me acercó en un suave abrazo.

—Ha pasado mucho tiempo, hijo—dijo suavemente.

Virginia salió de la habitación.

—Sí, así es—dije.

Virginia regresó.

—Es hora de irnos. Tenemos un largo viaje por delante.

Nos dirigimos a la estación de tren, Virginia y su padre en la parte delantera con uno de los jóvenes, los otros dos en el asiento trasero con mucho espacio. Virginia no quería sentarse conmigo y probablemente tampoco quería que su padre lo hiciera, aunque no dejaba de lanzarme miradas tristes. Los jóvenes nos dejaron en la estación. Al parecer, había pasado algún tipo de prueba y me habían declarado digno de confianza, por lo que ya no necesitaba guardias.

Tomamos nuestros asientos en el tren. Había vagones cama desde Chattanooga hasta Chicago, pero el viaje de Huntsville a Chattanooga no era largo, así que solo teníamos asientos normales.

—Te he traído una revista—dijo Virginia, entregándome un viejo número de *Mecánica Popular*.

Tenía un artículo sobre el programa espacial y cómo progresaban los vuelos Mercury y Apolo. No tenía ningún interés en leerla, pero era obvio que Virginia no quería hablar, así que le pasé los ojos por encima para ser cortés. En los últimos años había tomado de vez en cuando periódicos, revistas y libros antiguos, pero poco a poco había perdido el hábito de la lectura. Preferí quedarme sentado y escuchar el mundo que me rodeaba. Podía oír el chasquido de las ruedas en la vía y el viento empujando contra los coches y el tráfico cercano ocasional y la respiración irregular del reverendo Scott y el silencioso desdén de Virginia. No analicé ni me detuve en nada de eso, solo dejé que me invadiera.

Notarán que no he mencionado haber tomado una bebida, porque ciertamente no me la dieron, y para cuando llegamos a Chattanooga, me dolía la cabeza y estaba temblando, aunque lo disimulé lo mejor que pude dejando la revista en el suelo y fingiendo que dormía, asegurándome de mantener las manos bien cruzadas bajo los brazos. Cuando cambiamos de tren, tuve un vagón cama para mí solo, y una vez en él me doblé y me balanceé y gemí para mis adentros. Me pregunté si podría llegar al vagón bar, pero no tenía dinero y Virginia no me lo iba a dar. Quizá el portero se apiadaría de mí y me traería algo. Al cabo de un rato, oí cómo se abría la puerta de mi vagón y empecé a pedirle ayuda al portero, pero vi que no era el portero. Era el reverendo Scott.

—Hijo, tienes mal aspecto—dijo, y se sentó frente a mí.

—Me siento mal.

Buscó en su bolsillo y entonces sentí algo metálico y cálido contra mi mano. Me estaba entregando una pequeña botella.

—No le cuentes esto a Virginia—dijo—. No quiero discutir con ella. Pero sé algunas cosas más del mundo que ella, y sé cómo funciona el alcohol. Tienes que superar esto y, por desgracia, eso significa que tienes que beber.

—Reverendo—dije, con mi voz de advertencia socarrona.

—Hijo, si eres un ministro y no conoces a unos cuantos pecadores, no estás haciendo tu trabajo.

Compartimos una carcajada por eso y me eché un poco de licor. Tardó un poco en dar el golpe, pero luego, tengo que admitirlo, me sentí mejor. Me gustaba pensar que no era un borracho como mi padre, pero aquí estaba la prueba. Noventa pruebas, además, y una vez que corrió por mis venas y me enganchó, maldita sea, me sentí mejor.

—No sé lo que estás acostumbrado a beber. Esto es vodka. No huele tanto como otros. También te daré algunas mentas, para que Virginia no lo note.

—No se acercará lo suficiente como para notarlo.

—No, hijo, no creo que lo haga.

Seguimos en silencio durante un rato y yo bebí un poco más y me sentí un poco mejor.

—Me alegro de verte, Johnny—dijo el reverendo Scott después de un rato—. Me alegro de que sigas por aquí, pero no me gusta lo que te estás haciendo.

—A veces tampoco es lo que más me gusta.

—¿Por qué haces esto, Johnny? ¿Es por la guerra?

—¿No es suficiente?

—Pero... ¡ganamos, Johnny! ¡Y les mostraste lo que puede hacer un negro!

Empecé a decírselo. Realmente lo hice. Tuvimos el tiempo. Fue un largo viaje. Podría haberle hablado de un infierno que solo podía imaginar, un infierno que estaba aquí mismo, en la Tierra. Pero no lo hice. Y él quería saberlo.

Tomé otro sorbo, sentí el ardor y, aunque nunca me ha gustado especialmente la ginebra, me sentí mejor todavía. Le miré fijamente a los ojos. Sus ojos estaban llorosos por la edad y habían acumulado varias manchas y venas, pero se notaba que una mente ágil aún vivía allí.

—No se ganan las guerras, reverendo. Se sobrevive a ellas.

—Tendré que creer en tu palabra, Johnny. No lo dudo. Tú eres la prueba viviente, para mí.

Terminé la petaca y se la devolví.

—Al menos sirvo para algo. ¿Hay alguna posibilidad de rellenarla antes de que pase mucho tiempo?

No se rio, pero guardó la petaca. Me pregunto qué hacía con ella cuando no se la prestaba a los borrachos.

—Tal vez una más en el tren. Y creo que puede haber licor en Chicago. Pero no puedes tener demasiado. Solo lo suficiente para pasar esto.

—Me parece justo.

—Deberías buscar ayuda, Johnny. Lo que ha pasado entre tú y mi hija no es de mi incumbencia, pero todavía me siento como tu suegro y quiero que te recompongas. Por mi bien. Por tu propio bien.

—Lo sé.

—Está eso de Alcohólicos Anónimos. He hablado con gente que trabaja con ellos y ayuda, de verdad.

—He oído hablar de ellos.

Dejó de hablar y se limitó a mirarme con tristeza. Me examiné los zapatos. No había argumento que pudiera hacerse; él tenía razón, por supuesto. Tenía razón y lo que me quedaba era solo la voluntad que tenía para salir de esta inmersión, si es que no era ya demasiado tarde.

—Descansa un poco, Johnny. Vendré a ver cómo estás dentro de un rato.

—Sí, señor.

—Es bueno verte de nuevo.

—A ti también.

No parpadeé, temiendo que una lágrima corriera por mi mejilla, y no quería que él lo viera. No parpadeé hasta que él salió de mi coche y cerró la puerta. Debería decir que pasé la noche pensando en mi situación y resolviendo hacerlo mejor, pero en realidad solo me dormí.

No volví a ver a Virginia hasta que llegamos a Chicago, y al principio solo vi la parte posterior de su cabeza, incluso entonces. El reverendo Scott llamó a un taxi y él y yo subimos al asiento trasero. El reverendo

Scott me puso una mano de advertencia en el hombro cuando entramos en el hospital.

—Tu madre tiene cáncer y eso la ha vuelto demente. Puede que no te reconozca.

Me sentí avergonzado de que él lo supiera y yo no. Me sentí triste porque tardé unos instantes en reconocer a la mujer en la cama. Estaba anudada en las sábanas como un insecto atrapado. Era delgada como un hueso y llevaba un pañuelo en la cabeza sin cabello. La reconocí por sus ojos. Sus ojos eran los mismos.

—Esperaremos fuera—dijo el reverendo Scott.

Acerqué una silla y me senté junto a mi madre. Una enfermera entró para verificar que era de la familia.

—Es mi marido—dijo mi madre, con una voz fina y débil como una brizna de humo—. Ha venido a verme.

La enfermera me lanzó una mirada de severa desaprobación y se fue.

—Oh, Carleton, has vuelto a casa—dijo—. Estoy tan feliz.

Como aprendí al mirarme ahora en los espejos, me parecía a mi padre, tanto para lo bueno como para lo malo.

—Sí, estoy aquí. Y me quedaré.

—Sí, quédate.

Cerró los ojos y apretó mi mano con sus dedos nervudos. La cama junto a la suya estaba vacía, pero había un pequeño jarrón con flores marchitas al lado. Saqué mi pequeña navaja y corté una para ella, una margarita rosa que aún estaba en buen estado. Había encontrado la navaja en el bosque hacía meses o años y la había limpiado. Era muy pequeña y no estaba afilada porque la usaba para abrir latas, y dejó un corte irregular en el tallo de la margarita, pero finalmente la cortó y pude deslizar la flor por su cabello y apoyarla en su oreja. Ella abrió los ojos.

—Me alegro mucho de que volvamos a estar juntos. ¿Y cómo está Johnny? ¿Ves a Johnny?

—Lo veo. Está bien, es feliz, te envía saludos.

—Oh, bien.

—Se encuentra sano, feliz y está casado.

—¿Con esa encantadora chica, Virginia?

—La misma.

—¿Y James? ¿Cómo está nuestro nieto?

—Está... está bien. Grande , fuerte y saludable. Practica fútbol.

Su sonrisa se extendió por toda su cara y verla fue lo único que me permitió mantener la calma. Siempre nos enseñan que mentir es malo, pero a veces es lo mejor que puedes hacer. A veces es lo único que puedes hacer.

—Es estupendo escucharlo. Todo está bien entonces, ¿no es así, querido?

—Todo está bien. Estamos todos juntos y somos felices.

—Entonces lo hemos conseguido. Lo hemos conseguido.

Volvió a abrir los ojos y se encontró con los míos.

—Lo hemos conseguido, ¿verdad, cariño?

—Sí, querida. Lo hemos conseguido.

Volvió a cerrar los ojos, saboreando el momento, y luego se quedó dormida, sus dedos se fueron aflojando en los míos.

A la mañana siguiente no me reconoció en absoluto y llamó a la enfermera a gritos cuando entré en la habitación. Ella murió esa misma tarde. Así que sabe más que yo sobre la vida y la muerte.

No recuerdo mucho de ese día. No lloré ni hice una escena, pero me quedé dormido. Mentalmente, estaba de vuelta en el bosque, solo. Recuerdo haber estado en el hotel y haber comido, haberme despertado más tarde todavía con la ropa puesta, y que el reverendo Scott venía a hablar conmigo de vez en cuando. Estoy seguro de que también me trajo algo de alcohol, pero no lo recuerdo. Creo que Virginia asomó la cabeza por la puerta de vez en cuando para ver cómo estaba, pero no me habló más que para abrazarme una vez y decirme lo mucho que lo sentía. Mis recuerdos de ella ese día son principalmente los de una cabeza en sombra enmarcada en una puerta.

El funeral se realizó dos días después. Virginia y su padre se encargaron de todos los detalles y, afortunadamente, mamá y papá habían resuelto los preparativos del entierro mucho antes, como adultos adecuados. Yo no tuve que hacer nada. Me sentía como un niñ, y supongo que me estaba comportando como tal. Virginia no sabía a quién invitar, y yo tampoco, así que el funeral fue tan pequeño como el de mi padre. Un par de sus amigas se enteraron y vinieron a verme, y me apretaron el brazo después. No sé cuándo la habían visto por última vez. Una de ellas me miró a los ojos, me llamó por el nombre de mi padre y me dijo que esperaba que estuviera bien.

Así que ahora no quedaba nadie, nadie, en absoluto. Katherine estaba en el viento y mamá y papá estaban en la tierra. Solo quedaba yo. Esta era una familia completa, tan feliz y llena de planes como cualquier otra, y ahora había desaparecido, desgastada por la guerra y el tiempo y la mala suerte y las malas decisiones y la debilidad. Se había desmoronado como una estatua y no quedaba nada, nada más que yo, los pies de barro.

Escuché al predicador elogiar a alguien que nunca había conocido. No podía saber de las luchas de mamá, de cómo ganó y finalmente perdió a su marido, a su hermano, a su hija, a su hijo, a su nieto, su mente, su vida. No podía saberlo, pero lo intentó. Leyó de un guión y se ajustó bastante bien a su vida. Todo lo demás dependía de mí. Nadie recordaría a mi madre más que yo. Ese día no me acerqué al féretro ni la miré. El reverendo Scott me aseguró que tenía buen aspecto, que parecía en paz, pero yo sabía que se había ido de esta tierra y que ahora solo vivía en mi mente, un lugar desvencijado, en el mejor de los casos.

En un momento dado, el predicador nos miró y preguntó si alguien quería decir unas palabras. Pensé que debía hacerlo, pero me pregunté si estaba en condiciones de hacerlo; ya no tenía la costumbre de hablar con frases completas. Virginia se limitó a llamarle la atención y negó lentamente con la cabeza.

Vaya hijo que había resultado. Demasiado destruido para elogiar a su propia madre. Mientras estaba allí, agarrado al respaldo del banco, sintiendo que los temblores y la vergüenza empezaban a aparecer, decidí que haría lo posible por recordar a mamá. Haría lo posible por recordar a mi padre. Me esforzaría por recordar a Katherine, a James, al tío Abe, a la tía Eveline, a Annamaria, a Marianne, a Julie, a Jean, a Pierre, a todos ellos. Ahora solo vivían en mi mente, y yo haría de ella un lugar tan bueno como pudiera. Quitaría las telarañas y empaquetaría la ira y el miedo en el desván para que tuvieran espacio.

Y entonces pensé que necesitaba un trago. Quería ir a un bar después del funeral, a cualquier bar, a cualquier lugar, pero no tenía dinero. Habría mendigado en la calle durante un rato para conseguir algo, pero creo que el reverendo Scott pudo percibir esa tentación y se mantuvo cerca. Virginia también me rondó, pero no me tocó ni se acercó demasiado, como una polilla que teme a la llama. Entonces, emprendimos el regreso a Alabama. El reverendo Scott apareció de nuevo en mi litera y me extendió el frasco. Me lo bebí como un vampiro en el cuello y me sentí mejor.

Llegamos a Alabama y el reverendo Scott me dio un abrazo, al hacerlo dejó caer otro frasco en mi bolsillo. Entonces, Virginia se paró frente a mí, tan cerca como no había estado en años. Me miró de arriba abajo y supuse que encontré algo de simpatía en sus ojos.

—Lo siento mucho, Johnny—dijo suavemente.

Me dio un abrazo que duró un poco más de lo necesario. Me sentí bien cuando lo noté, y pensé en ello durante semanas y años.

—Y, oye—añadió ella—. ¿Te has enterado? Los hombres están en la luna. Ahora mismo, allí arriba.

—¿Qué?

Me lo había perdido por completo.

—Lo anunciaron en el tren anoche. Debes haber estado durmiendo.

Miré al cielo, pero era de día y no había luna.

—Así que lo hicieron.

Todos esos cohetes finalmente habían funcionado. Esos bastardos alemanes habían puesto un hombre en la luna.

—Johnny, ¿te encuentras bien?

—Estoy bien. Solo estoy pensando.

—¿Podemos llevarte a algún sitio? ¿Necesitas algo de dinero?

—Estoy bien.

—Está bien. Cuídate. Sé que mi padre te habló de recuperarte. Deberías hacerlo.

—Lo haré.

—Mírame a los ojos y dilo.

La miré a los ojos y lo dije. Era fácil de decir. Ella esperaba que lo dijera en serio. No pareció convencida.

—Cuídate, entonces, Johnny.

—Adiós.

Esperé a que se fueran y me alejé de la estación de tren en dirección a la ciudad. Sentí el peso de la petaca en mi bolsillo y fue reconfortante.

Transferí parte del peso de la petaca a mi estómago y me sentí aún más reconfortado. Lo repetí varias veces.

Al cabo de un rato, me di cuenta de que había mucha gente caminando cerca de mí y que el tráfico se hacía más denso. Miré a mi alrededor y la gente circulaba por el centro. Por un segundo, me recordó a la marcha de Selma a Montgomery, pero en este caso, la mayoría de la gente que caminaba era blanca. Quise preguntar a alguien qué estaba pasando, pero todo el mundo parecía concentrado, y yo me había relajado agradablemente, así que me dejé arrastrar por la multitud. Ahora podía oír un altavoz en la distancia, y vítores. Llegué a Main Street y vi que se había montado un pequeño escenario frente al First National Bank. Por fin, las palabras que sonaban tenían sentido y me di cuenta de que hablaban de la carrera lunar. La habíamos ganado.

Él la había ganado. Allí estaba él, en el escenario, mirando al público, con el cabello ligeramente alborotado: El Dr. Wernher von Braun. Estaba más gordo que cuando lo vi en la planta subterránea de cohetes. Gritó algo por el micrófono y pude oír a toda Alemania detrás de él. Oí esa voz y pensé en la planta, y por un segundo, volví a estar en la multitud de la plaza, medio vivo, mirando al escenario, preguntándome a quién iban a colgar. Mi visión se redujo a un cono negro, y en el centro estaba su cara de Gato Sonriente. Sabía lo que tenía que hacer. Tenía que matarlo.

Capítulo Cuarenta y siete

LA LUNA EN LO ALTO

Empecé a avanzar hacia el escenario, pero fue lento. Se había reunido una gruesa multitud que levantaba las manos y se reía y me clavaba codos afilados en la cara. Algunos políticos estaban hablando ahora, hablando de von Braun, de la contribución de Huntsville a poner hombres en la luna, pero lo ignoré y avancé lentamente pero con firmeza, un tiburón en una misión. No tenía nada con lo que matarlo y, para ser sincero, no era un hombre pequeño y podía resultar difícil, pero mi rabia y el alcohol se habían mezclado y habían provocado algo que no quería apagar.

Entonces ocurrió un milagro; estaba entre la multitud, avanzando hacia mí. Lo llevaban, lo vitoreaban y lo cargaban, y él reía y agarraba sus manos extendidas con alegría. Habíamos puesto gente en la luna. Esas cosas horribles que yo había ayudado a construir, y que había intentado sabotear, habían sido perfeccionadas por este hombre y habían puesto gente en la luna. Me pregunté qué pensaría toda esa gente en la planta. Me pregunté qué pensaría Jean, si estuviera aquí en el escenario, colgando de la soga.

Ahora von Braun estaba casi lo suficientemente cerca como para tocarlo. Tal vez podría tirar de él con fuerza y esperar que cayera boca abajo y se rompiera el cráneo. Pero había demasiada gente alrededor, no era una buena apuesta. Tal vez podría agarrar su cuello y estrangularlo, pero estaba demasiado alto, y la multitud era demasiado espesa y bulliciosa. No tendría ninguna posibilidad.

Entonces recordé mi cuchillo. Tenía una hoja fina que dificultaba su uso para abrir latas, o incluso para cortar flores, pero sería perfecta para abrir a un hombre, para cortar a un hombre. Puede que ni siquiera supieran lo que había pasado hasta que hubiera pasado y, de repente, alguien de la multitud gritara por la sangre, y para entonces yo podría haber escapado. Era perfecto. Estaba en mi bolsillo.

Y entonces estuvo a mi lado, riendo tras su cabello canoso que el viento caliente del verano soplaba. Extendí la mano para tocarlo, para consumar mi venganza. Mi cuchillo estaba doblado contra la parte inferior de mi muñeca, listo para atacar. Entonces se produjo otro milagro. Lo toqué y sentí que mi odio se desvanecía como un petardo en una bocanada de humo. Me tomó tan de sorpresa que cerré los ojos cuando lo sentí, de modo que no vi realmente al Dr. Wernher von Braun en el momento en que lo toqué. Pero sé lo que hice. Ayudé a sostener a ese hijo de puta.

Capítulo Cuarenta y ocho

VIVIR LA VIDA

Me resulta difícil describirlo, pero sentí como si un gran resorte dentro de mí se hubiera soltado. Años de tensión se desvanecieron. Sencillamente, y sin motivo alguno, perdoné al hombre cuando pasó por encima de mí. No me di cuenta de hasta qué punto mi odio se había convertido en una parte de mí hasta que dejó de existir. La pérdida me dejó tambaleante. Me habría caído literalmente allí mismo, sin fuerzas como una medusa, si la multitud no hubiera sido tan densa que me sostuviera.

Con las pocas fuerzas que tenía, me acerqué lentamente al grupo y me abrí paso. Seguían gritando, chillando y hablando, pero ahora sentía paz y quería silencio. Me alejé un par de calles y me senté pesadamente en un banco del parque. Palpé algo duro en mi bolsillo y encontré la petaca. La abrí, vertí lo que quedaba y la tiré. También había perdido la navaja, pero ya no la quería.

Pasé el resto del día buscando un programa de Alcohólicos Anónimos y encontré uno. Y, desde ese día hasta hoy, no he vuelto a beber. Eso no quiere decir que no haya querido. He querido un trago casi cada minuto de cada día. Quiero uno ahora mismo. Pero no voy a tomar uno, y no voy a dejar que uno me lleve de regreso.

Mi patrocinador me ayudó a conseguir otro apartamento. No era tan bueno como el último que tenía, pero era mío. Conseguí otro trabajo, trabajando en los motores de los coches para un hombre que restauraba coches antiguos, desde modelos T hasta brillantes Cadillacs de los años 50 y pequeños descapotables británicos. Era un hombre blanco, pero no me molestaba trabajar para él, me pagaba bien y decía que era el mejor mecánico que había visto. Sé que esta parte es aburrida, pero eso es solo desde fuera. Así fue como recuperé mi vida. Fue una gran lucha para mí, y me entristece un poco no poder contarlo mejor.

Asistí fielmente a mis reuniones de AA, en el sótano de la Iglesia de Cristo de Tried Stone. Incluso veía al reverendo Scott de vez en cuando. Dijo que venía a visitar al predicador, pero creo que venía a vigilarme. Lo cual no me importaba.

—¿Todavía tienes mi frasco?—me preguntó una vez.

—Lo tiré.

—¿Te doy un regalo y lo tiras?

Parecía un poco dolido. Empecé a disculparme pero entonces una gran sonrisa se dibujó en su cara revelando el juego.

—Es un regalo que no me importa que hayas tirado.

Y así, por segunda vez en mi vida, empecé a reconstruirme. Lo había hecho después de la guerra, pero nunca llegué a estar tan sano como antes de la guerra. Y esta vez, nunca llegué a estar tan sano como antes de abandonar el mundo. Fui decayendo poco a poco, pero decidí que intentaría frenar mi declive. Empecé a comer mejor, comencé a levantar pesas de nuevo, corrí un poco. Las cosas iban mejorando.

Una noche, después de nuestra reunión, cuando estaba subiendo las escaleras para irme a casa, el predicador de Tried Stone me apartó. Se llamaba Hermano Roberts y tenía una mirada grave.

—Creo que usted es muy amigo del reverendo Scott. También es amigo mío. Odio ser el que te lo diga, pero ha fallecido.

—¿Cómo?

—En un accidente de tráfico. Se quedó dormido, al parecer. Fue un accidente de un solo coche, a última hora de la noche. Se había caído en una zanja y no lo encontraron hasta hace unas horas. Nadie pudo hacer nada.

El reverendo Scott se había ido y su muerte no debería haber sido una sorpresa, pero la muerte a menudo lo es aunque creas que la esperas. Era muy ágil y agudo, y me imaginé que le quedarían varios años más, pero también estaba viejo y cansado, y eso le había afectado. No me había imaginado que muriera en un accidente de coche, pero todo estaba relacionado. Probablemente había estado en el norte de Alabama o en Tennessee para una reunión y se dirigió a casa tarde y le dio sueño. Estuvo trabajando hasta el final. Y ahora estaba muerto. Él sabe más de la vida y la muerte que yo, pero creo que siempre lo hizo.

Llamé a Virginia cuando llegué a casa. Contestó el teléfono con poco más que un susurro.

—Me he enterado. Lo siento mucho. ¿Puedo hacer algo?

—Gracias. No. Bueno, sí.

Casi podía oír la indecisión en su cabeza, crepitando a través de la línea telefónica.

—Cualquier cosa.

—Acompáñame al funeral.

—Por supuesto.

—Es en Tuskegee. Podemos ir en mi auto.

—Está bien. Pero deberíamos llevar el mío.

Ella sabía que yo estaba mejor, pero no sabía cuánto mejor hasta que me presenté al día siguiente a recogerla.

—No me lo puedo creer—dijo, de pie en el porche de su casa y viendo cómo me bajaba de un Jaguar XK-150 para recogerla. Un pulido y elegante XK-150 de color verde carrera británico.

—¿En qué puedo ayudarle, señor?—preguntó entonces, con una sonrisa que rompía su dolor—. Creo que no le conozco.

—Soy su humilde chofer. Un hombre llamado Johnny Nicholas me contrató para que le transportara a Tuskegee.

—Bueno. Espero que ese elegante coche suyo tenga espacio en el maletero. Porque tengo unas cuantas maletas.

Sabía que ella las tendría, por eso me había decantado por el XK-150. Era elegante pero tenía algo de espacio para las maletas. Lo que ella no sabía era que yo tenía acceso a todos los coches en los que trabajábamos. El Jaguar no era mío, pero lo había puesto a punto y quería ver cómo sería en la carretera. También teníamos un precioso Jaguar E-Type, pero era demasiado poco práctico para un viaje por carretera y los pequeños MG descapotables estaban descartados. Apenas cabía yo solo en uno de ellos. También teníamos coches americanos, pero me parecían un poco aburridos y familiares. Así que fue el XK-150. En realidad conducía un viejo Pontiac GTO que había arreglado, no esta elegante belleza británica. Pero ella no necesitaba saber eso.

Era un hermoso día para un viaje tan deprimente. Virginia estaba obviamente cansada y dijo que no había dormido bien la noche anterior. Podía ver por qué. No me entrometí, sino que la dejé hablar cuando le apetecía, lo que no era frecuente. De vez en cuando, comentaba algo del paisaje que pasaba, pero eso era todo.

El funeral fue multitudinario. Su congregación, aunque pequeña, acudió en masa, y también vino gente de las iglesias de los alrededores. También había funcionarios del movimiento por los derechos civiles (John Lewis, Jesse Jackson, Ralph Abernathy) e incluso el fiscal de los Estados Unidos, que pronunció un pequeño discurso; el padre de Virginia estaba aún más conectado de lo que yo sabía. Fue un servicio religioso largo, con muchas risas y llantos, y cuando terminó, yo estaba agotado. El propio reverendo parecía muy tranquilo y digno en su ataúd, pero hubo mucho jaleo en su despedida.

No pude evitar compararlo con los funerales de mis padres, que se deslizaron hacia la tierra casi sin avisar. No pude evitar ver que si quieres un gran funeral, si quieres que la gente se dé cuenta cuando te hayas ido, tienes que formar parte de su mundo. Tienes que mantener tus conexiones. Mis padres habían perdido las suyas y yo había perdido las mías. Mi funeral, cuando llegue, será pequeño y silencioso, si es que lo hay.

Pasamos la noche después del entierro y nos fuimos a la mañana siguiente. Virginia parecía menos tensa en el camino a casa. No fue un día tan bueno desde el punto de vista meteorológico, ya que las nubes amenazantes se amontonaban en el horizonte, pero Virginia había dormido bien y parecía mucho más tranquila, ya que se había quitado un peso de encima y lo había enviado al cielo.

—Sabes, somos los únicos que quedamos—dijo en un momento dado, observándome para ver mi reacción.

—Lo sé.

—Mis padres están muertos. Tus padres también. Tu hermana ha desaparecido. Y James...

—James se ha ido—dije, no quería oírla añadiéndolo a esa lista—. Digamos que James se ha ido.

No se enfadó con mi interrupción.

—Así que ahora solo estamos nosotros, y ni siquiera somos un nosotros. Estamos completamente solos.

—Sí.

—Pero te ves mejor ahora, Johnny. ¿Te sientes mejor?

—Me siento mucho mejor.

—Alguien te vigila. Sigues dirigiéndote a ese acantilado, pero no acabas de pasar por él, ¿verdad? Siempre te tira para atrás.

—¿Qué acantilado? ¿Dónde?—tiré del volante de un lado a otro como un pirata al volante.

Virginia se rio y me dio un ligero golpe en el hombro.

—Ya sabes a qué me refiero.

Me sentó bien oírla reír. No recordaba la última vez que la había oído reír.

—Que alguien me vigile, es gracioso. Eso me recuerda algo—le conté la historia de mis días en la calle, cuando me tropezaba con pequeños alijos de comida, y cómo los sentía como el maná.

—No lo entiendes, ¿verdad?—preguntó.

Miré y vi una sonrisa socarrona en sus labios.

—¿Qué?

—¿Quién crees que te dejó esa comida?

—¿Dios?

—No. Fui yo. Bueno, yo o mi padre, y a veces alguno de los chicos de la iglesia. Sabíamos que tenías hambre y te la dejábamos.

—Pero, ¿cómo sabían dónde estaba yo?

La sonrisa se desvaneció, sustituida por una mirada aún más significativa.

—Oh, Johnny. Siempre supe dónde estabas.

No supe qué decir. Parpadeé y sentí una película de lágrimas en mis ojos. Me estaba costando ver por el parabrisas, y no podía permitirme estrellar este coche.

—¿Te gustó la comida?

—Me encantó. Me encantó.

—Me alegro de que te haya gustado algo. Todo el mundo siempre te ha querido, Johnny, incluso cuando no te querías a ti mismo.

Mi humor cambió casi instantáneamente, como el cielo en la tormenta de verano que parecía dirigirse hacia nosotros.

—¿Me querías incluso cuando perdimos a James? Porque no lo parecía.

Ella no mordió el anzuelo, no se defendió, solo habló como alguien que dice la verdad porque estaba demasiado cansada y triste para contar otra cosa.

—Incluso entonces. Estaba enfadada contigo, Johnny, no me malinterpretes. Pero incluso entonces. Pero nunca fui capaz de estar tan enfadada contigo como tú lo estabas contigo mismo. Nunca entendí tu ira, de dónde venía. No solías ser así.

Pensé en contarle lo de la guerra. Nunca se lo había contado. Nunca se lo había contado a nadie, ahora que lo pienso. Tal vez eso ayudaría.

—Hubo un tiempo en el que estaba perdido y no se sabía dónde estaba. Cuando nadie velaba por mí, ni siquiera Dios.

—No sé a qué te refieres.

Y así, mientras regresábamos al norte de Alabama, en aquella carretera negra y delgada, bajo el interminable cielo azul que empezaba a ser devorado por cancerosas nubes oscuras, en aquel hermoso coche británico, le hablé de la guerra y de la planta de cohetes. Omití algunos detalles, como mi verdadera relación con las hermanas raras, pero no le ahorré nada de la planta de cohetes.

—Dios mío, Johnny. Has estado guardando todo esto en tu interior durante todo este tiempo. No me extraña. Eso es como tragar el ácido de las baterías, te intoxica.

También le conté mi encuentro con Wernher von Braun.

—Lo he dejado pasar.

—No tienes mucho más que soltar ahora, Johnny.

Estábamos casi de vuelta a Huntsville y la visita iba a terminar. Se acercó al asiento y sostuvo mi mano sobre la palanca de cambios.

—¿También vas a dejarme ir?—preguntó. Su voz era plana, pero sus ojos eran brillantes—Si quieres, ahora es el momento. Nos separamos y todo queda así.

—¿Y si digo que no quiero separarme de ti?

—Entonces te quedas como el hombre que eres ahora. Nada de guardarte las cosas dentro, nada de irte a jugar al bosque tú solo.

—No quiero dejarte ir. Eres lo único que me queda.

—No respondas tan rápido, Johnny. Esta es una gran decisión. Una vez que la tomas, tienes que mantenerla.

Me hice a un lado de la carretera porque me costaba mirarla y conducir.

—Cuando tomo una decisión, la mantengo. Así es como te conseguí en primer lugar. Si te acuerdas.

—Nunca lo he olvidado. Ni por un día.

Cuando la dejé en su casa, yo también me quedé. Hicimos el amor y luego ella lloró en mis brazos hasta quedarse dormida.

Capítulo Cuarenta y nueve

EL FINO HILO

Después de un tiempo, cada vez iba menos a mi apartamento y un día me di cuenta de que todas mis pertenencias estaban de vuelta en la casa, y yo también. No fue algo que habláramos, simplemente ocurrió. Ya habíamos superado el punto de pensar que podíamos controlar el flujo de nuestras vidas, así que nos conformamos con ver lo que el destino nos tenía preparado.

Un día vino y se sentó a mi lado en el sofá, donde yo estaba leyendo el periódico. Era un sábado, en primavera, y el olor a hierba recién cortada se colaba por las ventanas abiertas.

—Tengo que contarte algo—dijo ella, tocándome el brazo para que dejara el periódico—. Es algo que solo te he dicho una vez.

Mi corazón comenzó a acelerarse cuando escuché eso. Sabía lo que significaba, pero casi no lo creía. Era un milagro, era demasiado bueno para ser verdad, era alguna broma cruel de Dios.

—Ya no vamos a ser solo nosotros. Estoy embarazada.

No habíamos estado tratando de que Virginia quedara embarazada, no específicamente. No habíamos hablado de ello como un objetivo, pero de vez en cuando el tema salía a relucir y habíamos decidido que ella era demasiado mayor. Ella lo creía y yo también, pero resulta que no lo era.

Había tenido un hijo antes, así que eso hacía más probable que pudiera concebir más adelante.

Y así, cuando tenía casi cincuenta y dos años, empezamos a planear un hijo. Virginia se volcó en la decoración del dormitorio de invitados, que se destinaría al bebé. La habitación de James, que rara vez pisábamos salvo para limpiar, no se tuvo en cuenta para la nueva necesidad. Entrar allí para atender a un nuevo niño sería demasiado, y por acuerdo silencioso dejamos su habitación en paz.

Los meses parecían pasar volando, al menos para mí. Este embarazo fue más duro para Virginia que el primero. Estuvo muy enferma y me quedé en casa todo lo que pude para cuidarla. El taller me permitía llevar los coches a casa para trabajar en ellos, lo que era muy agradable, así que estaba cerca la mayor parte del tiempo. Fue una época agradable, aunque de nuevo no era yo quien tenía el bebé. Trabajaba un rato y luego entraba a charlar con Virginia, o le llevaba la comida, o le limpiaba la boca cuando estaba enferma. Me sentí bien al ser necesitado y poder ayudar.

Llevábamos seis meses de embarazo cuando el médico nos llamó a las dos para hablar de los resultados de una revisión. Yo estaba un poco nervioso. Era la primera revisión a la que acudía.

—El bebé está bien. Es un niño muy activo, como probablemente saben—dijo el Dr. Lumpkin.

No lo habíamos sabido, ni teníamos intención de averiguarlo, pero ahora lo sabíamos.

—Pero su actividad no es la única razón del extenso malestar que ha estado experimentando.

El Dr. Lumpkin no hacía honor a su nombre. No era nada abultado, sino delgado como un hueso y casi igual de blanco, con un mechón de cabello blanco en la parte superior de la cabeza. Parecía un gran bastoncillo y habría parecido cómico de no ser por la expresión grave de su rostro. Virginia deslizó su mano en la mía y esperamos sus siguientes palabras.

—Me temo que tienes un linfoma de Hodgkin. Me gustaría que pidieras otra opinión, pero también me gustaría que empezaras el tratamiento de inmediato. Esta forma de cáncer puede ser bastante agresiva.

Como había ocurrido en el pasado cuando estaba furioso, mi mundo se redujo a casi nada. Me concentré en el cabello blanco del Dr. Lumpkin y todo lo demás se volvió negro. Podía sentir la mano de Virginia agarrando la mía con una fuerza casi dolorosa, pero mi mano parecía pertenecer a alguna otra dimensión en algún lugar.

—¿Y el bebé? La oí preguntar—. ¿Qué sucederá con nuestro hijo?

—El tratamiento será muy difícil de llevar a cabo eficazmente si estás embarazada. Te recomiendo encarecidamente que abortes, que luches contra este cáncer y que intentes quedarte embarazada de nuevo más adelante.

Lo dijo como si estuviéramos discutiendo sobre tirar la fruta en mal estado en un frigorífico antes de comprar más. Era una opción más, otra marca en el papel.

—Hemos perdido un hijo—le dijo Virginia, con la voz tan plana como una serpiente—. No perderemos otro. Puede que no tengamos otra oportunidad.

—Me gustaría que hablaras de ello. Habla de ello esta noche y piensa en ello. Pero tienes que avanzar pronto en el tratamiento.

No hablamos de ello esa noche. No había nada que hablar. Virginia no quiso saber nada más. Nos sentamos en el sofá, abrazados, y lloramos hasta que nuestras lágrimas se mezclaron y nuestros brazos, camisas y cuellos se mojaron.

—Esto es solo un reto—dijo ella—. Hemos llegado hasta aquí y ahora solo quedamos tú y yo. Pero Dios no quiere que esto termine aquí. Quiere que volvamos a ser una familia.

Nos dormimos en el sofá y más tarde me desperté con un fuerte dolor de cabeza. Desperté a Virginia y nos fuimos tambaleando a la cama con el cuello adolorido. Me tumbé en la cama y el dolor de cabeza no desapareció, sino que bailó alrededor de mi cráneo y envió chispas a través de mis globos oculares. Probablemente estaba deshidratado. Había bebido todo el líquido que tenía. Tumbado en el dolor, recé a un Dios en el que ya no creía y le pedí ayuda para superar esto último. Quería que Virginia viviera y quería que mi hijo viviera. Lo quería todo y no creía que fuera mucho pedir, no después de todo lo que había pasado. No recibí respuesta, pero supuse que eso significaba que Dios no había dicho que no.

Virginia empezó el tratamiento dos días después. No podía hacer quimioterapia sin arriesgar la salud del bebé, pero podía hacer radioterapia con blindaje para proteger al feto, dijo el médico. No sería una cura tan eficaz como hacer la radioterapia y la quimioterapia juntas, pero Virginia no quería escuchar ninguna medida que pudiera perjudicar a nuestro hijo. La dejé en el hospital en su coche, un Buick, pero la recogí en un coche del taller: Un Cadillac rosa brillante del 56. Pensé que eso la animaría, pero estaba tan débil que apenas podía esbozar una sonrisa, y la sonrisa parecía casi un gruñido. Se quedó dormida de inmediato de camino a casa, con la cabeza caída sin fuerzas sobre la puerta y el cabello ondeando sin vida en el viento.

Y así, creció y se encogió. Se volvió delgada y estirada, excepto por su vientre, que empezó a abultarse con nuestro hijo. Comía frenéticamente por el bebé y vomitaba cuando la radiación la atacaba.

—Querida, quizá el médico tenía razón—le dije un día después de que se pasara casi todo el día en el baño, enferma—. Esto te va a matar.

—No—dijo, tan débilmente que apenas pude oírla, incluso con la puerta abierta—. Esto es una cruz que tengo que cargar. Has superado momentos difíciles, Johnny, y yo también lo haré. Te enfermaste y adelgazaste y lo superaste.

—Pero no llevaba un bebé. Era solo yo.

Giró la cabeza para alejarse del retrete y dirigirse a mí. Estaba delgada y canosa y enferma, pero seguía siendo hermosa, seguía siendo mi Virginia, y ningún soldado en ningún campo de batalla ha demostrado jamás tanto valor.

—Pero lo superaste y me recuperaste. Y yo lo superaré y tendremos un hijo. Dios no nos hace sufrir por nada.

—Lo superarás y tendremos un hijo—repetí, y me senté a su lado y le tomé la mano. Esa fue la única parte de su declaración que creí.

Al cabo de un par de meses, parecía que Dios estaba aflojando. Virginia empezó a ganar peso para ponerse a la altura de su vientre y su color y su energía volvieron. La terapia estaba ayudando, y el bebé, como si respondiera, se volvió más animado, dando patadas para salir. La vida volvió a la normalidad, o todo lo normal que puede ser con un bebé en camino. Un día especialmente bonito, Virginia y yo fuimos al centro en un Thunderbird modelo 62 que me prestaron en el taller. Todavía necesitaba un poco de trabajo y tosía dramáticamente de vez en cuando, amenazando con morir, pero era el auto perfecto para un día perfecto. Caminamos por la misma calle en la que habían llevado a Wernher von Braun y miramos los escaparates. Le compré un helado en la fuente de soda de la farmacia. Una década antes no me habrían servido allí, pero ahora era como cualquier otro, un hombre que le compraba a su mujer embarazada un dulce. Paramos en la joyería Dimont y le compré una pequeña pulsera de plata. No tenía ninguna piedra rara y no era cara, pero se veía bien contra su piel y la hizo sonreír.

—Gracias, Johnny—dijo, y me besó, algo que rara vez hacía en público.

Hay algunos días que se graban a fuego en tu memoria, ya sea para bien o para mal; éste fue para bien. Mientras sucedía, pensé, quiero recordar esto, y me esforcé por hacerlo y me alegro de haberlo hecho. Todavía recuerdo el calor del sol presionando contra mi frente y los labios de Virginia presionando contra los míos.

A Virginia le resultaba cada vez más difícil salir a la calle a medida que se acercaba el bebé. Seguía siendo fuerte, pero estaba pasando por dos experiencias traumáticas a la vez: salvar su vida y traer una nueva. Era más de lo que cualquier mujer debería soportar, pero lo hizo con todas sus fuerzas. Dos días antes del parto, Virginia tuvo que ser hospitalizada. Los medicamentos y el estrés de un parto a su edad la habían agotado. Seguía siendo fuerte, y su color era bueno, pero necesitaba más descanso y atención de los que incluso yo podía darle.

Hay días que se graban en tu mente, para bien o para mal. A veces hay años entre ellos, a veces se suceden tan cerca como la luna y el sol. El día en que llegó el bebé fue poco después de nuestro paseo por el centro. No era un día que tuviera que recordarme a mí mismo. No podría olvidarlo aunque lo intentara.

El parto fue relativamente corto. Tomé la mano de Virginia cuando las contracciones empezaron a ser más numerosas, y ella hizo las bromas habituales sobre cómo todo esto era culpa mía, las mismas bromas que había hecho cuando nació James. Los médicos me echaron de la habitación para el parto propiamente dicho y me senté en una silla, sintiéndome culpable de sentirme tan cansado cuando no era yo el que intentaba pasar una bola de bolos por mi cuerpo. Los gritos del bebé atravesaron la niebla del sueño y me pusieron en pie. Virginia estaba allí con nuestro hijo, ambos envueltos en pañales y exhaustos y aferrados el uno al otro como supervivientes de un naufragio. La besé en la frente y traté de besarle a él en su pequeña y marchita frente de manzana, pero estaba demasiado acurrucado para que pudiera alcanzarlo, así que me conformé con la parte posterior de su cabeza.

—Volvemos a ser una familia—dijo, y lo fuimos, aturdidos, confusos, cansados, pero vivos, felices, una familia.

Los médicos querían que Virginia descansara y que se quedara con el bebé un tiempo en observación, por lo que había pasado su madre para traerlo. Después de recibir insinuaciones cada vez más puntuales, volví a besarlos a los dos, me fui a casa y caí en un sueño profundo, oscuro, sin fondo, sin sueños.

Virginia murió durante la noche. No sentí nada, no recibí ninguna premonición ni mensaje fantasmal. No hubo despedida.

Capítulo Cincuenta

MI SALUDO Y DESPEDIDA

Si no hubiera nacido mi hijo, habría vuelto en ese mismo momento al bosque, habría bebido hasta morir y habría esperado a que me destrozaran los mapaches, los caimanes y los buitres. Pero Virginia no era mi última atadura a la tierra, sino mi hijo.

No podía criarlo solo. Lo entregué en adopción, con la condición de que se me permitiera vivir cerca de él, para vigilarlo, para verlo crecer. Entrevisté a muchos candidatos porque mi hijo era un niño brillante y sano, y elegí a una familia joven que prometía criarlo bien. Siempre he vivido cerca de él, a veces justo enfrente, pero he mantenido las distancias y he dejado que esta nueva familia prosperara. Los nuevos padres lo querían como si fuera suyo, pero estaban de acuerdo en que, cuando llegara el momento, debía conocer la historia.

Y así, te cuento la historia.

Eres el niño que solía cuidar de vez en cuando. Tu madre me dio algunos libros para que te leyera, pero no estabas muy interesado. Eran cuentos sobre el amor y la guerra y cosas por el estilo, con animales que hablan y caballeros de brillante armadura. Me dijiste que tu madre decía que yo tenía mejores historias que contar, historias reales sobre el amor y la guerra, y que tú querías oírlas. Sobre todo las de la guerra. Pero esas historias no las conté.

Hasta ahora. Aunque todavía no estás preparado para oírlas, así que las he escrito para ti. Cuando seas lo suficientemente mayor, cuando estés preparado, podrás leerla.

No sé qué aprenderás de esto, solo quería que lo supieras. Puedes abrirte camino más allá de toda la crueldad, la mezquindad y la soledad y tomar lo que has aprendido de la vida y viajar con ello tan lejos como puedas y hacer algo bueno. Puedes tomar el dolor (el dolor que has recibido y el dolor que has aprendido a dar) y sacar un dedo tembloroso de este mundo y tocar otro mundo. Puedes construir una lata de aluminio y poner un hombre en ella y aterrizar justo en otro mundo. Y eso lo significa todo. Y no significa nada.

Y puedes amar a otra persona. Una persona entre miles de millones, igual que cualquier otra, otra persona destinada a vivir con dolor y a morir. Puedes tratar a esa persona mal y puedes tratar a esa persona bien y puedes amar a esa persona y mantenerla en tu memoria hasta que mueras. Y no significa nada. Y lo significa todo.